TASCABILI BOMPIANI 1195

CAMILLA BARESANI
UN'ESTATE FA

I GRANDI TASCABILI
BOMPIANI

Ogni riferimento a fatti o persone realmente esistenti è da ritenersi puramente casuale

ISBN 978-88-452-7006-2

I edizione Tascabili Bompiani marzo 2012

Persino eliminare i propri difetti può essere
pericoloso – non si sa mai qual è il difetto
che sostiene il nostro intero edificio.
Clarice Lispector

Nascita di una suggestione

Stavo portando una bottiglia di grappa ai miei ospiti, quando sulle nostre chiacchiere è piombato il fischio sgraziato di un sms.

Era mezzanotte e tredici.

Il suono proveniva dal mio telefono, posato tra i bicchieri sul tavolino. Il messaggio l'ho letto quasi subito, perché il suo arrivo, come uno sparo nella notte, aveva interrotto la conversazione, e i miei amici lambivano con sguardi di imbarazzata curiosità sia me sia il telefono: forse attribuivano l'sms a un amante impaziente, che chiedeva a che ora mi sarei liberata di loro, voglioso di raggiungermi.

Ma non si trattava di un amante – del resto, non ne ho. Era una cosa ben più strana.

"Il 23 maggio verrà a roma da riposto, il suo paesino sull'etna, giuseppe lo turco, il sensitivo. Riceve in via del babuino da roberta casati e se vuoi prendere un appuntamento per consultarlo (costa 50 euro per seduta) chiamalo a mio nome al 3485239458. Un abbraccio magico!"

Non c'era firma, il numero del mittente non mi diceva niente, non conoscevo nessuna Roberta Casati. Ho guardato la data sul display. Eravamo appena entrati nel 22 maggio: la calata del sensitivo dell'Etna era imminente. Ecco spiegata la concitazione del suo sponsor, che ancora a mezzanotte tentava di riempirgli l'agenda affinché la trasferta romana potesse giovare al maggior numero possibile di individui sofferenti o perplessi – a ogni modo, paganti.

Però, cara Roberta Casati e caro mittente dell'sms, la cosa che avrei voluto dirvi è che io non credo ai sensitivi, ai guaritori, alle religioni, e in fondo nemmeno alle mie stesse opinioni: sono sempre pronta a cambiarle appena ne trovo di più convincenti. Può anche darsi che in futuro cominci a fidarmi di medium e sensitivi, ma per adesso mi limito a credere al potere dei bicchieri di vino, delle droghe leggere, degli psicofarmaci, della pastasciutta, del salame. Se sono infelice, bevo e mangio. Se sono felice, lo stesso. Ho un'unica e sempre identica risposta al caos interiore, all'euforia, alla disperazione, all'apatia: mi nutro. E penso che il patrimonio di un individuo stia nella sua infelicità, nelle sue frustrazioni, nei suoi dolori. Sono arrivata addirittura a convincermi che fare bambini troppo felici, dotandoli di tutti i comfort anche sentimentali che possano renderli contenti e pronti a mischiarsi al mondo, gli sia più d'ostacolo che d'aiuto.

Proprio un paio di pomeriggi fa, prima di ricevere il vostro fatale sms, stavo guardando un film. "Dove saremmo senza la nostra dolorosa infanzia!" sospirava il protagonista, uno psichiatra del tutto squinternato, rivolgendosi al figlio di una paziente depressa, scrittrice fallita e maniaca dell'introspezione. Ecco, appunto: teniamocela buona la nostra dolorosa infanzia, e pure il dolore che si è aggiunto dopo. Possiamo riciclarli come si fa con la plastica e trasformarli in qualcosa di buono, moderno, inventivo.

In definitiva, cara Roberta e caro mittente, credo che i turbamenti vadano cullati, anestetizzati, dirottati, e non certo messi in mano a un sensitivo. La norma del mondo è nel disordine, nell'imprevisto, nell'infrazione, nella privazione. Sfruttiamola, allora, questa norma che ci tormenta l'esistenza. Facciamo gli infelici con profitto.

E poi va detta un'altra cosa: io non abito a Roma, e, sensitivo dell'Etna o no, per il momento non ho nessuna voglia di tornarci. Perché Roma ti illude, e, anche se sei scettico per esercizio e per volontà, finisci col cascarci come l'ultimo degli adolescenti.

Comunque, per tornare ai fatti, ho subito risposto all'sms con un "Chi sei?". Il mittente doveva essere qualcuno che mi immaginava avvilita, scornata, una donna ormai in età da tintura di capelli che – a differenza di quello che forse pensavano i miei ospiti – non aveva nemmeno un barlume di amante. E ne soffriva.

Fino a mezzogiorno del 22 non ho avuto risposta. Dodici ore di curiosità e incertezza, prima di scoprire il nome dello sconosciuto mittente: ben più del tempo necessario a ricapitolare la storia che avrei voluto raccontargli per dimostrare che nessun veggente, medium, pranoterapeuta, santone, mago può modificare i fatti e le predisposizioni, perché tutto è già avvenuto e tutto si ripeterà. Capita anche con il clima: le stagioni si ripetono, alla faccia dei catastrofismi meteorologici tanto cari ai nostri giornali. E, da che io mi ricordi, alla faccia delle mutazioni climatiche, ogni anno l'estate smette di colpo, in un paio di giorni; e ogni anno, poi, riprende lentamente. Molto lentamente.

L'anno scorso, per esempio, ci sono voluti addirittura quattro mesi perché diventasse un'estate vera e propria, con l'afa, le zanzare, i vecchietti in salvo nell'aria condizionata dei supermercati, i turisti coi piedoni cianotici a sbollire nelle fontane. Ma la mia voglia di non far nulla di serio, tipicamente estiva, aveva iniziato a farsi largo già ai primi incerti soli di marzo. Coltivavo solo desideri leggeri benché consistenti (un innamoramento senza conseguenze, bei viaggi, successi nemmeno cercati, improvvise entrature, grandi occasioni gratuite).

Ero così scivolosa, così pattinante sulla superficie delle cose, da non provare alcuna profonda e insopprimibile malinconia: né malessere né pesantezza d'animo, nemmeno un po' di quella *Schwermut* che secondo Schelling è inseparabile dal pensiero e sarebbe oltretutto la radice della creatività. Già ai primi di marzo, in me non si trovava traccia di turbamento. Mi sentivo curiosa di banalità, e se avessi scritto una canzone sarebbe stata tutta un bamboleggiamento di cuori e amori; se avessi composto un racconto sarebbe stato di un buon senso da annichilire; se avessi disegnato un vestito sarebbe stata la più banale e tronfia imitazione della femminilità sexy.

Ma dovevo pur lavorare, anche senza vena inventiva. Andai a Roma per intervistare sul set l'attore del momento, protagonista di un serial italiano di cui stavano girando le prime puntate. Era una specie di privilegio, secondo il direttore del mensile per cui scrivo di tanto in tanto, perché l'attore era al culmine della popolarità e dosava strategicamente apparizioni e interviste. Le concedeva solo a riviste adeguatamente patinate – *Uomo Vogue*, nella fattispecie – e in cambio della foto in copertina. Nelle intenzioni dei produttori, o almeno in quelle vantate dai comunicati stampa, il telefilm di cui era protagonista avrebbe dovuto essere una novità strepitosa. Finalmente anche noi come gli americani! Finalmente la recitazione, i dialoghi, i contenuti, l'intreccio! E non basta: finalmente la fotografia, il suono, il montaggio... Urca!, pensavo scettica, ridacchiando tra me e me mentre chiacchieravo col giovane attore, afflitto da un pesante accento laziale. "Il successo non mi ha cambiato, sono rimasto il ragazzo di sempre. Quando torno a Cisterna aiuto mio nonno a raccogliere i broccoletti nel campo"; "Mio padre e mia madre mi hanno insegnato i valori veri, ed è grazie a loro che non mi sono montato la testa"; "No, per il momento non voglio sposarmi, ma in futuro avrò una famiglia con molti bambini, e una moglie che non sia del mondo dello spettacolo... ecco, magari una pediatra"; "Ho studiato recitazione, non sono un improvvisato che viene da qualche reality come molti di quelli che stanno rovinando l'immagine di questa professione. Io non improvviso, io preparo la parte".

Accanirmi. Prenderlo in giro per il modo di gesticolare, per la mania di toccare continuamente l'avambraccio dell'interlocutore, per l'accento e la camminata coatta. Non c'è altra soluzione, pensavo. Altrimenti l'intervista sarà illeggibile. Fregarsene dei suoi buoni sentimenti e delle sue presunte virtù. Noia, sbadigli del lettore e miei nel tentativo di dare un senso a questa infornata di banalità. Se dice di sentirsi se stesso e di non avere modelli tra gli attori del passato, o se – ancora peggio – dichiara di non sentirsi il nuovo Mastroianni, cosa faccio? Glielo lascio dire? Ma l'hanno già detto tutti! È una considerazione che ho letto in ogni intervista ad attore maschio italico degli ultimi vent'anni... Possibile che non mi vengano in mente domande che lo spiazzino? No. Sono in fase superficiale, niente *Schwermut*, niente creatività.

Qual è il film che avresti voluto interpretare? "*Pulp fiction*, naturalmente." Banale anche qui. Tutti i trentenni vorrebbero aver interpretato scritto diretto *Pulp fiction*. Meglio non chiedergli quali siano il libro e la canzone preferita. Già: Massive Attack. L'ha detto lui, senza bisogno che glielo domandassi. *Unfinished Sympathy*. Bene, piace anche a me – come a quasi tutti, del resto; non ha qualcosa di più speciale da inventarsi? Gli unici a non sopportare i Massive Attack erano i prigionieri di Guantanamo: tempo fa ho letto che i carcerieri americani usavano le loro canzoni come strumenti di tortura, alternandoli al famigerato waterboarding. Giorno e notte i pezzi trip hop sparati a tutto volume mixati a *Born in the Usa* di Springsteen. Quello sì che, messo tutto il giorno, dev'essere un vero supplizio. Anche per i torturatori americani. *Born in the U.S.A! Born in the U.S.A! Born in the U.S.A!* Segue becera schitarrata e subito, di nuovo, *Born in the U.S.A!*

E poi no, non legge, non ha tempo. Lo capisco, anch'io faccio fatica a trovarlo. Ma il fatto che lui non legga non ha niente di speciale: dovrebbe dirlo Philip Roth, allora sì che il lettore vorrebbe sapere il perché e il percome.

Nel sesso sei trasgressivo? Che domande gli faccio! È che spero di smuoverlo. "Nel sesso con la tua donna ogni cosa è lecita, è un atto d'amore." Giudizioso, per carità. Ma vuoi dire che se c'è amore è lecito anche fare sesso di gruppo? "Non mi piace questa domanda," risponde imbronciato. Pazienza. Allora chiediamogli le solite cose convenzionali. Ti dà fastidio quando ti riconoscono per strada? Le tue fan ti molestano? "No, sono simpatiche, si accontentano di una foto col telefonino o di un autografo sul diario. Sono il mio pubblico: se lavoro tanto è anche perché loro mi vogliono. Anzi, ne approfitto per ringraziarle." Amen.

In albergo iniziai a scribacchiare con poca convinzione qualche perfidia sul povero attore, senza dar forma all'intervista. Non riuscivo a concentrarmi, perché sapevo che di lì a poco sarei dovuta uscire. Mi aspettavano per cena Pietro e Luisa, gli amici più ospitali che ho: una coppia impegnata assiduamente sul fronte delle cene, che vive di relazioni caleidoscopiche, dalle più ingessate e istituzionali a quelle pop e di temperato maledettismo, componendo spesso ghiotti bouquet di ospiti. L'appartamento – *meraviglioso! immenso! avvolto da terrazze con vista su qualsiasi bellezza di Roma!* – è arredato con una stralunata combinazione di costosi oggetti di arte contemporanea, da Hirst a Kiefer passando per Arad e chissà quanti altri, frammista a una "cazzoteca" – cioè una grandiosa raccolta di plasticumi a forma di cazzo. Non mancano, sparpagliati in punti strategici, santini, rosari, madonne di vetro colme d'acqua di Lourdes.

Quella sera trovai pochi ospiti, che già conoscevo. Beatrice, un'amica vera, nel mondo adulto delle amicizie posticce, giornalista parlamentare; Angelo e Alessandra, lui scultore, lei antiquaria; e Arnaldo Fantoni, un produttore di documentari che avevo già incontrato due volte in quella casa, però in situazioni più affollate e senza mai chiacchierarci.

Durante la cena si parlò soprattutto di *poteri forti*. Per il padrone di casa, noto e potente giornalista cui tutti riferivano indiscrezioni e trame, non c'era il pur minimo episodio di cronaca che non fosse orientato da servizi segreti deviati, massoneria e oscure alleanze di veri potenti, più potenti di quelli da cui si ritengono governati i comuni cittadini. Tra l'antipasto e il dolce ascoltai una storia economico-politica dell'ultimo anno, reinterpretata con burattinai e misteriose cordate segrete e obiettivi sempre laterali e imperscrutabili.

All'altro capo del tavolo, il produttore contestava ogni affermazione del padrone di casa, con un controcanto pungente, disilluso, vagamente acido, in fin dei conti romanesco: quello di chi non crede a nulla, quindi nemmeno alle trame oscure che indirizzano a nostra insaputa le vicende del paese. Mi divertivano i suoi interventi, e mi divertirono ancor più in salotto, poco dopo, quando mi trovai seduta accanto a lui su uno scomodo divanetto a forma di turgide labbra bacianti. Nel frattempo era arrivato per il dopocena un ex Presidente della Repubblica, più noto ai cittadini e più presente sui giornali di quello in carica. Cercando di sfuggire alla depressione e alla noia di un piatto ménage da ex, il Presidente Emerito si era dato alla pratica decostruzionista: smontava le notizie dei giornali, le rendeva effervescenti ricomponendole con l'additivo di paradossi e calunnie politiche, quindi le inoltrava alle agenzie di stampa e agli stessi giornali da cui le aveva tratte. Così era riuscito a essere lui stesso una notizia vivente, a seconda degli umori in veste di avvelenatore di pozzi, fine analista detentore di indicibili segreti, e persino marpionesco apologeta di ragazze in carriera. Quando si stufava di sé, cioè in continuazione, scriveva a qualche giornale una lettera destinata a far incazzare un personaggio in vista. Il preso di mira abboccava dichiarando a sua volta qualcosa di insultante, e così si instaurava un botta e risposta in cui l'attenzione dei lettori era costantemente puntata sul rilancio di bruciante perfidia con cui l'ex Presidente avrebbe reagito. In questo modo, l'Emerito riusciva a essere sempre sulla bocca di tutti, e soprattutto ad avere la complicità dei giornalisti, grati perché gli offriva materia per riempire le pagine. Come mi aveva spiegato il mio caporedattore, "ci sono quattro categorie che abboccano *sempre* alle provocazioni: innanzitutto gli ebrei, poi i non ebrei tacciati di antisemitismo (risposta tipica: 'Ma se mio nonno ne ha salvati a decine!'), poi i magistrati – che sono perlopiù degli scemi attenti solo alla propria immagine – e infine i figli e le vedove di celebrità defunte – gente insulsa che ha come unico ruolo quello di difensore della memoria del parente scomparso e come unico obiettivo quello di legittimarsi".

Complice l'ex Presidente, le chiacchiere virarono sugli anni del terrorismo, incentrandosi sulle indispensabili bugie degli uomini di governo e sulle trovate fantasiose – sedute spiritiche, per esempio – utilizzate per nascondere verità non rivelabili a causa di promesse, scambi di favori, omertà di partito. Ancora una volta, trame di *poteri forti* non espliciti.

Beatrice stuzzicava il dibattito, divertita da quegli esercizi di rilettura cronachistica; Arnaldo commentava sardonico, ma quasi solo a mio beneficio, il tono sempre più apocalittico preso dalla conversazione. Spesso, per sottolineare le avventurose notazioni dietrologiche senza interrompere il flusso delle ricostruzioni, si avvicinava al mio orecchio destro e sussurrava qualcosa, appoggiando spalla e braccio alla mia spalla e al mio braccio.

Venne l'ora di andarsene. Ci salutammo. Il mio albergo era a due passi, dalle parti di via Condotti, in piena zona pedonale. L'ex Presidente volle accompagnarmi. "Ma le macchine non ci possono entrare!" dissi.

"Cosa credi, che mi faccia eccepire su dove posso o non posso andare?" Bello quell'eccepire, pensai. Tipico linguaggio da studioso di diritto.

Se non si lasciava eccepire dal codice della strada, non si sarebbe lasciato eccepire nemmeno dal mio codice comportamentale: farsi notare il meno possibile. Mi lasciai accompagnare.

Pochi minuti più tardi, un corteo di tre auto, la nostra più le due della scorta, mi lasciò davanti all'albergo. I lampeggianti senza sirene illuminavano come fiammate i palazzi e le serrande dei negozi, mentre l'Emerito, appoggiato al bastone e circondato da omoni bardati di fili e auricolari, mi salutava riempiendo la notte di galanterie. Sperai di non essere notata dal concierge. La gente ama odiarti, se crede che per vivere meglio ti arruffiani i potenti.

Non vedevo l'ora di mettermi a letto per pensare in santa pace ad Arnaldo. Bello? Brutto? Non saprei dirlo. L'estetica degli uomini mi è sempre parsa molto meno interessante della personalità e della cura di sé – parlo di igiene, modo di vestire, odori e colori. E in quell'ambito non avevo notato difetti: niente unghie sporche, niente sputacchiamenti nel parlare, niente macchie sulla cravatta o scarpe pagliaccesche. Per il resto, cioè la personalità... be', simpatico, acuto, pungente, gentile. Invitante. Sì, incontrarlo di nuovo. Già, ma come? Farsi nuovamente invitare a cena da Pietro e Luisa, sperando di trovarlo lì. Nel caso, aiutare il destino.

E raccogliere informazioni. Sì, indagare. Mai sbilanciarsi in emozioni se prima non si è indagato. Potrebbe sempre trattarsi di un ex terrorista in libertà vigilata, magari con morti sulla coscienza. Oppure di un bancarottiere che ha truffato i fornitori e per mesi ha fatto lavorare i dipendenti promettendo stipendi che non sono mai arrivati. Potrebbe essere l'ultimo degli esseri umani per cui sdilinquirsi prima di prender sonno. Essere prudenti. Si sarà pur imparato qualcosa dagli sbagli propri e altrui... O no?

Ci dormii su, con fatica. Poi, presa dall'intervista e dal lavoro e dalle stupidaggini che in quel periodo tanto mi incantavano, me ne dimenticai. Finii per non parlarne nemmeno alla mia amica Beatrice, dando invece la precedenza ad altre chiacchiere, ad altri scambi di informazioni e indiscrezioni.

Arnaldo non era più un argomento urgente.

Circa un mese dopo la cena romana, davanti a una pizzeria incontrai Lazzari, il direttore del gruppo editoriale da cui dipende il quotidiano per cui scrivo (mentre le interviste per *Uomo Vogue* sono solo divagazioni, cioè integrazioni del reddito). Era in compagnia di un tipo mesto e con la fisionomia da avvinazzato, come quella di tanti giornalisti inattivi che ronzano queruli nel quartiere del giornale, di bar in bar. Mi disse: "Mangi una pizza?" In effetti ero lì proprio per mangiarla: non c'era nemmeno bisogno di mentire fingendo di volerla mentre invece desideravo digiunare o bramavo la prima rosticceria per impiegati ticket-muniti.

"Be'... sì, certo," risposi con controllato entusiasmo. E lui: "Sei sola? Ti faccio compagnia?" Liquidò in pochi secondi il tipo mesto, frustrandone l'evidente speranza di esser lui il suo compagno di pizza.

Era la prima volta che mi trovavo sola con Lazzari. Ci davamo del tu perché così si usa nell'ambiente editorial-giornalistico e soprattutto perché, quando ci avevano presentato durante una festicciola aziendale, era stato lui a darmi del tu; ma il nostro grado di conoscenza era talmente infimo che quasi mi stupivo si ricordasse di me, e non avrei giurato che conoscesse esattamente il mio nome e cognome. Un direttore generale non ha certo il tempo di leggere le pagine degli spettacoli!

Per il mio giornale sono l'addetta ai serial e agli sceneggiati, cioè a uno dei mille *petits riens* che riempiono le pagine di un quotidiano. All'interno della sezione "Spettacoli" c'è il settore "Televisioni"; dentro "Televisioni" c'è "Fiction", e dentro

"Fiction" c'è il micro-comparto "Serial", vale a dire telefilm a puntate. Questa è la mia specialità, tutt'altro che eclatante, tutt'altro che in prima linea, però culturalmente innovativa, utile per leggere la società e magari anche per prevederne le modificazioni, a torto trascurata da gran parte degli intellettuali – e non sto a spiegarvi le ragioni di quel torto, caro anonimo mittente e cara Roberta Casati, dato che urgono racconti più interessanti e soprattutto più adatti alla vostra attitudine a salvare la gente da se stessa e dalle proprie autolesionistiche interpretazioni dei fatti della vita.

Col direttore generale avrei dovuto cogliere l'attimo e perorare la mia causa. Sollecitare una migliore collocazione della rubrica, un aumento dei compensi, una richiesta di articoli in campi diversi dal consueto... Ma non sono mai stata capace di impormi. Tra l'altro l'incombente crisi dell'editoria cartacea, le pessime notizie dal mondo finanziario e la vertiginosa svalutazione del titolo del nostro gruppo editoriale mi facevano sentire in colpa, come se i responsabili del paventato tracollo fossimo io e la miriade di pesci piccoli come me: noi, con la zavorra dei nostri lavori inessenziali, delle nostre semipovertà e delle piccole conquiste sindacali. Lui, comunque, mi lasciò giusto il tempo di pronunciare un futile "Come va?".

"Sai, passo gran parte della vita a difendermi dagli scocciatori," rispose. Pensai che si riferisse al tetro signore appena scaricato. "Vengono da me per chiedere la pubblicazione di inutili raccolte di loro articoli, poesie, romanzi autobiografici. Oppure per lamentarsi di non essere valorizzati, per implorare visibilità, contratti, privilegi.

Hanno parenti da sistemare, malanni, ambizioni. Naturalmente ho una strategia di difesa: cerco di spostare l'attenzione da me per portarla su un loro nemico. Tutti hanno un nemico o un rivale, qualcuno che, avendo capacità inferiori o simili, ha ottenuto di più. Ecco: bisogna condurli subito lì, alla loro ossessione. Basta fare un paio di domande che preparino il terreno, individuare il rivale, e poi giù a infierire contro le ingiustizie patite dallo scocciatore."

"Ah."

"'Sì, è per colpa del tuo nemico che non lavori, che non scopi, che ti è venuta la forfora e la dermatite ai gomiti,' gli rivelo. 'Ma adesso è arrivato il momento di fare qualcosa, di provare a parlargli; però non so darti un consiglio su cosa dire, sono questioni che devi vedere tu lì per lì – e comunque mi raccomando, tienimi informato, fammi sapere com'è andato l'incontro... però adesso ciao, scusa sai, ho una telefonata, ci vediamo, fammi sapere.' A quel punto lo scocciatore se ne va contento e in un certo senso rinfrancato: gli hai trovato un obiettivo reale su cui mettersi al lavoro, gli hai chiarito i motivi del suo scontento, gli hai amplificato e nobilitato e servito su un piatto d'argento la ragione profonda di tutti i suoi insuccessi."

"Certo," approvai, già pronta a trarre insegnamento da quell'inconsueta lezione di vita.

"E sai qual è la cosa migliore? L'hai debellato senza che sia riuscito a chiederti nulla, e oltretutto non l'hai deluso, perché non hai dovuto rifiutare la richiesta che non gli hai dato modo di farti. Mi segui? E per di più ti è grato perché l'hai aiutato a individuare le vere radici del suo problema.

Non basta: sei venuto a sapere indiscrezioni sul suo rivale, indiscrezioni che possono tornarti utili in caso venisse pure quello a cercarti con l'intento di lamentarsi e perorare la propria causa." Prese fiato. Da un paio di minuti gli vibrava il taschino della giacca. Erano i suoi telefoni.

Dopo una simile descrizione, se già non ero portata a discutere del mio caso e dei miei compensi, m'era passato ogni sprazzo di voglia di chiedergli qualcosa, e anzi me n'ero addirittura dimenticata, tutta presa dal racconto, e dall'immaginarmi la scena del grande dirigente editoriale, nel suo stanzone spoglio – a parte la boiserie, la scrivania sul fondo, e una raccolta di libri istituzionali, tipo Treccani e Codice Civile e collana di poesia in brossura, edita dal gruppo – alle prese con il povero rompicoglioni, sparuto e forforoso, insaccato nella sua seggiolina, che veniva abbindolato proprio come stava succedendo a me. Perché il mio sospetto è che il raccontarmi la strategia antiscocciatori fosse una sorta di piano A, per mettere in guardia gli individui potenzialmente molesti, affinché non divenissero molesti veri e propri, e si rendesse perciò necessario applicargli il piano B, cioè quello di trovargli il nemico. Immaginai che il direttore avesse ideato anche un ulteriore stratagemma: un bottone segreto sotto la scrivania, per avvertire la segretaria di chiamarlo accampando misteriose questioni improrogabili. Un metodo perfetto per interrompere fulmineamente, a seduzione dello scocciatore avvenuta, l'ulteriore perdita di tempo.

Tanto per dire qualcosa, e fargli vedere che avevo un briciolo di personalità e non me ne stavo lì ammutolita in venerazione del capo, gli raccontai che mi sarei rovinata il pomeriggio presentando a una platea di sconosciuti il libro di un lontanissimo conoscente. Nel sotterraneo di una libreria Feltrinelli, avrei illustrato al pubblico un saggio – che non avevo ancora aperto – sulla storia dei telefilm americani. Contavo di leggerlo sommariamente subito dopo la pizza, pizza che nel frattempo si raffreddava, rapprendendosi nel piatto. Ero stata troppo impegnata ad ascoltare e poi a dir la mia, per riuscire a mangiarla.

L'autore, spiegai, un ragazzo ostinato e appiccicoso, nutriva tali speranze sulla riuscita di quel libro – come se avesse scritto su licenza una nuova puntata di Harry Potter – che rifiutare di patrocinarlo sarebbe stato crudele. Era un mio fan da anni, e mi inviava una letterina di complimenti quasi a ogni articolo che scrivevo, anche il più smorto (smorto?, che scema! non devo dire al datore di lavoro che scrivo articoli smorti...). In realtà, i fan di questo tipo se ne fregano di te – anzi, segretamente ti disprezzano. Per loro sei un gradino, e dietro ogni complimento si nasconde una futura richiesta: mi presenti, mi raccomandi, mi segnali? (A quel punto della descrizione mi resi conto che anch'io probabilmente avevo iniziato così, dapprima venerando e poi invece detestando qualcuno che ritenevo avesse "svoltato" – ma quella considerazione evitai di condividerla col direttore: accadde nel silenzio di me stessa.) Alla fine il mio fan s'era trovato da solo un editore – poco più di un tipografo, in provincia di Pescara –, ma per mesi mi aveva mandato fascicoli contenenti ogni minima variazione del suo libro sui serial, invitandomi a proporli a qualche editore. "Ma guarda che io non conosco editori!" mi difendevo. "Non ho mai scritto un libro e frequento solo giornalisti e veterinari," protestavo flebilmente.

Adesso, invece, mi tormentava perché promuovessi il suo saggio. Pur negandogli una segnalazione sul giornale ("Non parliamo di libri nelle pagine degli spettacoli"), gli avevo promesso di presentarlo a Milano: non avevo voglia di attirarmi l'astio vendicativo di un ragazzo che conosceva l'indirizzo di casa mia; e subivo i soliti sensi di colpa di chi ha un lavoro nei confronti di chi invece arranca senza conquistare nessuna stabilità.

"Giusto: devi evitare di farti nemici," approvò Lazzari. E poi: "Sai qual è il mio metodo?" Fremeva dalla voglia di raccontarmelo. "Mi pregano continuamente di presentare libri e non posso tirarmi indietro, perché spesso sono, o sono stati, nostri collaboratori. E a nessuno, nemmeno a me, piace deludere e crearsi dei nemici. Allora, con un mio amico pure invischiato come me nella corvée delle presentazioni, abbiamo deciso di risolvere la scocciatura nel minor tempo possibile, e ci sfidiamo a chi apre per ultimo il libro da presentare. È obbligatorio non averlo letto, perché così la presentazione viene meglio: i troppo informati sono prolissi e non lasciano parlare l'autore. Vinco sempre io. Il mio amico finisce per farsi prendere dall'ansia e legge i risvolti mentre in taxi arriva al luogo della presentazione; se il viaggio non è troppo breve, dà anche un'occhiata trasversale all'indice e all'incipit del primo capitolo o della prefazione. Io invece ho inventato una tecnica diversa, più efficace. Traccio al pubblico un profilo glorioso dell'autore e delle sue capacità, racconto quando l'ho conosciuto o come sono venuto a sapere della sua esistenza; poi dico che voglio leggere un brano che parla da solo, cioè che mostra la sottigliezza con cui è stato trattato il tema dall'autore. Sperando che il destino mi aiuti – e qui c'è persino il brivido dell'avventura –, apro il libro a caso e declamo un paragrafo (o due, nel caso il primo sia proprio una stupidaggine che non sta in piedi). Subito dopo, dichiaro che quelle poche righe sono superlative, dicono tutto dello stile e della novità del libro, benché siano solo un esempio e altri ce ne sarebbero, e vanno assolutamente letti, ma ovviamente lascio il piacere di scoprirli ai lettori presenti. Lo affermo in tono talmente caloroso e apodittico, che l'autore ne è invariabilmente colpito e prende la parola per dire che in realtà non ci aveva pensato, però sì, quel punto di quello specifico paragrafo è in effetti, adesso che se ne rende conto, la summa delle sue teorie, e non c'è niente come un occhio lucido e distaccato – cioè il mio – per dare al suo libro un ulteriore scarto teorico, che lui stesso non s'era accorto di aver seminato tra le righe."

Mi sentii una pivella: avevo pensato di leggere il libro sui telefilm saltabeccando qua e là tra le pagine, dopo la pizza, fino all'ora della presentazione. Tra l'altro ne avevo già leggiucchiato qualche stralcio nelle bozze. E poi era la mia stessa materia, partivo avvantaggiata. Eppure avevo programmato ben tre ore di lettura veloce per riuscire a fingermi documentatissima, mettere dei post it qua e là – dimostrando all'autore la mia preparazione – e scrivere a matita qualche appunto sulla prima pagina bianca.

"Senti Erica, ma adesso, in questo periodo, chi ti piace? Hai una storia?" mi chiese all'improvviso Lazzari, come chi finalmente taglia corto e arriva al dunque.

Arrossii, ammesso che a quarantacinque anni si riesca ancora ad arrossire. Comunque la sensazione fu quella: calore in faccia fin sulla punta del naso. "Sono sposata, non lo sai?" gli risposi sulla difensiva, spiazzata dal fulmineo e radicale cambio d'argomento.

I suoi due telefoni vibravano senza tregua. Uno l'aveva posato sul tavolo, e di tanto in tanto controllava il display.

"Tutti sono sposati," disse in tono comprensivo.

"Già," constatai, piacevolmente scossa da una simile improvvisa presa di confidenza. È il vicecapo, pensai: uno che sopra di lui ci dovrebbe essere solo l'amministratore delegato, o il presidente, o tutt'e due. Si ricorda il mio nome e si interessa a me. Essere gentile, non inimicarselo, collaborare. Rispondere e non fargli domande. Lasciargli condurre il gioco. Magari gli eredi Faulkner hanno improvvisamente deciso di passare a un altro gruppo editoriale e bisogna fermarli, magari il direttore di un settimanale del gruppo deve decidere all'ultimo momento se mandare in pagina una foto del presidente del consiglio abbarbicato a una donna che in realtà è un transessuale, magari in Borsa c'è un crollo del titolo e bisogna prendere decisioni gravi ed esemplari, e lui invece di occuparsene è qui a informarsi della mia vita sentimentale. Compiacersene, ma senza sbilanciarsi.

"Che tipo è tuo marito?"

"Per bene, serio."

"Che lavoro fa?"
"Veterinario di cavalli da corsa."
"Dove?"
"Come, dove?"
"Ha un ambulatorio e riceve lì i cavalli?"
"No, dài! Va lui da loro. Infatti è sempre via. Ippodromi, gran premi, allevamenti."
"Da quanti anni state insieme?"
Era un interrogatorio, nel suo stile. Altri *indagati* me ne avevano parlato.
"Quindici." E li contai sulle dita, sotto il tavolo: in realtà erano dodici. Ma sembravano di più. Mi cadde l'orecchino destro accanto alla pizza. A forza di tormentare il lobo, la clip si era spezzata. Lo raccolsi furtivamente, sperando che il direttore non se ne fosse accorto. Non volevo che si distraesse per un motivo così scemo. Tolsi anche l'altro.
"Non mi dirai che fate ancora l'amore!"
No, non avevo intenzione di dirlo. Restai zitta. Riflettevo: non sarà che se rispondo a queste domande esagerate faccio la figura della scema, una che, perché è il capo che le parla, sbrodola senza pudore tutti i suoi fatti più intimi?
"Sarebbe diabolico, incestuoso, avere una vita sessuale dopo così tanti anni. Comunque se me lo dici non ci credo."
Ma non lo avevo detto, non avevo aperto bocca. Mi sta corteggiando? Mi prende in giro? Non si censura perché è abituato che tutti gli diano retta?
Proseguì: "Non hai figli?"
"No."
"Nemmeno con un altro marito?"
"No. Ma lui ha due bambine… cioè, non più bambine. Due ragazze. Ha lasciato la moglie quan-

do erano piccolissime. Per me." Come davanti a uno psicanalista, ormai pronta a vuotare il sacco, precisai: "Mi sento ancora in colpa."

"Ti odiano?"

"Le bambine... cioè le ragazze? No, non penso. La madre si è risposata e ha avuto un altro figlio. Anzi, siamo abbastanza amiche, credo. Spesso mi telefonano per chiedermi dei piaceri... che so, trovargli un paio di scarpe di una marca particolare o sapere in quale albergo dormirà un attore..." No: non può essere interessato a che genere di favori mi chiedano le ragazze, mi resi conto interrompendomi bruscamente.

"E tu come mai non hai avuto figli? Non puoi o non vuoi?"

"Non voleva mio marito. Per non far soffrire le figlie che aveva già. Se n'era andato di casa, e questo magari potevano accettarlo, dato che poi è stato comunque un padre affettuoso e attento. Ma fare un altro figlio, dandogli quell'intimità che a loro aveva negato, no... quello non gli sembrava giusto."

"Capisco."

"Sì, anch'io l'ho capito."

"Ma se hai fatto il sacrificio di non avere figli per lui, per amore suo, perché non vi ho mai visto insieme e non ne parli mai?"

"In realtà," precisai, "non è che tu e io ci vediamo così spesso da raccontarci le nostre vite."

"Cosa c'entra, Erica, neppure gli altri che ti conoscono bene mi hanno parlato di tuo marito. Non l'ha mai visto nessuno."

"Gli altri chi?"

"Gli altri."

Si era informato sulla mia vita sentimentale? Ne fui lusingata ma soprattutto sorpresa. E anche preoccupata: fino a che punto ci appartiene una vita che scopriamo essere sulla bocca di chiunque, con le prevedibili ricostruzioni falsate e tendenziose?

Va detto che gli informatori di Lazzari non avevano torto. Non parlavo mai di mio marito. Come se tenessi ad affermare la mia individualità, ottenuta senza alcun aiuto maschile. "È che facciamo vite abbastanza separate. Lui si occupa di lesioni ai tendini, di coliche, di farmaci che migliorano le performance senza essere dopanti. Io odio le corse e le scommesse. Lui legge *Il trotto e il turf* e *Galoppo & trotto*, e il suo hobby è il mercato finanziario: ci investe – e soprattutto ci perde – quel po' che riesce a risparmiare una volta pagato il mutuo, l'affitto della casa in montagna dove non va mai e gli alimenti. La sera si sdraia sul letto e guarda Bloomberg e CNBC, per intenderci."

"Meglio," mi incoraggiò Lazzari, forse temendo che mi si incupisse l'umore. "Anzi, ottimo," proseguì. "È la situazione ideale. Anche con mia moglie è così: il mondo dell'editoria non le interessa, è un'appassionata di giardini. Li progetta. Quando la sento al telefono è sempre in un vivaio o accanto a un giardiniere. Sai che rottura di scatole se fosse una giornalista o una scrittrice e dovessi discutere con lei ogni mia scelta! E poi avrebbe i suoi problemi di carriera e visibilità, e tutti penserebbero che è solo una raccomandata... Meglio così," ribadì. "Ma ci sarà qualcuno che ti piace, no?"

Ero così spiazzata che non mi venne in mente nulla. Eppure volevo solo confessarmi, a quel punto.

"Tieni un diario?"
"No."
"Sbagli, tutti quelli che scrivono per lavoro dovrebbero tenere un diario."
"Perché?"
"Può sempre tornare utile. Magari in futuro lo cambi un po' e lo pubblichi. Hai già un libro bell'e pronto."
"Ah." Poi mi ricordai: "No, adesso che ci penso ho una specie di diario, cioè degli appunti sul computer, più che altro. Con la data accanto. Un promemoria della mia vita. Qualche episodio e soprattutto pensieri, sensazioni, letture... In effetti sì, è proprio un diario. Lo tengo da almeno vent'anni. Assurdo, quando me l'hai chiesto non m'è venuto in mente."
"Bene, continua a scriverlo. Anch'io ho un diario. Incontri, episodi, considerazioni. Riporto sempre tutto, regolarmente," disse. "Adesso però ti elenco un po' di nomi e mi dici chi è il tuo tipo," e passò subito a snocciolare una lista di ricchi o quanto meno famosi.
"Massimo D'Alema, Gianfranco Fini, Nerio Alessandri, Vittorio Feltri, Pietrangelo Buttafuoco, Sandro Veronesi, Ezio Mauro, Sergio Cofferati, Fabrizio Ferri, Renzo Piano, Gabriele Muccino, Domenico Procacci, Alessandro Profumo, Luca Cordero di Montezemolo, Bernard-Henry Lévy, Reinhold Messner..."
"No, macché, nessuno!" esclamai, opponendomi allo sconclusionato elenco.
Lui continuò, imperturbabile. "Tony Blair, Corrado Passera, Giancarlo Giannini, Martin Amis, Giorgio Montefoschi, Pierferdinando Casini, Luis Zapatero, Nanni Moretti..."

"Niente, niente! Sto bene come sto," ribadii con un tono quasi sdegnoso, mentre lui, il direttore generale, mi scrutava collaborativo, spaparanzato sulla sedia della pizzeria come fosse una poltrona, con un telefono che gli vibrava nella tasca e l'altro, quello sul tavolo, che balbettava con voce di bimbo: "Pa-a-pi, paaaaa-pi, pa-pi". Doveva aver alzato il volume senza che me ne accorgessi. Come molti padri che stanno poco a casa per via del lavoro, aveva la suoneria con la voce del figlioletto.

No, non si può fare gli schizzinosi con una persona così gentile, uno che è talmente dedito al mio album di figurine amorose da infischiarsene di rispondere al telefono. "A dire il vero uno che mi piace c'è. O perlomeno uno che credo mi piaccia."

"E chi è?"

"Non lo conosci."

"Impossibile, conosco tutti."

"E se invece non lo conoscessi?"

"Prova."

"Allora dico un nome?"

"Dillo."

"Arnaldo Fantoni," bisbigliai. "Arnaldo Fantoni mi piace abbastanza. Sai chi è?" chiesi a voce un po' più alta, e molto stupita di me, perché dalla sera della cena romana – o meglio, dalla mattina dopo – non l'avevo quasi più pensato.

Esitò, o forse mi parve che esitasse, per poi rassicurarmi subito: "È un mio amico! Splendido. Ideale! So tutto di lui, vuoi che ti illustri il personaggio?"

"Illustramelo," accettai, mentre pagava il conto.

Mi propose di accompagnarmi a fare una passeggiata. Parlò solo lui, enumerando fatti, aneddoti e interpretazioni della vita di Arnaldo. Quando tutto fu esplorato, minuziosamente, ci salutammo. Eravamo davanti alla libreria dove avrei dovuto presentare il libro sui serial. Mancava poco più di un'ora, ma non mi persi d'animo. Ormai sapevo come fare, avrei applicato una delle lezioni del direttore generale.

Mi sedetti a riflettere in un angolo defilato della libreria, nel settore dei dischi e dei gadget. Avevo voglia di ripensare a tutta la conversazione, e temevo che, se non l'avessi fatto subito, fissandola nella memoria prima della presentazione del libro, futili scene di telefilm e gerghi specialistici di fanatismo settoriale avrebbero cancellato dalla mia mente confusa i ben più importanti dettagli della vita e del carattere di Arnaldo, appena svelatimi da Lazzari. Non volevo perdere neanche uno solo dei suoi racconti, consigli e aneddoti: tutte cose, pensavo, di cui tener conto e far tesoro. Ero indubbiamente sedotta, ma da chi? Se avessi avuto vent'anni, l'età in cui ci si innamora dei rischi e delle persone più inadatte, avrei detto dal direttore. Ma ormai un minimo di equilibrio non artificioso l'avevo raggiunto. Mi piacevano, senza bisogno che mi forzassi, le cose che si possono sognare ma anche realizzare, senza sentirsi come il protagonista di un film fantasy.

Seduta accanto a un box di vetro con dentro due costosi dinosauri semoventi, dotati di una pelle verdastra "sensibile" (si scuotevano al contatto), conclusi che andava tutto meravigliosamente bene, secondo i miei canoni: erano successe cose assurde, ma anche plausibili. Per caso, davanti a una pizzeria, avevo incontrato l'inavvicinabile gran capo del mio gruppo editoriale, io da sola e lui intenzionato a liquidare uno scocciatore. Per caso mi aveva voluto al suo tavolo e aveva iniziato a parlarmi – annoiato da qualunque cosa non fosse gioco e intrigo, soprattutto gioco e intrigo sentimentale altrui (proprio come me l'avevano descritto: un appassionato di vite degli altri). Per caso conosceva e anzi si professava grande estimatore della mia scoperta di un mese prima, e me ne aveva diffusamente spiegato l'indubbia vantaggiosità umana e sociale, come se dovesse vendermelo.

Tutt'altro che per caso, anzi, quasi su istigazione, iniziai a pensare con vibrante fervore ad Arnaldo.

Distacchi

Due figli unici, Erica di Verona e Gerry di Roma, passano insieme l'estate, per anni. I loro genitori affittano una casa ad Anzio, in un comprensorio di poche villette che si affacciano sulla spiaggia. Sono vacanze che durano tre mesi, così felici e dense da lasciare un ricordo molto più persistente di quello che lascia la parte invernale e scolastica della vita.

Vedendo che Erica e Gerry si tengono compagnia e insieme stanno buoni e smettono di essere assillanti, i genitori finiscono per riunire le due famiglie anche durante le vacanze di Natale e di Pasqua. A volte si danno appuntamento in montagna a Ortisei o sul Terminillo, a volte portano i figli a visitare le città d'arte.

Poi, una dopo l'altra, le due coppie di genitori si separano e smettono di prendere in affitto le villette di Anzio: ognuno se ne va per conto proprio. A quel punto, i due bambini hanno quasi undici anni: troppo piccoli per mantenere rapporti senza la collaborazione degli adulti. Finisce che si perdono di vista.

Un pomeriggio di giugno, un paio d'anni più tardi, la madre di Gerry scende dall'autobus alla fermata dei Fori Imperiali e quasi inciampa in Erica e suo padre. Lui sta cercando casa a Roma ("un appoggio") e ne approfitta per far vedere un po' di ruderi celebri alla figlia, che ormai dovrebbe avere l'età per apprezzarli. La madre di Gerry è colpita da Erica: era carina anche da piccola, ma ora, a tredici anni, è diventata una ragazzina molto femminile, consapevole di esserlo e già appetitosa. Per non essere da meno, la donna vanta l'intelligenza, l'acutezza, il sommo grado di arte d'arrangiarsi raggiunto dal figlio. Ancora poco e si può lasciarlo andare in vacanza da solo, con o senza amici. Di lui ci si può fidare!

Non dice però che Gerry, di soli quattro mesi più giovane di Erica, sarà pur sveglio quanto si vuole, ma fisicamente è ancora un bamboccio impubere.

Rientrata a Verona, la ragazzina racconta alla madre dell'incontro, e un paio di giorni più tardi scrive un biglietto all'amico di un tempo. Lui le risponde, e i due continuano così, per un'intera estate, in un botta e risposta di cartoline decorate con disegnini e frasette svolazzanti e pallini sulle "i", senza mai parlarsi al telefono. A ottobre, tornati entrambi in città, decidono – sempre tramite lettera – di provare a incontrarsi. Magari di andare insieme al cinema, un pomeriggio.

Ancora una volta non si parlano al telefono: a organizzare tutto sono i genitori. I figli si sono limitati a comunicargli il desiderio di incontrarsi di nuovo.

Si decide dunque che Erica accompagnerà a Roma il padre, che deve andarci per incontrare "uno del ministero" e per proseguire le ricerche dell'eventuale pied-à-terre. I genitori della ragazzina, perennemente in lite su qualsiasi decisione la riguardi, riescono curiosamente a mettersi d'accordo: addirittura le concedono di perdere un giorno di scuola. E tutto perché lei riveda l'amico di un tempo!

Quando finalmente i due si incontrano davanti al cinema, il povero preadolescente subisce una profonda umiliazione: Erica sembra pronta a finire nel letto di un uomo, ha le scarpe col tacchetto, la gonna a tubo con lo spacco, la camicia slacciata fino all'attaccatura del seno, gli occhi truccati. Lui invece è ancora in attesa di avere i brufoli. L'umiliazione dura per tutto il film, perché Gerry avverte la delusione di Erica: lei sicuramente s'aspettava che il bambino biondo di qualche anno prima fosse diventato un ragazzo bello come Ryan O'Neal in *Love story*. E poi il poverino è deluso di sé: tra i tanti film in programmazione a Roma, ha scelto di portarla a vedere proprio *Robin Hood*, un cartone animato.

Appena finita la proiezione, Gerry, pieno di vergogna, scappa via invece di portarla a fare la passeggiata prevista. Ben poco cavallerescamente la lascia sola, in una città dove è stata solo un paio di volte, senza riconsegnarla al padre due ore più tardi al parcheggio dei taxi di piazza San Silvestro, come pattuito.

Da quel pomeriggio dell'ottobre 1975, i due smettono di mandarsi cartoline e non hanno più notizie l'uno dell'altro.

Morire è non essere visti

Ci sono tanti posti dove si va per farsi notare o per ricordare agli altri – se non a se stessi – che si esiste. Succede nei paeselli, dove ci si fa trovare al bar, all'imbarcadero, in chiesa; succede nelle città, dove le opportunità sono una pletora di inaugurazioni: c'è sempre un negozio che apre o ha fatto un restyling, c'è sempre un libro che si presenta, c'è sempre il party di qualcuno che conta e desidera contare di più. Una cosa però è certa: se nei paesini il giro delle chiacchiere è così ristretto e quindi veloce che basta materializzarsi in piazza o sul corso e già si esiste per tutti, per esistere nelle grandi città non è sufficiente esserci in carne e ossa. Bisogna *esserci* soprattutto nelle fotografie.

Gerardo Lamperti è l'uomo biondastro in primo piano nella fotografia pubblicata da *Chi*, scattata all'inaugurazione della mostra di George Baselitz. Gerardo è in piedi accanto al lungo pene semieretto che prorompe dall'uomo nodoso ritratto in una tela di circa due metri per uno e mezzo. Ridacchia senza vero divertimento, in posa per simulare che il pene sia suo. Le foto di questo tipo, sconcio-buffonesche, hanno più probabilità di essere scelte per la pubblicazione. Lo scatto, in due o tre varianti meno felici, è infatti comparso anche su *Dagospia* e *Vanity Fair.* L'inaugurazione della mostra, alla galleria Gagosian di Roma, ha avuto un prevedibile successo. Il che significa che sono accorsi in molti, che c'erano i fotografi, che le foto si sono vendute bene e che in ognuna era raffigurato almeno un personaggio noto. Significa che tutti quei peni di lunghezze parossistiche, ciondolanti o ritti fuori dalla patta, hanno intercettato la sensibilità artistica dei romani che "fanno opinione", con il plus che l'artista era presente e che all'inaugurazione è seguita cena per pochi selezionati ospiti, tra i quali ci si augura che si annidino gli acquirenti delle opere.

Gerardo, col suo miglior sorriso sociale stabilmente tirato sui denti, è rimasto nella galleria fino all'ultimo, salutando ricambiato, stringendo mani, dando colpetti di riconoscimento sull'avambraccio di altri maschi, baciando doppio o triplo o singolo una gran quantità di persone, anche quelle di cui non ricorda il nome. Sorride perché bisogna sorridere. Sorride e ride perché se non sei ricco e non sei potente e non sei nemmeno un artista o un intellettuale, se non hai nessuna speciale competenza che ti impreziosisca, è un dovere sociale almeno non rompere i coglioni, non avere la faccia funerea e ciondolare lamentandosi, non ossessionarti e ossessionare con l'individuazione dei colpevoli delle tue disgrazie. Devi ridere, sorridere, alzarti quando a tavola arriva una signora, aprire porte e sportelli, fare da chaperon alle belle ma invecchiate, contendendole alla soffocante tirannia dei froci, tenerti informato ed essere in grado di sostenere una conversazione in almeno un paio di lingue e su temi universali, alti e imponderabili, senza trascurare di avere sempre a disposizione una carrellata di aneddoti simpatici e inconsueti e pettegoli per intrattenere brillantemente il prossimo.

Quel Gerardo, l'uomo della foto, l'uomo in discreta forma fisica che non dimostra i suoi quarantacinque anni e sorride d'un sorriso sottilmente angosciato pur senza darlo a vedere; l'uomo sempre amichevole e d'animo buono, con le ragnatele nelle tasche; l'uomo ricco di esperienze e conoscenze non ancora del tutto capitalizzate... be', quel Gerardo sono io.

"L'avrei giurato che c'eri," ha esclamato Erica, quando l'ho urtata nella calca euforica della gente che s'incontra, si sbaciucchia, si sorride.

"Guarda che tu sei presenzialista quanto me," le ho detto mentre l'abbracciavo. Ero proprio sorpreso di vederla lì. "Anzi, tu sei perfino più mondana di me. Vieni addirittura da Milano! Almeno io abito qui accanto. Prendo la bici, due minuti e ci sono."

"Adesso non ho tempo di chiederti niente – le tue novità, voglio dire – ma ci vediamo dopo," mi ha comunicato lei, evasiva, fregandosene della mia puntualizzazione e sfilandosi dall'abbraccio.

"Sei qui con qualcuno? Non dirmi che hai portato tuo marito! Hiiiiii hiii!" ho nitrito, allargando le froge e cercando di scavare un buco nel marmo del pavimento, tipo cavallo scalpitante.

"Idiota!" Era divertita, per fortuna.

Io sono sempre felice di vederla. Lei... dipende dalle volte. Mi offendo un po' quando per caso la incontro a Roma senza che mi abbia avvisato di essere in tour nella mia sfera d'influenza.

“Sono qui, sola, con una missione speciale. A proposito, forse dovrò chiederti un favore. Se dovesse venirti la fregola di scappare a qualche altro festeggiamento, prima vieni a salutarmi, così ti spiego.”

È la solita stronzetta, con qualche inutile segreto da difendere e magari un favore mondano da chiedere. Ma non ho fatto in tempo a incupirmi o giudicare o stigmatizzare il carattere della mia amica, che è passato qualcun altro e ci siamo messi a chiacchierare degli Schipani, che stavano entrando in quel momento, e che tutti si precipitavano a salutare: coniugi pieni d’odio reciproco ma sodali nell’ascesa sociale, detestabili in tutto, dai tratti somatici rapaci al modo d’abbigliarsi, goffamente impupazzato.

Per chi non lo sapesse, va detto che detestare senza impegno, cioè solo a chiacchiere, tiene in vita anche i sassi ed è un gran bel modo di far scorrere il tempo nelle situazioni di stallo – tipo cene o feste o attese negli aeroporti. Tra una perfida indiscrezione e l’altra (“Che ’cce ’o sai che qquello...” – alla romana), ho incontrato lo sguardo di Pizzi, il fotografo che mi aveva ripreso all’arrivo, sulla porta d’ingresso della galleria, però insieme a un mucchio di altre persone assolutamente ininfluenti. Scatti del tutto inutili dal punto di vista dell’autopromozione.

D’improvviso decido di mettermi lì, col bacino spostato in avanti, come se stessi in faccia a un orinatoio, accanto al pene della tela. Chiamo Pizzi, che mi fa un paio di scatti, e subito un’altra manciata di persone si mette nella medesima posa, col fotografo che non vede l’ora di inchiodare al loro esibizionismo goliardico un bel po' di individui-cavia.

Di solito, per ottenere fotografie appetibili, Pizzi deve buttarsi su damazze dai calcagni callosi che esplodono dagli stretti cinturini di sandali altissimi; su seni tremolanti già smollati nonostante il silicone; su soubrette stagionate con la bocca sporcata da troppo rossetto, riprese nell'atto di ingollare polpette e supplì. O scovare compunti ammiragli che con furia animalesca si avventano su legnose fette di prosciutto, ripiegandole in quattro nell'impossibilità di tagliarle, schiaffando tutto in gola e deglutendo in un sol colpo, senza strozzarsi grazie a una rodata attitudine al buffet. Sono queste le foto che vogliamo vedere, le foto che a noi lettori danno qualche minuto di sollievo e proficua distrazione da sé: osservare un po' di scosciata bellezza dell'ultima ora, ragazze appena diventate famose, e accanto a loro un mucchio di vecchiume maschile ricco e protervo, nonché un assiepamento di ex belle parecchio sciupate, portatrici di una volgarità ormai spoglia di ogni erotismo. Le donne che sfogliano i rotocalchi si consolano: vedono come in pochi anni un fior di ragazza possa trasformarsi in pagliaccesco fenomeno da corsa al buffet. E si sentono rinfrancate notando con che uomini si finisca per dover andare a letto per mantenersi a galla in società: vecchi commercialisti a conoscenza delle evasioni fiscali di mezza città, tinti e ritinti, impotenti e perciò ossessionati dal sesso; oppure ragazzotti di goffo narcisismo, tutti imbrattati di tatuaggi; o, peggio ancora, finti finanzieri, finti produttori, finti procuratori, finti agenti – cioè tutto quel sottobosco di millantatori che popola le feste, le inaugurazioni, i vernissage.

Perché fare questo racconto che potrebbe sembrare eccessivamente pittoresco, come una cartolina dai colori acrilici spedita da una Roma di cartapesta? Serve, la cartolina, perché si capisca chi sono e come la penso. Dal momento che sto per raccontare il mio punto di vista su come è andata tutta la faccenda di un'estate fa, sulle colpe dell'uno e i difetti dell'altra e su quale parte sia invece da addebitarsi all'incorreggibile zampino della vita, bisognerà anche che spieghi chi sono: la verità, come sappiamo tutti, non è altro che un'interpretazione che scegliamo di accettare. Quella che ci piace e con cui ci identifichiamo. Un altro, se fosse stato sempre con me e avesse visto e ascoltato le stesse cose che *io* ho notato e *io* ho ascoltato, vi darebbe sicuramente una versione dei fatti diversa – tagliata sulla sua esperienza di vita e sul suo punto di vista.

E così racconto da dove vengo, e quale serie di esperienze e di vicende mi abbia trasformato nel Gerardo Lamperti che la pensa così anziché cosà. Vi do modo, conoscendomi, di stabilire se la mia interpretazione dei fatti possa diventare anche la vostra.

Per esempio, le riflessioni sull'importanza delle foto e dell'*esserci* sono parte del mio know-how esistenziale, molto più di tutte le nozioni che hanno cercato di inculcarmi ai tempi della scuola. Decenni di vita sociale mi hanno scaltrito, anche se non sufficientemente ripagato: da un'attività instancabile di atti di presenza e cortesie e conversazioni amichevoli e gentilezze – una vera e propria militanza – non è ancora arrivata l'occasione che mi abbia fatto ricco o una proposta di lavoro risolutiva, di quelle che non si possono rifiutare. Adesso, poi, che si parla solo di crisi, i vecchi sogni di successo e i nuovi di rivincita paiono allontanarsi, e davvero non saprei da che parte ricominciare.

La partecipazione intensa e concentrata alla vita mondana di Roma, con svolazzi capresi e parigini e ibizenchi, finora mi ha portato divertimento, flirt, successi mondani e innamoramenti rapinosi; ma ben pochi risultati monetizzabili, perlopiù in forma di finanziamenti per la mia associazione, la Hybris & Nemesis, che ho dedicato alla memoria di mio padre. Niente che sia utile per mantenere *comme il faut* i miei due figli; e così è finita che la madre, un'ex modella brasiliana che qui non trovava più lavoro, se n'è tornata in Brasile portandoli con sé. Fortuna che Alina, una volta là, ce l'ha fatta: è diventata socia di una clinica di chirurgia plastica di Rio; di tanto in tanto, come contributo all'economia famigliare, riesco a mandarle clienti italiani bisognosi di riaggiustatine e di discrezione. Anche per questo sono costretto a stare sempre in giro, a *esserci*, a incrementare e coltivare la mia rete di relazioni. Sebbene tutti ormai tengano a dichiarare di essere senza soldi, di aver eliminato le spese superflue e magari persino di provare sollievo nella nuova morigeratezza imposta dalla crisi mondiale, finiscono comunque per trovare motivazioni psicologiche e denari per plasticarsi. Ormai fa più orrore la vecchiaia che la povertà.

Attraverso una barriera di tre o quattro persone, scorgo pezzettini di Erica, inclusi tre quarti della sua faccia appuntita. Mi sta guardando e fa una smorfia di disapprovazione. Probabilmente la accompagna con un gesto delle mani appena accennato, ma la selva di corpi che ci dividono mi impedisce di vederlo. Non le va che mi faccia fotografare col cazzo del quadro. Del resto, non le va gran parte di quello che faccio – o non faccio. È una colossale rompicoglioni. Mi dispiace quando non capisce, quando mi giudica anziché interpretarmi. Forse è la persona a cui voglio più bene dopo i miei figli, e da ragazzo ne ero così innamorato che sono rimasto stordito per anni. Anni di dedizione cieca, sofferente, silenziosa – come un'emicrania incurabile, come un calcio nelle palle protratto nel tempo – e senza che lei nemmeno se ne accorgesse... finché un giorno sono riuscito ad andarci a letto. Quel giorno, improvvisamente, si è accorta di me. Le sono piaciuto e mi ha desiderato. Con mille paure reciproche, all'inizio. Perché era appena stato scoperto l'aids, e io venivo dall'America, patria del virus. Facevamo l'amore senza preservativo ma con una certa fifa, soprattutto lei. Dovevamo essere sui venti, ventidue anni: ricordo che Erica si doveva laureare e aveva sempre da studiare. Ci incontravamo in un alberghetto di Firenze, sorta di metà strada tra me e lei – che nel frattempo si era trasferita da Verona a Milano, per l'università. Ma, di appuntamento in appuntamento, Erica diventava sempre più sfuggente e raggelante e presa da altri pensieri, sinché a un certo punto è sparita e per un po' non ne ho saputo più nulla. Non aveva più voglia di vedermi, inutile cercare alibi. Ma in seguito dev'essersi aggiunta la faccenda del padre, e lei ha voluto proteggermi da quella notizia. Poi, dopo almeno un paio d'anni, forse di più, è ricomparsa. Mi ha raccontato tutto, ci siamo vicendevolmente addolorati e abbiamo ripreso ad avere rapporti assidui, benché sbilanciati. Lei mi chiama: magari vuole che le presenti qualcuno che conosco, magari vuole un invito a qualche anteprima o ha bisogno che la accompagni a un convegno in qualche località strana dove non le va di andare da sola. Oppure sono io a chiamarla, per chiederle qualche consiglio di lavoro, per sapere se qualcuno che mi ha promesso soldi è un fanfarone o una persona affidabile. Ma il punto è che lei con me non si confida. Parla di temi generici, di cose che ha visto o letto, di vicende che toccano persone conosciute. Io le racconto la mia vita intima, lei invece la tiene per sé, o la racconta a qualcun altro.

Perdo di nuovo Erica e il suo muso ipercritico. La galleria è davvero piena di gente da salutare, e poi mi scappa pipì e davanti al bagno c'è una fila interminabile, e insomma nel frattempo chissà dov'è finita. Mi stizzisco: che non sia lei ad andarsene senza passare a salutarmi! Ma poi mi volto e la vedo che chiacchiera con Arnaldo Fantoni. La raggiungo. Non sapevo che si conoscessero. Ottimo, però poteva dirmelo. Fantoni è uno che mi interessa. E questa magari è una buona occasione per vedere se, per una volta nella vita con l'aiuto di Erica, sia possibile realizzare un mio vecchio progetto, anzi il mio unico progetto. A dire il vero, a Fantoni ne ho già parlato in almeno un paio d'occasioni, ma senza che ne sia risultato nulla – a parte un saluto cordiale quando lo incontro e un'email di un paio d'anni fa in cui prendeva tempo: diceva che sì, però forse no, ma comunque chissà.

Sono l'ideatore e il responsabile della Hybris & Nemesis – Associazione operante in tutto il mondo per difendere i diritti dei padri. L'ho fondata perché a diciotto anni sono rimasto orfano del mio. Un dolore che ancora non riesco a superare e che finora ha ostacolato la mia vita psicologica e, di conseguenza, anche la mia vita pratica. L'associazione, che campa di donazioni, ha ancora alcuni ricchi sostenitori che erano amici o sodali di mio padre. Il nome, in italiano, vuole più o meno dire: "Tracotante prevaricazione & Giustizia riparatrice". La giustizia riparatrice è, appunto, il nostro compito. La *mission*. Ci occupiamo (parlo al plurale per abitudine, suona più serio, ma in realtà sono l'unico addetto) di sostegno psicologico, motivazionale e legale a padri separati cui siano stati sottratti i figli. Il tutto ispirato alla battaglia combattuta dal mio, di padre, per ottenere che gli venissi affidato, dopo la separazione. Battaglia che lui aveva condotto negli anni '70 con una grande capacità di finire sui giornali e con uno spirito politico che era poi quello del tempo: aveva fondato una cooperativa di padri disperati, uniti per dare assistenza legale a poveretti inermi contro lo strapotere dei tribunali, che non tenevano in considerazione i loro diritti ma solo quelli delle ex mogli.

Poi, improvvisamente, mio padre è morto: punto da un pesce tropicale velenoso, mentre faceva snorkeling in un'isoletta delle Filippine lontana da tutto quello che avrebbe potuto salvarlo. Io avevo diciotto anni, da due non lo incontravo perché mia madre mi aveva portato con sé a New York e gli impediva di vedermi. Voleva fare l'attrice, mia madre, ma nessuno la scritturava. Così s'era fissata che lui avesse un influsso negativo sulle nostre esistenze, cosa di cui l'aveva convinta una stronza grassona che girava con una piramide in testa per attirare influssi siderali positivi. Ne è risultato solo che mi ha tolto la gioia di godermelo almeno ancora un po', prima che morisse.

Ed ecco che, due o tre anni fa, mi viene l'idea del documentario: un bel film sulla vita di mio padre, uomo che per primo ha saputo cogliere e interpretare lo spirito dei tempi, dando voce ai diritti calpestati dei padri, fino ad allora ritenuti solo portatori di stipendio privi di anima, di emozioni, di passione sentimentale per i propri figli. In tempi in cui i padri erano figure distaccate, lui rivendicava il diritto di occuparsi di me come e meglio di una madre – specialmente della mia. Faceva azioni dimostrative, raid situazionisti, sit-in clamorosi. Perlopiù si spogliava davanti a cardinali, magistrati, parlamentari. Era diventato uno specialista dello strip veloce: due secondi ed eccolo nudo, a spaventare i benpensanti. "Sono nudo perché sono disperato, non perché sono pazzo!" gridava. "Vo-glia-mo-ino-stri-fi-gli! Vo-glia-mo-ino-stri-fi-gli!" urlava ossessivamente finché gli restava voce, anche mentre gli mettevano le manette e lo portavano via. Il suo corpo era perfetto. In quegli anni tutti si drogavano e bevevano vino rosso e idealizzavano quel rotolarsi nel fango strafatti che si vedeva nei film alla *Woodstock*. Lui invece era astemio, non mangiava carne e si radeva ogni mattina. Aveva capito in anticipo l'importanza di essere in forma e soprattutto l'importanza di finire sui giornali, di *esserci* nelle notizie e nelle fotografie, perché nessuna battaglia ha senso se il mondo non si accorge che la combatti. E non è finita: con la cooperativa SOS Padri parlò per la prima volta di depressione maschile e sensazione di essere defraudati, perdita dell'autostima, sopravvalutazione del vittimismo materno rispetto alle legittime istanze dei padri. Era trent'anni avanti a tutti.

Tornando ad Arnaldo Fantoni, che produce documentari e poi li vende a televisioni ovunque nel mondo, mi era sembrato il personaggio ideale per finanziare una serie di inchieste sulle battaglie dei padri cui vengono sottratti i figli da ingiusti tribunali – naturalmente incentrando le puntate sulle attività di sostegno della Hybris & Nemesis e prendendo spunto dalla storia di papà. C'è il lato umanitario e toccante, c'è la carrellata storica, c'è il personaggio da mitizzare, c'è il senso della missione universale: si tratta di riunire figli con padri, mica di spezzare le famiglie! E poi – con l'indotto pubblicitario della messa in onda – l'associazione raccoglierebbe un bel po' di fondi, e io non rischierei di collassare un mese sì e un mese no a furia di spese di rappresentanza.

"Come va?" chiedo a Fantoni, stringendo il braccio di Erica.

"Gerry, vi conoscete?" Le tiro un calcio delicato: "Gerardo," le dico, più di labiale che di voce. Lei sa che detesto quel nomignolo da bamboccio che gioca a biglie in spiaggia. Io sono Gerardo, come sta scritto sul passaporto.

"Certo che lo conosco!" esclama Fantoni.

Annuisco, già pensando a come trascinare il discorso su temi meno infruttuosi, ma Arnaldo risolve da solo il problema.

"E poi Gerardo è l'infaticabile promotore dei diritti dei padri, argomento che prima o poi finisce per coinvolgere gran parte dei maschi del mondo occidentale."

"Allora ti ricordi del mio progetto, che vorrei diventasse anche tuo," dico soddisfatto.

E così inizia. Inizia che Erica mi tratta bene e in quel caos di gente che si urta e si saluta mi tiene lì, senza liquidarmi, e anzi descrive con riguardo la mia associazione ad Arnaldo, che sa già tutto, ma fa piacere sentirsi sostenere da lei che è l'emblema dell'ipercritica milanese. E finisce che resto coinvolto in una cena post inaugurazione, e mi ritrovo al ristorante seduto non lontano da Erica e Arnaldo, tra un gracchiante politico autocompiaciuto e una bella di mezz'età che lavora in televisione. Finisce, tra l'altro, che Erica paga anche il mio conto. E che mi compiaccio del suo darmi retta e importanza, e dei suoi modi gentili e protettivi. E pensare che di solito sta sulle sue, e se non mi dà del "Gerry" mi chiama "Luft". Abbreviazione – mi ha spiegato – di *Luftmensch*, cioè "uomo fluttuante", individuo precario tipo quelli che svolazzano di tetto in tetto nei quadri di Chagall. Secondo lei sono come quegli ebrei che nei paesi dell'Europa orientale vivevano di espedienti, prima che arrivasse Hitler a sterminarli. D'improvviso, invece, Erica mi tratta con un tale riguardo che mi sento in pace col mondo, almeno per un po'.

Tra una portata e l'altra, il politico alla mia destra straparla. Provoca. Sa tutto lui. È il più esperto su qualsiasi cosa. È stato ovunque. Perché dev'essere anche in questo ristorante e con noi? Chi l'ha invitato? Cerca di attirare l'attenzione di una sovreccitata pierre-e-ufficio-stampa che gli siede di fronte, e anche quella di Erica, che è alla sua destra. Lei invece chiacchiera con Arnaldo, che completa il lato della tavolata. Alla mia sinistra ho una bella donna senza nerbo, Chiara Ravello. La conosco da un bel po'. Deve avere un paio d'anni più di me e ha ancora un corpo molto invitante: sottile ma morbido, con caviglie e piedi meravigliosi e un bel seno che viene da toccarlo. Anche la faccia mi piace, soprattutto la pelle porcellanata, senza solchi né macchie: la pelle tipica delle donne che rovinano sistematicamente le vacanze del loro uomo, sempre intabarrate per non farsi degradare dai raggi del sole, in spiaggia, in barca, in montagna. Le interessa un solo argomento: la televisione. Ma non in termini di qualità o utilità. Esclusivamente per via di intrighi e posti e incarichi. Se le togli questo tema, non ne ha altri. Conduce da anni una trasmissione pomeridiana per amanti degli animali. Pur essendo sempre in televisione, a contatto con bassa manovalanza e semifamosi, pur intervenendo a qualsiasi celebrazione o festa o anteprima, è la persona più moscia che abbia mai conosciuto. Non un'opinione, non un astio, un fastidio, un racconto, una passione. Niente. Se ne sta lì inerte, abbozzando mezzi sorrisi che esprimono compiacenza e uno smorto flusso vitale. Con tutte le persone interessanti o utili che potevano sedermi accanto, mi sono toccati il politico fanfarone e la presentatrice imbambolata. Cosa esprime questa donna, oltre al magnetico richiamo di un paio di tette soffici? Me lo chiedo, tanto per pensare a qualcosa. Prudenza? Paura di esprimere opinioni che possano dar fastidio a qualcuno che, anche se adesso non è qui tra noi, un domani potrebbe venire a saperlo? Mah, forse nemmeno questo: conosco moltissimi prudenti, e la loro arte è piuttosto quella di sgomitare per prendere parola e lanciarsi in sfiancanti dissertazioni in cui ogni cosa contiene il suo contrario. È uno stile di vita. Prendi un'opinione corrente, ribaltala e tutti penseranno "oh com'è bravo!" e soprattutto avrai dato ragione all'uno e all'altro pur non essendo né con l'uno né con l'altro. Si parla per esempio dell'elezione di Miss Italia, sorta di mostruoso mercato delle mucche in versione televisiva? Un tipo prudente, uno che attualmente non approva ma un domani potrebbe venir chiamato a far parte della ben retribuita giuria, e il lavoro è lavoro, ribalterebbe il senso comune spiegando che sì, è uno spettacolo orripilante per noi che siamo bravi e buoni, ma per una ragazza è molto meglio partecipare: serve da trampolino per fare carriera nel mondo dello spettacolo senza dover scopazzare a destra e a manca su divani del ministero o, nei casi meno fortunati, nelle meste camere d'albergo di impresari di mezza tacca. Le parrucchiere non hanno forse le loro scuole di taglio e piega? Le giornaliste non frequentano i master? Miss Italia è un ottimo stage per aspiranti soubrette. Così, la coscienza del prudente è salva. Gli sono simpatici e hanno ragione *tutti*: noi che giustamente disdegniamo, ma anche le mamme delle ragazze che partecipano al concorso e soprattutto gli organizzatori. Se mai chiamassero il prudente, ben gettonandolo per far parte della giuria della gara, perché mai dovrebbe perdere l'introito in nome di ingiustificabili considerazioni di gusto, perché mai dovrebbe inorridire al pensiero di trovarsi a scegliere una di quelle poverette che indossano patetici costumi da bagno e interpretano maldestramente ridicoli stacchetti danzanti? Nooo: se lo chiamassero sarebbe felice di contribuire dando modo alle ragazze di esprimere onestamente il proprio talento, e anzi sarebbe un ottimo giurato, dato che almeno lui ha buon gusto – senza contare che oltre al super gettone ci sarebbe anche la Mercedes con l'autista, nonché un trattamento beauty gratis e il parrucchiere – ottimo! ché dopodomani ha una cena e così si fa rinfrescare la tinta. Ecco, questo è il modo di ragionare dei prudenti. Avendo sempre detto e affermato qualsiasi cosa in due forme, sono legittimamente dappertutto. Gente che sa argomentare, che fa uno sforzo interpretativo, che insomma esprime qualcosa. Ma questa Chiara qui accanto a me... lei no, non è niente, non parla, sorridicchia a mezza bocca, mostra i bei denti sbiancati dal dentista.

Di fronte a me siede un giornalista giovane ma già pieno di talento politico. Nel senso che sa barcamenarsi. È proprio a lui che debbo l'esempio di Miss Italia. Prima ha iniziato a parlare del concorso raccontando di una ex miss che s'è appena lasciata col presidente della provincia di Siena. Poi ha vituperato lo spettacolo televisivo ritagliato sulla competizione. Ma appena gli ho dato retta, assentendo e anzi calcando la mano nel criticare, lui ha ribaltato la posizione e mi ha dimostrato che l'unica vera forma di tirocinio nel mondo dello spettacolo passa di lì. Impeccabile. Anche lui pronto a tutto. C'è sempre qualcosa da imparare a queste cene di umanità mal assortita.

Guardo Erica ma lei non mi guarda, e mi chiedo chi abbia architettato l'assemblaggio umano che siede al nostro tavolo. È stata lei? E come mai è a Roma? Per la mostra di Baselitz? Strano: si occupa di televisione, mica di arte. È qui per essere nelle foto dell'inaugurazione? No, non è il tipo. Per stare a tavola con il politico sputacchiante, il produttore, la presentatrice, il giornalista arrampicatore, la pierre esaltata? Non vedo l'ora che se ne vadano tutti e arrivi il momento di chiederle, finalmente, quale traccia stia seguendo. Che voglia cambiare lavoro?

Ho l'istinto di proteggerla, ma non so come fare. Se la guardo mentre parla e tiene banco ne avverto la fragilità, la fatica di costruirsi. Siamo così simili! Io col padre morto e la madre inetta, persa anni fa nelle sue stupidaggini newyorchesi e mai più tornata tra noi. Lei col papà truffatore e la mamma isterica ma sotto sotto complice, che faceva finta di nulla anche dopo la separazione, purché il marito continuasse a foraggiare la loro esistenza. Poi lui si è tolto di mezzo prima dell'ennesima incriminazione per malefatte finanziarie, e "bòn, è finita lì", dice Erica.

Tutto il nostro mondo di quand'eravamo bambini è fallito. Nulla è andato come avremmo potuto pensare allora, sulla spiaggia, mentre la trascinavo per i piedi in modo che il suo sedere tracciasse una bella pista per biglie, nella sabbia spumosa del mattino.

La guardo: siamo due che si difendono, ognuno a modo suo. Non siamo nemici, non lo saremo mai, ma non riesco a diventare suo alleato. Lei, invece, è la sorella che non ho avuto, è quasi una famiglia. Non riuscirei più nemmeno a farci l'amore. Almeno credo.

È tardi, ho mangiato come un porco, come mi capita ogni volta che sto seduto troppo a lungo a tavola. Non sono capace di fermare le mascelle. Divoro tutto, cominciando dal pane, su cui mi avvento ancor prima che abbiano portato da mangiare. A volte, a fine pasto, quando sul tavolo restano solo bottiglie vuote e tovaglioli macchiati gettati alla rinfusa, mi capita di radunare le briciole sulla tovaglia, raccoglierle conficcandole nei polpastrelli, e buttarmele in bocca.

Alcuni si fanno chiamare un taxi. Altri hanno l'auto, da qualche parte. All'improvviso sembrano tutti aver fretta di andarsene. Fantoni accompagna Erica a piedi, al suo solito albergo di via Frattina. Ti chiamo domani, mi dice lei. Ci sentiamo per quella cosa, fa lui. Chissà.

Saluto, stringo la mano, bacio sulla guancia, sorrido. Ma, prima di prendere la bicicletta e tornare a casa, vado in bagno. Non ho la forza né il carattere di mio padre: mi riempio di fetenzie dannose e poi devo vomitarle. Meglio al ristorante che a casa. Gli odori ributtanti di latrina aiutano nello sforzo di rigettare.

Mentre con la testa nel water mi svuoto di crocchette e supplì e mozzarelle e acciughe e fiori di zucca fritti, mi rendo conto che a Erica piace Arnaldo. Che a lui piaccia lei è scontato. È ancora bella, ed è di Milano, cosa che può sembrare stupida ma qui fa ancora un certo effetto. Se non altro perché da quelle parti non hanno l'accento sguaiato delle ragazze di qui.

Questa rivelazione mi addolora, assurdamente. Di cosa sono geloso? Di niente, mi dico aspettando che goccia dopo goccia si riempia la cassetta del water: devo tirare l'acqua ancora una volta, ho sporcato dappertutto.

Mentre mi lavo le mani e mi sciacquo la bocca; mentre uscendo saluto i camerieri, sempre le solite facce da anni; mentre cerco la chiave e tento di infilarla nel lucchetto della bici, al buio, sbagliando varie volte il verso; mentre finalmente mi allontano pedalando piano, penso che almeno è Fantoni, almeno è uno che può essermi utile, almeno lei può convincerlo.

Almeno, almeno, almeno. Se proprio doveva farsi piacere un altro, sotto il mio naso, a Roma.

È il 5 giugno di un'estate fa.

Personal essays: foto di gruppo

"Le passate generazioni avevano l'esigenza di cambiare i valori correnti e di demolire lo status quo, e questa era la motivazione delle loro azioni. Oggi, forse, la gente vuole solo essere attraente e seducente." Lo ha detto Francesco Vezzoli, showman-fenomeno dell'arte contemporanea. Che scoperta! Mica solo oggi... Tutti, anche Che Guevara, anche Napoleone, anche Gesù hanno voluto essere attraenti e seducenti. Tutti, per smerciare le loro idee o le loro mercanzie o i loro sogni, hanno bisogno di attrarre e sedurre. La differenza, semmai, è che oggigiorno questi tentativi più meno riusciti vengono fatti a colpi di fotogrammi anziché di pennello o scalpello. Fotogrammi che poi, nei casi ben riusciti, si diffondono rapidamente nel mondo intero, pervasivi come erbe infestanti.

Nel loro piccolo, anche Erica, Gerardo, Arnaldo e tutto il vociante contorno, appena possono cercano di finire in una fotografia. Per attrarre lettori, spettatori, clienti, datori di lavoro, finanziatori, amanti, seguaci. Ma certe foto, che ci si lascia fare per pigrizia, perché c'è qualcuno che insiste per ritrarti o perché lì per lì sembrano una buona idea, diventano col tempo una condanna incancellabile, né più né meno di un tatuaggio che dichiara amore a chi ormai non ci interessa più. Se a Gerry succedesse qualcosa di serio – un incidente, un omicidio, magari addirittura uno straordinario colpo di fortuna (dal vincere alla lotteria allo sposare una figlia di Berlusconi) – di lui, dagli archivi fotografici, i giornali pescherebbero invariabilmente la succosa foto in cui si balocca accanto al pene-monstre del quadro di Baselitz. E con ciò sarebbe per sempre, a memoria d'uomo, consegnato alla propria coglionaggine da fureria.

Di Erica, invece, si troverebbero solo fotografie abbastanza anonime, con lei celata in un sorriso imbarazzato in mezzo a folle di cui indubbiamente fa parte pur sentendo di non appartenervi, stretta tra un moralismo da nordest protoleghista, che le fa osservare accigliata le gesta e i comportamenti dell'amico d'infanzia, e l'ingenuità bella e buona del "farsi innamorare" dalla conversazione col direttore del suo gruppo editoriale; smarrita nel vuoto di una vita coniugale senza nessuno da crescere, senza nessuno da cui farsi mangiare il tempo, i desideri, le inquietudini. Se solo Erica pensasse a quante rigide opinioni su qualcosa ha sostenuto, a quante scemenze ha apoditticamente affermato, in quante cose ha silenziosamente creduto e poi si è applicata, smetterebbe di dar retta a se stessa, si lascerebbe andare, perderebbe un po' della patina polverosa che la ricopre, persino nelle fotografie che la ritraggono a un'inaugurazione.

Arnaldo, invece, è un professionista dell'immagine: da anni, da sempre, sta ben attento quando vede un fotografo. Se in giro ci sono facce da nulla, se una donna brutta o ininfluente cerca di attaccar bottone, se un regista ignoto lo tampina, Arnaldo si sottrae agli scatti, non vuole che negli archivi fotografici resti traccia di queste sterili e svilenti frequentazioni. Vuole esistere solo in immagini che lo mostrino accanto a persone note e importanti. Ancor più di showgirl e attricette, s'è convinto che abbia senso far vedere la propria faccia solo se è apparentata a qualcuno di utile. Lui è un produttore, non un fenomeno mondano. Sereno, sobrio, ben vestito, amico tra gli amici che contano. Spesso solitario, ma attento a esserlo solo fuori dalle fotografie.

Sì, viaggiare...

In questa storia Gerry non doveva assolutamente entrare, e invece te lo trovi regolarmente in mezzo, a impietosirti coi suoi disastri famigliari, con le sue sofferenze divenute filosofia di vita, e soprattutto inciampo di vita. Ha sempre bisogno di qualcosa. È uno che persino senza volerlo tende a intrufolarsi, tant'è vero che l'ho incontrato il giorno in cui sono tornata a Roma per rivedere Arnaldo. Non ero certo contenta di trovarmelo tra i piedi: volevo essere felice, pimpante, bella dentro e fuori, senza un passato meno che splendido, e invece ecco lì Gerry a rimettermi sotto il naso tutta la caterva degli sbagli della mia vita, i miei e quelli dei miei genitori – di cui bene o male è l'unico testimone. A parte mia madre e lui, non c'è nessuno al mondo che io frequenti da quando avevo cinque anni. Tutte le persone che ho intorno le ho conosciute dopo, dopo che me ne sono andata da Verona, dopo che è morto papà, dopo che mi sono ricostruita. Fossi in un telefilm, avrei già incaricato un sicario di eliminarlo, come si fa col complice di una rapina coglione e smargiasso che rischia di farti smascherare dopo anni, quando ti sei ricostruito una vita coi soldi rubati e hai un aspetto distinto, una bella famigliola, una casetta col prato e dirigi il supermercato all'angolo della piazza principale.

Ho sempre paura che Gerry sparga inopportunamente notizie sulla nostra amicizia, raccontando i fatti miei e della mia famiglia per vantarsi di conoscermi bene, usandomi come garante per una qualsiasi delle sue cazzate. E prego Dio che non vada in giro a spifferare d'esser finito ripetutamente a letto con me, più di vent'anni fa. L'ideale sarebbe confinarlo in una specie di limbo fino a quando – un domani, da vecchi – mi tornasse la voglia di frequentarlo, di conoscere le sue opinioni, di bere una bottiglia di vino, davanti al caminetto, insieme a lui. Ci sono cose che magari vorrei dimenticare, completamente sorpassate, e invece ecco che arriva Gerry e, soffuso da quella sua aura avvilente di spreco e fallimento, finisce per ricordarmele. Gli voglio anche bene, per carità. Ma quello che provo per lui è più che altro un sentimento molto stronzo di affetto rilasciato e percepito solo nel momento del bisogno – il mio. Quando ci finii a letto ero ancora una ragazza scombussolata che costruiva la propria educazione sentimentale accumulando una galleria di figurine: il giovane tormentato, il quarantenne turlupinatore, il riccastro tutto champagne e motori, il povero ribelle, il disoccupato vittimista, il compagno di scuola, l'amico di papà...

Allora Gerry aveva ancora un'incantevole aria da buono a nulla, come tante donne belle e giovani destinate poi a diventare mascheroni dal trucco sbavato, sopraffatte dalla catena degli errori in cui sono incappate. Niente da fare: essere splendidi e futili non dura tutta la vita, soprattutto se non si ha una lira in tasca. Perlopiù ci si perde per strada.

Gerry si è perso già da un bel po'. E poi è molto difficile che chi ti è piaciuto da piccolo – e lui mi è piaciuto quando avevamo dieci anni e poi di nuovo a ventidue – ti affascini anche nella maturità.

Ora lo guardo e lo vedo che continua a rastrellarsi le ciocche dei capelli, un gesto che mi dà fastidio perché lo leggo come segnale di cronica insicurezza, di ansia malcelata, di incapacità di governare il proprio destino e avere una linea di condotta. Gerry tratta su tutto, è corruttibile e, per giunta, anziché farne un punto di forza se ne vergogna. Già ai tempi della nostra storiella era inconsistente come l'aria. Sosteneva che la sua fosse una scelta: gli piaceva sentirsi aereo, "oggi qua domani là". Ma col tempo è diventato così impalpabile che, per esempio, della sua associazione non so nemmeno se esista davvero o se sia pura fantasia. Dove ha sede legale? Paga le tasse? In che razza di regime fiscale sopravvive? Una cosa è certa: coi soldi che gli passa qualche ex marito disperato o qualche sopravvissuto sodale di suo padre, Luft ci fa le vacanze a Ibiza (più che altro, paga il viaggio perché poi va sempre ospite), campicchia pedalando per il centro di Roma e paga l'affitto di casa, va in gita a Parigi o a New York evitando di far visita alla sua dannosa madre.

Un paio d'anni fa gli ho chiesto che programmi avesse per il futuro, a parte occuparsi della misteriosa associazione: "Vorrei aiutare Sorlini a creare un'azienda alimentare che non inquini come quella dei suoi genitori," mi ha risposto, compunto. Fabio Sorlini è un suo viziatissimo amico che, dopo essersi salvato dalle droghe, è precipitato nel gorgo delle crisi mistiche. Gli è apparsa la Madonna in viale Monza a Milano, sul marciapiede davanti a un pizza-kebab. È anche il figlio rancoroso di un ex produttore di camomilla in bustina – azienda ormai venduta a una multinazionale. Quando Gerry mi ha presentato Fabio, ho sopportato tre quarti d'ora di comizio su quanto fossero inquinanti i pesticidi con cui veniva irrorata la camomilla smerciata dall'azienda paterna. Poi, per giorni, mi sono sentita sull'orlo del cancro (per tutta l'infanzia sono andata a letto dopo essermi bevuta un tazzone di camomilla Sorlini: erano praticamente monopolisti del mercato).

"E i soldi che faremo con l'azienda alimentare non inquinante li investiremo in una banca etica facendo credito a giovani che si occupano di progetti biologici," ha precisato Gerry.

"Va bene, è una buona idea. Ma adesso non lavori, hai due figli sperduti in Brasile e ormai hai compiuto quarant'anni da un pezzo: cosa fai tutto il giorno?" Mi piace il ruolo della vecchia zia benpensante, lo interpreto con grande scioltezza.

"Ma io sto lavorando!" ha protestato lui. "Lavoro su me stesso! Lavoro per riparare i danni che la mia famiglia mi ha procurato!"

Questo per dire che, senza i finanziamenti elargiti alla sua associazione, Gerry sarebbe sul lastrico. Ha finito per trasformare in una professione il dispiacere di non essersi potuto godere il padre; una professione magari non redditizia ma che gli permette di sentirsi occupato e gli assegna una sua piagnucolosa popolarità: di tanto in tanto lo invitano in televisione nei programmi strappalacrime del pomeriggio oppure a convegni internazionali di padri disperati, dove interviene come testimonial dei figli della parte lesa (e anche di quella ledente, con cui però sono in contrasto), sfoderando la sua ottima pronuncia americana.

Verso la fine della seconda liceo, sua madre lo portò con sé a New York. Dopo il divorzio si era accorta di essere lesbica e riteneva, giustamente, che l'Italia fosse un paese troppo bacchettone per darsi al lesbismo in santa pace. Temeva che qualche magistrato le togliesse l'affido del figlio. Per di più voleva fare l'attrice off, mestiere che a Roma non andava per la maggiore. La trasferta venne organizzata – permessi, visti, green card – da un cugino ebreo newyorchese, attivista omosessuale. Gerry rimase a New York dai sedici ai ventun anni. Nei primi mesi incontrò saltuariamente il padre, che andava a trovarli, poi sua madre si fissò che l'ex marito portasse sfiga alla famiglia e si dileguò nel nulla, cambiando ripetutamente casa. Il padre fece il diavolo a quattro: un gran battage che purtroppo non portò a nulla. Se ne parlava in Italia, ma negli States nessuno gli dava retta. Anzi: segnalato come agitatore a rischio di comunismo – e come rompiballe planetario, dopo che si era spogliato davanti alle guardie del corpo dell'ambasciatore americano – non gli concessero più nemmeno il visto d'ingresso. Poi, la morte improvvisa nelle Filippine. Fino a quel momento Gerry era stato un ragazzino diligente, competitivo, desideroso di far bene a scuola. Dopo la morte del padre, divenne così stralunato e confuso che al test di ammissione al college consegnò un tema consistente in una sola frase, ripetuta all'infinito: Io sono Gerardo Lamperti Io sono Gerardo Lamperti Io sono Gerardo Lamperti Io sono Gerardo Lamperti...

Io sono, non *I am*. Voleva solo tornare in Italia, come se fosse un modo per riprendersi un po' di quel padre che gli era stato strappato senza che riuscisse a riafferrarlo nemmeno per un momento.

Morto l'ex marito, la madre se la prese col figlio. Quel test d'ammissione fu la goccia che fece traboccare il vaso. Anche Gerry le portava sfiga. Era colpa di quei due, l'ex marito e il figlio, se la sua vita s'era inceppata. Gli pagò il biglietto per tornare a Roma e si diede – finalmente libera – alla sua frustrante vita di casting in cui non veniva mai selezionata. All'inizio, Gerry lo aiutarono in molti: gli amici del padre, i genitori di suoi compagni di classe di quando abitava a Roma, persino mio padre – o almeno così mi aveva detto, e non ho mai voluto verificarlo per paura di trovarmi in un fuoco incrociato di bugie e imbarazzanti verità. Diciamo che su ogni parola spesa da mio padre durante la sua esistenza c'è da calcolare la tara della sbruffoneria, che raggiunge circa l'80% del peso totale.

Quando m'informarono del ritorno di Gerry, mi venne voglia di rivederlo. Ne avevo tanto sentito parlare, anche per via delle fantasiose proteste inscenate da suo padre, finite su molti giornali. Ricordo un numero dell'*Espresso* con una foto in cui era nudo, di spalle, nell'atto di terrorizzare qualche autorità in posa ufficiale.

L'ultima volta che l'avevo visto era stato in un cinema di Roma, durante un appuntamento certosinamente organizzato dai nostri genitori. Eravamo ragazzini di terza media. Lui mi aveva portato a vedere la *Pantera rosa* o qualcosa del genere – un cartone animato, comunque. E io m'ero molto delusa di trovarlo così indietro, di vedermelo arrivare con l'aria tonta dei bambini, più o meno nello stato puerile in cui l'avevo lasciato alla fine di un'estate ad Anzio, diversi anni prima.

Di nuovo andai a trovarlo a Roma, stavolta da sola. Ormai, lasciata con sollievo Verona, abitavo a Milano e studiavo all'università. L'incontro fu più fortunato: la sua aria persa e svagata mi affascinò. Forse era il magnetismo dell'esser stato americano almeno per un po', forse era la sua indubbia bellezza elargita senza autocompiacimento, o una certa aria sottosopra in cui c'erano già i germi di una vuotaggine conclamata – ma una cosa è esser così a ventidue anni, un'altra è rimanerci per sempre. Credo che sia stato proprio dopo la storia con Gerardo, che ho iniziato a disinteressarmi della bellezza maschile, trovandola sempre e comunque deludente.

Era gentile, tormentato e cavalleresco: faceva il baciamano, ti apriva la porta, si alzava quando ti sedevi a tavola, in un'epoca in cui quei modi erano considerati trucchi da figlio di palazzinaro o manierismi da aristocratico inetto. Aveva occhioni bluette e ricci biondi e scomposti, un bel sorriso pieno di denti bianchi, era alto e con un gran portamento. Era di quella bellezza acerba e spontanea che scatena i desideri dei vecchi: te lo immaginavi ragazzino nelle grinfie di un Luchino Visconti.

Me ne innamorai per il tempo necessario a esplorarlo.

Ora invece lo trovo imbarazzante nel suo essermi trasparente. Come una finestra senza tende, vedo attraverso le sue piccole bugie, le sue titubanze, i suoi pudori. È così privo di ambizione e complicazione e spina dorsale, è così bambinesco nei suoi trasparenti desideri lineari, è così noiosamente pieno di tempo libero e di facili entusiasmi per scemenze ininfluenti...

Tuttavia, devo ammettere che a volte sono io a cercarlo, il povero Gerry. Perché lui è sempre disponibile; e, quando sono a Roma e magari mi sento giù e non voglio farmi vedere dai soliti amici per paura che si accorgano del mio bluff esistenziale e della mia inadeguatezza rispetto alla continua recita di essere in ordine e carina e brava e docile, Gerardo trascolora e mi appare come uno chaperon perfetto, adatto a consolarmi e accompagnarmi a una cena noiosa o al cinema – naturalmente per vedere un film scelto da me. E poi conosce tutti, essendo sempre libero e in giro da decenni e presente a ogni minima festicciola. Se gli chiedo di darmi una mano a incontrare tizio o caio, posso essere quasi certa che sappia come arrivarci senza difficoltà e in men che non si dica organizzi un appuntamento. Anche se poi mi resta sempre in dote un brividino di paura: temo che Gerry, appena me ne torno a Milano, vada a rivendersi il nostro archeologico amorazzo. Io, invece, non ne ho mai parlato con nessuno, nemmeno vent'anni fa, mentre era in corso. Le persone sono piene di amori segreti, ormai passati o ancora in vita, e non si dovrebbe mai venire a sapere la verità su chi è andato a letto con chi. Quando si parla con qualcuno, quando si guardano le persone, non ci si pensa: ma tutti hanno qualcosa di profondamente insoddisfacente da nascondere, e non si tratta solo di amori. L'altro giorno guardavo sul giornale una foto del premier georgiano Saakashvili, colto nel backstage di un'intervista televisiva. Con sguardo spiritato mordicchiava la cravatta che aveva arrotolato intorno a un dito. L'uomo che aveva sancito l'amicizia con gli americani facendo battezzare "Avenue George Bush" il vialone che dall'aeroporto conduce alla piazza centrale di Tbilisi, e che, forte di quell'amicizia, aveva invaso l'Ossezia contando di averla vinta sui russi, rivelava di essere un poverino afflitto da tic nervoso e si faceva beccare assorto mentre rosicchiava la cravatta. Davvero si vive nascondendo una parte di sé: certe belle donne che ci paiono spontaneamente stratosferiche sono invece prede segrete dei consigli di un parrucchiere che le riempie di tisane diuretiche e lassative perché lui, il parrucchiere, è dimagrito così – sempre al cesso tutto il santo giorno. Una moglie ruba ogni mattina cinquanta euro dal portafoglio del marito perché non le piace chiedere e perché non si sa mai – meglio farsi una provvista; un altro si scortica l'unghia dei pollici e si strappa la pelle attorno e non sa più smettere tanto che ormai i suoi pollici sono inguardabili e li tiene sempre nascosti sotto il palmo della mano, perché è un perfettino con l'abbigliamento impeccabile, sempre a controllarsi i gemelli e i polsini, i reverse e i bottoni slacciati delle maniche della giacca. Ma a volte è così sopraffatto dal desiderio di tormentarsi i pollici, che sente di non volere niente quanto quello. Né la moglie né i figli, né le case ben arredate né il far bella figura col ministro: nulla di tutto il suo armamentario d'amore e di parata gli interessa quanto spolparsi le dita, con invincibile appagante tenacia.

Tutti, proprio tutti, cerchiamo di nascondere qualcosa. Io provo a nascondere Gerry, e naturalmente anche altre cose ormai passate.

A questo punto, cara Roberta e caro anonimo mittente, è probabile che vi stiate chiedendo cosa c'entri questo Gerry con tutta la nostra storia, dato che è appunto un uomo del passato e non del presente. C'entra perché è un testimone dei fatti, c'entra perché un'estate fa continuavo a trovarmelo nei posti dove capitavo; c'entra perché ho finito per riscoprirlo e rivalutarlo mentre con lui – come se fosse un'amica del cuore – perlustravo le verità e saggiavo la consistenza delle illusioni e degli inganni. C'entra perché di lui credevo di sapere tutto e invece non sapevo: interpretavo.

Decisi di aiutare il destino. Dopo che Lazzari, il direttore generale, mi aveva suggestionato, mettendomi sotto il naso l'assodata convenienza di una frequentazione con Arnaldo Fantoni, chiamai Beatrice e le spifferai il mio interessamento perlustrativo per quel signore.

"Ma è ideale!"

"Ideale in che senso?"

"Ideale per te."

"Ah."

"Lo conosco praticamente dalla nascita. È simpatico e, quando serve, anche abbastanza cattivo. Vi divertireste un sacco."

"Ah."

"La storia con la sua convivente è finita da un pezzo."

"Finita? Convivente?"

"Sì, cioè no."
"Non ho capito."
"Già. In pratica abita con la fidanzata storica ma non stanno più insieme e ognuno si fa i fatti suoi. Tipo te, insomma."
"No, perché dici così? Io e mio marito abbiamo una vita autonoma, ma io non mi faccio i fatti miei. Cioè... fino a un certo punto."
"Quante storie! È il tuo tipo, su."
"Ah."
"Se vuoi, organizzo qualcosa e vi faccio incontrare. Anzi, non ti ha dato il numero? Chiamalo, no? Ti inventi che devi venire a Roma ed è fatta!"
"No, dài, non sono capace. E se mi avesse trovata brutta? Se non si ricordasse chi sono? No, non si fa, mica mi posso imporre."
"Ma chissenefrega! Credi che ci sia un uomo che non si sente gratificato se una donna carina gli chiede di incontrarlo? E poi tu scrivi di televisione, lui produce soprattutto per la televisione, è fatta!"
"Scrivo di fiction e lui si occupa di documentari. C'entriamo come un piede e un orecchio."
"Oddio, ma allora perché mi chiedi di lui? Se hai tutte queste riserve... e il marito, e il lavoro, e incontrarsi, e il piede..."

Un mese dopo andai a Roma: Beatrice mi aveva dato per certa la presenza di Arnaldo all'inaugurazione della mostra di Baselitz.

Edotta dal direttore generale, scaltrita dall'amica e da altre notiziole raccolte qua e là, mi ero persuasa di conoscere l'abc dell'uomo che mi aveva affascinata in prima persona e, soprattutto, per interposta persona. Non restava che rivedersi, ma non avevo fretta. In realtà ero placata dal solo pensarlo. Andavo a letto, accanto a mio marito – ognuno buono buono dal suo lato – e per addormentarmi fantasticavo abbozzi di situazioni amorose con Arnaldo Fantoni. Abbozzi, perché regolarmente il sonno mi prendeva prima che si sviluppassero fatti concreti benché ipotetici. Forse è sempre così: le fantasie avvincono e tengono compagnia perché non si riesce mai a dargli una forma compiuta, con inizio, svolgimento e fine.

E poi, a quel tempo, benché più che adulta, stavo ancora cercando di perfezionare me stessa e non mi sentivo pronta a tentare strade diverse da quelle ormai pigramente adottate – mi riferisco al matrimonio e all'affetto fraterno che provavo per mio marito. Se voglio tentare di star bene per il resto della mia esistenza, mi dicevo, devo essere l'unica vera amica di me stessa. Devo sentirmi sola al mondo, benché appunto abbia un marito, una madre, innumerevoli amici. E sola di una solitudine non ricattatoria e lagnosa bensì piena e soddisfatta. Una volta raggiunto questo mirabile stato – e in effetti a quel tempo ritenevo di esserci pressoché arrivata – avrei potuto accendere la materia evanescente dei sogni, e addirittura, chissà, realizzarne qualcuno senza correre pericoli, senza sgretolarmi precipitando nell'instabilità emotiva. Nella calca degli arrivisti, dei ricchi veri e di quelli finti, degli individui scontati che hanno perso ogni allure, degli infelici e delle loro pene contagiose, mi sarei trovata – proprio a causa della mia smagliante solitudine – a essere l'inattesa e l'attesa, l'elemento incalcolabile che smuove le carte, rivoluziona un cuore, accende i desideri.

Volevo esserlo per Arnaldo Fantoni? Non credo, non ricordo, non mi sentivo pronta. Una persona più prudente – anzi: saggia – si sarebbe fatta bastare l'irrealizzazione delle proprie fantasie.

All'ingresso della galleria Gagosian c'erano i fotografi. Mi infilai dentro in fretta, non avendo nessuna voglia di finire nella foto di qualche famoso in qualità di anonimo fondale da effetto calca. Ero fremente. Lo ero stata anche nel lungo viaggio in treno, in cui avevo leggiucchiato senza convinzione, e durante la telefonata con Beatrice, che non poteva accompagnarmi perché doveva portare in ospedale il figlio che s'era rotto un polso, e mentre percorrevo le poche decine di metri che separavano il mio solito albergo di via Frattina dal luogo in cui – dopo tante chiacchiere – avrei probabilmente incontrato Arnaldo.

Sotto sotto speravo che rivedendolo mi deludesse. Scarpe color becco d'anitra, oppure una fidanzata estemporanea solidamente avvinghiata al suo fianco, o addirittura – smacco – che non mi riconoscesse. Bòn, non gli faccio né caldo né freddo, un problema in meno, avrei pensato. Occuparsi di cose piùÂconcrete: lavoro. Vedere se c'è un qualche attore da intervistare per *Uomo Vogue*. Sentire se c'è puzza di produzione di nuove fiction. Avere intuizioni, essere fattivi, scrivere, guadagnare. Se no, che ci faccio qui?

Lo incontrai nel giro di un paio di minuti, subito dopo essere inciampata nel solito Gerry. Mi piacque da subito. È proprio lui, pensai, lo stesso della cena a casa di Pietro e Luisa, lo stesso uomo dallo sguardo complice, che include e reclude. Me lo ricordavo con grande nettezza, improvvisamente, mentre in tutte le fantasie notturne che gli avevo dedicato non riuscivo a ricostruirne i lineamenti.

"Ciao, come va? Che piacere rivederti!" mi disse. E: "Posso presentarti il mio amico?" Lo conoscevo già, ci sorridemmo senza convinzione: a nessuno dei due fregava assolutamente nulla dell'altro.

"Come mai qui?"

"Amici, lavoro..." dissi, facendo la vaga.

Chiacchierammo di non so cosa, entrambi vistosamente preoccupati che la palese mancanza d'argomenti ci costringesse a salutarci. Del resto, cosa vuoi dire mentre la gente ti urta, mentre il tuo sguardo cade su Gerry che – pur di farsi fotografare da Pizzi – si finge proprietario dell'orrendo pene iperbolico di una tela, mentre ogni pochi secondi qualcuno cerca di soffiarti l'interlocutore ("Ciao Arnaldo, cosa mi dici? Hai visto chi c'è di là?"), mentre di tanto in tanto qualcuno cerca di agganciarsi pure a te ("Erica, non sapevo che fossi a Roma!"), e soprattutto mentre qualche sconsiderato ti chiede cosa farai per cena, e insiste quando ti mantieni sul vago perché speri ardentemente che a invitarti a cena sia Arnaldo?

Fu parecchio faticoso, e – da non credere – la salvezza venne proprio dall'inutile Gerardo. Scoprii che i due si conoscevano (in effetti era prevedibile), e soprattutto che Gerry aveva tentato di rifilare ad Arnaldo, che sembrava prenderlo sul serio, la produzione di un documentario sulla storia di suo padre e sulla fantomatica Hybris & Nemesis.

Finì che Gerry divenne una sorta di collante, impedendo lo sfilacciamento dell'incontro. Grazie a lui, che agì come un border collie, radunando pecore, andammo a cena tutti insieme – tutti nel senso che strada facendo s'erano aggiunti anche altri solitari avanzi dell'inaugurazione, ognuno sciolto e senza programmi, pronto ad attaccarsi alla prima cordata di affamati in grado di trovare un ristorante che avesse posto per tutti.

C'erano dei rischi, naturalmente: avrei potuto finire seduta accanto a Gerry e sorbirmi le sue solite lagne su quanto avesse mangiato ("Ho mangiato troppo, mi sento pesante, non digerisco," piagnucola tutto il tempo, e in effetti ogni volta mangia voracemente, come fosse l'ultima occasione), e sulla sua cronica mancanza di soldi ("Non ci crederai ma stavolta sono davvero sul lastrico! È il tracollo!" farfuglia con voce strozzata); oppure avrei potuto trovarmi accanto alla nevrastenica "ufficio stampa", magra come la rana di Galvani e che anziché mangiare non avrebbe fatto altro che arrotolare palline di mollica e poi disfarsene buttandole sotto il tavolo. Per non dire dell'immancabile politico, finito con noi perché – mi parve – trescava con una bella presentatrice televisiva, ormai un po' ricostruita, con lo sguardo scialbo e molto silenziosa. Sopportare, fingere benevolenza, sorridere, essere gentili, non lamentarsi di niente: ero pronta ad applicare le mie norme da incontro mondano, di quando cioè si raggiunge il massimo della finzione possibile, a cominciare dal modo in cui ci si veste (o meglio: addobba), di solito con gonna e tacchi alti e complicato make-up leggero e camicetta di seta che scivola, e comunque a seconda delle mode con un insieme assolutamente finto, costruito, innaturale, scomodo. L'impegnativa recita della donna ancora carina, femminile, appetitosa.

"Erica si siede vicino a me," sentii dire, con tono imperioso, da Arnaldo. E prima che tutti si decidessero a scegliere un posto, ognuno concentrato nel tentativo di accomodarsi in posizione vantaggiosa, Arnaldo e io eravamo già seduti fianco a fianco, lui alla mia destra, finalmente liberi di parlarci di qualcosa, di fare il gioco di sembrare il meglio l'uno per l'altra, come quella sera di tre mesi prima sul divano a forma di bacio.

Dapprima mi parlò di arte, mentre – ripensandoci in seguito – io ero completamente dimentica dell'esistenza degli altri, persino di Gerardo che sedeva a un paio di persone di distanza.

"Guarda, non trovi paradossale che ci siamo reincontrati proprio a una mostra di arte contemporanea?"

"Già," confermai, pur non trovandolo né paradossale né strano. Ben organizzato, semmai.

"Ormai non si fa che correre a ogni minima mostra o evento o fiera o inaugurazione o asta di arte contemporanea."

"Vero," assentii, anche se io, in realtà, non rientravo nella sua casistica.

"Perlopiù sono persone affascinate da lavori che il mercato gli fa credere siano opere d'arte, come se fossero oggetti magici, cose in grado di procurare emozioni, estasi, arricchimento culturale. E questo solo per il fatto di esser lì a vederle prima degli altri, all'anteprima, alla serata a inviti, all'inaugurazione della biennale. Gente attratta dall'arte contemporanea soprattutto perché è bizzarra, assurda, fa quasi ridere."

"Certo," confermai, lieta che fossimo passati immediatamente dall'altra parte della barricata, diversi dai creduloni che stava ritraendo.

"Per divertirsi e apprezzare certe trovate non ci vuole né cultura né la minima conoscenza della storia dell'arte. Basta avere un cuoricino emozionabile, facile agli stupori, agli uuuh e agli aaaahhh!"

"Vero."

"Partecipando a forza di urletti ci si sente al centro del processo creativo, ci si sente addirittura artisti – in un qualche modo – se non altro per l'autocompiacimento di avere un sesto senso in grado di capire ed emozionarsi di fronte a queste opere prima delle masse informi che a un certo punto, con immenso ritardo, ci arriveranno. Si è degli epigoni, degli esploratori, delle avanguardie!"

"Già," approvai meschinamente, cercando di compiacerlo con uno dei miei sorrisi tirati e inconsistenti, poi presi il bicchiere per portarlo alle labbra, e solo quand'era quasi completamente reclinato mi accorsi che era vuoto e lo rimisi sul tavolo, sperando che la mia goffaggine non si fosse notata.

"*Facile andare in un museo e apprezzare Piero della Francesca! C'è scritto anche sui manuali scolastici di andarci!*" disse Arnaldo, facendo perfettamente la gaia cantilena di tanti curatori e galleristi. "Sono convinti che interessarsi di capolavori consolidati sia una scelta passiva, mentre loro si sentono creativi, quelli che costruiscono il Genio partecipando della sua opera."

Che uomo pieno di sottigliezze, che conversazione interessante, pensai, sempre sorridendo meccanicamente.

"Devo portarti in Giappone con me... con noi. Ci vieni, vero?" m'interrogò, già annoiato dell'argomento precedente.

Oddio, certo che ci vengo, pensai. "Perché? Come mai in Giappone?" chiesi invece, come smarrita dalla mia incapacità di pensare frasi adatte alla situazione.

"Perché là è tutto diverso, è veramente esotico. Le persone, l'idea dell'ordine, l'estetica degli oggetti e dei colori, persino quella degli incroci stradali."

"Ah, volentieri. Ci verrò," confermai, pensando per un solo secondo che, se il viaggio fosse stato imminente, poiché in giugno si pagano le tasse e il mio conto corrente si azzera, avrei dovuto inventarmi qualcosa per trovare i soldi del biglietto. "Ma quando?"

"In novembre. Dobbiamo andarci per una nuova produzione. Un documentario sui no global giapponesi. Ti porto con me. Prima, però, se sei d'accordo, ti porto un paio di giorni a Ponza. Sei mai stata a Ponza?"

Poco dopo avermi minuziosamente descritto l'albergo di Ponza dove avremmo soggiornato di lì a un paio di settimane, rigorosamente in camere separate, Arnaldo mi invitò ad accompagnarlo alla Mostra del Cinema di Venezia, in settembre, dove presentava un documentario sulle "città fantasma", cioè su luoghi desertificati dalla fine di ogni tipo di produzione e commercio. "Tutto girato in HD! Sono uno dei primi a buttarsi sull'Alta Definizione. Anzi, ai primi di agosto presenterò a Cortina uno spin-off del documentario, un corto sulle località turistiche fantasma – anche questo in HD ovviamente," precisò di nuovo, tutto soddisfatto. "Mi accompagni?"

Chiacchiere? Uno di quei tipici uomini che parlano e parlano per il piacere di sedurre, di far vedere che possono, di mostrarsi generosi e accoglienti? Lì per lì non me ne preoccupai: dargli fiducia e affidarmi alle sue fantasie di viaggio non costava nulla. Né mi feci domande sulla sua attendibilità quando mi riaccompagnò in albergo, a piedi. Ero completamente dimentica di tutto e di tutti: una volta in camera non riuscii nemmeno a ricordare se avessi salutato Gerry.

Quante volte le nostre spalle si erano toccate durante quella serata? Molte. E ogni volta mi era piaciuto. Ogni quanti minuti mi ero chiesta cosa pensasse in realtà mentre mi parlava? Ogni minuto per tutti i minuti.

L'indomani tornai subito a Milano. Già dal treno telefonai a Marco Menarini, un mio assiduo corteggiatore che non mi era mai piaciuto. La sera stessa mi feci accompagnare da Marco all'anteprima di un film che non avevo alcuna necessità di vedere. All'uscita dal cinema mi chiese di andare a bere qualcosa a casa sua. Acconsentii. Quando mi mise le mani addosso, anziché rifiutarmi mi lasciai baciare, con un certo disgusto. Mentre cominciava a brancicarmi e si spogliava senza che glielo avessi chiesto, cercando di farmi tastare la sua ributtante erezione, gli dissi che dovevo andarmene urgentemente, e chiamai un taxi, spaventata che non arrivasse in tempo e che Marco mi eiaculasse sul vestito. Non vedevo l'ora di star sola e non avevo nessuna voglia di accettare il passaggio che mi offriva, lamentoso e ancora mezzo nudo.

Tornata a casa, mi infilai a letto accanto a mio marito, che si alza sempre all'alba per raggiungere allevamenti o scuderie, visto che i cavalli si visitano di mattina presto. Lo svegliai, accarezzandolo, cercando di eccitarlo. Ci baciammo senza convinzione, più che altro imbarazzati.

Niente da fare, non esistevano diversivi: non riuscivo a sminuire o quanto meno sviare il desiderio che accadesse qualcosa tra me e Arnaldo Fantoni.

Era il 7 giugno di un'estate fa.

"Guarda: si infilano nell'acqua senza smuoverla. Come aghi nel tessuto," notai, compiaciuta della similitudine.

"Vero. Quando vanno sotto, l'acqua non si increspa. Il fiume è troppo veloce."

"Secondo te quanto fiato hanno? Voglio dire: quanto a lungo può restare sott'acqua un'anitra? Resiste più o meno di un uomo?"

"E lo chiedi a me?" disse Arnaldo.

"Non so... vedi tanti documentari, magari ne hai anche visto uno sulla fisiologia delle anitre selvatiche."

"No, mi spiace. Ci sarà senz'altro, ma me lo sono perso."

"Che luce... si fatica a fissare i mulinelli. Sono come specchi convessi pronti a risucchiarti," dissi, misurandomi con un'altra analogia. Ero tutta una metafora.

"No, dài, resta qui vicino a me, non lasciarti catturare," disse lui, sfiorandomi il polso.

"Una pantegana! Là, guarda!" esclamai, per non indugiare su quell'improvvisa, gradevolissima tenerezza. Oddio, devo aver usato un termine dialettale, mi preoccupai. Capirà cos'è una pantegana? Si dirà anche a Roma? "Un topo di fogna, hai capito, no?"

"Certo. Dove?"

"No, niente, non c'è più. È scappata via."

"Perché non vieni al mare da me il prossimo fine settimana?"

"Ma non avevi detto che mi avresti portato a Ponza?"

"Sì, certo, ma per andare a Ponza bisogna organizzarsi. Mentre se vieni da me a Capalbio è già tutto pronto. Niente prenotazioni. E poi gli alberghi di Ponza sono malmessi, forse anche un po' sporchi. Non voglio che tu sia scomoda durante la nostra prima gita insieme. Intanto vieni da me a Capalbio, poi andremo anche a Ponza."

"E in Giappone?"

"Be', ma quello è a novembre. Lontanissimo."

"E a Venezia?"

"È fra tre mesi."

"Ricapitolavo e basta," lo rassicurai. "Non ho fretta."

"Io invece sì."

"Ah."

Fretta di cosa?, pensai. Anitre, topi, un sole accecante, Castel Sant'Angelo sull'ansa del fiume, sirene e motorini. E lui, Arnaldo, stretto contro la mia spalla e contro il mio braccio destro e anche un po' appoggiato al mio fianco, guardando giù dal ponte il continuo farsi e disfarsi dei mulinelli. Una storia di contatti laterali su pelle vestita: ecco cosa mi piace e cosa mi aspetto dalla vita – constatai, felice del momento, senza altri desideri.

Perché, cara Roberta e caro anonimo, quella forma di innamoramento preadolescenziale me la potevo finalmente permettere e godere. Non era una costrizione, come a sedici anni, quando si vuole assaggiare tutto.

Sentivo d'essere incappata in una sorta di rivelazione esistenziale: questa è una forma d'amore che non fa male, non distrugge benché non costruisca – ma chi vuol più costruire, con la fatica che si fa!, mi dicevo. È un'amicizia intima emozionante, tutta brividi e senza la banalità di dover finire a letto a palparsi nel semibuio: già fatto e in fin dei conti sempre uguale, pensavo fissando l'imbuto dei gorghi che incessantemente si scavano e si colmano, mentre lui fissava i medesimi gorghi, indicandomeli in silenzio mentre si formavano. Già fatto e ripetitivo: sesso ansimante, parole in libertà; nessun senso del peccato, perché così fan tutti, me compresa, e ormai non c'è cosa che sia meno proibita dell'accoppiarsi. Ai tempi della mia storia con Gerry, almeno, Montagnier e Gallo avevano appena scoperto l'aids, e nel fare l'amore con qualcuno di nuovo c'era sempre un che di fifa e di malsano. Come con la droga. Ma adesso anche il rischio di infettarsi sembra una cosa lontana, e ci si preoccupa di più dell'influenza aviaria o della mozzarella alla diossina.

Ecco, pensai: sull'orlo dei quarantasei anni ho finalmente capito cosa mi ci vuole.

L'emozione di toccare una spalla, o di scoprire che Arnaldo sta già guardandomi quando mi volto a guardarlo. Sono un'adulta risolta, curiosa di ciò che sta per accadere, nemica delle accelerazioni. Nessuna fretta. Lasciarla a lui, la fretta. Io me la godo così. Mi godo la sua ansia di portarmi qua e là, perché mi lusinga e seduce; ma non è la mia. Fretta, io? Starei qui sul parapetto del ponte per ore, per giorni. È largo, ci puoi appoggiare la borsa, ti ci puoi sedere, puoi persino leggerci il giornale – non fosse per il venticello che lo scompagina.

"Arrivi il 20, ti vengo a prendere all'aeroporto o alla stazione e resti fino a lunedì mattina 23," disse lui consultando il calendario sul cellulare.

"Ti ringrazio, ma non posso," replicai, sfiorandolo anch'io, sulla manica rivoltata della camicia. "Verrò a Ponza quando avrai organizzato la gita. E per l'albergo non preoccuparti, non faccio una vita da cinque stelle."

"Non si sa mai, con voi di Milano quando venite al sud. Io guardo le anitre e tu vedi topi! Ma da me al mare ti piacerà. Ho una bella stanza degli ospiti... Guarda, lo vedi quel prete?"

Al di là del ponte si entrava nella Città del Vaticano. Eravamo a poche centinaia di metri dal colonnato di San Pietro. La zona pullulava di preti vecchia maniera – con la tonaca –, di branchi di pellegrini, di suore dai tratti orientali in abito grigio al ginocchio.

"Quale prete?"

"Lì, guarda lì," me lo indicò, per poi toccarmi, lievemente, la nuca.

In effetti c'era un prete giovane e di bell'aspetto, seduto sulla balaustra della scala che scende al fiume. Teneva la faccia al sole, in un atteggiamento poco mistico che mi ricordò le signore degli anni '70, quelle che nei solarium dei rifugi alpini si sistemavano col muso circondato di carta specchiata, per abbrustolirsi a mo' di pollo allo spiedo. Un prete nordico pensai, uno che deve togliersi dalla pelle e dalle ossa generazioni di freddo, buio, umidità.

"Guardalo bene. Quel ragazzo è lo stesso che un paio di mesi fa ho visto appoggiato alle mura del Vaticano, sempre con la faccia ben esposta al sole, gli occhi semichiusi, mentre passavo in macchina. Anzi, ero fermo: c'era un po' di coda e un semaforo rosso. Anche quel giorno aveva la tonaca nera e teneva in mano un messale. Col dito in mezzo a fare da segnalibro. Mentre lo guardo passa una mendicante, cenciosa, lercia, molto grassa. Lo tocca e gli mostra il palmo della mano. Lui apre gli occhi, la guarda, si fruga nelle tasche della tonaca, prima una, poi l'altra. Io sono sulle spine perché voglio vedere la fine della scena, voglio vedere se le dà dei soldi e quanti, oppure se fa la commedia della ricerca per poi poterle dire che non ne ha. Ma il semaforo sta per diventare verde, e io non potrò restare lì, bloccando quelli che mi seguono, per aspettarlo. E lui fruga, scava... quanto sono profonde le tasche dei preti! Peggio di un sacco della posta. Sono rassegnato a perdermi il finale, perché le macchine davanti a me stanno iniziando a muoversi, quando finalmente estrae dalla tasca una specie di poltiglia e la mostra alla barbona. Poi gliela lascia cadere nella mano protesa, senza toccarla e senza dirle una parola."

"Cos'erano, biscotti sbriciolati?"

"No. Un rosario."

"Tipico."

"La battaglia delle conversioni."

"Figurati la delusione della mendicante."

"Se lo sarà rivenduto."

"Comunque, se dici che era grassa, vuol dire che almeno il problema alimentare l'aveva risolto."

"Allora, andiamo a Capalbio?"

"Che bella storia. Altro che Maria Antonietta e le brioche!"

"E Capalbio?"

"No. Cioè, non so." Non gli avevo ancora detto che sono sposata – ma immagino ci avesse già pensato qualcuno altro, a informarlo. Non che fosse un problema. Ormai con mio marito facevamo vite talmente separate – amici diversi, interessi diversi – che a tenerci ancora uniti era la consuetudine affettuosa di due che si conoscono da tanto tempo, l'insofferenza e il piacere di polemizzare su ogni minimo dettaglio della nostra convivenza, e, soprattutto, il comune impegno finanziario. Tutto quello che avevamo era stato messo nella casa comune (ancora gravata dal mutuo, tra l'altro), e immaginarsi una soluzione abitativa diversa da quella che ci teneva uniti era un esercizio di sterili fantasie. E poi c'era il problema del fallimento: a un certo punto della propria crescita, ogni storia terminata viene vissuta come un fallimento, mentre quando sei ragazzo ogni amore finito è solo la sana chiusura di un capitolo, una tappa ultimata, come le elementari, le medie, il liceo.

Era un inizio, di non si sa cosa. Mi piacciono gli inizi, pieni di promesse indefinite. Certo, apprezzo anche le realizzazioni, e le stagnazioni, e le routine. Ma la forza di un inizio, che è una premessa e soprattutto una promessa... be', quella è impareggiabile. Tornai a casa, a Milano, alla mia vita. Il mercato azionario, grande passione virtuale di mio marito, stava riprendendosi dopo l'ennesima débâcle; nuovi farmaci dopanti erano stati inventati con sua somma incazzatura; gli allevamenti erano pieni di puledri promettenti che sgambettavano nell'erba dei paddock, accanto alle madri, nel verde lucci cante di giugno e nelle sue giornate accese e interminabili. Era estate e le televisioni trasmettevano solo repliche di repliche, e così i miei articoli erano compilativi e volti a dare una patina di entusiasmo a cose viste e riviste, oppure ad annunciare l'arrivo di novità per la prossima stagione, di fatto anticipando notizie che ancora non esistevano. Riassaporavo ogni momento di quella giornata a Roma, dell'intesa che s'era creata guardando i mulinelli, e persino di tutta la fase della preparazione.

A quel terzo incontro con Arnaldo ero andata con la scusa di intervistare un'attrice inglese di passaggio a Roma. Lanciavano *The House of Trouble* per la stagione estiva, e lei era la coprotagonista. In una saletta dell'Hotel de Russie, sei giornalisti, ciascuno con venti minuti a disposizione, interrogavano l'attrice sotto il nevrotico occhio dell'addetto stampa: controllava che ci attenessimo alle regole. L'attrice, una donna dall'ossatura cranica perfetta, era tenuta a parlare esclusivamente del film, del suo ruolo, dell'eventuale identificazione con il personaggio che interpretava, del rapporto col regista e con gli altri attori. Era del tutto vietato porle domande sui suoi amori, su altri film che aveva interpretato, sulle sue inutili opinioni in materia di generica politica internazionale: il Tibet, lo sperpero di risorse del pianeta, la fame nel mondo... Domande, sia quelle vietate sia quelle lecite, cui ero comunque disinteressata, poiché in contesti del genere escono solo chiacchiere tremendamente prevedibili, che diventano nauseabonde al momento d'essere messe in forma d'articolo; del resto, come avevo avuto modo di constatare in anni e anni di interviste, le giovani attrici non hanno quasi mai nulla da dire. Ti parlano del loro orrendo cagnetto tascabile che gli grufola nella piega del braccio, dei bambini che vorrebbero avere, dei genitori che vivono in campagna. Sembra di stare ai concorsi di bellezza, con le miss che vogliono la pace nel mondo. Quello che le salva, le rende cioè interessanti, è solo la loro geniale attitudine a prender vita davanti all'obiettivo. Un'attitudine primitiva, come per me l'istinto di accarezzare la groppa dei cavalli: nulla che sia indagabile tramite una conversazione o un'intervista.

Attrice o non attrice, riuscivo a pensare solo ad Arnaldo, con cui avevo appuntamento proprio lì, e forse era già arrivato e si innervosiva per l'attesa – come qualsiasi altro uomo a parte Gerry, come tutti quelli che nella vita m'erano venuti a noia proprio per la loro insopportabile impazienza quando a farli aspettare ero io, mentre quando invece toccava a me aspettarli lo facevo rassegnata, con un sorriso finto ma perfettamente credibile tra occhi e labbra.

Non avevamo molto tempo: dopo l'intervista avremmo mangiato insieme, poi sarei tornata a Milano col volo delle diciotto e venti.

Arnaldo mi aspettava alla reception del de Russie, chiacchierando col concierge. Dopo tutta la concitazione di sms che organizzavano il nostro appuntamento, e dopo l'ansia di non farlo aspettare che m'era presa durante l'intervista, per i primi minuti lo trovai persino sgradevole. Cosa ci faccio qui?, mi chiedevo. Devo fare la recita della seduttrice che si fa sedurre? Devo calibrare le frasi e le intenzioni, per lasciar capire che mi piace ma non troppo, perché così, nel caso fossi poi io a non piacergli sufficientemente, non dovrei subire l'umiliazione del fallimento plateale e potrei ritirarmi come nulla fosse? E per di più evito di sbilanciarmi, perché se invece fosse lui a non piacere a me sarei ancora in tempo a tirarmi indietro? La complicazione di quell'aspetto strategico fondamentale mi aveva messo di malumore. C'era un caldo infernale – nemmeno una perturbazione nell'arco di centinaia di chilometri – e la gonna, la camicia, le scarpe, il trucco che avevo studiato strenuamente davanti allo specchio la mattina a casa, prima di prendere il taxi e andare all'aeroporto, avevano iniziato a corrompersi fin dal momento in cui mi ero chiusa la porta dietro le spalle, e, nonostante le continue manutenzioni in ogni bagno mi fosse capitato a tiro – aeroporto di Milano, aereo, aeroporto di Roma, albergo dell'intervista –, erano ormai la mise stazzonata di una donna sgualcita essa stessa. Inoltre mi vedevo con un lugubre aspetto pallido – soprattutto al confronto con la pelle già abbronzata delle donne romane.

Lo seguii in mezzo ai turisti, attraversando piazza del Popolo sotto il sole a picco. Camminammo a lungo, fino al ristorante, senza quasi parlarci. Ci sorridevamo come a farci promesse di futuri sviluppi – non si sa di che genere, magari anche solo nel campo della conversazione. Già non ricordavo più nulla dell'intervista di pochi minuti prima, intervista che avrei dovuto scrivere in serata, appena tornata a Milano. Arrivammo al ristorante. Per non farmi sentire a disagio, io e lui a tu per tu pur non essendo ancora niente, né amici né amanti né gente legata dal lavoro, aveva organizzato "una colazione tra amici". Non sapevo se la cosa mi facesse piacere. Aveva paura di restare solo con me? Gli altri ci stavano già aspettando, a un tavolo all'aperto, sotto due grandi ombrelloni bianchi. Non ne conoscevo nessuno, ma li avevo già sentiti nominare tutti: due giornalisti, di cui uno reduce da una riunione del "gruppo", cioè degli alcolisti anonimi; due registe televisive; il capufficio stampa di un ex ministro, caduto nel dimenticatoio e senza incarichi. Guardavo Arnaldo, ascoltavo le chiacchiere, bevevo vino bianco tenuto in freddo nel cestello del ghiaccio, mettevo e toglievo gli occhiali da sole a ogni minima variazione di luce, controllavo i turisti che cercavano un tavolo nel nostro ristorante – ma c'era posto solo all'interno –, mi fingevo interessata alla conversazione che saltabeccava dall'immigrazione incontrollata di rumeni alle prove dell'esistenza di un islamismo moderato, alle illazioni sugli amori di un direttore di giornale. A parte Arnaldo, che stava zitto e mi controllava, così come io stavo zitta e controllavo lui, tutti erano fieri di essere informati – male, probabilmente – un giorno prima degli altri. Era il trionfo dell'indiscrezione, il culto del "per ora la verità la so solo io e adesso te la racconto", il monumento a quell'ansia di arrivare per primi che è croce e delizia dell'umanità. A volte serve, stimola la competitività, accende gli animi più restii alle chiacchiere; spesso è solo fiato alla bocca, intrattenimento quasi sempre dannoso e comunque mai utile.

"Ma tu quanti anni hai?" gli chiesi all'improvviso, per stabilire una comunicazione esclusiva con lui, mentre gli altri parlavano della disastrosa conduzione manageriale di un'azienda di telefonia mobile.

"Cinquantuno," mi rispose tranquillo, come se avessi fatto una domanda pertinente. In effetti lo sapevo già. Era una delle prime cose che avevo chiesto a Beatrice.

Hai figli?, è l'altra domanda classica che ci si fa tra adulti, ma la evitai perché Beatrice mi aveva detto che uno dei problemi più evidenti tra Arnaldo e la sua convivente-ormai-non-più-fidanzata era stato proprio quello dei figli. All'inizio lui ne voleva e lei no, poi lui non più e lei invece sì, e sulla mancata sintonia di quel desiderio si erano avvitati fino a non riuscire più a parlarsi in pubblico senza partecipare agli astanti l'enormità del reciproco rancore.

"Hai sempre abitato a Roma?" finii per chiedergli, fiaccamente, sperando di trovare nella sua risposta un po' di materiale utile per porgli domande più personali. Cercavo di stabilire un contatto di tiepida intimità, in una situazione che mi pareva abbastanza favorevole. Fargli domande sulla sua vita privata, mentre ero sola con lui, sarebbe stato molto più equivocabile che fargliele in mezzo alla gente, ai suoi amici. Una curiosità volta alla conquista della preda si tramutava così in socievolezza e temperata attenzione da ora di pranzo.

Era nato Roma e c'era rimasto fino ai vent'anni. Dopo un inconcludente anno di università e dopo aver schivato il militare, morta la nonna con cui abitava si era trasferito a San Francisco. Dapprima per viverci pochi mesi con qualche soldino ereditato e poi finendo per restarci nove anni. Tentati i soliti mestieri di cameriere e pulitore di piscine, aveva svoltato diventando il galoppino di un editore musicale francese e, dopo qualche anno, mettendosi in proprio come produttore indipendente, cioè sempre sull'orlo del crack, di spettacoli teatral-musicali da esportare in Europa. Infine era tornato in Italia. Per un lungo periodo aveva lavorato per le televisioni commerciali, in pratica per Berlusconi, poi si era messo a distribuire e produrre documentari che vendeva soprattutto ai canali satellitari, cioè a Murdoch. Ora si era buttato sull'Alta Definizione: "Il futuro! Credimi: tempo un paio d'anni e nessuno vorrà più vedere quelle vecchie immagini sbavate. Sarà come per il passaggio dal bianco e nero al colore."

Io cercavo di sapere di più della sua vita intima e sentimentale e lui mi sgranava il suo curriculum, dall'esame di maturità all'approdo all'HD.

"Ma si guadagna con questo mestiere?" gli chiesi, sapendo che tre quarti di quelli che hanno imprese a cavallo tra spettacolo e cultura vivono una vita traballante, di incessanti oscillazioni finanziarie.

"Diciamo che la mattina, prima dei giornali, sfoglio i decreti ingiuntivi." Oddio, pensai: proprio l'uomo giusto da cui farsi affascinare. Ma gli feci un bel sorriso amabile, come fosse la regola del mondo.

"Scherzo," pensò bene di precisare. "Però di decreti ingiuntivi me ne capitano parecchi. Fa parte del gioco: le televisioni ti pagano con enorme ritardo, e tu nel frattempo non paghi gli altri. A cascata. È una sorta di braccio di ferro a chi caccia per ultimo i soldi. Poi c'è anche un altro fattore: se vai da un concessionario per comprare una macchina, quello non te la dà finché non gli consegni i soldi, perciò li tiri fuori ben volentieri, pur di poggiare il sedere sull'auto e portare la tua ragazza in Costiera. Ma quando invece produci o vendi qualcosa che al momento di essere pagato è già andato in onda da un pezzo," e lì mi resi conto che tutti lo stavano ascoltando e avevano smesso di chiacchierare tra loro, perché quando si parla di soldi alla gente si drizzano le antenne, "c'è come un calo di tensione, un senso di ingiustizia latente: *Ma come, la docufiction su Cromwell è andata male, non ha fatto ascolti e tu vuoi pure che te la paghi?*" disse imitando la voce e l'accento di uno zelante manager milanese. "E lo stesso faccio io: non credere che io sia diverso da questi spietati delle televisioni. Saldare il catering della festa per il lancio di un reality cinese ambientato tra i panda tre mesi dopo che quella festa è servita e non servita... be', è davvero scocciante, perciò cerchi di rimandare più che puoi. Coi pochi soldi che hai preferisci pagare servizi o beni che non hai ancora ottenuto."

Non riuscii più a stabilire un contatto con Arnaldo finché ognuno dei presenti non disse la propria a proposito di pagamenti ricevuti o mancati. Poi, per fortuna, chiese il conto dicendo che doveva riaccompagnarmi, e quella piccola bugia per liberarsi dei commensali, tre ore prima della mia effettiva necessità di partire, mi fece sentire al centro della sua attenzione.

Non sapevo che intenzioni avesse: farmi vedere il suo ufficio? Accompagnarmi lentamente, con una sosta al bar o in un parco, verso l'aeroporto? Lasciarmi a un taxi? Evitai di fare domande: mi piaceva quell'atmosfera sospesa da caccia al tesoro.

Camminammo per pochi minuti, sottobraccio, sul marciapiede stretto che ci costringeva ogni poco a disgiungerci e metterci in fila indiana, fino ad attraversare il Lungotevere e fermarci sul ponte dei gorghi, vicino al prete che prendeva il sole.

"Lo sai che sono sposata?" gli chiesi alla terza proposta di raggiungerlo per il weekend.

"Vuoi che inviti anche tuo marito?" rilanciò lui senza perdersi d'animo, e raggelandomi. Per un po' nessuno seppe cosa dire. Rimuginavo: non mi vuole, è solo un rapporto senza senso; sto seguendo una falsa pista; dargli meno corda, iniziare a retrocedere, tornare a casa al più presto come se nulla fosse.

"Anch'io abito con una persona," soggiunse, infine. *Persona* è un termine irritante. È di genere volutamente impreciso e viene usato soprattutto da fifoni che hanno qualcosa da nascondere, gente che non ha nemmeno il coraggio di dire una bella bugia e farla finita lì.

Non so quanto restammo su quel ponte, ma certamente il tempo necessario a raccontarci, con sobrietà e delicate elusioni, i rispettivi fallimenti sentimentali, le code del vecchio legame, le nuove esistenze ormai altrove che tuttavia continuano a contenere quelle vecchie. Eravamo, tutto sommato, in una situazione simile – anche se la sua pareva meno ipocrita della mia. Tra lui e l'ex compagna ancora convivente (Stella – che nome da deficiente, pensai, già rivaleggiando ancor prima di aver deciso se buttarmi nella competizione), tra lui e quella Stella, che tra l'altro aveva ben sei anni meno di me, s'era fatta chiarezza e ci si era detti che la coabitazione era solo provvisoria, dovuta esclusivamente a motivi pratici, ai problemi di lavoro di lei, al suo non aver ancora deciso se restare a Roma o andare a vivere a Parigi, a un attacco di labirintite che l'aveva colpita qualche mese prima e stentava a passare, a un insieme di motivi esterni che nulla avevano a che vedere con la loro ormai mummificata vita emotiva. Stella – Stella, Stellina, che nome stucchevole! – aveva la sua stanza, il suo bagno, un suo studiolo, entrava dall'ingresso di servizio: passavano giorni senza che si incontrassero, pur vivendo nella stessa casa. Non sapevo se ci sarebbe mai stato nulla tra me e Arnaldo, ma quelle mi parevano premesse confortanti. Fare l'amante, condividere un uomo con un'altra – una che si chiama Stella, per di più – mi sarebbe sembrato ben poco allettante, se non addirittura schifoso: lui che entra nel corpo dell'altra, poi entra nel mio, poi di nuovo nell'altra... che orrore! Quanto invece a lottare, per strapparlo alla rivale e averne l'esclusiva, è una cosa che puoi fare al massimo fino a trent'anni, perché poi ti mancano le energie; e a quell'età, soprattutto, se non sei completamente fessa, dovresti già aver imparato che alla fine di tanto agonismo e di tante battaglie restano solo l'astio o le rivendicazioni, e per un simile risultato l'esercizio della lotta è solo fatica mal indirizzata.

Sempre con lo sguardo concentrato sul via vai di anitre sopra e sotto il pelo dell'acqua, e mai guardando Arnaldo negli occhi, gli raccontai di me, del mio rapporto con Giacomo, del vincolo non ancora sciolto per via della casa e del mutuo che ci tenevano legati. Del fatto che però quella tacita consapevolezza non era argomento di dibattito, era implicita, "carsica" come dicono certi intellettuali affezionati a parole che a me non piacciono.

Non so dirvi perché, cara Roberta e caro anonimo, ma il fiume che scorre incessante insieme ai detriti, la luce avvitata nei mulinelli, il laborioso andirivieni delle anitre mentre io e Arnaldo districavamo con cautela i gomitoli da cui eravamo avviluppati, be', quello è l'insieme di immagini che più mi è rimasto impresso di tutta la storia che poi è – e non è – seguita.

Mi portò nel suo ufficio, che era lì vicino. C'erano due segretarie, di quelle che non destano gelosie; c'era molto disordine: tavoli, sedie, mobili, tutto era ingombro di CD, VHS, cassette, schermi, poster, elastici, carta appallottolata, carta affastellata; c'era un frigorifero stipato di ogni tipo di bevanda, dal caffè freddo ai succhi di carota, dalla vodka allo champagne. C'erano, sparsi sul frigo, a poca distanza da un cestino in cui nessuno aveva pensato di buttarli, dei bicchieri di plastica bianca usati, uno col bordo sbavato di rossetto. Ma buttateli, no? Mi fece vedere qualche minuto del documentario sulle città turistiche fantasma che avrebbe dovuto presentare in anteprima a Cortina, a fine luglio, e mi mostrò un paio di comunicati in cui c'erano altri progetti di cui non presi nota mentale, attenta com'ero a carpire più informazioni possibile dai mobili, dalle carte, dai gesti e non gesti delle segretarie, dai loro portapenne pieni di cianfrusaglie: orsetti-gomma in cima a una matita, lucertole di plastica fluorescenti, cuoricini di strass. E foto di cani/gatti/bambini ammucchiate in ogni spazio libero. Non è un uomo d'ordine, pensai. Si lascia invadere. Dalle segretarie e dalla ex.

Da *Stella*.

Andammo insieme al parcheggio dei taxi; per me era arrivata l'ora di tornare a Milano. Mi aprì la portiera e, mentre lo salutavo segretamente dispiaciuta dell'imminente distacco, mi baciò sulle labbra, rapido, furtivo.

Tutti i quaranta minuti di viaggio da lì all'aeroporto li passai a ricapitolare la giornata e a chiedermi che senso avesse quel bacio. Normale? Blandamente ammiccante? Colmo di promesse?

Ero a Milano, in casa, davanti al computer. Stavo scrivendo un articolo sulle differenze tra le fiction gialle vecchio stile, alla *Poirot* o alla *Miss Marple*, e quelle attuali alla *CSI* o alla *Cold Case*. Sento il cicalino dell'email, guardo cosa è arrivato.

Fantoni, Arnaldo (Doc4Ever)
13 giugno 2008 16:47
ero placato
Cara Erica, dopo aver consigliato a un amico di leggere i tuoi articoli di fiction e consigliarli anche ad altri per creare nuovi devoti, mi sento autorizzato a scriverti di un mio struggimento. Come nel titolo, ero placato dopo un amore non corrisposto, nato da una seduzione. Lei, donna di fascino dal bellissimo volto, mia coetanea, facendomi visitare una sua proprietà marina mi ha fatto salire in una stanza piena di reti e conchiglie e me l'ha fantasticata come sua garçonnière. Figurati l'emozione! Un'altra volta, in un'altra passeggiata, ho provato a proporle argomenti da garçonnière ma lei mi ha completamente ignorato, ha fatto proprio finta di non sentire. Ci siamo visti ancora, con le sue due figlie e accoliti vari, ma non siamo mai più tornati sul tema, neanche un'allusione. È così che mi sono placato. Placato fino a qualche giorno fa, quando una bella ragazza, più giovane di me, amica dei miei

amici e che io osservavo da lontano, mi ha fatto ricordare le mie emozioni! Mi ha portato a cena, si è fatta portare a colazione, mi parla, lascia intendere che le piacerebbe farsi accompagnare in giro per la città e per il mondo. Mi provoca e mi piace. Però, appena rilancio, propongo, oso, mi ferma. Mi dice che le basta incuriosirsi di me, che non ha fretta, che ha legami complicati a cui tiene. Andrebbe tutto bene ma ora, di nuovo, non sono più placato. Ti era mai capitata una situazione così?

Arnaldo

Emozione, sangue alla testa, lieve palpitio, breve sospensione del respiro. Anche perché io non gli avevo dato il mio indirizzo email, non ce n'era motivo, e dunque aveva dovuto chiederlo a chissà chi: forse a Gerry? Allora a me ci teneva! Stizza, comunque. Parecchia. Ma come, poco tempo fa gli è piaciuta un'altra? E me lo scrive? E lei lo ha rifiutato e quindi solo per questo motivo adesso si interesserebbe a me? Venire dopo una col fascino e col volto bellissimo? Gelosia retroattiva. E poi: ma si scriverà "me la ha fantasticata"? Suona male, come del resto, a voler essere logici, suonano male anche le sue malriuscite passioni. Perché raccontarmi un fallimento? Cosa c'è dietro? Però, però, però... ora non è più placato, si mette nelle mie mani, si consegna, mi si consegna...

Erano passati solo due giorni, dal ponte e dal bacio. Non ci eravamo più sentiti, avrei dovuto chiamarlo per dirgli se accettavo l'invito a Capalbio. Tentennavo. Certo, ne avevo voglia, ma una volta lì? Era automatico che ci finissi a letto? Avevo fatto cose molto più precipitose nella mia vita... ma quella mi sembrava, chissà perché, *spericolata*, *esagerata*.

"Mi dispiace che tu soffra di sbalzi emotivi. Coraggio, tutto si affievolisce e poi passa." Tono: facile ironia. Cancellai quell'sms proprio un momento prima di inviarglielo. "Ne parliamo a Capalbio." Tono: prendo in pugno la situazione, arriva la decisionista da Milano. Cancellai anche quello. "Chiedi un appuntamento alla donna dal bellissimo volto. Anzi, invitala a Capalbio." No, nemmeno quello. Tono: sono più stronza o autolesionista? Forse è la stessa cosa. "Non so cosa dire (della tua email)." Niente, inutile rispondergli subito, se non riuscivo a trovare parole adatte.

Chiamo Beatrice e le leggo la lettera, pensai. Poi cambiai idea. Meglio aspettare, meglio non coinvolgere gli amici. Fare finta di niente. Trovare l'ispirazione. Coltivare il dubbio e il desiderio. *Dlin.* Posta: di nuovo Arnaldo, pensai. Sperai.

info@piercarlospaziani.com
13 giugno 2008 18:52
Invito a Cena
Cara Erica,
volevo dirti che dalla prossima cosa ti manderò gli inviti delle mie mostre. Peccato non averti conosciuta qualche settimana fa, ti avrei invitata volentieri per la favolosa serata che ho organizzato alla Triennale per il Premio Branca. Il tuo sguardo e la tua postura sarebbero stati benissimo tra le opere degli artisti vincitori.

A proposito, ti piace l'arte contemporanea? Gradisci l'argomento o eviti con cura di frequentare l'immagine visiva? Molti amici giornalisti non amano il legame serrato con l'icona, preferiscono calarsi tra musica e scrittura senza il "veleno" iconografico delle opere. Nel tuo caso?

Possiamo vederci per parlarne? Mi piacerebbe invitarti a cena. Sinceramente preferisco il dialogo a due alla tavola rotonda e penso che parlare con te sia molto arricchente. Se non ti fidi di uscire a cena con un quasi sconosciuto, posso proporti di prenotare un tavolo da quattro, e tenere due posti per le nostre ombre e i nostri doppi psicanalitici.

Aspetto ardentemente tue notizie

Piercarlo

No, niente Arnaldo, bensì un giovane critico d'arte che qualcuno, forse addirittura Gerry, mi aveva presentato pochi giorni prima, alla fatidica mostra di Baselitz. Caruccio o quanto meno non sgradevole, con gli occhiali e i vestiti troppo ricercati, chiacchierone, forse addirittura un po' invasato. Ero stata gentile con lui, avevamo constatato di abitare entrambi a Milano, gli avevo persino dato un biglietto da visita, incoraggiandolo a informarmi delle sue iniziative. Quella sera, da Gagosian, mentre tenevo spasmodicamente d'occhio la mia preda, cioè Arnaldo, Piercarlo m'era servito come diversivo, in una di quelle tipiche strategie da cacciatore che tutti prima o poi abbiamo utilizzato. Dapprima avevo pensato che fosse gay, poi accanto a lui si era palesata una ragazza, la fidanzata, che lo toccava e trattava con fare autoritario e appiccicoso. Ed eccolo di nuovo, Piercarlo, nel giorno della capziosa lettera di Arnaldo, farsi avanti con una sua letterina. Una missiva da liceale, con quello sfoggio di cultura psicanalitica, di esibizione di sé, di mancata cautela... Mi fece tenerezza per quanto era ingenuo quel suo modo artificioso di porsi, e gli risposi che sì, se voleva sarei uscita a cena con lui e relativi doppi, la sera stessa. Anche questo, l'eventuale cena, faceva parte di una strategia sommessa, una sorta di diversivo per non farmi del male pensando tutto il tempo ad Arnaldo. Serviva a tenermi occupata impedendomi di scrivere lettere o sms sbagliati, se non addirittura di fare l'errore più grave, quello di telefonargli per sentirne la voce. All'improvviso m'ero resa conto che non riuscivo a ricordarla, come non ricordavo i suoi lineamenti. Certo, ero in grado di riconoscerli, ma non li avevo introiettati. Al momento erano solo una suggestione, qualcosa di esterno e di estraneo. Forse lo sarebbero rimasti. Ma avevo voglia di riassaporarli.

Cenai la sera stessa con Piercarlo. Era chiaramente più giovane di me, ma evitai di chiedergli quanti anni avesse. Scelse un catastrofico ristorante modaiolo, straordinariamente chiassoso e con un'esasperante lentezza e incompetenza nel servizio. Dopo cena andai a casa sua. Parlava e parlava. Teorie, nomi, aneddoti di gente nota. Io continuavo a pensare ad Arnaldo. Glielo citai, anche. "Sai, forse lo conosci, un mio amico, Arnaldo Fantoni, produce documentari. Ne ha appena fatto uno sul mondo degli antiquari specializzati in ritrattisti."

"Ah."

"Un mondo di gente sempre alla ricerca di tele attribuite erroneamente ad artisti minori. Considerano i vedutisti roba da studio di notaio di provincia, pittori nazionalpopolari."

Avevo improvvisamente ricordato gli appunti che Arnaldo mi aveva mostrato nel suo ufficio. Antiquari a caccia di Rubens e Velasquez non ancora attribuiti, disgustati dalla pittura dei Canaletto o dei Guardi. "Cosa ne pensi?" Non ne pensava nulla, gli interessavano solo le sue cose.

Parlava del significato psicanalitico delle installazioni di un artista coreano di cui aveva curato una personale a Torino, dei suoi obiettivi futuri e delle opere che l'indomani sarebbero state battute all'asta da una galleria genovese. Deprecava gli altri critici. Citava una quantità abnorme di nomi. Si esprimeva in modo contorto e ricercato, come quelli che hanno la sindrome da primo della classe. Per sostenere che Jeff Koons aveva avuto una sola idea, buona per carità, e da lì non s'era mai smosso, disse: "È uno di quegli artisti che hanno una consistenza di tensione artistica costante, ancorata a un proprio sfruttato archetipo postadolescenziale." Lo ricordo perché mi appuntai la definizione, tanto mi sembrava vanamente cervellotica. Era pulito, la sua casa era ordinata benché indubbiamente artistica, o meglio "arty"; aveva un bel corpo, flessuoso, da scugnizzo. Sempre tentando di distrarmi dal pensiero fisso di Arnaldo, ci finii a letto con estrema naturalezza, come fossimo predestinati. Era bello sentirsi desiderata da un ragazzo così ardente ed entusiasta. Aveva bei denti ed era perfettamente sbarbato: non pungeva e mi sorrideva molto. Mi baciò appassionatamente, senza sbavare e senza insistere troppo. Fu rapido, ma non fulmineo. Dopo l'amore restammo a lungo stretti, e mentre i nostri corpi godevano di un'indubbia comune armonia, i nostri pensieri vagavano estranei, ognuno nella sua direzione, probabilmente antitetica all'altro. Finalmente stava zitto, e mi accarezzava con cautela, pensando a chissà cosa. Io colloquiavo con Arnaldo tra me e me. È l'ultima volta che ti tradisco, lo faccio ora per non farlo dopo, gli dicevo, anche se non avevamo nemmeno cominciato a stare insieme.

Mentre guardavo il soffitto, su cui erano incollati degli sgargianti coleotteri in neoprene, pensai che gran parte delle relazioni erotiche estemporanee sono cospirazioni. Quasi nessuno fa l'amore per il puro piacere di farlo. Si seguono delle trame, delle strategie di deviazione che includono il piacere sessuale così come il mangiare un piatto di spaghetti include un qualsiasi sugo, foss'anche un semplice filo d'olio. Come io ero finita a letto con Piercarlo per non pensare ad Arnaldo, magari Piercarlo s'era buttato su di me, e non sulla fidanzata, per seguire una complicata strategia di debellamento del mondo femminile, per ridurci tutte al tappeto, o al materasso – e sentirsi invincibile, se non nel lavoro almeno nelle relazioni col mondo femminile. Oppure perché era innamorato di un'altra donna ancora, di una terza, o di una quarta, che si negava. Quando si ha bisogno di smaltire l'eccesso di emozioni della fase di interesse concentrato ed eccitato, quella che si prova prima che un amore venga celebrato tra le lenzuola, se ne dirotta il surplus su altri, facendo ulteriori prove di seduzione, e di fatto usando degli "innocenti" che si vedranno corteggiati, provocati, vezzeggiati senza capire bene come e perché. Spesso lo si fa con persone conosciute da tempo e cui non s'è mai dato retta. D'improvviso costoro vedono che l'amico sempre glaciale e irraggiungibile li stuzzica, li irretisce, si concede o sta per farlo, ma poi frena di colpo, si dilegua, sparisce. Inutile scervellarsi alla ricerca di un perché, vuol solo dire che in lui è scoppiato l'amore vero: quello per un altro.

Tornai a casa alle tre e mezza del mattino. Non avevo mai fatto così tardi, e Giacomo mi fece una scenata. "Libera di fare quello che vuoi, ma almeno avverti! Io sono qui che mi preoccupo e tu non ti fai viva?! 'Avrà perso il portafoglio e il telefono e le chiavi della macchina? L'avranno stuprata in un parcheggio?' Ti sembra normale tornare a quest'ora? Se hai un altro dillo! E stattene a dormire da lui! Ma solo dopo avermi avvertito!"

Era esasperato. E aveva ragione. Pur facendo vite abbastanza separate, continuavo a cercare la sua protezione, come certi cani randagi scelgono un negoziante del quartiere e, benché liberi, si mettono a moderata distanza sotto la sua tutela. Giacomo continuava a sentirsi il mio blando protettore. Se cambiavano le carte in tavola, se volevo la protezione di un altro, dovevo avvertirlo e liberarlo dal ruolo. Era questo che voleva dirmi. Peccato che per il momento non ci fosse nessun altro protettore, ma solo un futile diversivo.

"Vengo a Capalbio. Per incontrare un uomo placato. D'accordo?" gli scrissi infine la mattina dopo.

"Esercizi spirituali. È arrivato il momento di coltivare lo spirito. Il mare farà il resto. Ti aspetto," rispose subito lui.

"Cerco aereo o treno per ven primo pomeriggio, ritorno lun pomeriggio. Bene?"

"Sole accecante, gorghi, la linea del tuo zigomo, preti di passaggio. Desideri, curiosità. Inquietudini. Sarò placato o sedato?"

Mancava una settimana, e la passammo scrivendoci furiosamente. Email e sms, senza mai sentirci al telefono, come se avessimo sottoscritto una procedura che lo vietava.

Ero eccitata e ipersensibile. Piansi da sola, senza nemmeno bisogno di Giacomo come spettatore, pensando alle molteplici infelicità del mondo. Mi dispiacevo per gli altri, per quelli che non avevano la mia vita. In realtà, cara Roberta e caro mittente, anziché altruismo, quei pianti cui non fece seguito alcuna azione caritatevole erano un fenomeno di fifa bella e buona. Avevo paura di aspirare a una felicità amorosa, avevo paura di non meritarla o che addirittura non esistesse. Avevo paura che il passato della mia famiglia mi riacchiappasse solo perché osavo pensare a una soluzione diversa da quella corrente, come quando l'asportazione di un neo può scatenare la corsa di cellule cancerogene in tutto il corpo. La fifa era così tanta che, mentre scrivevo articoli, dentro di me vedevo soldati torturati, bambini picchiati, donne depresse risucchiate dall'autolesionismo. Vedevo persone schiave di droghe e alcol che soffrivano senza poter più venire a capo di nulla, senza nessuna speranza di farcela. Vedevo quelli a cui è morto qualcuno e si disperano; soffrivo immedesimandomi negli emigranti buttati a mare dai barconi, annegati o tratti in salvo per poi essere respinti; vedevo mucche da latte schiave delle mungiture senza mai poter camminare, cammelli bastonati e dolorosamente legati per il naso, cavalli con le gambe spezzate nelle corse clandestine su strade asfaltate. Addirittura dovetti scendere da un tram perché in ognuna delle persone sedute sulle scomode panche di legno mi sembrava di leggere storie orribili di infelicità senza tregua. E pensavo anche a Gerry, al suo rodimento di essere sempre inadeguato, sempre mezzo fallito, sempre gentile senza costrutto, sempre bambino abbandonato ma ormai con le rughe e i primi capelli bianchi.

Lo chiamai per salutarlo. Mi disse che avrebbe passato il fine settimana a Capalbio, coi figli che arrivavano dal Brasile per stare un mese con lui. Aveva ereditato dal padre un campetto assolutamente non edificabile, a pochi chilometri dal mare, e ci teneva una roulotte – già cadente e arrugginita ai tempi in cui facevamo l'amore. Ogni tanto, inflessibili forze dell'ordine gliela facevano spostare, sempre nel campo ma in un altro punto, altrimenti, anziché come deposito di attrezzi agricoli, quella brutta accozzaglia di plastiche e lamiere si sarebbe potuta rubricare alla voce "casa". Solite ipocrisie burocratiche.

Gli dico o non gli dico che vado anch'io a Capalbio? E se taccio e poi con Arnaldo lo incontriamo per caso, magari sulla spiaggia o al bar, cosa penserà? Che sto complottando contro di lui? Che difendo la delicatezza di una storia nascente? Un momento: una storia nascente? No, meglio non illudersi. Un'amicizia palpitante, piuttosto. Nell'incertezza, non gli dissi niente.

E tornai a rispondere alle email di Arnaldo, a programmare quali vestiti e costumi da bagno portarmi al mare, a tentare di dimagrire all'ultimo minuto, a soffrire per i mali dell'umanità commuovendomi per tutto e per tutti. Anche per mio marito.

Fantoni, Arnaldo (Doc4Ever)
15 giugno 2008 01:48
additivi

Cara Erica, il vino e le droghe leggere aiutano a voler bene, a essere tolleranti e soprattutto indulgenti. E aggiungono un po' di energia euforica alla conversazione tra amici. Ma anche senza vino, col tempo l'insofferenza verso la mia famiglia si è trasformata in un'invincibile forma di affetto. Famiglia che, nel mio caso, è costituita da una sorella che ha seguito il marito, sterile, in Israele, e adesso abita a Tel Aviv. Da una zia materna ultraottantenne che abita a Roma, vicino a casa mia, e rifiuta di convivere con una badante. Da una cugina malmaritata, tutta persa nelle sue tristezze e nelle sue sigarette, che vive a Torino. Il marito, noiosissimo, lavorava alla Fiat, ora è in pensione. Tutte donne adulte, come vedi, e nessun bambino. E poi, certo, c'è Stella, che per me è come una cugina (sorella sarebbe troppo), con cui oltre a condividere temporaneamente – come ti ho già detto – una casa (ma non quella di Capalbio, lì non viene mai!) ho un discreto bagaglio di amicizie e ricordi comuni. Credo che invecchiando, o meglio maturando, una delle prime conseguenze sia questo struggimento per i tuoi parenti stretti, anche per quelli che hai detestato e hai pensato che ti stessero rovinando la vita. Soprattutto per quelli. Mia zia ha cercato di farmi da madre (quando mia nonna era malata, prima che morisse), ed era assillante, normativa, maligna, sempre scandalizzata della mia vita e dei piaceri.

Dicono che invecchiando si diventa finalmente liberi di odiare. Sarà, e io certamente non sono ancora così vecchio: ma il detestare, il deprecare, lo scandalizzarsi, l'inveire, mi hanno stufato. L'ho fatto per troppi anni, dall'adolescenza in su, e anzi ho passato i cosiddetti "migliori anni della nostra vita" odiando, deprecando, sfottendo. Per me avere una famiglia è la cosa più commovente che ci sia.

Ciao, bella
Arnaldo

Struggente. Quella lettera era pane per il mio cuoricino traboccante di sentimenti inespressi. Perché, cara Roberta e caro mittente, andava alla radice di tutte le materie dolorose. I mancati figli, i mancati amori, le omissioni. La materia principale dei dolori virtuali – quelli che non sono malattie – riguarda le cose che non abbiamo fatto, le occasioni perdute, i rimpianti. E io rimpiango di non aver amato abbastanza mio padre – né da vivo né ora che è morto da un pezzo – e nemmeno mia madre, con cui non riesco a costruire una conversazione intima, vera, ma solo colloqui formali e concreti, venati di diffidenza. Soprattutto, ora sono abbastanza grande per apprezzare i loro sacrifici, la loro generosità, i loro errori – sempre che fossero errori e non semplici casi della vita. Rimpiango tutto: i viaggi che non ho fatto, i figli non avuti, le risate non rise, le feste non ballate, i costumi da bagno non messi perché mi sentivo brutta, goffa, grassa anche se non lo ero. Rimpiango il tempo perso in droghe, sigarette, vestiti inutili. Rimpiango le carezze non fatte ai miei genitori, la voce rancorosa e sgraziata, le incomprensioni. Saranno stati abbastanza felici, almeno in qualche brandello della loro esistenza? Avranno capito che gran dono mi hanno fatto, dono che non sono stata capace di ritrasmettere a un nuovo essere umano, solo per restare attaccata all'ormai terminato amore per Giacomo, che richiede cautele, prudenze, rinunce? Non lo so, la vita è sempre ingiusta con chi non la sa vivere.

Decisi di sdrammatizzare.

erica.guarienti@fastwebnet.it

15 giugno 2008 02:27

Caro Arnaldo, diversi anni fa usavo celebrare i miei dolori di crescita ricorrendo ad altro dolore, in una sorta di ascesa autocompiaciuta della mia sofferenza. Poi ricordo di essermi sfogata con un vigile che mi aveva fermato perché guidavo a velocità esagerata su uno stradone periferico, pieno di svincoli. Ero così tesa, era così evidente la mia inadeguatezza a tutto, persino nel guidare, che scoppiai quasi istericamente a piangergli in faccia, con tanto di singhiozzi e candela al naso e ricerca infruttuosa di fazzoletto. Mi disse: "È in difficoltà? Non ci pensi, tanto domani il sole sorgerà lo stesso, come oggi. E lei rischia di non vederlo." Sai che da quel giorno è iniziata la mia trasformazione?

Bello questo nostro scambiarci informazioni sulle magagne del passato. Ora, mi pare di capire, siamo individui pacificati, e soprattutto *placati*.

Erica

Fare mille domande è certamente un buon metodo per non annoiarsi, quando per esempio a una cena noiosa ti trovi accanto uno sconosciuto con cui, obiettivamente, non avresti nulla da dire. Allora, per impiegare il tempo, dato che non puoi fare una passeggiata, né guardare la televisione, né attaccarti a internet, ti butti strumentalmente sull'individuo seduto accanto a te e lo interroghi senza tregua. Ti fai raccontare del suo lavoro, fai domande molto precise, tecniche, come se dovessi prendere nota per un articolo o ti accingessi a consigliare a un figlio la sua professione; poi passi a qualche domanda più intima, e se il soggetto abbocca ti fai raccontare i rapporti con la famiglia, il passato, il presente, la vita sentimentale, persino i gusti erotici. Le domande devono essere concrete, su fatti e cose, e possibilmente spiazzanti. Non devono mai cadere nello sproloquio generico, da treno, tipo le opinioni politiche o il giudizio etico sui fatti di cronaca. L'importante è tenere il pallino e condurre la conversazione. Quasi nessuno sa raccontare, ha ritmo, ha capacità di scegliere nel marasma della propria vita gli episodi veramente significativi o curiosi e comunque non agiografici. Quasi nessuno è conciso e riesce a tenere il filo del discorso senza perdersi a forza di digressioni. E allora, sempre col fine di non annoiarsi, bisogna sostenere con domande incalzanti la trama della storia che viene raccontata, costringendo l'interlocutore a sintetizzare, ad andare in una direzione interessante, a non perdersi. In genere, chi viene fatto oggetto di questa gragnuola di domande tende a prenderle per attenzioni, quelle attenzioni che di solito nessuno gli rivolge, se non qualche individuo fastidiosamente servile. Se ci sono condizioni favorevoli, se l'interrogante è d'aspetto piacevole o ha una posizione preminente rispetto all'interrogato, questi tende a innamorarsi. Non c'è nulla che coinvolga un individuo quanto il sentirsi interessante, degno di nota, oggetto di curiosità. Infatti i buoni seduttori non rispondono: domandano. Lasciano che su di sé continui a gravare il mistero, il si dice; lasciano che, una volta tornata a casa, la preda cominci a chiedersi con chi ha parlato, a chi ha finito per rivelare i suoi segreti, le sue malriposte ambizioni, gli smacchi.

Il buon seduttore si mostra interessato a te, come se per tutto il tempo prima di incontrarti non avesse desiderato altro che vederti e saperne di più. Il buon seduttore ti spiazza con domande intime; conquista nell'arco di poche battute la tua fiducia e la tua intimità, ti fa sentire speciale e interessantissimo.

Ma Arnaldo no, Arnaldo raccontava, Arnaldo era tutto un aneddoto, una descrizione, una storia.

Arnaldo sapeva sedurre con le armi di un buon libro.

"Arrivo alle 15.30. Treno, non aereo. Stazione Termini."

"Quando scendi vai a sinistra. Ti aspetto ingresso laterale via Giolitti."

"Spero no ritardo. Ti faccio sapere per strada."

"Evviva, arrivi. Buon viaggio, bella."

Personal essays: nascente irrazionalità estiva

"Con me non ci azzecca mai," dicono alcuni esaminando l'oroscopo. Per forza. Ormai buona parte della popolazione è nata con parto cesareo – quindi in un giorno feriale e in orario di primo o secondo turno di sala operatoria. Se proprio si volesse credere alla strampalata teoria astrologica, ossia all'influsso dei pianeti non dico sulla giornata ma quanto meno sul carattere delle persone, bisognerebbe comunque escludere, per ovvi motivi, le persone nate non nel loro *momento giusto bensì in quello dello staff ospedaliero, dei genitori e delle loro vacanze, dell'occupazione della sala operatoria. Volendo interpretare il modo d'essere di chi è frutto di un parto contraffatto, bisogna quindi ricorrere ai più prosaici canoni della psicologia, della sociologia, della biologia. Ma i protagonisti di questa storia sono nati perlopiù negli anni '50 e '60, quando ancora si ricorreva alle doglie e al travaglio, e, pur giudicando le teorie astrologiche una colossale stupidaggine, in quegli inizi di giugno ognuno di loro si mise a controllare il proprio oroscopo o quello delle persone che gli interessavano. Oroscopi, superstizioni, credenze popolari, cartomanti: non c'è uno di noi che sappia resistere al fascino dell'irrazionalità più corriva, quella che non si ammanta nemmeno di spiritualità e agape.*

Giacomo, per esempio, smaltita in fretta l'irritazione per lo sgarro notturno di quella che in cuor suo più che una moglie considerava una figlia aggiuntiva, si concentrava sull'oroscopo della sua primogenita Alessia, che a giorni avrebbe affrontato l'esame di maturità al liceo Manzoni di Milano. Era sempre stata una prima della classe, ma ora la vedeva impaurita, angosciata, persino imbruttita. Giocherellava col cibo nel piatto anziché mangiarlo, e negli occhi le passavano immagini misteriose. Giacomo temeva che, come certi cavalli che promettono molto, Alessia potesse rompersi alla partenza, all'uscita dalle gabbie di un gran premio. E nel non saper che fare, nel vedere anche la sua ex moglie preoccupata e perplessa, consultava l'oroscopo settimanale della Vergine, sul sito di Internazionale*: "Si sta avvicinando un talent scout che potrebbe cambiarti la vita. Cerca di sapere perché e sfrutta la situazione a tuo vantaggio. Intanto, un camaleonte che ha sempre avuto il tuo numero di telefono lo ha perso. Scopri i particolari e approfittane. Se questo non basta a tenerti occupata, ti avverto che un pazzo (o una pazza) decisamente cool si è accorto che hai qualcosa che gli interessa. Cerca di sapere chi è e di che si tratta, poi sfrutta questa possibilità." Questo scriveva Rob Brezsny, luminare americano del settore oroscopi, a proposito della sua Alessia: c'era da preoccuparsi?*

Arnaldo, dal canto suo, pur avendo evitato per anni di scorrere le righe di Branko in prima pagina sul Messaggero*, negli ultimi giorni gli dava un'occhiata, cercando di capire come sarebbe evoluta, per il Sagittario, la gradevole inquietudine che s'era insinuata nelle sue giornate. E Gerardo, impaziente per l'arrivo dei figli dal Brasile, e al contempo* *desideroso di un'estate piena d'amore o quanto meno di fervidi incontri erotici, chiedeva conferma delle proprie aspettative alla pagina degli oroscopi di* Vanity Fair. *Per non dire di Erica, che, perdendo tempo davanti al computer tra un articoletto e un botta e risposta con Arnaldo, mentre tutto il resto della sua posta restava inevaso, andava scoprendo i piaceri della navigazione nei siti di oroscopi, cercando di indovinare di quale segno fosse, in base a quel poco che le pareva di aver capito di lui. "Marte traumatico crea tensione. La salute potrebbe portare disturbi psicosomatici." Speriamo che non sia un Capricorno, si augurava, pochi giorni prima di raggiungerlo al mare.*

Lusinghe di vestaglia

Fare l'amore mi sembrava una cosa superata. Ero appena stata a letto col giovane critico, ma avrei potuto evitarlo, come si può evitare di bere un bloody mary prima di cena. Oppure avrei potuto farlo, come mi era capitato. Non cambiava nulla, se non un po' di esercizio muscolare e qualche carezza scambiata con un tizio che sicuramente si sarebbe rivenduto i dettagli del nostro incontro per trasformarli in aneddoti o materia di conversazioni leggere.

Sì, fare l'amore furiosamente, affannosamente, calorosamente, mi sembrava una cosa superata agli occhi di chi, io nella fattispecie, l'avesse fatto per anni, così e cosà, con questo e con quello. Allo stesso modo in cui si smette di giocare con le bambole, poi di fumare spinelli e di ciondolare ogni notte in giro per locali, ci sarà pure un momento in cui si smette di essere molestati dal desiderio di conquista sessuale, dall'ansia di sancire coi corpi allacciati quella che potrebbe essere una semplice, comoda, confortante fascinazione emotiva.

Citavo spesso una battuta, piena di realistico sprezzo razzista, coniata negli anni '90 dai salutisti americani per schernire chi ancora fumava: "Ormai lo fanno solo i portoricani." Sembrava ottima anche per il sesso.

Da lontano, Arnaldo spiccava. In mezzo alla folla levantina di taxisti abusivi, di mendicanti, di monchi in carrozzella, di alcolizzati smagriti ma gonfi, di sagome filanti di viaggiatori, Arnaldo era anomalo. Molto alto, quasi allampanato, i capelli folti, di un castano stinto, leggermente brizzolati, la camicia bianca e i pantaloni kaki, l'aspetto calmo, solido, pulito. Abbronzato, la faccia spigolosa da velista al timone. Piantato all'ingresso della stazione come uno scoglio intorno al quale il flusso dell'acqua si divide. Un bel tipo, uno di cui vorresti saperne di più se la vita te ne desse l'occasione.

Ero in ritardo – il treno era in ritardo –, preoccupata di essermi fatta aspettare in quel luogo dove ti pare di sporcarti anche se nessuno ti urta, preoccupata di piacergli, di essere profumata e sorridente, di farmi accogliere e apprezzare. Finalmente lo rivedo!, esultai da lontano, camminando sghemba per via della sacca in spalla (avevo deciso di non presentarmi all'appuntamento con quella triste valigetta a rotelle che, nella mia idea coreografica della vita, faceva tanto "passeggeri low cost all'imbarco").

Lui, naturalmente, non aveva notato il mio tentativo di rendermi speciale, viaggiatrice scomoda ma non massificata. "Tutto qui?" mi chiese con la sua aria sollecita e disponibile, alludendo alla sacca che mi stava sfilando dalla spalla.

Dopo avermi baciato sulle labbra, mi prese la mano e poi il braccio, per guidarmi verso l'auto, trattandomi con affettuosità complice, come se ogni gesto fosse consueto, come se fosse l'abitudine di una coppia che ogni venerdì si ricongiungeva alla stazione Termini di Roma.

Prima di partire per Capalbio, Arnaldo voleva passare all'inaugurazione di una mostra-mercato di arte contemporanea alle Terme di Diocleziano, proprio di fronte al piazzale della stazione.

L'idea espositiva era elementare, giocata sull'ovvio contrasto "resti romani e raccolte archeologiche – plasticumi/ferraglie del 2000 dopo Cristo". Un po' come Madonna che canta nel Colosseo o il concerto dei Pink Floyd in piazza San Marco a Venezia. Ma il gioco delle dissonanze non aggiungeva pimento alle opere in vendita. C'erano le solite cose – un po' scultura un po' installazione –, per nulla stupefacenti nel loro tetragono puntare a esserlo. Lavori di artisti del tutto ignoti a chi, come me, non avesse fatto dell'arte contemporanea la palestra di un fighettismo nozionista à la page. Il che, lungi dal renderci superiori alla crescente moltitudine degli happy few, spesso fa sentire inadeguati, *indietro* come chi ancora non sappia usare il computer.

Del resto, Arnaldo non era lì con velleità di collezionista o di estimatore, ma solo per farsi vedere, per poter dire di esserci stato a uno dei due curatori della mostra – con cui forse, in futuro, avrebbe potuto lavorare.

I visitatori si conoscevano quasi tutti. Gran parte di quelli che incontravamo, e cui Arnaldo mi presentava con grande enfasi, erano in partenza per il mare: Ansedonia, Porto Ercole, Capalbio, Pescia. Località che sono una il sobborgo dell'altra, come tanti quartieri di un medesimo distretto. Mi sentii a disagio. Volevo passare un weekend di scoperta ed esplorazione umana, ma *di un singolo ed esclusivo essere umano*, e invece quelle due smilze giornate stavano prefigurandosi come un assedio all'arma bianca, condotto da euforici romani schiamazzanti.

Delle opere esposte ne ricordo solo una. Su un piedistallo, in mezzo a uno stanzone pieno di artistiche cianfrusaglie, c'era una ragazza in carne e ossa, viva. Décolleté con tacco a spillo, e poi nuda fino alla cintola. Era di carnagione chiara, lentigginosa, con peli pubici rossi, abbondanti e cespugliosi. Una gonna molto lunga le stringeva la vita, coi lembi inferiori ancorati al soffitto. Di lei, quindi, si vedevano solo gambe, pube e sedere – indubbiamente ben formati e armoniosi.

"Dalla vita in su potrebbe essere una racchia pazzesca," notò un tipo azzimato che parlava con Arnaldo. Io ero indignata, ma mi guardavo bene dal dirlo: le donne indignate sono perlopiù considerate delle isteriche, affettivamente e sessualmente insoddisfatte. E l'indignazione è considerata una cosa barbosa, da moralisti veterocattolici o veterocomunisti – che fa lo stesso. Ormai il culto dell'ironia e del rovesciamento del punto di vista vince su tutto. Chi non ne è capace è ritenuto noioso e riprovevole: in pratica attira su di sé quella stessa indignazione che riserva a fenomeni sociali o politici.

Comunque, mi sembrava ingiusto: se quella ragazza fosse stata una mucca, sarebbe accorsa la Protezione Animali per far smontare l'installazione. Alla fine lo dissi. Un tizio che passava, l'ennesimo conoscente di Arnaldo, si rivelò amico del falegname che aveva costruito il piedistallo. Disse che la ragazza era un'insegnante di mimo: faceva turni di due ore, poi venivano a staccarle la gonna e lei andava nel retro a tirare il fiato e riposarsi un po'.

Finalmente, pensai, si copre il culo e si scopre la faccia. Night and day. Che stupidaggine di lavoro, il mimo di strada. Stare ore impiastricciati, a farsi fare ghirighiri da passanti che vogliono smontarti l'imperturbabilità.

Una vecchia dai lineamenti gonfi, grondante di tessuti etnici e gioielli tribali, chiese ad Arnaldo dove fosse Stella.

"A Tangeri, per un servizio."

"E come sta?" ribatté la vecchia.

"Bene," fece lui, incerto, forse imbarazzato dalla mia presenza. "Almeno credo," aggiunse.

"L'ho vista a Villa Medici, era in forma, sembrava ringiovanita," insistette la strega.

"Sono contento. Ciao, ci vediamo," tagliò corto Arnaldo, portandomi via.

Abbozzare, informarsi, essere illeggibile, dissimulare. "Cos'è un *servizio* a Tangeri? Che lavoro fa la tua ex?" chiesi delicatamente, mentre uscivamo da quella stupida mostra. Preferivo usare l'odiosa definizione "la tua ex" che pronunziare quel nome svenevole, Stella, da sogno che poi non si realizza.

"È una fotografa."

"Fotografa di cosa?"

"Di quel che capita: feste, personaggi, persino bambini e cani, se glielo chiedono. Ma poi fa anche delle cose sue, molto creative."

Nessuno che abbia un lavoro vero, da queste parti. Tutti artisti. Masse di futuri candidati alla legge Bacchelli. "E a Tangeri cosa fotografa?"

"Animali randagi, o animali selvatici finiti per caso in città. Ha deciso di fare un libro su questo soggetto."

"Ah." Chi diavolo glielo pubblica un libro così invendibile?, pensai, sperando di avere la forza di non dirlo.

"E perché non viene mai nella tua casa di Capalbio?"

"Perché non le piace. Adesso la vedrai... Non lei, la casa," precisò notando la mia espressione, che credevo di aver mantenuto saldamente neutra e invece non doveva aver retto il gioco. "È un casale di campagna a tre chilometri dal mare. E al mare c'è la spiaggia, i lettini, il bagnino. Stella è un tipo da isole greche, da mare impervio. Odia la sabbia."

"Ma chi glielo pubblica un libro sui randagi di Tangeri?"

"Non lo so, non gliel'ho chiesto. Non lo voglio sapere."

"Ti piace andare a vela?" gli domandai, costringendomi a cambiare argomento per non mostrarmi troppo interessata alle sconclusionate iniziative di quella cretina. E soprattutto alle opinioni di Arnaldo su progetti che mi parevano del tutto velleitari: gli uomini sono sempre indulgenti sulle sciagurate che si sono scelti subito prima di te.

"Sì, abbastanza. Ma solo se mi trasportano: io non so fare niente, non mi piace nessuno sport. Nemmeno camminare."

Stiamo freschi, pensai. Ma non lo dissi.

A letto ci finimmo ben più tardi, senza precipitazione.

Ci finimmo dopo certe confidenze intime – sentimentali, per nulla erotiche – accumulate durante il viaggio in macchina. Dopo aver spalancato coscienziosamente tutte le persiane di casa, messo i cuscini sul divano e sulle poltrone in vimin-plastica del giardino, e dopo che io con sincero stupore avevo detto troppe volte "che bella la tua casa". Dopo che avevo disfatto la borsa e messo ogni cosa al suo posto nella mia camera con un letto a una piazza e mezza, e dato anche una sbirciatina alla camera matrimoniale di Arnaldo. Dopo aver bevuto una bottiglia di franciacorta e lanciato nel folto di un pitosforo una gran quantità di noccioli di olive verdi. E persino dopo aver cenato al ristorante, e aver salutato frotte di conoscenti suoi e addirittura uno mio (ma non era Gerry); dopo essere tornati a casa, aver acceso due candele ed esserci accomodati sugli umidi cuscini del divano in giardino.

Fu dopo esserci baciati a lungo, sulla bocca e dentro la bocca e in tanti altri luoghi facilmente accessibili dei nostri corpi, sempre aggrovigliati su quel divano, coi piedi nudi nell'erba fradicia della notte; e di nuovo baciati mentre mettevamo al riparo i cuscini, e in cucina dove – come bravi e ordinati vecchi ragazzi – avevamo riportato i bicchieri e la bottiglia vuota. E, soprattutto, dopo l'imbarazzo del bagno, ognuno in quello della propria stanza e infine uniti nello stesso letto – il suo –, nelle stesse lenzuola, nella stessa passione trascinante, a tratti perplessa e piena di desiderio di fare le cose giuste senza sapere quali fossero. Interrogandoci muti sulle risposte, sui silenzi e sui suoni, sui sospiri, sulle carezze date e su quelle ricevute. Incerti, palpitanti, con voci vellutate e ognuno coi suoi difetti fisici subito segnalati per minimizzarli – io: ho il seno piccolo, non sono soda come a vent'anni, ho il grasso nei punti sbagliati; e lui: sono ossuto, ho le spalle e le ginocchia appuntite, attenta a non farti male, e soprattutto sappi che il desiderio di noi maschi di mezz'età segue percorsi tortuosi e spesso è una scommessa. Tu devi solo starmi vicina, ed essere tranquilla, e lasciarmi fare...

No, non era come finire a letto con quel ragazzetto pimpante ed egocentrico della settimana prima. Era un'esperienza diversa, complicata, molto sentimentale – anche se in fin dei conti si trattava di sesso in entrambi i casi.

Era l'esperienza di due esseri titubanti e desiderosi, che vogliono l'amore ma non ci credono, eppure lo vogliono, lo vogliono, lo vogliono.

L'aria del mattino ci colse inteneriti e circospetti, come due che fossero stati l'uno contro l'altra per tutta una notte di continui risvegli, e ora dovessero alzarsi e mostrarsi nudi nello svelamento crudele della luce, che può far trasalire ma anche compiacere.

Voleva portarmi la colazione a letto, ma io ero troppo agitata per fare la scenografica, quella che si rappresenta discinta, sapientemente migliorata da qualche drappeggio di lenzuola. "Potrebbe esserci il giardiniere, copriti," mi avvisò lui prima di andare in cucina. "La mattina porta i giornali, e poi innaffia il giardino." Che bella vita si fa con lui, servita e riverita, constatai sorridendo alla mia immagine riflessa nella portafinestra.

Volle spiegarmi la sua teoria sulla colazione: aveva notato che gli ospiti erano irriducibili su cosa si debba mangiare – o evitare di mangiare – appena svegli. Ognuno aveva necessità tassative: c'era chi senza kiwi nemmeno usciva di casa, chi voleva i cereali sugar free, chi era allergico al latte e allora bisognava procurarsi quello di riso o di soia, chi necessitava di marmellata di prugne, o di tisana diuretica, di tè deteinato, di caffè lungo, caffè di moka, caffè tipo bar... Ognuno aveva una particolare ricetta della colazione necessaria, che seguiva una sua contorta idea di benessere. Le stesse persone, poi, sul pranzo e sulla cena diventavano molto più malleabili, mangiando quel che c'era e contraddicendo allegramente i buoni e ferrei propositi della prima colazione – rovinandone definitivamente l'eventuale effetto benefico. "Vogliono partire col piede giusto, salvo poi lasciarsi andare, progressivamente, dall'ora di pranzo in poi," concluse, divertito. "E tu cosa vuoi per colazione? Vedi, mi sono procurato tutto," disse, mostrandomi orgoglioso la gran quantità di provviste, come se avesse stanze piene di ospiti.

"Quello che c'è," risposi prontamente, per far vedere che io invece ero un tipo accomodante. Ma, appunto, c'era tutto e non mi riuscì di fare bella figura. "Caffè e spremuta," confessai subito dopo aver constatato che c'erano anche arance, pompelmi e uno spremiagrumi.

Si lamentò di non riuscire mai a ricordare né l'autore né i versi di una poesia adatta a quel momento, l'unica poesia che l'avesse colpito in età adulta. "Adesso sarebbero perfetti!" disse quasi esaltato. "Dannazione! Però me li sono scritti in ufficio. Lunedì te li mando. Ma tu, quando li ricevi, devi ricordarti di come eravamo qui e ora." Quante promesse. Viaggi e versi... stava creandosi un legame? Avevamo dei progetti comuni? Era piacevole averne la sensazione.

Volli fugare ogni dubbio: sul suo comodino c'erano un flacone di Baygon (scarafaggi nel letto?) e uno di gocce per il naso. Non sarà un cocainomane che si cura lo sgocciolamento a colpi di rinazina?, mi chiesi con ansia da genitore di liceale. Alla mia età, di drogati non volevo più saperne. Era passato anche quel tempo. Le due domande, spudorate, senza giri di parole, lo fecero sorridere: "Da un angolo della portafinestra entrano processioni di formiche che passano sopra la testata del letto, perciò ogni tanto devo tappargli l'ingresso. E la settimana scorsa avevo il naso chiuso, forse un po' di allergia." Mi abbracciò stretta stretta. A ogni nonnulla ci abbracciavamo.

Ci sedemmo al tavolo sotto il portico, facendo colazione con i giornali accanto alla tazza del caffè. C'erano anche quelli che non compro mai. Una pacchia: da sfogare ogni curiosità, da perderci la mattina. Spostando una tazza, portando un bicchiere alle labbra, voltando le pagine, facevamo sempre in modo di sfiorarci e farci una carezza. Avevamo la voce insolitamente melodiosa mentre ci scambiavamo un titolo di notizia, un "hai visto", un "poi leggi qui".

Questa è la mia vita ideale, esultavo dentro di me. Stare accanto a un uomo così, in una casa così, riverita così, mi dicevo – pur consapevole della fugacità di quel mirabile insieme. Arnaldo aveva messo un disco del Leonard Cohen ultima maniera, rivitalizzato dall'incipiente vecchiaia e non mortalmente tetro e noioso come negli anni '70. Che uomo: sa anche scegliere la musica! Che canzone perfetta! Che sensibilità!, mi dicevo mentre il canadese intonava *In my secret life* e un coro femminile gli faceva il controcanto. Non capivo quasi nulla del testo, ma il titolo sì, quello mi era chiaro – e mi bastava. Stavo proprio vivendo una sfavillante *secret life*. Il che mi riempì d'orgoglio anziché farmi pensare al povero Giacomo, solo coi suoi puledri e le sue fattrici, le figlie ormai cresciute e insofferenti.

Dall'altra parte del giardino, si sentiva a tratti lo scricchiolio dei passi del giardiniere sulla ghiaia e lo scroscio dell'acqua che bagnava i cespugli; di tanto in tanto, lungo la strada isolata passava una macchina il cui risucchio d'aria e asfalto durava solo pochi secondi, giusto il tempo di farci sentire a contatto con il mondo popolato, ma senza patirne la collosa presenza.

Più tardi, mentre Arnaldo parlava col giardiniere, feci il giro delle stanze, delle finestre, degli scorci. Era proprio una casa di campagna. Circondata da un giardino con bordura di oleandri nel momento della massima fioritura, con un paio di cipressi, un leccio, l'alloro, le ortensie e alcune vecchie piante di rose carnose dal ramo grosso, frastagliato da anni di potature.

Del mare non c'era traccia. Lo si vedeva, dal giardino, solo stando in piedi su una sedia, oppure arrampicati sul muretto di recinzione. Altrimenti bisognava andare al piano di sopra, dove c'erano due camere per ospiti, una terrazza con due sdraio e una piccola cucina di rinforzo. La vista spaziava su un lungo tratto di costa e, più vicino, a sinistra, su un bosco di querce, col terreno grattato dal grugno e dalle zanne dei cinghiali. Alle spalle, il montarozzo arroccato del borgo di Capalbio, e davanti e sulla destra un su e giù di campi mietuti; infine, rivolto verso di noi, un appezzamento – stupendo – di girasoli.

Era bella la casa. Guardai dappertutto, anche quei dettagli che di solito non si notano e che invece a me – appassionata di manutenzioni – balzano agli occhi: i rubinetti non gocciolavano, gli spigoli dei muri non erano sbrecciati, le persiane erano ben verniciate, c'erano tante prese della corrente, sulle pareti non si vedeva l'impronta sanguinolenta di zanzare spiaccicate, i cardini non erano arrugginiti. L'interno era arredato con semplicità. Niente marocchinate da happy hour, lanterne a merletto, candelabri, puf e cuscinoni. Niente compiacimenti marini, conchigliame infisso nel muro, lampade a forma di faro e cuscini ricamati a nodi marinari. Niente ciarpame buddista che spesso viene accomunato a decori kenioti o zulu, in una sorta di balordo sincretismo terzomondista. Era una casa ampia ma non grande, su due piani, quasi spoglia, coi pochi mobili perlopiù di quel neutro stile Ikea che difficilmente tradisce. Legno chiaro, rattan, divani azzurri, cuscini bianchi, piatti bianchi, vasi trasparenti... tutto semplice, comodo, congruo. Billy, Ektorp, Hejka... riconoscevo persino i nomi dei modelli e mi sentivo a mio agio per via dello stupefacente potere Ikea di dare agli italiani una casa condivisa, al di là delle loro insanabili fratture geografiche, di reddito, di tradizioni.

Mi piaceva tutto, cara Roberta e caro mittente. Mi piaceva lui nudo – ma anche vestito –, mi piaceva il prato rasato, e la spremuta di pompelmo, la fodera provenzale dei cuscini del letto, il paesaggio con quello scorcio improvviso di girasoli, la gentilezza di Arnaldo nel parlare col vecchio giardiniere, che appena ti avvicinavi simulava fervore produttivo (l'avevo osservato dalla finestra del primo piano mentre fissava compiaciuto l'orizzonte e si rianimava solo al suono di passi sulla ghiaia); mi erano piaciuti anche i racconti di Arnaldo sulla sua passione per quella casa, di cui aveva comprato il rudere vent'anni prima, e col tempo l'aveva modificata, ristrutturata, resa accogliente, adatta a ricevere amici. D'estate, mi disse, doveva farsi una sorta di scacchiera su cui barrare le caselle del viavai di ospiti, per evitare overbooking. "E chi tiene pulito e cambia le lenzuola?" gli chiesi col tipico spirito pratico dell'imprinting femminile, determinato da milioni di antenate che s'erano preoccupate e occupate della gestione di caverne, capanne, case.

"Fanno tutto la nuora e la moglie del giardiniere. Anche la spesa, anche cucinare quando c'è bisogno," mi rassicurò. Stiamo freschi, pensai, immaginando subito ore-lavoro addebitate ma non lavorate e acquisti doppi di vettovaglie, la cui metà finiva nella casa delle signore.

Andammo al mare.

Era quasi l'una. Dopo l'incanto della solitudine, l'arrivo in spiaggia mi sembrò infernale. Parcheggi strapieni, persino quelli a pagamento. Un girare a vuoto nella sabbia, a caccia di uno spazio sotto le arelle. Il percorso dal parcheggio alla spiaggia fermandoci continuamente per salutare amici di Arnaldo, tipi noti di cui sapevo tutto pur senza conoscerli. Un produttore musicale coi denti da tricheco e la pelle rugosa, bucherellata da residui di acne, già mezzo sbronzo o forse ancora sbronzo dalla nottata, ci invitò per un dopocena di poker, e Arnaldo rispose con un evasivo: "Ci sentiamo più tardi." Un sociologo, direttore di un'università privata di Milano: "Vediamoci! Anche con la tua amica, ovviamente. Chiamami, mi raccomando." Un notista parlamentare della sede romana del mio giornale, al braccio della moglie, mogia e verdastra. La donna, apparentemente mia coetanea, era reduce dalla penultima seduta di chemioterapia e aspettavano in giornata le penose conseguenze del veleno ammazzacellule: vomiti, mancamenti, diarree. Ce lo spiegarono lì sotto il sole, davanti a un banco in cui si vendeva la solita paccottiglia da spiaggia – camicioni indiani, panama sintetici, parei, chincaglieria pseudoetnica.

Tre passi dopo, Arnaldo mi presentò una ragazza tutta gengive, con le spalle metaforicamente protette da due patrimoni ereditati, ma resa spettrale dal non averle invece protette dai propri fantasmi. Incrociammo un nobile romano di bell'aspetto (dovuto ai geni della madre svedese), in vacanza dopo le fatiche di una delle sue tante missioni diplomatiche: si occupava di rifugiati per conto dell'ONU. In poche battute cercò di raccontarci le penose condizioni del centro di accoglienza di Lampedusa. "Gli spagnoli sono infinitamente meglio degli italiani: hanno una sola regola per i rifugiati, mentre da noi ognuno fa a modo suo. Per esempio in Puglia il trattamento è più umano che in Calabria." Ci passò davanti uno dei pochi scrittori miliardari italiani, trascinato da un nipote che gli zampettava intorno con una frenesia da cardellino.

Un produttore di Brunello di Montalcino, con moglie americana premio Oscar di qualcosa che non ricordo – forse colonna sonora – prese il nostro posto al cospetto del diplomatico. Pochi passi più in là, Arnaldo salutò il gestore dello stabilimento, che gli diede una manata sulla spalla e mi strinse la mano inanellandomi il pollice col suo, come se facessimo parte di una banda, e cogliendomi alla sprovvista. Diversi bambini che correvano qua e là riconobbero Arnaldo, e una biondina sui dieci anni, con gli occhi da maliarda e un prematuro bikini, volle anche baciarlo.

Arrivammo finalmente al nostro ombrellone. A destra c'era un politico romano di cui il mese prima avevamo letto una serie di imbarazzanti intercettazioni di carattere privato. La moglie doveva aver incassato il colpo, dato che era diligentemente al suo fianco. Dietro di loro c'era l'ombrellone dei genitori della mia amica Beatrice, che invece aveva casa a Capri (per fortuna le avevo telefonato per anticiparle che avrei passato il mio primo weekend con Arnaldo!). Ci salutammo calorosamente, scambiandoci informazioni che già conoscevamo, per il solo piacere di mettere in scena il nostro legame affettuoso e intergenerazionale: tutto bene, come va il lavoro, i nipotini sono in vacanza con Beatrice… Alla nostra sinistra: coppia di produttori di orrende fiction televisive all'italiana, che avevo tante volte criticato nella mia rubrica sul giornale – ragion per cui provai un imbarazzo tremendo mentre Arnaldo ci presentava. Per forza poi sui giornali si leggono quasi solo critiche positive o tutt'al più reticenti: mica puoi inimicarti il vicino d'ombrellone!, pensai. Ero seccata con

Arnaldo: non poteva dirmelo, che avremmo avuto accanto proprio quei due? Ma forse non aveva mai letto i miei articoli, eventualità altrettanto spiacevole. Davanti a noi: una bruttona pesantemente truccata, che scoprii essere l'ufficio stampa di alcuni attori italiani, tra cui uno che era la bestia nera dei miei articoli, per il consueto ritardo di un paio di espressioni rispetto alle battute che pronunciava. La spiaggia era infestata. Venni a sapere che qualche ombrellone più in là c'era persino il critico teatrale del mio giornale, un maneggione che sommava ai compensi giornalistici uno stipendio RAI di dirigente inutilizzato. Uno che più volte aveva scippato lo spazio che mi spettava nella pagina degli spettacoli, grazie alla sua capacità minacciosa di rompere le palle al caporedattore. Non l'avevo mai incontrato e non volevo che succedesse.

Arnaldo mi presentava premettendo al mio nome e cognome "un'amica di Milano". L'unica cosa che non mi preoccupava era di fare la figura della fedifraga, un po' per l'andazzo fallimentare del mio matrimonio e un po' perché l'ambiente dei veterinari di cavalli da corsa era quanto di più lontano si potesse immaginare dal campionario antropologico da cui ero assediata. Se c'era una cosa buona di Giacomo, era il suo essere del tutto indenne dal mondo delle chiacchiere. Per qualche secondo lo rimpiansi. Poi io e Arnaldo andammo a buttarci in acqua, carezzandoci a più non posso, solo parzialmente celati dalle tenui onde che scavavano la spiaggia. Dimenticai subito il disagio, il malumore e quel momento di rimpianto e rimorso per il mio inavvicinabile e incorruttibile marito.

Serviti sotto l'ombrellone, mangiammo un pappone indigesto – una specie di cuscus con pesce e verdure oleose e stracotte. Poi, malvolentieri, telefonai a Gerry. Era inevitabile.

"Sai dove sono?"

"Sei qui. In spiaggia con Fantoni."

Spaventoso, il controllo sociale. Me n'ero andata dall'opprimente e provinciale Verona con la scusa dell'università, per sfuggire a quel mondo dove ognuno era figlio o cugino di qualcun altro, e dove le scelte individuali erano sottoposte al commento preferibilmente malevolo della comunità. E adesso mi ritrovavo in una nuova comunità, certamente più colorita e divertente, che però sottostava alle medesime regole del sapere tutto di tutti, del commento poco indulgente, dell'essere qualcuno anche in virtù di qualcun altro: il nipote di tizio, l'ex di caia, la mamma di sempronio. A Milano e nelle sue propaggini, non si sa perché, l'anonimato risultava molto più facile che nella ben più popolata Roma e dintorni. Sentii che mi avviavo a diventare la non-so-cosa di Fantoni e, probabilmente, di lì a poco, una sua ennesima ex.

Brancicandoci affannosamente dentro l'acqua e mantenendo un comportamento quasi impeccabile fuori dall'acqua, tirammo l'ora in cui la gente, ormai annoiata, con la pelle riarsa che tira e pizzica, sciama lentamente dalla spiaggia.

Sulla sabbia restavano solo mozziconi di sigaretta, un paio di infradito abbandonate e una lunga biscia corvina che avanzava serpeggiando verso di me, spinta dal vento: un'extension slegatasi dai capelli della nostra vicina. Era ora di andarsene.

Avevo promesso a Gerry che prima di tornare a casa saremmo passati a salutarlo. Arnaldo mi svelò, divertito, che Gerry aveva lasciato qualche anno prima un gran conto di noleggio ombrellone e pasti al ristorante, mai saldato. Da allora, non poteva più farsi vedere in quello stabilimento e andava alla spiaggia libera, fingendo che fosse una sua scelta: "Le sdraio fanno schifo e nel mare c'è una fossa dove si concentra tutta l'acqua sporca della Maremma." Oppure: "Si mangia malissimo e sono ladri." Quando, di fatto, il ladro era lui.

Ritrovai il campo di Gerry e la sua roulotte più o meno come li avevo lasciati vent'anni prima. Nessuna miglioria, a parte un nuovo cancello d'ingresso. Ai tempi era un semplice steccato chiuso da un gancetto.

Vennero ad aprirci Feli e Leo, cioè Feliciano e Leopoldo. Pelle scura, magrolini, gli stessi capelli biondissimi del padre ai tempi di Anzio, ma con occhi scuri e luccicanti come piume di merlo, esclusivamente desiderosi di litigare e darsele di santa ragione. Sgambetti, rincorse, sberloni, calci nel sedere, spinte... il solito repertorio bellicoso dei preadolescenti.

Non li vedevo da prima che la madre tornasse in Brasile portandoli con sé. Allora erano due esserini urlanti, tra una colica e un febbrone da crescita dei denti. Gerry, vista l'impossibilità di mantenerli e la difficoltà di gestirli, aveva accettato senza discutere quella separazione così estrema. Per di più, erano troppo piccoli perché si sentisse davvero affezionato, e credo che ne vedesse solo l'aspetto più rumoroso e oneroso, quello dei pianti irrefrenabili, dei malesseri urlati ed enigmatici, degli spaventi e delle continue visite dal pediatra e al pronto soccorso. Del resto, Gerry e Alina non avevano a portata di mano né genitori né altri parenti che potessero consigliarli ed eventualmente aiutarli. Così, quando Alina aveva deciso di tornare a vivere a Rio, dove le era più facile trovare lavoro e dove avrebbe abitato vicino alla madre, a tutti era parsa la migliore delle soluzioni. Ai tempi, Gerry mi aveva confessato di aver provato un senso di liberazione. Prima della loro partenza, gli unici momenti in cui sentisse la gioia e l'orgoglio di essere padre erano quando uno dei due bambini gli si addormentava sul petto, e insieme riuscivano ad accordare il su e giù dei respiri. Solo allora i figli si abbandonavano fiduciosi a lui, senza rompere le scatole né cercare lagnosamente la madre. Quei momenti di gioia sublime e di fusione estatica si dissolvevano in una marea di discussioni con Alina, di pianti, di febbriciattole, di carrozzine e giochini e pappette e capricci.

Vestito solo con un pareo, sotto cui sembrava non esserci alcun costume, Gerry ci mostrò la roulotte, polverosa e disordinatissima. Poi uscimmo e ci presentò pomposamente un galletto e tre galline spaesate: "Guarda. Vedi il piumaggio? Sono polli ornamentali. Razza Bantam, da esposizione." Li aveva comprati il giorno prima da un allevatore, per tenere buoni i bambini che invece volevano un labrador. Ci disse che era contento perché il grande, Leopoldo – che aveva otto anni e si chiamava come il padre di Gerry – era molto affettuoso. E si disse preoccupato perché il piccolo – Feliciano, sette anni – di notte piangeva e non riusciva a dormire per il dispiacere di stare lontano dalla mamma.

Ero piacevolmente stupita: non conoscevo quell'aspetto di Gerry. Che fosse vagamente maturato? Che l'uomo incerto, troppo socievole, fissato su come spremere soldi e vacanze a scrocco con la sua Hybris & Nemesis, stesse infine maturando grazie a quei due bambini, cui avrebbe dovuto provvedere per un mese intero?

Per strada, mentre raggiungevamo il campetto di Gerry, avevo provato a ricapitolare i motivi per cui mi piaceva Arnaldo: è un bell'uomo, si veste con gusto, ha una professione interessante, sa parlare e soprattutto raccontare, è pieno di storie e di informazioni, è pungente con gli altri e protettivo con me, quasi non ci conosciamo e si dimostra più aperto e desideroso di condivisione di quanto non faccia Giacomo – tutto preso dai suoi mondi equini…

Mi sentivo come se dovessi spiegazioni al mio amico d'infanzia: caro Gerry, a Roma non sei più il mio unico riferimento, l'uomo-bambino buono per le serate di solitudine e malumore; ora a Roma ho un nuovo amico intimo, che ti ha soppiantato su tutti i fronti. Ma, credimi, lui è un buon affare per me, questo non è un tradimento, è solo un'occasione vantaggiosa che colgo senza toglierti nulla. Tant'è vero che vengo addirittura a trovarti a Capalbio. Torno dopo decenni a visitare il tuo campetto e la tua roulotte. Ti rendo partecipe delle mie scoperte.

Seduti sotto una verandina tendata, mentre i bambini tentavano di fare amicizia con le galline, che se la davano a gambe levate starnazzando appena cercavano di avvicinarle, parlavamo del più e del meno, sorseggiando acqua.

"Perché, intanto, non cominci una buona volta a chiamarmi Gerardo, almeno davanti ai figli? Così capiscono che sono il padre e non il cagnolino di una pensionata?" era stato il preambolo inacidito di Gerry. "Stando con loro solo un mese all'anno, devo cercare di dargli un concentrato di paternità, come una droga benefica che duri a lungo e dia assuefazione," aggiunse, con un paragone decisamente sconclusionato.

Approvammo, comunque. Si passò al tema degli zingari. Il trenino che dall'aeroporto va a Roma passa accanto a un campo nomadi: i bambini erano rimasti impressionati da quell'ammucchiarsi di roulotte, baracche, e soprattutto dalla quantità di spazzatura sparpagliata per decine di metri anche fuori dal perimetro del campo, come nemmeno nelle favelas di Rio. Favelas che peraltro Feli e Leo non avevano mai visto da vicino. Il treno si era fermato a una stazioncina davanti all'accampamento ed erano saliti degli zingari molto puzzolenti: dopo aver chiesto senza convinzione un po' di carità, si erano seduti proprio accanto a loro. Passammo in rassegna alcune ovvietà pro e contro i rom. Infine convenimmo con la tesi di Arnaldo. Perché mai bisognava garantire a quella gente la sussistenza e il diritto di andare dove gli paresse, iperprotetti da norme internazionali e dal senso di colpa collettivo per lo sterminio nazista, mentre la carica dei derelitti non zingari, che instancabilmente tentava di forzare i confini del mondo occidentale, non godeva di alcun diritto? Perché questi altri gruppi di esseri umani, altrettanto perseguitati e fatti fuori dall'infinità di dittature espresse dalla storia, non avevano diritto a campi attrezzati o case popolari, luce e gas, scuole e assistenza sanitaria? L'ingiustizia ci sembrava evidente, smisurata, abbacinante, ma non sapevamo che farci, e denunciarla sembrava uno sforzo immane, fuori dalla nostra portata. E non avevamo nemmeno una bottiglia di vino che ci mettesse un po' d'alcol in circolo, per reindirizzare la nostra indignazione su qualcosa di più conviviale.

Gerardo aveva mangiato due pacchetti di cracker facendoli durare un'infinità, a forza di sminuzzarli in bocconcini da formica, e ora doveva occuparsi della cena dei bambini. "Mi manca una famiglia, non sto più con Alina e non ho nemmeno un'altra moglie che mi aiuti a occuparmi di loro," disse in tono amareggiato.

"Pensa quante discussioni su come si carica la lavapiatti sei riuscito a evitare," cercò scherzosamente di rincuorarlo Arnaldo.

"Non ho la lavapiatti," precisò Gerry, che evidentemente non aveva letto il giornale. Allora gli feci il riassunto dell'articolo cui si riferiva Arnaldo: "Secondo la ricerca di una qualche università americana, riportata oggi da quasi tutti i giornali, il motivo per cui le coppie litigano più frequentemente è il modo di caricare la lavapiatti. Immagino che nella roulotte non ci stia, ma se tu avessi una moglie, ti avrebbe costretto a ficcarla da qualche parte. E sareste precipitati nel gorgo dei battibecchi," conclusi, un po' avvilita da quella plateale dimostrazione dell'inevitabile litigiosità di ogni coppia. Se mai mi fossi messa con Arnaldo, saremmo finiti a discutere su dove infilare i bicchieri e dove le tazze, proprio come sosteneva quella ricerca e come già capitava, invariabilmente, tra me e mio marito.

Salutammo Gerry, promettendogli in tono vago di raggiungerli l'indomani sulla spiaggia libera, e tornammo verso casa, finalmente soli. Avranno da mangiare?, mi domandai. Non sarebbe stato meglio invitarli per cena, se non altro per dare un pasto decente a quei due bambini? Evitai di dirlo ad Arnaldo, sopraffatta dall'egoismo idiota degli innamorati.

La moglie del giardiniere aveva rifatto il letto, senz'altro constatando che il datore di lavoro aveva una nuova conquista, cui inizialmente era stata destinata la camera degli ospiti. Ci aveva anche preparato la cena, come da disposizioni di Arnaldo.

Prima di mangiare, però, e appena fatta la doccia, finimmo a letto ad abbracciarci, a fare l'amore, a colmarci l'animo di reciproci stupori per non esserci incontrati prima, per aver sprecato tanti anni e tanti incontri senza arrivare a quella magica destinazione, che era il degno scioglimento della trama delle nostre vite.

Nella luce imprecisa che resta subito dopo il tramonto, ormai del tutto debellati i pudori della nudità, passammo alla tipica conta degli amanti, quella delle cicatrici. "Cosa ti sei fatto qui?", "E lì ti hanno fatto male?", "Mannò, non si vede nemmeno, anzi sì, ma fa tenerezza..." Una completa mappatura di ogni minimo segnetto, corredata dal racconto di come ce lo fossimo procurato. Piccole operazioni, cadute in Vespa, giochi di bambini finiti male. Iniziavamo a raccontarci la nostra storia, prendendola alla lontana e cercando di rappresentarla nel modo più sincero possibile. (Ancora adesso ne sono certa, cara Roberta e caro mittente: né io né lui volevamo ingannare l'altro. Gli inganni si dedicano anzitutto a se stessi.)

Non c'era solo il desiderio di far bene la propria parte e la curiosità di scoprire le vie del piacere erotico dell'altro, c'era anche un'ansia di racconto e di scoperta come una sete inestinguibile, da uomo senza borraccia nel deserto. Volevamo saperne di più dei crucci, dei dolori, dei sogni e degli amori. Amori passati che adesso rinnegavamo, completamente dimentichi e incapaci di rappresentarceli, perché ogni inizio contiene un delitto passionale: è l'omicidio che si compie ai danni del proprio passato sentimentale, cancellandolo come se non fosse mai esistito, e ritrovando di colpo gli stupori, le emozioni, le freschezze di chi comincia per la prima volta proprio lì, proprio quel giorno, senza alcuna esperienza precedente. Come se in realtà non fosse tutto già provato, collaudato, conosciuto.

Più tardi mangiammo voracemente il cibo pepato, grasso, pesante, unto, preparato dalla moglie sardo-maremmana del giardiniere.

"Tua madre che tipo è?" volle sapere Arnaldo, forse per capire come avrei potuto evolvere.

"Ha settant'anni, si trucca pesantemente e si tinge i capelli di nero corvino. Pesa centodieci chili, ha varici dappertutto e siamo molto legate. Dove vado io, va lei," scherzai.

"Potevi dirmelo. Sopra abbiamo due camere degli ospiti, se non gliene bastasse una," reagì prontamente lui.

Eravamo a tavola, davanti a un piatto di cinghiale in salmì, vestiti con cura come se ci fossero estranei. Decisi di raccontargli tutta la verità, quella che, tra le persone che frequentavo, conoscevano solo Gerry e mio marito.

"Scherzo, sull'aspetto. Forse sarebbe più allegra, se fosse una grassona truccata. Invece è una donna piena di rancore, che non riesce a perdonare e a perdonarsi. Non so come fare con lei, anche perché non ha amici, non ha il cane e parla solo con me. Ogni volta che vado a trovarla mi angoscia, mi avvilisce, mi peggiora. Posso presentarmi da lei col miglior buon umore del mondo, piena di entusiasmo e di punti esclamativi, e dopo poco riesce a farmi precipitare nel nostro passato, come non ne fossi mai uscita. Invece ne sono uscita eccome."

Portai alle labbra il bicchiere di vino, ma era quasi vuoto. Arnaldo si affrettò a riempirlo.

"Il problema è tuo padre?" chiese premuroso, accarezzandomi un ginocchio.

"Sì. Ma è il *suo* problema. Non il mio. Io ho digerito ogni cosa e vado avanti. Mi dispiace per lui, tutto qua."

"È morto, no?"

"Sì, te l'ho già detto ieri."

"Appunto, me lo ricordo."

"Era un mezzo truffatore. Uno che si occupava di investimenti finanziari e rubava i soldi a chi glieli affidava – o forse li investiva male, non l'ho mai capito. Ha abbindolato un sacco di gente che poi è finita sul lastrico. Gente modesta, credulona, di provincia. Mica ricconi che diversificavano gli investimenti. Era uno che non sapeva essere quello che era, che per sentirsi amato doveva rappresentarsi come generoso, bon vivant, in grado di risolvere i problemi di tutti. Non faceva che promettere e promettere, e non manteneva quasi mai. Anche con noi, con me. Ti porto di qua e di là, papà ti regala questo e quello, papà è amico del preside e vedrai che non ti rimanderanno in greco. Ma succedeva sempre il contrario di quel che diceva. In quinta ginnasio mi hanno rimandato in latino e greco. Dopo il periodo di Anzio non siamo più andati in vacanza da nessuna parte. Due volte sono venuti a casa a pignorarci i mobili. Le sue belle macchine non erano sue. I suoi bei vestiti non erano stati pagati al sarto. Quando è morto abbiamo trovato debiti di ogni genere. Due milioni al bar, altri due al ristorante Tre Corone. Cinque milioni dal sarto." Mi fermai per guardare Arnaldo. Ancora, ad anni di distanza, mi vergognavo di tutti quei debiti mai onorati.

Nessuna reazione. "Mi stai ascoltando?" chiesi, preoccupata che non avesse sentito in quali guai c'eravamo trovate alla morte di mio padre.

"Certo," assicurò con voce ferma. "Capisco benissimo. Sai quanti ne conosco," aggiunse, forse con l'intento di rassicurarmi. "E poi?"

"E poi c'è mia madre. Lei sapeva, aveva capito tutto, ma non ha mai detto niente. Si è separata e dopo tre anni ha lasciato tornare a casa mio padre. Ma non per amore. Per comodità, per avere un uomo in casa, uno che volendo stare comodo pagava i conti per far stare comode anche noi. Anzi, uno che i conti non li pagava: faceva solo finta. In pratica, mia madre non perdona lui, ma non perdona neanche se stessa, soprattutto per aver scelto un tipo così per fare una figlia. Non si perdona di essere la vedova di un bidonista. E di aver preferito stargli vicino, tra un tradimento e una mezza truffa, pur di non dover cercare un lavoro per mantenere sé e me. Non voleva lavorare, voleva solo fare la moglie e la madre, e in un certo senso c'è riuscita."

"In che senso?" mi interruppe Arnaldo, forse per dimostrare che seguiva con attenzione tutta la vicenda che gli stavo raccontando.

"Nel senso che mio padre è morto nell'86, quando lei aveva quarantacinque anni, come me adesso, e lei da allora è riuscita a non lavorare mai. Vive a Melzo, a dieci minuti di treno da Milano. Le hanno dato una casa del comune, ha la pensione minima e qualcosa che le passo io. Quando vado a trovarla le faccio una super spesa, ma del resto è una che mangia poco. Le ho fatto l'abbonamento al giornale: così scopre quali vernissage e presentazioni e inaugurazioni ci sono a Milano nel pomeriggio, ci va, arraffa quel che può al buffet, e risolve il problema del mangiare per un paio di giorni. È sola, sconfitta, mi fa una gran pena." Tirai il fiato, monologavo da un bel po' e non ero nemmeno arrivata al dunque.

"Tuo padre di cosa è morto?"

Eccoci, eravamo al dunque.

"Hanno trovato il suo cadavere nel giardino di una villetta, alla periferia di Verona. Sdraiato a pancia in giù, con la testa spappolata, che brulicava di formiconi. E la pistola, che all'inizio non si trovava ma invece c'era: accanto a un sacco della carbonella, sotto il forno della pizza. Finita lì per il contraccolpo. Ah, dimenticavo: suicidio. In un giardinetto ben tenuto, tutto gerani e cespugli di rose, di proprietà di una famiglia per bene: cane, gatto, due bambini, padre tecnico di caldaie e madre impiegata comunale. Quella villetta era stata dei miei nonni, cioè dei genitori di mio padre. E lui l'aveva perduta dopo averla ereditata. Ha scelto la casa che era il grande orgoglio del nonno... l'ha scelta per spararsi un colpo in testa, come simbolo estremo del suo fallimento."

Erano passati anni, ma ancora mi commuovevo e mi venivano le lacrime pensando alla sofferenza di quell'uomo, al momento in cui aveva scelto di andare ad ammazzarsi proprio lì, e al momento in cui effettivamente s'era detto *Adesso lo faccio, adesso premo il grilletto*, e poi l'aveva fatto davvero, chissà dopo quante esitazioni.

"Ah, dimenticavo: era il 5 agosto 1986. I nuovi proprietari della casa erano in vacanza, a Lignano Sabbiadoro. Li fecero tornare. Ci incontrammo tutti lì, tra le rose e le ortensie, tutti infelici ognuno per il suo motivo. Loro perché gli avevamo per sempre corrotto il giardino, noi perché il suicidio di mio padre era un dito puntato contro di noi, che non l'avevamo capito, fermato, curato. Un suicidio è essenzialmente un atto d'accusa rivolto alla famiglia."

Arnaldo mi guardava, davanti al salmì raggrumato, e ogni tanto scacciava qualche insetto che svolazzava nonostante l'antizanzare inserito nella presa elettrica. Per fortuna aveva smesso di accarezzarmi: ero troppo infervorata per avere desiderio di contatto.

"Per anni sono stata incazzata con lui e l'ho ritenuto responsabile di averci rovinato la vita. Però mi sentivo anche in colpa. Alternavo i due stati d'animo. Uno peggiore dell'altro. In più m'ero convinta che il suicidio fosse come un virus. Se in una famiglia c'è uno che si uccide, è molto facile che i suoi figli lo imitino. È come se si aprisse una strada, una possibilità. È un precedente. Tipo il divorzio. Se sei infelice puoi ammazzarti: tanto, l'ha fatto anche tuo padre. Se ti piace un'altra puoi separarti: tanto, l'ha fatto anche tuo zio. È la rottura di un tabù, capisci?"

Capiva, ma forse era anche un po' stordito dalla mia logorrea. Si alzò per portare via i piatti, silenziosamente. E io, quando tornò, ripresi: "Per anni ho avuto un interesse morboso per il tema del suicidio. Anche adesso, a dire il vero. C'è un memoir di Peter Handke – sai chi è Peter Handke?"

"Boh, sì, uno scrittore, no?"

"Esatto. Quello noioso dei film di Wenders tipo *La paura del portiere prima del calcio di rigore*. Quello che poi s'è messo a difendere i serbi contro il mondo intero, che li considerava carnefici."

"Certo. Ho letto."

"Bene. Sua madre si è suicidata e lui lo ha raccontato in un libro struggente, *Infelicità senza desideri* – un titolo perfetto, non trovi? Anche mio padre dev'essersi suicidato quando non riusciva più a raccontarsi balle: era infelice e senza desideri. Cioè non aveva più voglia di mentire, perché il motore delle sue bugie era una moltitudine di desideri che adesso non aveva più. Ma perché te ne stavo parlando?" Nella foga mi ero deconcentrata e non ricordavo più a che punto del discorso avessi tirato in ballo lo scrittore austriaco con la faccia da lesbica sessantottina.

"Non so."

Restammo un po' in silenzio, ad ascoltare il cri cri dei grilli.

"Ah, sì: per via del mio interesse al tema del suicidio. Comunque, per farla breve, a me è passato l'astio, l'incazzatura per quel modo plateale d'ammazzarsi, che tra l'altro avrà rovinato anche la vita della povera famigliola. Gli ha infettato il giardino, mica ci fai più le allegre grigliate dove c'è stato un cadavere con la testa spappolata... Nello scegliere quel luogo è stato proprio di una disperazione stronza. E così, nella tragedia del suo suicidio ci è toccato anche essere parecchio dispiaciute per gli Svalduz, i proprietari della villetta: giardino devastato da rilievi e cose simili, vacanza appena iniziata e definitivamente interrotta... Non finivamo più di scusarci."

"E poi cos'è successo?"

"Ah, be', niente di che. La gente non mostrava certo un gran dispiacere per uno che aveva fregato mezza città e continuava a mettersi nei guai per averci messo gli altri. Tra l'altro era un anno funereo, con ben altre tragedie. A parte il finto suicidio/vero omicidio di Sindona, che dava l'idea di vivere in uno stato capo-mafia, era appena accaduta la tragedia di Chernobyl. Eravamo tutti scioccati, c'era gente che intasava gli ospedali convinta di avere i sintomi di ogni cancro possibile. I vènti infetti del reattore arrivavano fino a Verona. Comunque, poi c'è stata l'autopsia e, dopo una decina di giorni, il funerale. Ferragosto. Il periodo peggiore per morire. Al funerale quattro gatti, col muso lungo perché erano lì anziché in spiaggia – e forse c'erano anche i creditori, questo non riesco a ricordarlo. Pensa che, per mesi, io e mia madre, oltre alle rogne burocratiche di rinuncia all'eredità per non ereditare i suoi debiti, abbiamo dovuto dare spiegazioni a chiunque. Una cosa penosa. Incontravamo persone che dicevano: 'Come sta Fausto, salutamelo!' o 'È un po' che non vedo tuo padre/marito', e noi a quel punto dovevamo raccontare tutta la storia per filo e per segno. Il problema è che quando muori ad agosto, durante le vacanze, quasi nessuno legge i necrologi o viene a sapere la notizia. In città ci sono solo turisti e camerieri avventizi di locali per tedeschi. Ma insomma, è andata così. Pietra sopra."

"Pietra sopra? Lo dici adesso, ma immagino che non sia stato facile uscir fuori da una storia simile. Come se avessi avuto la fedina penale macchiata per i reati di un altro; un altro a cui non puoi dare nessuna colpa, dato che è tuo padre," insinuò, comprensivo, assolvendomi di botto da tutte le scemenze autodistruttive del passato. Un passato che credevo, caro mittente e cara Roberta, di aver vissuto, scampato e archiviato per sempre.

"In effetti... dopo un po' di anni sbalestrati, a dir poco sbalestrati, quando mi sono sposata mi sono anche messa il cuore in pace. Mio padre era stato una persona sbagliata e infelice, mia madre era delusa e infelice pure lei, ma io non ci stavo a farmi ammazzare dalla vita. Qualcosa di buono lo trovo sempre. Se riescono a trovarlo i ragazzi focomelici, i tetraplegici, i disoccupati, perché non devo trovarlo io? All'inizio della storia con Giacomo avevo pensato che solo una grande stronzaggine interiore mi avrebbe impedito di godermela fino in fondo. E io non volevo averla, quella stronzaggine. Eppure, non ti nascondo che tendo a vedere il verme nella mela. La guardo bella, rossa, le venature gialle, soda, e subito individuo il verme.

Comunque voglio vivere, vivere, vivere," conclusi con un tono di artificiosa esaltazione, finalmente alzandomi e facendo mezzo giro insensato intorno al tavolo.

"Ah: vuoi sapere l'unica cosa che mi è rimasta in sospeso?"

"Se ti fa piacere dirmelo..." sussurrò lui, senza slancio.

Certo che mi fa piacere dirglielo, accidenti. Anzi: non è che mi faccia piacere, è che *deve* saperlo. Chissà perché mi sembrava che senza quel dettaglio, quella strana ricorrente sensazione, tutto il castello del mio racconto non stesse in piedi. "Per anni di notte ho sognato mio padre, vivo e con le tasche piene di pistole, coltelli, bombe a mano, pronto ad ammazzarsi se non intervenivo. E io ero lontana, non facevo in tempo, non riuscivo a raggiungerlo. Veri e propri incubi. Poi sono cessati. Basta, finalmente. Invece l'unica cosa che continua è una specie di desiderio invadente di sapere cosa ne è della famiglia Svalduz. Vorrei sapere se i figli hanno studiato, se si sono sposati e magari hanno già nipotini, se sono tutti vivi... vorrei sapere come è andata la loro vita. Di mio padre non ho più nulla, a parte le fotografie. Ho buttato tutto: portafogli, portachiavi, oggetti, ricordi. Ma non riesco a buttare via gli Svalduz. Non ti dico che ci penso tutti i giorni, ma sicuramente ci penso ogni volta che mi succede qualcosa. Anche l'essere qui con te. È assurdo, ma avrei voglia di dirglielo. E pensa che dal giorno del suicidio, cioè da quando sono arrivati alla villetta, io gli Svalduz non li ho più visti. I primi anni mi sono cautamente informata, quando ancora abitavo a Verona, poi basta.

Non ne so più niente," conclusi, sollevata dall'aver completato il ciclo delle confidenze più intime.

Mi sentivo molto soddisfatta. Ero stata onesta, mi ero raccontata come sono sul serio e non come avrei voluto essere. Anche se l'onestà è un concetto sfuggente, slabbrato. Cos'è onesto? Pagare le tasse e non rubare al supermercato, per esempio. Autodenunciarsi se si ammacca l'auto altrui in un parcheggio. Ma è davvero così concreto il significato di essere onesti? Non è invece misterioso, ineffabile? Onesto è una definizione che, per esempio, si usa per descrivere un rapporto qualità/prezzo, ma per quanto riguarda la personalità degli esseri umani non c'è alcun accordo sulle unità di misura. Ero onesta nel dire che avevo perdonato tutto, digerito tutto, superato tutto? Non lo sapevo, perché non sapevo la verità di nessuno, tanto meno la mia. Forse certi ottimismi si declamano sperando che poi la personalità si adegui. Io, comunque, ci provavo. A essere onesta, a essere positiva, a essere trasparente. Con Arnaldo volevo fare le cose per bene, come alle elementari si cerca di eseguire per bene la greca che incornicia una pagina di quaderno.

Ci abbracciammo. Ora toccava a lui. Dopo la notte della scoperta erotica, era venuta la notte della ricostruzione di sé. Avevamo voglia di raccontarci ma anche di saperne di più dell'altro. C'era una grande urgenza comunicativa.

"Sei mai andata da uno psicanalista?"

"No. Cioè, sì, un po'. Ho provato tre o quattro volte. Ma non devo aver trovato gli analisti giusti. Non mi piacevano le loro case, i loro studi; poi scoprivo che erano pluriseparati, uno era un dentista che aveva iniziato ad andare in analisi perché alcolizzato, poi era guarito ed era diventato psicoterapeuta. Come fai ad affidarti a gente che non ti sembra felice, che ti fa pensare di stare peggio di te? Ho smesso subito. E tu?"

"No, niente, non credo alla psicanalisi. Nel caso, preferisco la chimica delle pillole. Ma sinora non ne ho avuto bisogno."

Anche quella era una conferma della vantaggiosità di Arnaldo. L'ultima volta che ero stata lì lì per innamorarmi di un uomo, mi ero sentita attratta dal senso di maschia protettività che emanava dai suoi abiti senza fronzoli e dai suoi atteggiamenti pieni di vigore. Poi avevo scoperto che il mio futuro amante era in analisi da otto anni. Un altro perdente, un'altra personalità malridotta, un altro uomo pieno di incertezze e rimpianti per la vita vissuta e per quella non consumata. Una delusione. Mi ero spoetizzata.

Pensate, caro mittente e cara Roberta, quanta stupidaggine e quanti abbagli c'erano in quelle mie considerazioni sulla risolutezza di Arnaldo, l'uomo che non andava dallo psicanalista. Sono anni che credo di essere ormai arrivata a capire tutto, e la vita, puntualmente, mi smentisce.

Anche Arnaldo era orfano, me l'aveva raccontato durante il viaggio in macchina tra Roma e Capalbio. I suoi genitori erano morti insieme, in macchina, in un frontale. Colpa del sorpasso azzardato di un pensionato ottantenne. Sull'Appia, all'altezza di Terracina, mentre andavano a vedere una casa da affittare per le vacanze.

Sprofondato accanto a me nel divano, nell'umida notte della Maremma, Arnaldo cominciò a raccontarsi. Ma non come facevo io, con pochi fatti e tante sensazioni. Il suo era un bel racconto vivido, una vera storia.

"Quando è successo, io e mia sorella andavamo alle medie. Prima, con i genitori, abitavamo in un bel palazzo di viale delle Milizie, nel quartiere Prati. Dopo la loro morte ci trasferimmo dalla nonna. La nonna paterna, vedova, che abitava in un quartiere popolare dove probabilmente non sei mai stata: il Prenestino."

"Infatti. Mai visto. Però l'ho sentito nominare."

"Mio padre non aveva lasciato granché. Era un funzionario della Banca d'Italia. Buono stipendio, che ci faceva vivere bene, ma comunque in affitto, pagando l'auto a rate. Coi soldi dell'assicurazione, nonna ci ha mantenuto fino all'università ed è riuscita a lasciarcene anche un pochino. È stata una grande amministratrice, risparmiava su tutto."

"Quanti anni avevano i tuoi?"

"Be', erano giovani, meno di quaranta. Ormai li ho sorpassati tutti e due. Sto avendo gli anni che loro non hanno avuto."

"E tua sorella?"

"Marinella, che vive in Israele. Mi pare di avertelo già detto. Ha un anno più di me, quindi cinquantadue."

"Scusa ma sono fissata coi dati, voglio sempre sapere l'età di tutti."

"Molti non avranno nessuna voglia di dirtela."

"Sì, è vero, ma andiamo avanti. Dicevi di tua nonna."

"Già. Mia nonna era della Basilicata, e si era trasferita a Roma per stare vicina a mio padre, perché altri due figli erano emigrati in Australia, una era morta da piccola, insomma le restava solo lui. La vita con mia nonna era molto diversa da quella coi miei. Lei era una vera terrona, una contadina piena di principi, refrattaria a tutte le novità, alle mode, ai vizi. Cambiammo anche scuola e fu uno choc. Anziché figli della buona borghesia romana, i nostri compagni erano tutti figli di immigrati meridionali. Stavano in appartamenti orribili, non andavano in vacanza da nessuna parte ma semplicemente tornavano al paese, non sapevano giocare a tennis, non avevano la donna delle pulizie… tutto cambiato, insomma. Radicalmente. Abitavamo in un agglomerato di palazzi, i migliori del quartiere. Avevamo un inutile giardino condominiale dove, per regolamento, non si poteva fare niente. Né far giocare i bambini né stendere la biancheria né farci l'orto. Serviva solo ad alzare le spese condominiali senza portare alcun vantaggio – lo diceva mia nonna, lamentandosene moltissimo. Io e mia sorella avevamo sempre vestiti rattoppati, oppure troppo larghi, o troppo lunghi, passati da cugini di paese che vestivano malissimo. Feci una battaglia per farmi comprare delle scarpe da calcio, quelle coi tacchetti. Avrò avuto quattordici anni. Poi mi stufai di giocare. Volevo assolutamente delle scarpe da ginnastica. Allora nonna prese le mie scarpe da calcio e segò malamente i tacchetti, col coltello. 'Hai voluto giocare a pallone e ti sei stufato? Ora se vuoi le scarpe da ginnastica usale così.' Me ne andavo in giro per il quartiere con queste scarpe dalla suola rigidissima, che facevano toc toc a ogni passo. Una volta, per il mio sedicesimo compleanno sommato alla promozione in secondo scientifico, mi regalò una Motobecane MBK Cross, la bici più trendy che esistesse. Finalmente avevo una cosa tutta mia, non dismessa da qualcun altro."

"Mai sentita."

"Sei troppo giovane per ricordartela. Allora era famosissima: aveva le ruotine, ideale per le impennate."

"Capisco."

"Insomma, ce l'avevo da poco – non la portavo neanche a scuola, per non farmela rubare mentre ero in classe. In casa la tenevo sul balconcino della cucina e la portavo su per quattro piani a piedi, tanto ci tenevo. Ma insomma, l'avrò avuta da un mese, non di più, e vado a farmi il solito giro del quartiere. Sono lì che scorrazzo felice, il padrone del mondo in pratica, quando una macchina mi si blocca davanti. Scende uno, mi dà una spinta, prende la bici, la passa a un altro che la carica nel bagagliaio, e se ne vanno. Sono rimasto lì, solo, senza più la mia bicicletta. Questo era il Prenestino."

Poveretto, poveretto!, mi intenerii, come se anziché fregargli una bici gli avessero tagliato le gambe. "Dài, raccontami ancora qualcosa di quegli anni."

"Non so, c'è molto ma non mi viene in mente niente."

"Dài, su," mugugnai, incontentabile.

"Ti racconto una cosa che volevo già dirti oggi. Ricordi che stamattina mi hai detto che ti piacciono le melanzane, ma che quelle che erano nel cuscus erano troppo unte? E che hai precisato che ti piacciono 'a fungitiello' e a me è venuto da ridere, ma poi è passato qualcuno e ci siamo messi a parlare d'altro?"

"Sì, certo."

"Bene. Mi è venuto da ridere perché 'a fungitiello' è la versione italianizzata di una parola che ho sentito dire l'ultima volta da mia nonna. *Fungitiedde*. Quando ero alle medie, mi preparava il panino per l'intervallo mettendoci il salame piccante e le melanzane fungitiedde. Tutti avevano le merendine, quelle industriali, tipo buondì o pavesini, che naturalmente a me piacevano moltissimo. E io, invece, con 'sta cosa avvolta nel cellofan e in tonnellate di tovaglioli di carta e sempre unta lo stesso, che rischiava di devastarmi i quaderni e che quando la aprivo sprigionava un odore fortissimo, che mi denunciava subito. Ero il bambino coi panini puzzolenti."

"Ma se ti creava questi imbarazzi tremendi, non potevi buttarlo di nascosto in qualche tombino mentre andavi a scuola?"

"No, perché comunque avevo fame. E perché mi dispiaceva: mi avevano insegnato che il cibo non si butta. E poi vedevo quanto si impegnava mia nonna per fare le melanzane fungitiedde."

"Ma se il quartiere era pieno di meridionali, possibile che non conoscessero le melanzane a funghetto?"

"Più sono poveri, più sono accecati dalle meraviglie dell'industria alimentare... era così già allora."

Cambiai argomento. Avevo sempre sete di nuovi dettagli. "Ma i tuoi quando sono morti si volevano bene o era un matrimonio infelice?"

"Si amavano, almeno credo. Anzi, ne sono sicuro. Erano proprio destinati a invecchiare insieme. Non è il tipo di cose a cui un figlio pensi – il grado d'innamoramento dei genitori – e infatti non era una riflessione che avessi mai fatto. Però qualche anno fa, su una tivù privata di Roma, ho visto per caso un reportage piuttosto squallido, da una festa del cavolo con mezze starlette e annunciatori televisivi, su un barcone del Tevere. L'intervistatore, microfono in mano, cerca di dire qualcosa di eccitante e allegro e festoso, circondato da residui di mondo dello spettacolo e del giornalismo. Solito misto di arrivisti falliti, mostri totali e leccaculo. Seduto a un tavolino, solitario, assurdo in quel contesto, con davanti un bicchiere mezzo vuoto, inquadrano il mitico Ruggero Orlando. Te lo ricordi, no?"

"Certo."

"È vecchio, accartocciato su stesso, sbronzo. L'inesperto e maldestro intervistatore lo riconosce, lo avvicina e chiede se gli piace la festa. 'Pensavo alla mia mogliettina,' risponde Ruggero Orlando, con un sospiro di rimpianto funereo. '«Signorina,» le ho detto quando l'ho conosciuta, perché allora ci si dava del lei anche tra ragazzi, «mi dia un amore felice grande quanto un amore infelice.» E così siamo stati insieme tanti anni. E poi lei se n'è andata e io sono rimasto solo.'"

Mi guardò come per accertarsi che non avessi perso una parola. "Non ci crederai, ma Ruggero Orlando mi ha fatto piangere, e non piangevo da decenni, forse dalla morte dei miei. La sua storia era proprio quella che avrebbe potuto essere la loro."

"Che tristezza," dissi, effettivamente intristita. Più per Ruggero Orlando che per i suoi genitori. Arnaldo taceva, fissando la trama della stuoia nella penombra di due candele tremolanti. "Ma forse è stato meglio morire giovani senza riuscire a godersi quasi nulla. È infinitamente più triste non andarsene insieme, quando l'unica cosa che si desidera è condividere ogni momento della giornata," conclusi in tono depresso.

Restammo in silenzio, intontiti e afflitti da tutte quelle morti evocate nell'ultimo paio d'ore. Arnaldo si alzò per sgranchire le sue lunghe gambe eleganti. Passò una macchina, poi una moto. Poi un'altra macchina e altre ancora. Forse tornavano da una festa. Era sabato notte.

"Sai che Neil Young ha investito centoventimila dollari per inventare e produrre un motore verde, elettrico, da sostituire a quello a benzina della sua Lincoln Continental del '59?" disse Arnaldo, divagando dopo il silenzio addolorato.

"Ah."

Non sapevo cos'altro dire. Per quanto fossi appassionata del vecchio Neil e per quanto, come avevamo scoperto durante il viaggio verso Capalbio, le sue canzoni fossero un elemento che indubbiamente ci univa, la notizia non mi sembrava così eccitante. Ma potevo sbagliarmi.

"Capisci? Non è la solita cosa di beneficenza delle star – anche se poi lui di beneficenza ne fa, sai del problema del figlio, con la paralisi cerebrale, vero? –, questa del motore è un'idea inventiva, progressista. Un progetto! Speriamo che ci riesca," sospirò infine, rinfrancato dai sogni di Neil Young.

Chiudendo gli occhi, cercai di assaporare quell'informazione come se fosse una notizia confidenziale, solo per me.

"Dài, metti *Cortez the Killer*," chiesi.

"Buona idea," disse lui, alzandosi.

"Hai la versione da dieci minuti, quella di *Weld* coi Crazy Horse?"

"Certo," confermò, definitivo.

Che uomo! È sempre pronto e immediato su tutte le cose che mi piacciono. Abbiamo proprio gusti simili. Orfani, e con gli stessi gusti musicali.

"Sei magnifica, da non credere che tu sia qui con me," sussurrò prendendomi per mano, mentre vibravano le prime note della chitarra elettrica. Mi spinse verso la camera.

"Anch'io sono meravigliata da questa fortuna che ci tocca."

"Adoro le tue mani."

"Vorrei sprofondare nell'incavo delle tue spalle."

"Come posso tornare a una vita senza di te, solo, abbandonato?"

"La mia solitudine, a Milano, peserà più della tua."

"Ma tu non sei sola, sei sposata."

"Ah. Dimenticavo. Ma non vuol dire nulla. Del resto anche tu hai una... coabitante."

"Lascia tutto, passa l'estate con me."

"Sarebbe bello."

"Quanto mi piacciono le tue carezze!"

"E a me le tue!"

Era iniziata la meravigliosa monotonia degli amanti.

La mattina dopo, accelerammo il rituale del risveglio, della colazione, della lettura dei giornali: voleva portarmi alla tenuta di Garavicchio, lì vicino, per visitare il Giardino dei Tarocchi con le sculture di Niki de Saint Phalle. Il giardino era visitabile solo di pomeriggio, ma Arnaldo era amico dell'affittuario di una delle casette della tenuta. Come benefit compreso nella pigione, l'amico aveva le chiavi di un ingressino secondario.

Se non ci siete mai stati, caro anonimo e cara Roberta, dovete andarci. È un luogo spettacolare, inimmaginabile, popolato di mostri con eleganze da dandy, come una Disneyland per raffinati viveur.

Eravamo soli, a parte due artigiani rumeni che incollavano certosinamente tessere di mosaico cadute a terra. Scambiammo due parole con loro, che si compiacevano di rimarcare l'onerosità della manutenzione di quel paradiso imperfetto. Ci scattammo delle foto, sceme come tutte quelle degli innamorati, piene di pudore esibizionista, di imbarazzata voglia di esserci e farsi ricordare. A volte mi chiedo se la scultura monumentale, in tutte le sue forme, dal Napoleone nudo di Canova alle superfici d'acciaio a specchio deformante di Kapoor, non abbia ormai che un'unica funzione: quella di far da fondale alle fotografie.

L'occhio spoetizzato dei lavoratori rumeni ci seguiva, tra uno scatto e l'altro, aggiungendo rigidità alle mie già rigide pose. Arnaldo cercò di tranquillizzarmi. "Guarda che non ci stanno giudicando. Vorrebbero essere noi, invece. Non capisci come siamo belli e invidiabili?"

Mentre ci trovavamo nel corpo dell'Imperatrice-Sfinge, tempestato di frammenti di specchi veneziani, disse: "Qualche tempo fa ho chiesto se potevo fotografarla a una ragazza che mi piaceva. Una che è il contrario di te, molto sciolta. Fa l'attrice. Semidisoccupata ma attrice. Alla mia richiesta, si è irrigidita. 'Non preoccuparti,' le dico, 'non sono il tipo che si rivende le foto ai giornali.' Sai, le attrici, anche se nessuno le conosce, credono sempre di avere problemi di immagine. Vogliono controllare tutto, devono parlare col loro agente, col parrucchiere, col truccatore. Ma lei invece mi risponde: 'Be', ma se le foto non le dài a nessuno a che servono?' Capisci, Erica? Per lei, Carla si chiama, le foto hanno senso solo se finiscono sui giornali! 'E allora perché ti sei irrigidita quando ti ho detto che volevo fotografarti?' le chiedo. E lei: 'Non ho il nécessaire del trucco, volevo darmi una controllatina.' Be', l'ho persa di vista. È di Torino. Non sopportavo nemmeno il suo modo di parlare. Raffiche di diminutivi leziosi: controllatina, doccina, dormitina, mangiatina..."

Gelosia. Insensata, minacciosa, fetida gelosia. Anche l'attrice. E chissà quante altre. Ritirarsi. Sfumare, dissolversi in silenzio. Inadatta alla competizione. Come un cavallo brocco. Inadatta ad Arnaldo. Troppo impegnativo. Buona solo per burocrati forforosi asessuati. Cavalla azzoppata, fiaccata dalla vita, bolsa. Niente da fare, Arnaldo è troppo per me. Lasciarlo nelle grinfie di attrici euforiche, fotogeniche, esibizioniste.

Mi incupii. Non volevo dire il perché ma volevo che lui lo sapesse. In pratica, doveva capirlo da solo.

Comunque mi passò subito. Non avevo tempo per sciupare tutto quel benessere.

"Ti porto a fare un giro in macchina, così vedi un po' di paesaggio. È una campagna bellissima. Quando ho preso casa qui, l'ho fatto pensando che potesse servirmi anche per il lavoro."

"Immagino."

"Appunto. Politici, capostruttura RAI da tenersi buoni, e soprattutto un mucchio di direttori di aziende parastatali, aziende che spendevano e spandevano per produrre filmati, anche istituzionali. Quasi tutti frequentavano Capalbio. Adesso i documentari hanno decine di canali satellitari, ma allora era un mercato più difficile. C'era solo l'estero, la RAI e il parastato. Fare le vacanze a Capalbio, magari non ti procurava lavoro ma almeno ti manteneva nel giro. A ogni modo poi mi sono innamorato di questo posto al punto che mi sento più a casa mia qui che a Roma."

Forse perché a Roma hai l'appartamento invaso da quella Stella, pensai, riuscendo per fortuna a non dirlo.

"Le colline, i boschetti, i campi, la spiaggia e l'oasi del WWF... non so come spiegartelo, ma è un posto vero, reale: ci sono i pastori e i butteri, non è solo un luogo artificiale per la villeggiatura di presunte élite romane," disse con entusiasmo mentre guidava piano, inanellando strade panoramiche, ben asfaltate, deserte. Come in uno spot pubblicitario.

"A proposito di élite romane, senti questa: tanti anni fa vado a una festa al Superstudio di Milano. Mi interessava perché tampinavo Fabrizio Ferri. Volevo produrre un documentario sui più celebri fotografi di modelle. Erano gli anni '80, la moda era di moda. Mi annoiavo, ero un po' sbronzo, e a un certo punto mi metto a parlare con Gillo Dorfles... sai chi è, vero?"

"Certo."

"Era già vecchio, almeno settant'anni, ma sempre lucido, arguto. Ho lavorato parecchio con lui: gli ho fatto fare delle lezioni sul fenomeno estetico del design contemporaneo, che poi ho venduto in tutto il mondo. Insomma, siamo lì e io mi annoio mortalmente, e allora gli chiedo come fa a divertirsi – mi aveva appena detto che lui a Milano si divertiva – in un ambiente così finto, dove tutti pensano solo a lavorare e guadagnare, e più che il ritmo della musica sembra di sentire il rumore delle calcolatrici: non c'è allegria sguaiata, non ci sono persone inutili o fuori contesto, è tutto preciso, adatto, calcolato..."

"Già."

"E lui lo sai cosa mi risponde? 'Io a Milano vado a tutte le feste e mi diverto moltissimo. Vedi,' mi fa poi, 'io sono di Trieste e a Trieste alle feste c'è sempre l'ex attrice, l'ex mignotta d'alto bordo, l'ex dirigente, l'ex regista, l'ex star dell'architettura. A Roma ci trovi il falso cardinale, il falso finanziere internazionale, la falsa attrice americana, il falso principe. Qui a Milano invece è tutto come lo vedi: quello che c'è, è."

"Giusto!"

"Sì, giusto, ma perché te l'ho raccontato?"

"Non so."

"Ecco, sì, per via dei romani, che hanno colonizzato Capalbio ma non l'hanno resa finta nonostante le loro finzioni."

"Ah."

"E adesso con te è come se avessi paura di non mostrarti abbastanza cose belle, e che tu quindi preferisca non vedermi più. Sai, sono un ansioso. C'è una parte di me piena di paure. Non mi piace essere abbandonato, vorrei portare sempre tutto con me. Voglio portarti con me."

Ascoltando parole così inconsuete, vibravo di piacere; anzi, di orgoglio amoroso. Che bello essere desiderati, che bello accendere la fantasia e l'ansia di un uomo, e naturalmente non di un uomo qualsiasi, scadente, ma di uno così, allungato e sottile, mai goffo, pieno di cose da raccontare proprio a me.

"Sono ansioso anche nel lavoro. Voglio controllare tutto, mi dà fastidio che i miei collaboratori lavorino anche per altri, vorrei che nessuno avesse una vita diversa da quella che ha con me: i tecnici, i registi, le banche, gli sponsor, e poi, certo, soprattutto la mia donna."

Poi, dopo una pausa contemplativa mentre percorrevamo una stradicciola meravigliosa e solitaria, tra colline e oliveti: "E tu, dimmi: che paure hai?"

"Io? Boh, niente. Mi è già successo tutto. Di solito non ho paura nemmeno della morte. Sono fatalista. Non ho neanche figli, che in genere sono il motivo per cui uno non vuole morire. Però, a dire il vero, penso che adesso mi scoccerebbe. Ecco, proprio in questo periodo no. Ho voglia di godermi ogni momento con te."

"Momento? Mesi, forse anni, come minimo!"

"Già. Vedremo," sospirai non del tutto convinta. "Però una paura l'ho avuta a lungo. Avevo l'incubo di diventare cieca da vecchia e non sapere cosa fare del tempo che mi restava. Niente televisione, niente da leggere, cosa fai? Non riesci nemmeno a suicidarti perché non capisci dove buttarti, non vedi se il punto in cui ti lanci nel vuoto è abbastanza alto, o se per ammazzarti rischi di schiacciare qualcuno che non c'entra."

"Oddio che discorsi," disse lui con un'espressione disgustata, come se avessi detto una cosa assurda – che a me invece sembrava più che logica.

“Forse non ti rendi conto di che disgrazia sia essere ciechi. Ti ricordi *Tempo per leggere*, quell’episodio di *Ai confini della realtà*?”

“No. Non mi pare.”

“Dài, è famosissimo! È uno dei telefilm più angoscianti che abbia mai visto...”

“Dimmi il titolo in inglese...”

“Non lo so. *Time enough at least*, mi pare.”

“*At last*, immagino.”

“Forse.”

“Be’, che c’entra con la paura di diventare ciechi?”

“Allora: c’è un impiegato di banca fissato con la lettura. L’unica cosa che gli interessa è leggere, ma viene continuamente disturbato e ostacolato dal capufficio e dalla moglie. Lui comunque approfitta di ogni secondo per andare avanti col suo libro. Un giorno, mentre si è imboscato nel caveau della banca, visto che almeno lì può leggere in santa pace, c’è un’esplosione nucleare. Finito di leggere, il tizio esce e si rende conto di essere l’unico superstite della terra. All’inizio è disperato – ti puoi immaginare. Poi passa accanto alle rovine della biblioteca e ci sono migliaia di libri sparsi. Capisci? È la vita! Perché per lui il mondo vero, concreto, non esisteva già prima che cessasse di esistere: lui viveva solo per la vita dei libri. E quindi adesso è felice: in pochi secondi passa dalla disperazione di trovare il mondo distrutto all’esaltazione più sfrenata. Montagne di libri e finalmente tempo per leggere! Il titolo dell’episodio, appunto. Adesso te lo ricordi?”

“No, non mi pare.”

“Be’, se l’avessi visto te lo ricorderesti. Insomma, grazie alla distruzione nucleare, l’impiegato di banca finalmente si realizza. Ma purtroppo non è finita. Il poveretto inciampa. Inciampa e gli si frantumano gli occhiali. Finito tutto. Non potrà mai più leggere."

"Oddio."

"Appunto. Non vorrei morire cieca. No, non vorrei morire comunque, cieca o vedente. Non adesso."

"Capisco."

Erano quasi le due, l'asfalto fumava sotto il sole, e Arnaldo aveva deciso di portarmi in un casale di Capalbio, dove ogni domenica si "dava" un brunch. Una selezionata moltitudine di fuggiaschi da spiagge al culmine dell'incasinamento da weekend veniva accolta e nutrita dall'imperiosa padrona di casa. Una bella donna, nota sia come arredatrice d'interni sia come protagonista di un paio di vendicativi divorzi. Il casale era, appunto, il frutto di una fortunata battaglia giudiziaria. L'avevo vista tante volte fotografata sui giornali – è un'attivista delle inaugurazioni e delle anteprime – e ne ammiravo i bei lineamenti e lo stile nell'abbigliarsi, quell'impegnativa mascherata che tocca a chi viene fotografato un giorno sì e un giorno no, e dunque deve rinnovarsi in continuazione, restando possibilmente fedele a un proprio riconoscibilissimo stile.

Quando arrivammo, la Carpentieri era vicino al cancello. Una magnifica ossatura e un cranio ben disegnato che incorniciava occhi affascinanti, oltre a un caos geometrico di rughe, accentuate dall'abbronzatura. Poggiava le lunghe dita nodose sulla testa di un labrador nero.

Dopo averci accolti senza troppo entusiasmo, ci spiegò, in tono isterico, che il cane zoppicava e stava male. Lo guardai: lui cercò di darmi la zampa con sguardo sconsolato. Ero pur sempre la moglie di un veterinario: dovevo avere un aspetto da intenditrice, e lui l'aveva capito. Seduta sul prato, mentre subivo lo sguardo scettico di una serie di sconosciuti incombenti su di noi – me e il cane –, osservai, tastandoli, i suoi polpastrelli. Un forasacco spuntava quasi impercettibilmente tra le falangi. Presi dalla borsa due carte di credito e, spingendo sul foro dove era entrata la spiga, le strinsi a morsa e la estrassi un po' alla volta. A volte le spighe si spezzano e ne resta dentro un po'. In quel caso bisogna entrare nella ferita con una pinza chirurgica. Ma il problema sembrava risolto. Non c'era pus. Mi feci portare del disinfettante, ripulii il foro, e, pochi minuti dopo, il cane scodinzolava in giro per il giardino, fustigando le gambe degli ospiti. Curare il piede di un cane non ti procura la benevolenza di nessuno, nemmeno del cane stesso – che da quel momento ti guarda con sospetto ogni volta che ti vede nei paraggi. La padrona di casa, però, doveva almeno fingere gratitudine, e la finse, con malagrazia. Non le piacevo, ne ero assolutamente certa. Seppi più tardi che era l'ennesima ex di Arnaldo.

Di solito, alle ex di tanto tempo prima, ben più vecchie di te, stai intensamente sulle palle. Sei la certificazione che non avranno più accesso ai coetanei, i quali si riaccasano con donne più giovani. Inoltre, avendo già usufruito del tuo uomo, ed essendogli dunque venuto a noia con tutti i suoi difetti – e chi non ne ha? –, trovano ridicola e un po' scema la tua dedizione nei confronti di qualcuno che hanno già scartato e che anche tu, ne sono certe, prima o poi scarterai.

L'unico visibilmente entusiasta del mio intervento a zampa aperta era Arnaldo, perciò gli perdonai di essere stato persino con quella vecchiaccia proterva. Anch'io, del resto, avevo i miei begli scheletri nell'armadio. Solo che erano sparpagliati per la penisola, mica tutti concentrati tra Roma e Capalbio, a perenne testimonianza delle incerte strade del gusto amoroso.

Fin dal parcheggio avevo sentito odore di brace. Mi era venuta una gran fame, ma prima dovetti sottopormi al tour del casale. Le pareti erano decorate con disegni di grandi formiche, nello stile delle incisioni rupestri. La casa era una sorta di brocantage africano, con tratti orientaleggianti. Ovunque drappi, tendaggi, zanzariere, fodere, tra Karen Blixen e Somerset Maugham. Nei grandi vasi orientali c'erano ramaglie secche e contorte. Tutto era finto e scenografico. Persino il letto del cane aveva un trespolo di simil corallo che reggeva una zanzariera.

"È splendida la tua casa," le dissi, accordando la mia falsità al tono generale.

"È il mio biglietto da visita," rispose lei.

Sparsi in piedi nel prato, sprofondati nelle poltrone in vimini, oppure in coda col piatto davanti al barbecue – dove un povero filippino orrendamente sudato abbrustoliva gamberi, scampi, totani, calamari –, c'erano quasi tutti quelli che avevo incontrato il venerdì sera al ristorante e il giorno dopo in spiaggia. Altri volti noti – il direttore di un settimanale, un conduttore di talk show, un germanista che aveva tradotto Benjamin –, li vedevo per la prima volta. C'era anche Gerry.

"Dove sono i bambini?" gli chiesi, temendo che li avesse lasciati soli coi polli ornamentali, alla roulotte.

"Sono qui, in piscina. C'è una pipinara..."

"Qualcuno li controlla? Sai quanti incidenti capitano nelle piscine, no?" dissi con tono da Telefono Azzurro.

"C'è una specie di bagnino."

"Ah."

"Stamattina non siete venuti a cercarci in spiaggia, vero?"

"No, siamo stati al Giardino dei Tarocchi," gli dissi, subito pentita di avergli dato in pasto dettagli di una magia privata e ancora fragile. "Certo che qui girano sempre le stesse persone. Gran parte di quelli che sono qui li incontro da due giorni," aggiunsi.

"È quasi tutta gente che se non c'è la cameriera non si fa nemmeno un caffè," disse lui in tono vagamente rancoroso – e potevo ben capirlo, pensando alla roulotte. "Hanno una specie di vita al contrario, che dipende dalla libertà dei filippini o dei portoghesi o di chi diavolo hanno a servizio. Sono ostaggio delle cameriere da movimentare avanti e indietro sulla rotta Roma-Capalbio. Siccome quelle la domenica sono libere – tornano in città col treno –, e in spiaggia c'è troppo casino, si buttano tutti qui, da Giorgia, che inizia alle undici del mattino col caffè e i cornetti, e va avanti fino a sera. È la più furba: si è organizzata in maniera da avere sempre i camerieri la domenica, e li lascia liberi durante la settimana."

“Cosa c’è di furbo nell’avere tutta questa gente per casa ogni domenica?”

“Relazioni, no? Quasi tutti hanno finito per farle arredare una casa o per procurarle dei clienti. È una grande stratega delle pierre.”

“Ah. Bene.”

“Ma allora state insieme? Mi racconti qualcosa?” Gerry andò improvvisamente al sodo, mentre Arnaldo chiacchierava con un critico d’arte in abito di lino color ghiaccio e paglietta in testa.

“Adesso non posso parlare. E comunque non lo so.”

“In che senso non lo sai?”

“Nel senso che devo pensarci. Non so cosa succede, a parte le cose concrete.”

“Allora ci sono *cose concrete...*”

“Già,” cercai di confermare mantenendomi evasiva. Ma il mio essere titubante era in ritardo sulle evidenze. Il solo fatto di averci visto insieme per due giorni di fila, alle persone che reincontravo sul praticello tra i fumi del barbecue, dava la certezza che fosse nato un nuovo amore. E, a parte il comprensibile atteggiamento querulo e insistente di Gerry, anzi Gerardo, a parte la formalità astiosa dell’ossuta arredatrice, tutti sembravano sorridermi, e sorriderci, come se la nascita di un attaccamento, di una sensazione amorosa, fosse una buona notizia che di per sé rallegrava l’ambiente. All’improvviso, chiunque sembrava conoscere oltre ad Arnaldo anche me, diceva di aver letto qualche mio articolo o intervista, o perlomeno di avere amici che mi conoscevano. Qualcuno sosteneva di avermi già vista e che addirittura ci fossimo incontrati a una qualche cena in una qualche casa. C’era persino chi smetteva di spolpare un gamberone per dire la sua, cioè che ci trovava molto adatti – me e Arnaldo – l'uno all'altra, "senza insinuare nulla, per carità", ma gli faceva piacere vederci insieme. Un vecchio signore molto abbronzato, il dentista di Arnaldo, gli chiese con tono impaziente, davanti a me: "Quindi ti sei finalmente trovato una nuova fidanzata?", e non si poté dargli la delusione di dire no, cosa vai a pensare, perché lo chiedeva così pieno d'aspettative che sinceramente sembrava una cosa da guastafeste negarlo. E insomma pareva che tutta quell'accozzaglia di burocrati, commis, intellettuali, politici in carica o in disuso, mogli rifatte, cinquantenni separate euforico-depresse, creativi disoccupati, giornaliste assatanate di carriera e tutti gli altri desiderassero d'improvviso, proprio quella domenica, una buona notizia. La notizia di un amore nascente, tra persone adatte e appartenenti al loro medesimo branco.

Chi eravamo per negare un sorriso, un momento di contentezza, una novità positiva nel mare di sfiga e sgambetti e fallimenti e malattie che tormenta le nostre vite?

Mentre Arnaldo era in coda al barbecue delle verdure e poi a quello del pesce, approfittai per mandare un lungo sms a mio marito. Non gli davo notizie da venerdì. Non che stesse in ansia, in ansia semmai ero io, che precipitavo in un nuovo amore, trascinata dalla corrente, senza nemmeno aver incrinato la cappa d'ipocrisia che gravava sul mio vecchio amore.

"Qui bene. Beatrice e genitori ospiti affettuosissimi. Amiche simpatiche bel tempo bei bagni. Peccato non vuoi mai venire con me. Barbecue su prato perfetto, da ippodromo. Salvato forse piede labrador con tuo sistema carte credito come pinzette. Tel non prende quasi mai. Se bisogno manda sms. A lun. Ciao."

Invio. Cancella posta inviata.

Più tardi, a casa, senza essere passati dalla spiaggia, sfiancati dal cibo e dal sole rovente, mentre facevamo l'amore sul rinfrescante pavimento della sala – dopo averlo già fatto poco prima, e più rapinosamente, nel bagno – gli sussurrai: "Giacomo, sono tua." Assurdo. Sperai che non mi avesse sentito. Non avevo rapporti con mio marito da anni, eppure lo evocavo proprio mentre prendevo le distanze sentimentali, non solo erotiche, da lui e da tutto quello che di buono e piacevole avevamo costruito insieme.

"Non chiamare mai le donne per nome. Non solo mentre ci scopi, neanche nella vita quotidiana, al centro commerciale o nella sala d'attesa del pediatra. Mogli o conquiste di un pomeriggio, fa lo stesso. Mai pronunciare il loro nome!" Era il principio di un mio collega del giornale, gran seduttore, ovviamente sposato.

"Ma a loro piace! Ti fa innamorare che il tuo uomo ti identifichi, che ti possieda non solo in modo anonimo, ma volendo così chiaramente proprio te, solo te," avevo protestato io, delusa come se i diktat di un collega potessero influire sul mio destino.

E lui: "Credimi: le donne bisogna chiamarle *tesoro*, *adorata*, *amore mio*, quel che vuoi. Ma non cedere al nome, anche se te lo ricordi, anche se in quel momento sei certo di dirlo giusto. La pagherai, prima o poi, questo è certo."

Aveva ragione lui, il giornalista promiscuo.

Cancellare i nomi precedenti dalla mia mente. Tabula rasa. Ricomincio da Arnaldo. Si chiama Arnaldo. Tuttavia non dirlo, non dirglielo mai: benché ogni volta che si approda a un uomo ci si auguri che sia quello definitivo, l'esperienza accumulata in migliaia di letture, film, confidenze, pettegolezzi insegna che nemmeno a settant'anni si è al riparo da se stessi, dai desideri repentini, dalle debolezze, dagli errori e soprattutto dal ridicolo.

Al ristorante, quella sera, Arnaldo aveva prenotato un tavolo per nove. Due eravamo noi, tre erano Gerardo e bambini, due erano una certa Paula Wagner con marito – coppia hollywoodiana che gestiva la carriera di Tom Cruise –, e due erano Pietro e Luisa, gli ospitali amici romani nella cui casa avevo conosciuto Arnaldo.

Tra i tavoli, su un'affollata e schiamazzante terrazza, aleggiava un odore molesto di citronella e di Autan, e se per caso sfioravi il braccio nudo di qualcuno, salutandolo, rimanevi invischiato in un appiccicume che pareva sudore colloso e invece era spray antizanzare.

Aveva organizzato tutto Arnaldo, mentre cercavo di farmi una messinpiega casareccia. Era la nostra ultima sera insieme. L'indomani avrei dormito con Giacomo. E dopo chissà cosa sarebbe successo: forse nulla, forse tutto – e, almeno razionalmente, non sapevo bene cosa preferire.

All'improvviso era saltata fuori la coppia hollywoodiana, davvero esotica in quel luogo ad alto tasso di romanità.

"Sono miei amici, vengono quasi tutte le estati. Stanno a San Casciano dei Bagni, ma oggi, anziché le terme, si sono fatti una giornata di mare, in barca all'Argentario. Devo vederli, mi hanno telefonato."

"Ah."

"Lei è la produttrice dei film di Tom Cruise, lui l'agente."

"Ah. Ci toccherà parlare inglese tutta la serata?"

"Che problema c'è?" C'erano ancora molte cose da sapere l'uno dell'altra. Gli rivelai che il mio inglese parlato era faticosamente primordiale. Preferivo leggerlo. Senza sottotitoli o doppiaggio non ero in grado di capire un'acca dei telefilm che recensivo. Ma Gerry aveva vissuto a New York, Arnaldo a San Francisco, Luisa aveva studiato a Chicago... Solo io e Pietro avremmo passato la serata farfugliando parole straniere ridicolmente pronunciate.

Di nuovo, al ristorante, furono tutti contenti di scoprirci o ritrovarci insieme. Ai tavoli c'erano i soliti della spiaggia e del barbecue, che dopo cena sarebbero saliti in macchina per tornare a Roma, a traffico smaltito.

Fu una serata di racconti. Il nuovo film di Cruise, segretissimo: pur senza dir nulla, i due americani ne parlarono a lungo. E poi Cruise, la moglie docile e l'infanta già scientologizzata, nella miglior tradizione delle religioni monoteiste che cercano di accaparrarti sin da feto. I film della Mostra del Cinema di Venezia, dove Paula, in settembre, sarebbe stata tra i giurati. E le spassose riunioni di produzione di Arnaldo, con le proposte di documentari più strampalate: *L'aborto nel cinema degli anni '50* ("Tutto archivio ed è fatta"), *Omosessualità e pedofilia nel mondo animale*, *Puzze e turpiloquio nella storia del cinema*... L'immancabile Hybris & Nemesis di Gerry, con l'eterno problema dei padri separati. E Pietro con la sua fissazione su ruolo e potere della massoneria nelle banche e nei giornali, in parlamento, ovunque ("Fra un po' anche al cesso," come fece notare Arnaldo). Io m'ingegnai a raccontare in un inglese approssimativo, agli americani che stranamente non la conoscevano, l'americanissima prima stagione della serie *Mad Man*. Luisa illustrò i suoi progressi nel campo della coltura di frutta e ortaggi biologici, provocando negli americani quei loro tipici, rumorosi e imbarazzanti gemiti di meraviglia.

Ognuno, nel chiasso del ristorante, sviluppava diffusamente il proprio tema preferito. I bambini brasiliani si rincorrevano tra i tavoli, urlacchiando e picchiandosi, nell'indifferenza fatalista di Gerardo, tra un suo vaniloquio e l'altro: cercava ogni spiraglio di conversazione per inserirsi con idee di documentario, di film, di convegni, tastando nel frattempo tutte le fette di pane nel cestino comune, come a valutarne la consistenza, scegliendone una, pentendosi e rimettendola a posto, estraendone un'altra definitiva. Consigliai ad Arnaldo di mangiare solo grissini in bustina. Al momento di ordinare, Gerry tormentò come al solito il cameriere, alla ricerca di un piatto che fosse del tutto privo di prezzemolo. Lo faceva già ai tempi della nostra storiella. Per anni avevo creduto che soffrisse di un'allergia o di un'intolleranza alimentare, poi gli avevo chiesto se fosse allergico anche a qualche altro alimento, e lui mi aveva risposto: "No, macché allergia. È perché rimane nei denti."

Paolo Saporetti, responsabile della comunicazione di una compagnia telefonica, gestore – nonostante la crisi – di un consistente budget da spendere in iniziative culturali, venne a salutarci. In passato aveva dato lavoro anche a me, facendomi condurre un ciclo di dibattiti sulle nuove forme di fruizione televisiva. Pagavano bene, quelli, e almeno tre quarti dei forzati del weekend nel vasto comprensorio di Capalbio ambiva a un ingaggio. Intellettuali, pubblicitari, affittuari di spazi, venditori di tartine e noleggiatori di sedie e microfoni onoravano il magico dispensatore di prebende, ne cercavano l'amicizia e la complicità. Ma la presenza al nostro tavolo della coppia di americani ci rendeva degni di una sua visita, anziché dover essere noi ad andare a riverire quel portafoglio ambulante. Salutò tutti, tra l'altro stringendoci la mano mentre stavamo mangiando (è proprio per via di questi maniaci del contatto fisico, che tengo sempre in borsetta delle salviette disinfettanti – che però, una volta aperte, spargono nell'aria un inconfondibile odore di sanificazione ospedaliera).

Saporetti salutò anche Gerry, che, lasciandomi interdetta, allargò il braccio destro per indicare tutta la tavolata, pronunciando, con un sorriso smargiasso tirato sui denti: "Ospiti", come a intendere che chi invitava, anziché Arnaldo, fosse lui. Sperai che nessuno ci avesse fatto caso.

Simpatico, buon conversatore, sgomitante con classe, elegantemente imbucato: l'opportunismo di Gerry quella sera si mostrava in tutte le sue sfaccettature, compreso il continuo intercalare di *il mio caro amico X*, *la mia cara amica Y*, ed erano sempre cognomi di un certo rilievo. Era insopportabile quell'esibizione di amicizia fasulla, sfoderata per essere beneaccetto in società. A un certo punto cominciai a tirargli dei calcetti sotto il tavolo, ogni volta che ricominciava con le sue *care amicizie*.

E poi finì anche quella cena, quell'ulteriore immersione nel mondo dell'uomo che cominciava a piacermi e a legarmi a sé. Era l'ultima sera del primo weekend, caro mittente e cara Roberta, e già mi illudevo di avere capito gran parte di quello che c'è da capire.

A casa, a letto o dove capitava, dopo il primo giorno, le incertezze, le complicazioni, le tortuosità dell'eccitazione di Arnaldo parevano svanite. Anche se lui ne parlava, illustrandomi i meandri erotici maschili dell'età adulta, sembravano più che altro chiacchiere. Tutta roba che ben conoscevo, più che per esperienza diretta, per averne letto una spietata descrizione in *Biglietto scaduto*, un romanzo di Romain Gary sui problemi della prestanza sessuale di un sessantenne, innamorato di una ventenne.

Mi piaceva toccarlo, gli piaceva toccarmi. Eravamo affettuosi, infantili, svenevoli, allegri, eccitati. Volevamo tutto e sembravamo avere tutto, perlomeno lì e allora.

Tornando verso Roma, il giorno dopo, con enormi nuvole a castello, a proboscide e ad ameba stagliate basse nel cielo, come se per entrare in città dovessimo raggiungerle e attraversarle, ero piena di malinconia del distacco, di puntini di sospensione, di desiderio di allontanarmi da Arnaldo per riconsiderare e degustare una selezione di immagini di quei giorni. Mi disse: "Sai, vorrei che anche tu diventassi una *tramontista* come me. Saremo parte di una specie di setta: ogni sera, al mare, qualsiasi cosa si stia facendo, ci fermeremo e, scrutando la linea che separa il cielo dall'acqua, aspetteremo il raggio verde. E vedremo se ci sarà o se non ci sarà." Io non l'avevo mai visto, il raggio verde. Per me era solo il fortunato titolo di un dimenticabile film di Rohmer, non un'immagine archiviata nei miei occhi.

Accettai. Accettavo tutto.

Il nostro mondo di frutta candita

Telefonai a mia madre.

Stava bene, andava spesso a qualcosa dell'estate milanese o melzese o di qualche altra propaggine urbana, non parlava con nessuno, spazzolava i buffet, si riempiva le tasche di finger food e tornava coi mezzi pubblici, ignorata da immigrati ritenuti, per convenzione, potenzialmente pericolosi. Ce l'aveva con mio padre/suo marito. Del resto del mondo non gliene fregava niente. Una di quelle persone tenute in vita dall'odio e dal rancore. È un genere. Facciamo tutti parte di un qualche genere. Individuiamo quello degli altri, non sappiamo definire il nostro.

Telefonai a mio marito.

Niente di nuovo, era ancora da un cliente a Casorate, aspettava un collega svizzero per un consulto urgente sul destino di Historiography, nemmeno un anno e mezzo e già sforzata in corsa. Sospetta incrinatura del sesamoide inferiore. Cavalla da rottamare? Dei diritti di cani e gatti sono in molti a preoccuparsi, ma i cavalli non li protegge nessuno. Allo stato brado non esistono quasi più. Nascono per essere imprigionati in un box, sfruttati e poi buttati via. Noi due ci saremmo visti più tardi, convenimmo, dispiaciuti per la cavalla.

Telefonai a Gerry.

Era alla roulotte. Capalbio semivuota, dopo i fasti del weekend. Non c'era anima viva cui scroccare una cena per tre. "Non lamentarti. Sono sicuramente rimaste mamme con bambini e carta di credito. Svegliati, draga la spiaggia, trovane due o tre che vi assistano. Nulla commuove quanto un papà single con figli selvaggi da rieducare," lo incoraggiai, pentendomi immediatamente.

Infatti: "E pensare che mio padre non ha potuto fare il papà single," disse Gerry in tono lugubre. "È un'ingiustizia che mi devasta e rovina tutto. Sarebbe come fare salti di gioia accanto a uno che ha perso le gambe. Non so se mi spiego..."

"Lo so, lo so. Ma adesso non pensarci, e approfitta di ogni momento coi tuoi bei figli," sospirai, sperando che si chiudesse la triste parentesi.

"E Fantoni? Tutti pazzi per la nuova coppia!" fece lui, improvvisamente garrulo e col tono posticcio dei pierre. Probabilmente gli si era avvicinato un figlio. Doveva simulare allegria. Garantii che di Arnaldo gliene avrei parlato l'indomani. L'avevo lasciato poche ore prima e non avevo ancora avuto tempo di pensarci e farmi un'opinione. Troppe cose urgenti da sbrigare.

Telefonai a Bianchi, il mio caporedattore.

Capitavo a fagiolo. Stava per chiamarmi. C'erano da scrivere subito ottanta righe sul probabile nuovo conduttore di un vecchio talent show, in onda da ottobre. "Ma non è roba mia, poi Cristofolini s'incazza se debordo sui suoi temi," dissi per defilarmi, alludendo al collega addetto a talent show, reality e comicacci vari. "Cristofolini non so dove cazzo sia e comunque non ha campo."

"Ah. Allora lo faccio. Per quando?"

"Le otto." Erano le sette.

Telefonai a Lazzari.

Era la prima volta da quel giorno di aprile, quando davanti a una pizza e poi a passeggio mi aveva illustrato la pregevolezza di Arnaldo. Chiesi di lui al centralino. Passai attraverso un paio di segretarie. Avrebbero riferito al dottore. Lasciai il mio numero. Mi richiamò subito. La presi alla larga: ti ricordi di quella pizza, dei tuoi consigli e *del* consiglio... "So già tutto," mi interruppe. Sapeva effettivamente tutto. Che avevamo visitato la mostra delle Terme di Diocleziano, che eravamo stati a Capalbio, che insieme apparivamo smaglianti.

"Ma chi te l'ha detto?" chiesi, esitante.

"Io so sempre tutto," affermò lui in un tono che non riuscii a capire se fosse ironico o solo elusivo. Anziché essere compiaciuta dell'attenzione onnisciente del direttore generale, mi inquietai. Certo, con Arnaldo non ci eravamo nascosti e Capalbio non è propriamente un eremo. Ma vedersi radiografati in momenti belli – e più o meno leciti – faceva temere per quelli brutti, per le parti nascoste della vita, per tutti gli amori non dichiarati e non dichiarabili, per i passi falsi, le incertezze, le stupidaggini. Mi chiese di Arnaldo: "Gli hai detto della nostra conversazione?"

"Non mi sembrava il caso. Sa solo che ci conosciamo."

"Bene. Lasciagli credere che ti abbia scoperto lui. Deve sentire di condurre il gioco. Sappi che fra poco dovrete decidere cosa fare: tu di tuo marito, lui di Stella," concluse. Sapeva tutto, prevedeva tutto.

Sentii un *plin plin* tipo pubblicità dell'acqua minerale. Avevo appena cambiato la suoneria degli sms.

"Ricordi amour? Ti mando i versi di W Stevens che danno un tono poetico alle nostre mattinate al mare: 'Lusinghe di vestaglia, a ora tarda / Caffè e arance sulla sedia al sole.' Il nostro futuro è tutto qui."

Non risposi. Niente composizioni affrettate. Niente zucchero sullo zucchero. Godersi l'sms, scrivere l'articolo, riflettere, tenere Arnaldo vagamente in sospeso. Dopo tanta spontaneità, un po' di tattica.

Alle nove in punto mandai il pezzo. Poi chiamai Bianchi sul cellulare – era sempre in cortile a fumare – per annunciargli che l'avevo spedito.

"Pensa a qualcosa per domani."

"Qualcosa cosa?"

"Un'intervista a Serafina Astri, magari."

"Ma è brutta!" protestai. "Cosa ci facciamo con una che non sa far niente ed è pure racchia?" Pensavo alla difficoltà di scrivere qualche riga minimamente interessante con due frasi in croce raccolte al telefono mentre quella, probabilmente, si trovava a Milano Marittima con un calciatore di serie B.

"Non sarà granché, ma sta sempre in televisione."

"E allora?"

"Senti, Erica," si spazientì lui, fermandosi un momento per lasciare spazio al tipico risucchio di chi si accende una sigaretta col mozzicone dell'altra. "Forse non hai ancora capito che di là dallo schermo c'è un uomo col cazzo in mano, che si tocca. Se solo c'è una che glielo fa muovere mentre lei, poni caso, parla con Marzullo... ecco, quella diventa il suo sogno erotico. La Astri è un sogno erotico degli italiani."

"Bene, domani te la intervisto. Quante righe?" Un po' mi aveva convinta la sua argomentazione trucida, un po' non mi andava di mettermi a discutere con uno che si esprimeva in quel modo.

"Ricordati che l'hanno ingaggiata come testimonial di una qualche pubblicità del cactus." Eh no. Si può sopportare la volgarità, e anzi considerarla interessante, *liberatoria*. Ma cactus al posto di cazzo è spaventoso. Come li scelgono i caporedattori?, mi domandai lagnosamente per lo spazio di un momento. Poi mi venne in mente che io, il suo lavoro, manco lo sapevo fare: essere stronzi con i sottoposti, viscidi con i capi, falsi con le fonti, verminosi con la redazione. Ma soprattutto lavorare dodici ore al giorno.

Giacomo non arrivava. Erano le undici. Da un pezzo era pronto da mangiare. Decisi che era il momento di rispondere all'sms di Arnaldo. Cominciai ad arrovellarmi alla ricerca di frasi adatte.

Dlin. Posta.

Fantoni, Arnaldo (Doc4Ever)
23 giugno 2008 23:06
undici
Starai dormendo quel primo sonno che ti ho visto dormire, starai mangiando l'inevitabile cibo della sera, starai bevendo quel vino buono. Starai a letto pensando un po'. Ho di nuovo voglia di vederti, di essere con te, di non dovermi svegliare solo. Il silenzio delle undici non so come aggirarlo.

erica.guarienti@fastwebnet.it
23 giugno 2008 23:11
Simultaneità: mentre tu scrivi, io scrivo. Mentre tu mi pensi, io ti penso. Forse non vuol dire nulla, forse non durerà. Forse molto deve ancora succedere. Ma quello che è successo mi è piaciuto così tanto che ora mi metto a ripercorrerlo. Ciao.

Fare l'enigmatica, non sbilanciarti essendoti già ampliamente sbilanciata. Tenere il pallino, dominare la situazione.

Mentre inviavo la mia risposta passe-partout, Giacomo entrava in casa. Avevo proprio voglia di vederlo. Volevo bene a quell'uomo e alla nostra vita burbera di separati uniti in casa.

"E la cavalla, History o come si chiama?"

"Historiography."

"Giusto, come sta?"

"Niente da fare."

"Ah."

Rimasi in silenzio, seguendolo intristita mentre posava le sue borse sempre stracolme, si svuotava le tasche, appendeva la giacca, andava in bagno a lavarsi le mani. Che lavoro avvilente il suo, quanti incidenti irrimediabili...

"Peccato. Mi dispiace. Comunque ti ho aspettato, così mangiamo insieme," dissi mentre apriva l'acqua.

"No, non mangio, ho lo stomaco chiuso. Sono in giro da stamattina alle sei e non mi sono fermato un solo secondo in tutta la giornata." Aveva la sua solita espressione di colpevolizzante vitalità lavorativa. Cosa ci si può aspettare da un uomo che, quando cerchi di placarne l'atteggiamento ipercinetico, sentenzia invariabilmente: "Meglio schiattare in corsa che in stalla"? Lo ammiri, lo invidi, lo mandi silenziosamente al diavolo.

Andai in cucina a mangiare da sola. Non che avessi fame: solo per vedere se riuscivo a farlo sentire in colpa per avermi fatto aspettare, benché non me l'avesse chiesto, per poi fregarsene di me, poco cavallerescamente. Il solito gioco, spesso inebriante, a chi fa sentire maggiormente in colpa il partner/rivale. Se non ti ci applichi, resta ben poco. Le coppie con figli hanno conversazioni monopolizzate da problemi organizzativi. Chi deve fare questo, chi quello, cosa non va dimenticato, e poi scadenze, pagamenti, intrattenimenti. Quando si trovano improvvisamente senza figli (che magari sono in vacanza coi nonni), si imbattono in un vuoto argomentativo che sgomenta e fa sorgere dubbi sulla consistenza dell'amore. Io e Giacomo, senza figli né animali domestici da organizzare, alle nostre mancate conversazioni riuscivamo a dare sostanza solo sentendoci responsabili dei guai dell'altro. Il senso di colpa è un cemento sociale, e ci si chiede cosa sarebbe delle famiglie se non ci fosse sempre in agguato un parente che ti fa sentire causa dei suoi mali. Andrei così spesso a trovare mia madre se non mi sentissi responsabile della sua solitudine? Il freddo Giacomo avrebbe passato per anni i suoi preziosi sabati e domeniche con le figlie, anziché in giro per ippodromi, se non si fosse sentito in colpa per la separazione? E Arnaldo, soprattutto Arnaldo, non si sarebbe già tolto di mezzo quel peso morto della coabitante, la *povera*, *debole*, *insicu-*

ra Stella, se non si fosse sentito imputabile del suo incerto destino?

Passò la prima notte senza Arnaldo, dopo Arnaldo. Non ricordo bene, caro anonimo e cara Roberta, ma devo essermi addormentata troppo presto, ben prima di riuscire a riconsiderare, scena dopo scena, le meraviglie del weekend.

D'altronde, la vita segue il suo corso abituale: dovevo cercare l'agente della starlette-sogno erotico, farmi dare il suo numero di telefono, scrivere l'articolo... Piccole cose, costrizioni di lavoro molto utili per non farmi sprofondare nell'esistenza abulica, idiota e stupefatta degli innamorati.

Dlin.

Fantoni, Arnaldo (Doc4Ever)
24 giugno 2008 11:50
mezzogiorno

In questa continua ricostruzione che faccio del misterioso passo che mi ha portato a cambiare dimensione con te, è affiorato un ricordo: quando al ristorante, il 5 giugno, ancora due sconosciuti, ho buttato lì che avrei voluto portarti a Tokyo e tu hai detto di sì, che ci saresti venuta: in quel momento è cambiata la prospettiva. Sarà stato lo stupore del mio animo stanziale, ma mi è sembrato un avvenimento fuori dall'ordinario, come da quel momento è stata ogni cosa fatta con te. Dici che non hai fretta di sapere come andrà tra noi, e io invece vorrei saperlo. Dici che non mi vuoi deludere, infatti mi stupisci, con la tua calma, con i tuoi modi controllati del nord. Anche io voglio stupirti, e ho un'idea (un progetto) che ti dirò, più tardi, quando ci concederemo il piacere di ascoltare di nuovo le nostre voci, la prima volta da quando ti ho lasciata alla stazione un'eternità fa, cioè ieri mattina.

Vero. Eravamo trattenuti. Superato il pudore dei corpi era rimasto quello delle voci. Preferivamo scriverci. C'era come il timore di suoni sgraziati, di intonazioni sgradevoli o innaturali, forzate. Tanto fragile era ancora la nostra passione. Ma non durò a lungo. Pochi giorni, e, tra una lettera e un sms, cominciammo a infilare lunghe telefonate. Soprattutto di notte, quando mio marito dormiva i suoi sonni svelti e agitati, pieni di ricapitolazioni di appuntamenti dell'indomani.

Telefonate che si soffermavano brevemente sui pochi fatti della giornata, e poi indugiavano sugli stati d'animo, esaminandoli con pedanteria da miniaturista, ricostruendoli, ricapitolandoli.

Fu durante una di quelle notti che Giacomo, alzatosi per andare in bagno – cosa che di solito non capitava mai – mi sorprese anziché inchiodata a un serial, appiccicata al telefono con la faccia ebete, maliziosa, soddisfatta. Sì, perché un po' alla volta, dagli stati d'animo avevamo cominciato a soffermarci sugli stati dell'eccitazione, del desiderio, della passione.

"Adesso vengo a letto," borbottai inconsultamente, come a scusarmi.

"Fai quello che vuoi."

Non ne parlammo. Ma a quel punto Giacomo sapeva che nella mia vita c'era, per non si sa quanto, un altro uomo.

Gli comunicai, con tono neutro da lettura di referto medico, che a metà luglio sarei andata in America, per lavoro. Proprio io, che dal giornale non ero mai stata mandata più lontano di Taormina. Probabilmente persino a Giacomo, che non si occupava di editoria, doveva sembrare ben strano: con la crisi che aveva falcidiato i fasti giornalistici del passato, era del tutto improbabile che spedissero in America proprio me, "in nota spese", quando pagavano fior di corrispondenti già in loco. Una che tra l'altro parlava l'inglese come un barista romagnolo. Quella sera, al suo ritorno, gli dissi: "Vado dieci giorni a Las Vegas per scrivere un pezzo sui resident show del Cirque du Soleil."

"Fai un po' come ti pare," rispose lui imperturbabile, chiuso in se stesso come e più di sempre.

Lo raccontai a Gerry, al telefono. Improvvisamente stavo concedendogli quella confidenza che gli negavo da anni, da quando avevo smesso di andarci a letto.

"Arnaldo mi porta dieci giorni in America, ti rendi conto?"

"Allora è proprio infoiato."

"Che schifo di termine," mi sdegnai. "Può esistere una parola dal suono più fetente, e che per giunta contraddice ciò che significa?"

"Perché?"

"Perché dovrebbe significare eccitazione, cellule cerebrali deste, sensibilità esasperata. E invece evoca piattole, copriletto macchiati, muri con scritte oscene, puzza di prostitute sudate, ridicolaggini da pochade."

"Ammazza! Come mai sei così nervosa?"

"Disciplina," dissi, accorgendomi improvvisamente di essere esasperata da giorni. "È la disciplina di avere un obiettivo, l'obiettivo di essere normale. Mi stanca tremendamente. Vuol dire che per gran parte della vita faccio qualcosa che non ho voglia di fare, e mi sforzo maledettamente di comportarmi bene, secondo le regole e le aspettative. E tutto questo dovermi forzare mi procura un'enorme stanchezza per eccesso di regolamentazione."

A esasperarmi non era solo l'attrito tra i sogni su Arnaldo e la vita concreta di donna sposata. Era anche che nel pomeriggio ero stata a trovare mia madre: come al solito, era riuscita a infettarmi con la sua visione acrimoniosa dell'esistenza.

Personal essays: i tramontisti

Lettere inviate, andirivieni di sms, appunti per future missive, lettere trattenute e continuamente riscritte e limate e buttate nel cestino del computer per poi essere ripescate poche ore dopo. Lettere ricevute ed esaminate riga per riga alla ricerca di significati reconditi, non scritti, insinuati.

Batticuore: batticuore a ogni plin, a ogni dlin, a ogni ring, a ogni sgneck... a ogni suono che segnala l'arrivo di telefonate, email, sms, pacchi del postino, eventuali mazzi di fiori. A ogni suoneria che possa connetterci all'amato. Delusione: delusione quando i plin, dlin, ring, sgneck sono il segno e il suono di qualcosa di estraneo che si intrufola nella vita di una coppia di amanti. Due che vogliono solo notizie l'uno dell'altra.

Lettere da collezionare, da rileggere prima di prendere sonno e da fingere di dimenticarle appena ci si sveglia, per poi riprenderle in mano all'improvviso cercando di emozionarsi come fossero nuove, appena arrivate; lettere da declamare e vantare e di cui chiedere a qualche amico un'interpretazione, precisando immancabilmente: "Mi raccomando, non dirlo a nessuno."

Scrivere, inviare, ricevere.

E poi gelosie improvvise, separazioni definitive messe in atto nel pensiero e subito smentite nei fatti, sospettosità pelosa, sciocca, insopportabile. Smancerie, vezzosità, autocompiacimento, irrefrenabili incertezze, improvvise felicità clamorose. Ripicche sceme, tattiche abbozzate e subito tradite, e poi l'attesa, il giocare a esser visti dall'altro tramite telepensiero e allora vestirsi come se; farsi sorrisi di circostanza nello specchio, togliere granelli di polvere dalla scena, guardare giù nella strada come se improvvisamente l'amato dovesse arrivare e suonare alla porta trovando l'ambiente in un sublime stato di perfezione, coi libri sapientemente scompaginati da un disordine creativo lungamente studiato, e tutte le luci schermate e accese ma poi subito spente perché paiono meglio i fiochi tremolii di un qua e là di candele. E cuscini sparpagliati e non gonfi, per carità, non come appena finita una sessione di pulizie: un po' schiacciati invece, con qualche asperità di grinze per dare un tono di realismo alla stanza, per invogliare a sprofondarcisi dentro, abbracciati, allacciati, riuniti.

La parte migliore dell'amore. E non se ne rendono conto.

Vogliono di più, vogliono andare oltre, immaginano altri picchi, altre sbalorditive vette inesplorate.

Anche quei due, Erica e Arnaldo, l'esigua novella setta di Tramontisti, due individui che si sentono speciali, ma sono soprattutto non diversi dagli altri.

If dogs run free, then why not we

Venti giorni senza vedersi. Sembrava insopportabile, e invece non lo era. Se ci sia stata sofferenza, ora non la ricordo. Piacere del dolore, piuttosto, ossia un'attesa sdilinquita, stipata di ansie, incaponita, a tratti malmostosa.

"Ho comprato i diritti di ripresa di cinque spettacoli del Cirque du Soleil. Gli show più belli, quelli che vanno in scena a Las Vegas, dove hanno costruito dei teatri sofisticatissimi, su misura per ogni spettacolo."

"Ah, bene."

"Ho pensato che sarebbe opportuno vederli dal vivo. I film riesco a venderli meglio, se sono carico di entusiasmo."

"Buona idea."

"Ricordi che ho abitato a San Francisco?"

"Me l'hai detto."

"Sei molto impegnata in questo periodo? Col lavoro, voglio dire."

"Be', sì."

Fu così che accompagnai Arnaldo per dieci giorni negli Stati Uniti. Voleva che vedessimo insieme gli spettacoli di Las Vegas, voleva portarmi a San Francisco, e anche a Los Angeles, dove aveva appuntamento con Paula Wagner, la sua amica produttrice. Io non ero mai stata né a Las Vegas né a San Francisco né a Los Angeles. Fin da adolescente, la vacanza dei miei sogni era l'America. Forse l'unico desiderio rimasto sempre in voga, senza cedimenti. In ogni altro campo avevo ciclicamente cambiato gusti, passioni, manie. Se un misterioso benefattore avesse provato a offrirmi qualsiasi altra delizia alternativa, il Nepal, la Polinesia, l'Argentina e il Perù, le orme di Gengis Khan... be', avrei scelto sempre, invariabilmente, gli Stati Uniti d'America. Volevo attraversarli in auto, visitare tutti i parchi, pagaiare nei torrenti del Grand Canyon, fumare erba a New Orleans, attraversare il Golden Gate in bicicletta, mangiare hamburger a Nashville, fare amicizie a New York – unica città americana dove mi fosse riuscito di andare, più volte. Mancava tutto il resto.

Ero entusiasta, entusiasta, entusiasta.
Caro anonimo e cara Roberta.

Combinai con Bianchi, il mio caporedattore, un pezzo sulle nuove fiction in preparazione ("Tutte le *prime stagioni* da Los Angeles!" – ma avrei potuto scriverlo dalla scrivania di casa, visto che avevo già il materiale mandatomi da frotte di uffici stampa). A un mensile con cui non avevo mai collaborato, proposi invece un reportage sul Cirque du Soleil. In entrambi i casi niente spese, tutto a carico mio – cioè di Arnaldo. Le spese a carico del giornalista sono ormai la chiave magica che, al di là del merito, apre la porta di molte redazioni.

“Lo so che voi di Milano, per fare una vacanza, avete bisogno di dirvi che siete in giro per lavoro,” mi canzonò Arnaldo.

Voleva comportarsi da gentiluomo. Disse che sarebbe venuto a prendermi a Milano. Mi avrebbe raggiunto la sera prima della partenza e avremmo dormito insieme in albergo. Le uniche cose di cui dovevo occuparmi erano la valigia e il visto sul passaporto.

Cercavo di scavare nel mio passato e trovare un precedente, un uomo che mi avesse trattato altrettanto bene, con la stessa generosità e lo stesso riguardo. Non c'era. Fino a Giacomo avevo sempre avuto compagni o amanti del genere che eviti di portare in famiglia – persino in famiglie fallate come la mia, dove comunque le aspettative di riscatto per interposto figlio non mancano mai. Mezzi gaglioffi di cui scoprivo la gaglioffaggine con sciocco ritardo oppure la conoscevo dall'inizio ed era l'unico elemento affascinante; artistoidi falliti più attaccati alle droghe che a me; uomini deboli da soccorrere e che segretamente mi odiavano perché, oltre che un sostegno, ero il segno della loro disfatta. La mia prima storia con un uomo presentabile era stata quella con Giacomo. L'avevo conosciuto quando ormai stavo meglio e mi pareva di aver sconfitto patologie e fisime conseguenti al suicidio di mio padre: gli incubi notturni, ricorrenti e sempre uguali; la maniacale ricerca dei perché e percome e delle mie responsabilità; l'amarezza ogni volta riaccesa da ogni pur remoto suicidio appreso dalle pagine di un giornale. La storia con Giacomo aveva consolidato la mia guarigione. Ma nemmeno lui, all'inizio così interessato e interessante, col suo magico mondo equino, con le figlie simpatiche e affettuose, con la presenza salda e discreta, mi aveva mai introdotto nel mondo di meraviglie e di attenzioni che Arnaldo stava sventagliandomi sotto il naso. Sfido che quella Stella ci metteva così tanto a togliersi di torno!

C'eravamo dati appuntamento in albergo. Un casermone senza stile, nella Chinatown milanese. L'interno, arredato col lusso posticcio di tanti quattro stelle, lasciava se non altro presagire stanze confortevoli. Sono i design hotel, alla fine, quelli più insopportabili: letti minuscoli, lavandini scomodi, spazi mal congegnati. Alla reception, mentre aspettavo che mi restituissero il documento e osservavo un tendaggio disegnato a grandi peonie dai colori accesi, in stile casa di Barbara Cartland, Arnaldo pensò che fosse necessario rassicurarmi: "Qui ho una convenzione. Pago poco e mi trattano bene. Ci tenevo che dormissi con me. Volevo farti vedere dove ho passato finora le mie notti milanesi, quando venivo nella tua città senza ancora sapere che ti stavo vicino e sprecavo il mio tempo senza di te."

Più tardi mi portò a cena in un costoso ristorante di corso Como, molto modaiolo in quanto propaggine del concept store più in voga della città. Cosa c'entra un posto simile con lui?, mi chiedevo. Dev'essere stata qualche scema delle sue ex a fargli apprezzare un posto così convenzionale, uno di quelli indicati dalle riviste come "locali che piacciono alla gente che piace" – e non è mai vero: è solo che quelli, la *gente che piace*, ci vanno gratis finché li invitano. Poi, chi li vede più.

Era la sera del 13 luglio. Niente calca. Sala interna vuota e tavolini nel cortile semideserti, e invece tutt'attorno le gelaterie, le pizzerie, i sushi bar da strapazzo gestiti da scaltri cinesi rigurgitavano gente accaldata, in fuga da appartamenti solitari o da famiglie opprimenti e noiose.

Aveva prenotato, ma la cameriera nerovestita – in stile funeral house – ci fece un ampio gesto del braccio, come a dire che potevamo sederci dove volevamo. "Vedi, è la crisi," gli dissi.

"Guarda che la crisi c'è sempre stata, non è una novità come te la raccontano i giornali."

"In che senso?"

"Nel senso che adesso si riempiono pagine su pagine per parlare di aziende che chiudono, banche che falliscono, gente sul lastrico, ma prima non era il bengodi che vogliono farci credere."

"Capisco." In realtà non capivo dove volesse andare a parare, né mi andava di contestare i suoi paradossi. Gli avevo sentito un'incrinatura polemica nella voce, e lo studiavo, incuriosita. Iniziava proprio in quei giorni, cara Roberta e caro mittente, quel mio sdoppiamento emotivo che sarebbe durato tutta l'estate: da un lato grandi aspettative e propensione a rivoluzionare per lui la mia vita, e dall'altro prudenza, controllata perplessità, fare una cosa e pensarne un'altra, dirne una ed essere convinta di un'altra. Sotto sotto. Sempre con una sorta di calma, di tranquillità, di certezza che a casa c'era comunque il viavai regolare e confortante di Giacomo, l'uomo silenzioso e apparentemente imperturbabile, l'uomo schivo che si negava ma che di fatto c'era sempre e sempre ci sarebbe stato.

"Vuoi dire che adesso la percezione della crisi delle famiglie è amplificata da quello che scrivono i giornali, e invece nel loro bilancio famigliare non è cambiato granché?"

"Appunto," confermò lui, con un gesto impaziente della mano. "Pensa che qualche anno fa, all'inizio dei telefonini, un amico mi dice: 'Vai in quel negozio...'"

"Quale negozio?" chiesi, interrompendolo mentre stava per dirlo.

"Happy radio, un posto di Roma famoso tra i fanatici di tecnologia delle comunicazioni. Vendono una radio in grado di intercettare le conversazioni dei Tacs, mi dice."

"I telefonini?"

"Sì. Sicché ho comprato quella radio e per un bel po' mi sono divertito ad ascoltare ore e ore di chiacchiere. Le tenevo come sottofondo: corna, tante corna, certamente; ma soprattutto debiti, cambiali, strozzini, prestiti, tratte, fallimenti... non puoi neanche immaginare! Poi hanno cambiato sistema operativo, da Tacs a Gsm, e non sono più riuscito ad ascoltare. Fine della trasmissione. Quello che ti voglio dire è che la realtà è fatta soprattutto di gente nei guai per questioni di soldi – crisi o non crisi. Non devi avere l'ingenuità di credere che il mondo sia mosso da chi spende solo quanto *può* spendere. Tu e tuo marito fate così? Scordatevi di essere buoni cittadini. Siete corpi morti, in un certo senso. La civiltà occidentale progredisce grazie a chi fa debiti e arranca per ripagarli senza mai riuscirci."

"Guarda che io e mio marito abbiamo un mutuo per la casa," farfugliai, turbata da quel tono acido, che mi spiazzava. Eppure era lo stesso tono che, applicato ad altri anziché a me, mi aveva convinto e affascinato.

"Macché mutuo e mutuo! Io parlo di imprenditorialità, di progetti, non di pantofole davanti alla televisione del salotto. Hai presente Antonio Spadaro?"

"Il nome non mi è nuovo...".

"Il produttore di show televisivi."

"Ah, sì, certo."

"È un mio caro amico, ma non posso presentartelo perché non ti piacerebbe. Devi vedere come mangia – fa veramente schifo. Risucchia, mette gomiti dappertutto, si impatacca... Non basta: ha un carattere fetente, protervo, alla Rasputin. Fotte e prega allo stesso tempo. Con la faccia banditesca dei suoi antenati calabresi, ti fa prediche su valori morali che conosce solo per sentito dire. Eppure, proprio un tipo così, proprio uno che disgusta la gente come te, ha qualcosa di vitale, un'energia che non è solo di rapina e stupro, ma è soprattutto curiosità, energia creativa, assunzione del rischio, capacità di intercettare stili e indirizzare i gusti dei consumatori... Checché se ne dica, è con persone così che si può innovare il paese, mica con certe mammolette di Milano, che si sentono imprenditori innovativi e invece sono solo copioni di format americani."

In albergo, quella notte, ci addormentammo entrambi di un sonno robusto, secco, soprattutto solitario. Salvo poi ritrovarci abbracciati all'alba, sospettosi dei rispettivi pensieri inespressi, tentando di fare come se tra noi non ci fosse mai stata nessuna frase contundente, nessuna notazione antipatica.

Alle sette eravamo già in aeroporto. Il volo partiva alle otto e venti. Faceva scalo ad Amsterdam, dove avevamo previsto di fermarci qualche ora, per poi proseguire fino a New York. Comprammo una quantità inaudita di giornali e riviste, con la tipica ansia di chi poi teme di restarne senza per giorni, o perlomeno di trovare solo quelle scadenti edizioni per l'estero – ritardatarie, in bianco e nero, con pochissime pagine che riportano giusto gli articoletti già letti su internet due giorni prima.

Eravamo silenziosi, ognuno nascosto in una sua diffidenza. Seduti vicino a un bar che diffondeva la puzza industriale di brioche surgelate messe a cuocere nei fornetti sfrigolanti, osservavamo gli altri viaggiatori e cercavamo di individuarne gusti e destinazioni. "Se perdo il contatto con la gente normale e me ne sto troppo a Capalbio, finisce che poi non capisco più niente e compro o produco documentari che non vede nessuno. Bisogna coltivare il gusto comune, e pensare che la televisione non si fa per i propri amici ma per ragazze come quella," disse Arnaldo, indicandomi una tizia che, nel gelo dell'aria condizionata, mangiava arrampicata su uno sgabello, con le bianche carni del sedere che spuntavano da pantaloni a vita bassissima, inguinale, il mollume grasso in evidenza, lo spacco delle chiappe attraversato dal filo di un perizoma a coda di balena. "Questo luccichio vibrante di trippe femminili, la frazione di nudità esposta nell'atmosfera artificiale dell'aeroporto, è ben più pornografico di una nudità totale in spiaggia. La ragazza, qualsiasi cosa possiate dirne voi donne, manda un segnale di disponibilità che attira e fomenta lo stupratore che c'è in ogni maschio. Poi, magari, non violenta lei ma un'altra che passa e non c'entra: però è stata lei ad accendere la sua miccia."

Che stronzate, pensai, irritata. Dissentivo totalmente non tanto dal contenuto, cioè che esistano maschi protervi e violenti, più animali che uomini, quanto dal tono indulgente della sua constatazione. Come se fosse comunque sempre colpa della donna, del suo eventuale cattivo gusto o della sua dabbenaggine. La solita mentalità maschile, che salta fuori eternamente, persino negli elementi che parrebbero più evoluti.

Giacomo no, Giacomo non avrebbe mai detto né pensato una simile scemenza, mi consolai.

Pur avendo viaggiato così tanto, dieci volte più di me, Arnaldo non era mai stato ad Amsterdam. E nemmeno nella sua succursale vacanziera, Ibiza. Forse erano stati i nostri sei anni di differenza, a esentarlo da quella che, quando ero una studentessa, sembrava quasi una tappa obbligatoria. La città ideale quando ti veniva voglia di assaggiare qualche acido e provare tutti gli hashish e le marijuane possibili; quando volevi sentirti in una realtà di ragazzi, dove vigessero leggi da ragazzi, dove tutto costava poco e potevi girare tranquillamente in bicicletta (pur cadendo spesso per via degli odiosi pedali olandesi, che frenano di botto se li fai girare all'indietro); quando ti entusiasmavi di essere in una città piena di storia ma con musei i cui quadri raffiguravano finalmente la vita di esseri umani comuni, nelle osterie e nei tinelli, e non solo Madonne col bambinello e Cristi deposti e Giuditte e Oloferni. Una città dove, per di più, noi ragazzi reversibilmente drogati e temporaneamente parassitari riuscivamo a esercitare un'indignazione borghese che invece credevamo rivoluzionaria, scandalizzandoci tra una canna e l'altra per via dell'osceno mercato di donne esposte in vetrina lungo i canali, sfruttate dal potere maschilista, capitalista, fascista.

Ad Amsterdam, m'aveva detto Arnaldo, c'è anche un importantissimo festival di documentari. Ma siccome lo fanno in novembre, quando è in corso il tipico tempo schifoso olandese – pioggia e vento a non finire –, lui si era fatto un punto d'onore di evitarlo e aveva sempre mandato un collaboratore. Preferiva, tra i festival di documentari, Hot Docs di Toronto, che almeno è in maggio, quando il lago Ontario, puntolinato di vele, scintilla sotto i raggi del sole.

Non avevamo molto tempo. Un mio amico di Amsterdam, Yvo van Regteren Altena, giornalista di lifestyle e italianofilo con smanie di enciclopedismo da fighetti (sapeva il nome di tutti i designer più trendy di Milano, di tutti i camiciai più tradizionalisti di Roma, di tutti i sarti più classici di Napoli), mi aveva consigliato di fare con Arnaldo il tour dei canali in battello, l'unico modo di familiarizzare con lo spirito architettonico della città in poco più di un'ora. Fu molto divertente l'immersione tra turisti da comitiva organizzata: grasse famiglie di nazionalità miscelate in modo balordo, con bambini chiassosi che ingurgitavano paninacci, e adulti che si attaccavano alle lattine di birra facendo risuonare sconciamente il gargarozzo – glu glu glu burb! –, il tutto mentre scivolavamo lungo il reticolo dei canali, tra le chiatte coi loro folkloristici abitanti "alternativi" e i frontoni decorati e scolpiti sulle strette facciate dei palazzi. Alla fine del tour, ormai nei paraggi del porto canale, mentre passavamo davanti a un edificio spettacolare, una specie di finta nave verde acqua, inclinata come se stesse sprofondando ("Nemo, il museo di scienza e tecnologia disegnato da Renzo Piano," ci avvisò l'altoparlante), mandai un sms a Giacomo, che mi sapeva partita per gli States già il giorno prima. "Arrivata a NYC. Tutto bene niente disastri aerei. Più tardi proseguo per Vegas. Risultati di Alessia? Fammi sapere. Ciao." La figlia maggiore aspettava di sapere che voto avesse preso all'esame di maturità.

All'una avevamo appuntamento con Yvo, in un ristorante: "Grande! Defi absolutamencte federlo." Yvo è un buongustaio con l'animo da esteta, ma soprattutto un igienista: maniglie e corrimano li tocca solo coi gomiti, preme i tasti dell'ascensore con l'angolo di un'unghia; quando ci incontriamo a qualche festival, è l'unico che usi i computer della sala stampa indossando guanti da chirurgo per non premere direttamente i tasti, "una coltura di microbi". Immaginai che il ristorante scelto fosse *Grande!* anche dal punto di vista sanitario. Il nostro taxista sbagliò strada diverse volte e riuscì a raccapezzarsi solo restando per almeno una decina di minuti al telefono con Yvo, al *mio* telefono, che poi disinfettai con una salvietta lavamani presa in aereo. Ero preoccupata che Arnaldo si spazientisse per quel lungo e costoso viaggio in taxi, intrapreso solo per soddisfare le smanie di un *mio* amico. Avevamo giusto il tempo di mangiare frettolosamente, prima di correre in aeroporto e ripartire per New York. Quella mezza giornata era il mio unico contributo alla nostra vacanza: anziché alleggerirla la stavo aggravando con un taxista apparentemente turco, del tutto spaesato, anzi stordito, che ci mise una quarantina di minuti per scovare l'indirizzo, guidando un taxi Mercedes con fodere di finto montone nel caldo di una giornata di luglio. Indirizzo che poi scoprimmo essere quello di uno dei principali parchi della città, luogo per nulla marginale, e affollato delle solite cose dei parchi: mamme, bambini, cani, gente in bicicletta, pensionati. Il ristorante, vicino all'ingresso, era all'interno di una serie di padiglioni di vetro, di fronte a un laghetto dove andavano a tuffarsi i cani che passavano di lì – nonostante un cartello trilingue che lo vietava, rivolto ai loro padroni. Gran parte dei padiglioni erano serre con coltivazioni di verdura, frutta biologica e fiori; nel padiglione principale, davanti al laghetto, c'era invece il ristorante, che serviva solo piatti cucinati con verdure ed erbe officinali coltivate in loco. Su ogni tavolo c'era una composizione di fiori dai colori accesi provenienti dalla serra. Un luogo nitido, pulito, ordinato: nordico nell'accezione migliore che un italiano può dargli. Yvo, dopo averci accompagnato in un rapido tour degli orti, una volta al tavolo ci subissò di osservazioni veementi sui danni del multiculturalismo. Non lo vedevo da quasi due anni. L'aspetto era il solito: un bell'uomo bruno, con un sentore di tratti esotici, forse dovuto alle avventure colonial-erotiche di un suo avo, e il fare azzimato di chi mette nell'abbigliarsi un eccesso di attenzioni.

Parlava con un tono irritato e sferzante che non gli conoscevo, ritmato da gesti di stizza. A giudicare dalle sue parole, quelle che credevo fossero forzature dei giornali non lo erano affatto: dopo l'assurdo omicidio di Theo Van Gogh, i contrasti con la popolazione di origine musulmana si erano acuiti e incancreniti. E comunque il disagio era profondo nei confronti di tutti i nuovi arrivati, a suo dire eccessivamente protetti dalle leggi olandesi. Scatenato dal nostro ritardo, Yvo si imbarcò in una tirata contro i taxisti della città, quasi tutti immigrati che non conoscevano né le strade né la lingua, e pretendevano di essere pagati come quelli che invece le conoscevano. Inveiva con la sua perfetta padronanza della grammatica italiana, resa comica dall'impossibilità olandese di pronunciare le "v": "Ci sono diricti e pretese da rispectare per ogni minoranza del cafolo, facciamo una fita faticosa per garantire quello per cui abbiamo faticato secoli e secoli a della gente pigra e arrogante appena arrifata."

Mentre Yvo e Arnaldo, presi dalla conversazione, dimenticavano di mangiare, io mi limitavo ad assentire e, dopo aver finito il mio piatto, attingevo ai loro. Mi aveva preso una fame nervosa, assoluta, come se non mangiassi da giorni e quella fosse l'ultima occasione possibile per nutrirsi. Intanto Arnaldo raccontava di aver prodotto un ciclo di documentari sui fallimenti del multiculturalismo, con brevi inchieste condotte in Inghilterra, in Francia, in Italia. Gli mancava purtroppo l'Olanda, ma adesso che aveva conosciuto Yvo gli era venuta voglia di integrare la serie, che era appena stata venduta in cinque paesi. Che uomo! Ecco che ricominciavo a considerarlo con un compiacimento privo di cautele, svaniti i dubbi di poche ore prima. Che uomo interessante, che fantastico compagno di esplorazioni, di conversazioni, di progetti. E poi: quale tema è più interessante, per noi occidentali, dell'incontro e dello scontro con i nuovi arrivati e le loro insopportabili religioni, peggiori perfino della nostra, che già ci pareva falsa e gravosa e che adesso invece finiamo per rivalutare? Quale tema è altrettanto stimolante e ricco di implicazioni, di pro e di contro? Forse solo quello della fecondazione assistita, che ha risvolti medici, etici, religiosi e legali. Già, la bioetica… Parlargliene. Appurare se si sia già occupato anche di questo argomento. Fare in modo di vedere alcuni dei suoi documentari. Colmare questa lacuna al rientro dall'America, ché una fidanzata deve essere informata e complice. Documentarsi. Approfondire.

Non avevo mai viaggiato in business class. L'intraprendente Yvo, per esempio, si vantava di volare spesso in business grazie a qualche sorriso e qualche carineria scambiati con le hostess; senza fargli spendere un euro, le ragazze dell'equipaggio gli permettevano di trasmigrare dall'affollamento della turistica agli spazi semivuoti della business. Io ci avevo provato, durante un volo Londra-New York in cui m'ero trovata nel bel mezzo di una comitiva di ebrei osservanti, tutti neri, coi riccioloni e le mogli piene di bambini inselvaggiti, ma mi era stato comunicato che avrei dovuto pagare un upgrade più caro dello stesso prezzo del biglietto. Fanculo. Con la turistica piena, senza poter cambiare posto, avevo viaggiato rinchiusa in un malumore quasi palpabile, mentre le mani collose di un bambino nevrastenico, sempre sull'orlo del pianto ricattatorio, mulinavano sulla copertina dei miei libri, sulla superficie lattea del mio computer, sui miei capelli.

Liberata dopo Amsterdam dal faticoso ruolo di capocordata, adesso era bello poter dire ad Arnaldo: è la prima volta che viaggio in business class. Quella delle prime volte è una disposizione d'animo, che, oltre a metterti in uno stato di deresponsabilizzazione e stupore, gratifica immensamente i maschi. Solo i tormentati, gli irrisolti, gradiscono la compagnia di quelle donne che sanno compulsivamente tutto loro, che hanno già visto ogni cosa e in soluzioni migliori, e così neutralizzano ogni slancio comunicativo.

Se Arnaldo aveva pensato di dedicare l'intero volo alla lettura delle decine di giornali che avevamo comprato, io mi ero invece ripromessa di occupare parte di quel tempo interrogandolo sulle donne con cui era stato prima di me.

Ma quanto chiacchierano questi!, avranno pensato i nostri vicini di posto, gente silenziosa, perlopiù spaiata – chi attaccato al computer in un furor di grafici, chi perso in un film o in una musica. Noi, invece, parlavamo.

"Qual è il tuo tipo di donna ideale?" gli chiesi per cominciare.

"Il mio ideale sarebbe una come te," rispose lui in tono docile, lisciandomi la mano come fosse la testa di un cane. "Una che ha un lavoro ma non è ossessiva, una che si occupa di qualcosa che le dà identità e un po' di soldi per le piccole spese – così si sente indipendente –, una che non mi prevarichi coi suoi isterismi di carriera e che invece abbia tempo per me... anzi, per noi. Che possa seguirmi se devo fare un viaggio, e che le piaccia andare al mare, e sia informata e opinionated ma senza partiti presi e, naturalmente, anche bella. Insomma, proprio come con te, sinora."

Ideale, *finora* sono ideale, mi rincuorai. "Qual è stata la tua peggior storia d'amore?" ripresi a interrogarlo. Sempre meglio farsi raccontare il peggio. Il meglio non evocarlo. Fa male, accende la gelosia.

"Be', senza dubbio Marta!" rispose di slancio. "Circa sei anni fa, prima di Stella, ho convissuto con una pierre *organizzatrice di eventi*, a sua volta figlia di una pierre *organizzatrice di eventi*," recitò con un falsetto grottesco, da gay delle comiche. "All'inizio mi piaceva il suo spirito positivo, quasi euforico. Anche la madre sembrava piena di entusiasmo e idee. E poi Marta era molto curata, sempre vestita bene, in ordine, come se ci fosse dappertutto qualcuno pronto a fotografarla. E poi con lei non c'era cosa che non si potesse risolvere. Conosceva sempre qualcuno in grado di occuparsi di ogni problema. L'idraulico a ferragosto, il tecnico del computer a capodanno, l'ortopedico per il mal di schiena a Pantelleria, il biglietto aereo a prenotazioni chiuse, la camera nell'albergo fullybooked. Marta sorrideva sempre. Oh, che carino, che amore, come stai tesoro? Era tutta un esclamare nel telefono. Ore al telefono. Vietato inoltrarsi in luoghi dove il telefono non prendesse. Prima di prenotare un ristorante o un parrucchiere, fare la prova campo. In aereo, paranoia. Al decollo la hostess doveva sempre venire a richiamarla, più di una volta, perché la piantasse di telefonare e si decidesse a spegnerlo. Lo riaccendeva di nascosto, già durante l'atterraggio."

"Poveretta," dissi, approfittando di un passaggio della hostess che ci versava un ignoto vino bianco australiano. "È un lavoro che prevede una disponibilità totale," aggiunsi, comprensiva, mentre già la odiavo profondamente. "E poi?"

"E poi ragionava sempre in termini di occasioni perse. Occasioni di lavoro, intendo. Ti faccio un esempio: se la invitavano a una prima comunione, per lei non andarci era un'occasione persa anziché una rottura di coglioni schivata. Una ragazza socievole, conosceva tutti. Forse *troppi*. Tutte le sere a una festa del cazzo. All'inizio la accompagnavo, poi ho smesso. Andavo solo a prenderla quando mi telefonava che aveva finito, e poi invece dovevo aspettarla per delle mezz'ore, perché una pierre deve sempre sembrare seducente, cioè essere disponibile e farla lunga. Si entusiasmava per cose tipo *organizzare un evento con ballerini messicani che hanno ballato anche per il papa, cinque dico cinque postazioni food, cucina fusion, grandi divani bianchi con candelabri e una postazione narghilè*," recitò con voce caricaturale. "Pensa che certe volte Marta si voltava e mi faceva un sorrisone da pierre, poi si accorgeva che ero io, e di colpo si toglieva il sorriso automatico, commerciale. Di solito rimango in contatto con le mie ex: abbiamo un rapporto affettuoso e – come dire – di *patronage*. Ma di Marta non ho mai più voluto saperne. Siamo spariti l'uno dalla vita dell'altra," concluse soddisfatto.

"E la storia più infelice? Hai mai sofferto per amore?" continuai a indagare.

Ci pensò un po', come se non avesse mai avuto pene d'amore. "Sai che non me ne viene in mente neanche una? Sono troppo felice qui con te, non riesco a concentrarmi su quello che c'era prima," disse soddisfatto, dandomi un bacio sul collo. Poi però ricordò di colpo: "Ah! Certo che c'è! Adesso ti racconto: ero appena tornato da San Francisco, quindi a metà degli anni '80. Mi ero innamorato di una donna appena un po' più grande di me, sposata ma in via di separazione. Abitavamo nello stesso palazzo, a piani diversi. Io al secondo, lei al quarto. Scendeva a comprare il pane o qualcos'altro e si fermava a scopare con me. Poi risaliva e scopavamo di nuovo. Tutti i giorni, più di una volta al giorno. Quando ero in casa di giorno, mettevo una piantina sul balcone. Lei si affacciava, vedeva la piantina e sapeva che ero lì. Disponibile. Siamo andati avanti così per mesi. Ero eccitato e anche un po' impaurito. Rischiavamo di venire scoperti da quello che era ancora suo marito, e da cui voleva separarsi affibbiandogli tutte le colpe per strappargli più soldi possibile. Doveva recitare il ruolo della vittima inerme. Gianna, si chiamava Gianna. Bellissima, proprio bellissima, lo dicevano anche i miei amici che me la invidiavano. Matura, affascinante, fragile e spietata. Un giorno vado a cena con un mio amico, uno di prima che partissi per San Francisco. Volevamo celebrare la nostra amicizia in un ristorante di pesce molto costoso e che andava per la maggiore. Non so se lo conosci, La Rosetta..."

"Certo, ci ho mangiato diverse volte. Adesso è un po' che non ci vado."

"Bene. Ricordo che il mio amico mi doveva raccontare di un viaggio da cui era appena tornato, in Sicilia, con la sua ragazza, una cantante jazz. Eravamo arrivati abbastanza tardi, metti alle dieci e mezza, e ci avevano fatto fretta perché ordinassimo, visto che la cucina stava per chiudere. Così, per l'ansia di non poter integrare in un secondo momento, ordiniamo una quantità spaventosa di cibo. Iniziamo a parlare, iniziano ad arrivare le portate, e nel frattempo il ristorante comincia a svuotarsi. Sai com'è fatto, no? Stretto e lungo, con una saletta sul fondo. Ecco, era rimasta solo un'altra coppia, appunto nella saletta. A un certo punto guardo verso di loro, non tanto per curiosità quanto per paura che, rimanendo solo noi, ci facciano fretta anche per mangiare tutta la roba che avevamo ordinato. E così, per caso, noto che la donna si nasconde il viso con una mano, e sta con uno che conosco, e lo conosce anche il mio amico: un ceffo del sottobosco musicale, pieno di capelli e di baffi, un farabutto, un losco. Guardo meglio, e lei ha sempre la mano davanti alla faccia, solo che quella mano e quel polso li conosco benissimo, perché sono la mano e il polso e il braccialetto di Gianna. Ti rendi conto? Vedo la donna che amo e capisco che mi tradisce con quel merdoso, e immediatamente mi crolla l'interesse per il cibo squisito e mi si chiude lo stomaco mentre continuano ad arrivare portate, e col mio amico smettiamo di parlare delle meraviglie del viaggio in Sicilia e di quelle della sua cantante e ci mettiamo a fare illazioni su di lei, su Gianna. Io mi sento tramortito e non reagisco, forse dovrei andarmene e invece resto lì, inerte finché quei due finiscono di cenare e, nonostante la tirino in lungo, noi la tiriamo più in lungo di loro, e insomma alla fine decidono di uscire. E lo sai, no, com'è La Rosetta, ci devono passare davanti, sotto il naso, dato che noi siamo vicino all'ingresso. Naturalmente non possono ignorarci e far finta di non averci visto, così ci salutano, e siamo anche costretti a fare due chiacchiere, e poi a un certo punto noto che il buzzurro, così, per darsi un tono, prende una carota da un cesto di crudité all'ingresso, crudité che mica sono lì per quelli che se ne vanno ma per quelli che arrivano quando il tavolo non è ancora pronto, e insomma si mette a sgranocchiarla. E poi prende un finocchio e, crunch crunch, fa fuori anche quello. E in quel momento, quando lo vedo con la carota e il finocchio, mi viene per la prima volta il desiderio di uccidere, tanto che se avessi avuto la certezza dell'impunità l'avrei fatto senz'altro. Sognavo di inseguire in macchina 'sto magliaro, che aveva la moto, e schiacciarlo sotto le ruote e poi tornare indietro e ripassargli sopra. Una cosa alla Pasolini, scusami il dettaglio." Tirò il fiato. Tormentava il bracciolo come se dovesse ancora trattenersi, anni e anni dopo, dallo strozzare il losco impresario.

"Tutti abbiamo avuto voglia di uccidere, prima o poi," dissi conciliante. "Ma di solito non lo si fa, se non altro perché non si hanno pistole sotto mano. I coltelli no, sono cruenti, roba da assassini spietati. E anche investire con la macchina non dev'essere facile: ti fermi prima, non è immediato come uno sparo," lo rassicurai. "No, non ti vedo come assassino." E subito tornai alla carica: "E l'amore più assurdo?"

"Come?"

"L'amore più assurdo che hai avuto."

"Uhm..."

"Domanda stupida, vero?"

"Assurda, più che altro. Forse, se mi fossi innamorato di un macaco, o di un cadavere... Ma ti devo deludere: niente stranezze. E tu? Amori voglio dire."

"Ma..." Esitai. "Più che altro potrei dirti che negli anni è cambiato infinite volte il mio tipo ideale. Verso i ventitré anni, dopo la laurea, ho smesso di sognare d'innamorarmi di una rockstar. Siccome conoscevo solo musicisti sfigatissimi senza ingaggio, o agitatori politici a rischio d'arresto, mi sono fatta le mie belle elucubrazioni. Dirigenti d'azienda no, perché li spostano di sede in sede e tu, moglie, diventi l'addetta ai traslochi costretta a frequentare i club aziendali e le mogli di altri dipendenti della ditta. E neanche notai, che di solito sono figli e nipoti di notai, con livelli di pallosità all'ennesima potenza, coltivata per generazioni. Non giornalisti, che sono bugiardi e ti tradiscono con le stagiste, né medici – ancora peggio: hanno problemi ambientali, dato che vivono giorno e notte con infermiere anche carine che non vedono l'ora di sedurli, e pazienti vogliose e disperate. Non avvocati, spesso verbosi, coi loro faldoni e incartamenti da studiare il sabato e la domenica. Restano i commercialisti. Un bel commercialista potrebbe essere il sogno di ogni ragazza. Ricchi, desiderosi di evadere dall'arido mondo dei numeri e portarti in giro per musei..." elaborai, ridacchiando. "Ma poi non è andata così. Come sai, ho sposato un veterinario."

"Uffa," sbuffò lui. "Ma quando ti separi?" chiese inaspettatamente. E poi continuò, come nulla fosse, forse spaventato dalla sua stessa domanda o forse per darmi il tempo di pensarci più tardi:

"Volevi sapere di un mio amore assurdo. Mi è venuta in mente una cosa. Non è un amore, ma forse avrebbe potuto esserlo. Dunqueeee," disse, stiracchiando la "e" come per prendere la rincorsa. "Qualche anno fa – abitavo da poco con Stella – organizzo una cena. L'invitato è un uomo molto importante, il gran capo di un'azienda parastatale che potrebbe decidere di far sponsorizzare dal suo gruppo una serie di documentari sui comportamenti ecologici e sulle conseguenze del consumismo energetico di massa. Insomma: è un progetto che coltivo da tempo, avrei anche una connection con un dirigente del ministero per la distribuzione gratuita nelle scuole... Bene. Invito un paio di persone di contorno, tanto per fare numero, oltre al dirigente e alla sua donna, che non conoscevo. Lui è un tipo grigio, serioso, ma si presenta con una tipa assurda. Un'aria da zoccola che non puoi neanche immaginare..."

"Com'è l'aria da zoccola?" lo interruppi.

"Provocante, sexy, le tette in evidenza, i tacchi altissimi, la gonna stretta col sedere in fuori. Il rossetto, il trucco, lo sguardo. Nel suo caso, *al limite del trans*," abbassò la voce scandendo le parole. "A un certo punto, siamo ancora in salotto per l'aperitivo, lei mi si avvicina per chiedermi del bagno. Le dico di seguirmi, arriviamo nel corridoio, le mostro dov'è la porta e all'improvviso le do uno schiaffone pazzesco. Un manrovescio. Non premeditato. Una cosa folle, si sente uno schiocco fortissimo e mi viene quasi paura che tutti lo abbiano sentito e si precipitino a vedere cos'è successo."

"Sei pazzo, perché gliel'hai dato?"

"Non lo so. Proprio non lo so..."

"E allora? Lei cosa fa?"

"Niente. Assolutamente niente. Mi guarda con sguardo da mignotta professionista, poi va in bagno, e per tutto il resto della serata non ci diciamo più una parola. Dopodiché io faccio quei documentari con la sponsorizzazione del carrozzone parastatale, mentre lei si sposa con non so chi, comunque non col capoccione parastatale, e va a vivere in Spagna e fa dei figli."

"E questo come lo sai?"

"Ah, ecco: qui sta il bello. Lo so perché lei per qualche anno ogni Natale mi manda una cartolina di auguri, con due righe tipo 'Mi sono sposata e adesso vivo a Barcellona', oppure 'Quest'anno è nato mio figlio xy'. Ma la cosa interessante è che le cartoline hanno sempre impresso un bacio, un suo bacio fatto di rossetto amaranto, premuto con le labbra a cuore sul cartoncino."

"E tu le rispondevi?"

"No, non le ho mai risposto, e alla fine dev'essersi stufata e non mi ha più scritto."

"Perché non le hai risposto?"

"Non lo so, non mi andava. Non volevo trovarmi nei guai, con una così. Magari sperava di mettermi in mezzo per far ingelosire il marito. E comunque era già successo tutto."

"Ma non hai trovato una spiegazione per quello schiaffo? Mi sembra impossibile."

"Lo so, ma è proprio così: non sono mai riuscito a spiegarmelo. Né il perché di quella voglia improvvisa né quello di non essere riuscito a frenare l'impulso. L'unica spiegazione che sono riuscito a darmi, assurda se vuoi, ma tutta la storia è assurda, è che davanti alla porta del bagno e forse già mentre camminavamo nel corridoio, uno vicino all'altra, mi devo essere sentito come se lei mi avesse chiesto di darle quello schiaffo. Per punirla di qualcosa, magari di avermi desiderato mentre era lì col suo gran dirigente."

Sono innamorata di un pazzo?, mi chiesi. Uno che schiaffeggia le donne degli altri? Un pervertito? Un giustiziere? Lo capiremo, pensai: diamogli tempo, lasciamo che pian piano si sveli.

"E perché non ti sei mai sposato?"

"Avrei sposato Stella, se avessimo avuto un figlio. Ma non è andata così," disse in tono pratico. "E dopo abbiamo finito per scoprire che è stato meglio, perché nel frattempo ci eravamo stufati l'uno dell'altra."

Si annoia, un po' pazzo e un po' scostante. Ancora una volta, cara Roberta e caro anonimo, pensai a Giacomo. Il problema, ora, appena arrivati a New York e poi per tutto il resto della vacanza, stava nelle comunicazioni. Come telefonare a mio marito, se ventiquattr'ore su ventiquattro mi trovavo a non più di un metro da Arnaldo? Approfittarne mentre faceva la doccia? Ma la faceva la sera, quando in Italia era troppo presto per chiamare. Chiedere un momento di distacco e rifugiarmi in un corridoio, davanti all'uscita di sicurezza e a un estintore? Squallido e anche antipatico. Parlare con Giacomo davanti a lui? Santoddio, che cosa sgradevole. Dire bugie davanti a un testimone è come autodenunciarsi: la tua eventuale disinvoltura nel raccontare balle significa che sei un'esperta, e così come l'hai fatto sinora lo rifarai anche ai suoi danni. E se invece non riesci a mentire davanti a un testimone, e farfugli per l'imbarazzo, tuo marito, già insospettito, potrebbe irritarsi e decidere che basta, è ora di separarsi, di vendere la casa, di sciogliere i propri destini sinora tenuti uniti dal gravame di un mutuo intestato a entrambi – essendo casa e mutuo in comune un altro eccellente collante sociale, a volte persino più determinanti del pur efficace senso di colpa.

In quella insolubile difficoltà, però, c'era un aspetto che mi faceva esultare. Così come io ero sotto controllo, anche lui lo era. Se Arnaldo avesse chiamato la sua coabitante, avrei ascoltato cosa si dicevano. Anzi, avrei ascoltato tutte le sue telefonate, quelle di lavoro e quelle personali, e avrei fatto un mucchio di deduzioni. Come tratta le segretarie, se è inseguito dai creditori, quali sono gli amici che lo chiamano più spesso, e soprattutto *le amiche*...

Se c'è una cosa che ho imparato da mio padre, è che gli uomini nascondono debiti e avventure con le donne, e che il tallone d'Achille della loro mascolinità non è, come molti credono, nell'impotenza sessuale, nelle erezioni incerte, ma al contrario nella necessità ormonale di sentirsi gratificati dalle attenzioni di una donna, di *qualsiasi* donna, facendosi quindi piacere – accecati dalla disponibilità – anche i peggiori baracconi. E soprattutto, ancor più pericolosa, nella necessità, o nell'istinto, di proteggere donne, vecchi e bambini, percuotendosi il petto e ululando "faccio tutto io". Procaccio il cibo, i viaggi, le borse di Hermès, lo yacht, gli alberghi perché *io* sono il re della foresta. Lanciando questi ululati di potenza sempre e comunque, anche se non interessano a nessuno, anche se tutti hanno già da mangiare. E allora, per farsi notare, alzare il tiro e spararla ancora più grossa. Io ti compro la foresta, l'isola, il castello. Un atteggiamento primordiale, da cavernicolo. L'istinto del gradasso, dello spaccone, del rodomonte, dello sbruffone, del ganassa, del fanfarone, dello smargiasso. Se ci pensate, cara Roberta e caro mittente, la declinazione femminile di queste parole non è usuale e suona persino sgraziata, come lo sarebbe dare dello zoccolo o dello sgualdrino a un maschio. La fanfarona? La gradassa? L'avete mai sentito dire? Io no.

Però va detto: Giacomo no, Giacomo non è mai stato così.

Non ancora arrivati in città, dalla toilette del JFK, mentre Arnaldo aspettava i bagagli, chiamai Giacomo. Per lui ero a New York dal giorno prima. Tutto bene, gli dissi, e sì, ero di nuovo in aeroporto in partenza per Las Vegas. New York sempre affascinante. Ventosa. Peccato non essere insieme.

E lui: mai piaciuta quella città ripetitiva, opprimente, da gnomi. Alessia di cattivo umore stabile, teme di non prendere il massimo dei voti. Sua madre dice che non mangia niente. Dopo i risultati, in vacanza nelle isole greche con due amiche. Teme meduse, come riportato dai giornali. Invasione nel Mediterraneo. Rosa, piccole, urticanti.

Lungo la Fifth, la mattina dopo, appena messo naso fuori dall'albergo, ci imbattemmo nel direttore delle news di un canale privato italiano. Era con la moglie. Io lo conoscevo appena, Arnaldo lo frequentava da anni. Pacche sulle spalle. "E Stella dove l'hai messa?" gli chiese il direttore. Perfido o sbadato? Arnaldo fece finta di niente. Poi parlarono qualche minuto di camicie. Quelle di Brooks Brothers non sono più come una volta, però costano davvero poco, quindi meglio farne incetta. E comunque è il caso di fare un salto anche da Gap, per pantaloni e cinture.

Con la crisi e il dollaro debole, la smania italiana per lo shopping newyorchese era al culmine. Meglio non dirlo a nessuno, che andavi a New York, se non volevi trovarti subissato da ordini di mutande e reggipetti Victoria's Secret, di accessori per iMac e iPhone, per non parlare di integratori e pillole e qualsiasi altro prodotto inessenziale, destinato solo a farti perdere tempo in ricerche estenuanti dell'articolo con le esatte caratteristiche richieste, oltre poi a pesarti tutto il tempo nella valigia.

Si parlò anche del Moma, sempre lì sul marciapiede: loro c'erano già stati, noi stavamo per andarci. Scambio di opinioni circostanziate e di competenze alimentate da appositi documentari sulla ristrutturazione e l'ampliamento di Yoshio Taniguchi. Piace, non piace, era meglio prima.

E di nuovo il direttore, indelicato: "Ma Stella dov'è poi?"

"Penso al mare," rispose Arnaldo, furtivo.

"A Capalbio?"

"Può essere." *Può essere?* Non mi ha detto che lei odia Capalbio perché le piace solo il mare di scogli? Più tardi, trovare il momento adatto e chiedere. Non farsi infinocchiare. Malumore. Però non mostrarlo.

"Ah bene," inferì la moglie, dando per scontato che quindi Stella si trovasse nella casa del nostro weekend incantato. "Perché noi domani partiamo e il prossimo weekend lo facciamo a Capalbio. Così magari la salutiamo."

Ricordarsi che ognuno ha le sue magagne. Anch'io ho Giacomo. Tutti abbiamo un passato – o un presente che tendiamo a considerare passato. C'è sempre qualcosa prima di quello che diventa il poi. Io sono il poi, lei il prima. Vederla così. Sorridere, essere positivi, non lamentarsi. Niente ammorba quanto una donna lamentosa. Fa presagire futuri da incubo. Lagne e vittimismi. Tra l'altro, il direttore e la moglie avrebbero parlato di Stella davanti a me, senza cautele, se non l'avessero ritenuta una specie di cugina, una persona ormai innocua benché di famiglia, come in effetti sosteneva Arnaldo?

Al bar del Moma incontrammo un ex ministro italiano, un socialista, finito su tutti i giornali per le solite storiacce di tangenti. Io non lo conoscevo, Arnaldo sì – a Roma si conoscono tutti – e si fermarono un po' a chiacchierare. L'ex politico era con l'ex moglie. "Che si siano rimessi insieme?" mi chiese Arnaldo mentre ci allontanavamo.

"Difficile reinnamorarsi di qualcuno che si è smesso di amare," risposi con prontezza. Speriamo che tu non ti rimetta con Stella, pensai.

Più tardi, al ristorante Asiate dell'Hotel Mandarin, dove avevo insistito che andassimo a mangiare (ne ricordavo gli spettacolari armadi-frigorifero per vini, a mo' di quinte, e la vista grandiosa su Central Park), ci imbattemmo in Alina, l'ex moglie brasiliana di Gerry, che non vedevo da anni. Chiacchierammo un po', mentre aspettavamo il tavolo.

Era splendida, perfino più bella di quanto la ricordassi. Il suo accompagnatore, un russo di aspetto civilizzato, la guardava con venerazione. Le presentai Arnaldo, dicendole che era anche lui amico di Gerry. Aggiunsi che produceva documentari, tanto per dargli un po' di tono e forse anche per vantarmi della conquista. Un bell'uomo con un bel lavoro. "Non puoi aiutare il mio ex marito?" gli chiese Alina, senza convenevoli. "Non hai un lavoro da dargli?" insistette. "Parla bene l'inglese," aggiunse. Doveva essere veramente stufa di mantenere da sola i due ragazzini.

"Posso dire a Gerry che ci siamo riviste qui?" le chiesi. "Meglio di no," rispose lei senza pensarci un secondo. "Altrimenti ne approfitta per dire che sono ricca, e oltre a non dare soldi per i figli si mette pure a chiederne."

"A Capalbio abbiamo visto i bambini: sono stupendi e stanno veramente bene," dissi, pensando di darle una buona notizia.

"Dopo che sono stati con Gerardo, ogni volta devo rieducarli. Gli mette in testa un sacco di cazzate," concluse sprezzante, mentre il russo assisteva al secco scambio di battute con l'aria fessa di chi non capisce una parola. Sì, ma Gerardo te lo sei scelto tu, pensavo, e ci hai fatto pure due figli. Metti anche la barriera di sfumature linguistiche che all'inizio ti ostacolava nel capirlo, ma non si può dire che sia mai stato un ragazzo iperattivo e ambizioso. Quel che è adesso lo era anche dieci anni fa. Tale e quale. Andai in bagno, infastidita. Gerry mi appariva improvvisamente come una povera vittima di madre e moglie perniciose. Per forza non gli si era sviluppata la spina dorsale, crescendo accanto a quelle colpevolizzatrici professioniste, sempre pronte ad addossare agli altri il torto dei propri fallimenti. Probabilmente entrai nel bagno sbagliato: sullo specchio davanti ai lavandini c'era un'etichetta che diceva: "Employees Must Wash Hands". Meno male, pensai.

Camminammo un po'. Madison, Broodway, Soho... Dopo aver incontrato così tanti conoscenti, più o meno come starsene a casa, passai in rassegna le vetrine degli stessi negozi che si vedono a Milano, a Forte dei Marmi, a Mosca, a Barcellona, ovunque. L'omologazione dei marchi internazionali. Prada per tutti, vero o imitato fa lo stesso. Provai a intavolare l'argomento, ma Arnaldo si spazientì. "Adesso non mi dire che ti disgusta il lusso di massa con tanta gente che muore di fame, perché l'unica azione sensata che si può fare, quando si soffre per questa ingiustizia, è buttarsi con una pietra al collo nell'Hudson. Il mondo è così, cara Erica: se ti piace, bene, altrimenti meglio togliersi di mezzo." Aveva ragione lui. Ma il suo tono era acido, di nuovo.

Siccome è innegabile che il sesso con la stessa persona stufi più di ogni altro piacere comune – più del piatto quotidiano di spaghetti col pomodoro, più delle eterne moine del tuo cane, più del piacere di farsi una doccia ogni mattina –, non avrei dovuto preoccuparmi quando, al terzo giorno insieme, Arnaldo non era ancora riuscito a fare l'amore con me. Non riusciva a concentrarsi per via dei continui spostamenti. Oppure era irritato dalle sue stesse frasi acide. Magari aveva una disfunzione di quelle che capitano ai maschi e che lui stesso aveva paventato, la prima notte insieme. Una disfunzione ben strana, però, dato che a Capalbio i suoi organi sessuali avevano funzionato discretamente. O ero io a non piacergli più? L'avevo già stufato? Non ero sufficientemente bella? Il mio seno era troppo scarso per essere eccitante? Però, se non gli piacevo più, perché di notte mi stava appiccicato, mi cercava, mi abbracciava, mi toccava, si toccava, con un lavorio che a me pareva abbastanza faticoso – da fare e da subire – e soprattutto spoetizzante? Ma se lui, anche di giorno – a parte un paio di frasi acide –, era sempre affettuoso, sempre appiccicoso, sempre desideroso di ripercorrere insieme le tappe del nostro magico incontro, e di analizzare insieme i grandi vantaggi del nostro essere coppia, i gusti comuni, gli interessi comuni, i disagi famigliari comuni... se, insomma, c'era comunque tutto questo benessere di chiara impronta amorosa, perché andavo a preoccuparmi della mancanza di una cosa, il sesso, che infinite volte avevo sostenuto essere stufante, ripetitiva, superflua? Era perché comunque il sesso all'inizio piace, e io volevo il mio inizio, o era solo una questione d'amor proprio, di presa del potere, di adesione a stupidi ruoli consunti, codificati ai tempi dell'uomo di Neanderthal e ora, a rigor di logica e di progresso della società e della specie, del tutto superati?

Trovai il coraggio di suscitare l'argomento non a letto, come sarebbe stato ovvio, ma in taxi – io e lui due profili affiancati –, mentre alla nostra terza mattina insieme tornavamo verso l'aeroporto.

Dell'autista non c'era da preoccuparsi. Era afgano e capiva a malapena l'inglese.

Arnaldo era di buon umore, felice di ripartire per Las Vegas. Liquidò il tema con poche battute scherzose: "Tu non hai senso del mistero. E nel mistero c'è la bellezza, la sorpresa, l'emozione... È come coi tuoi telefilm. Pensa se conoscessi già tutta la trama, se ci fosse un copione sempre uguale, tutto mitragliate, bombardamenti, cattura del nemico, vittoria senza ostacoli. Sai che noia! Cerca di entrare nella mia mente, e ti appassionerai. Il sesso e l'eccitazione seguono percorsi misteriosi, bisogna coltivare fantasie, oppure no, non c'è regola. Ogni volta si ricomincia da capo e si vede se ci si riesce. Io sono così, sono un meccanismo delicato che non si sa se funzionerà. E la paura di non farcela serve anche quella, fa aumentare la voglia. Si desidera soprattutto ciò che per motivi misteriosi ci sfugge."

Sì, pensai, dev'essere così. Mi sono trovata un uomo complicato, ma forse questa sua complicazione è un vantaggio, aggiungerà pathos a quello che di solito è ripetitivo e facile, sindacale. Quando non c'è più la religione a proibirti il sesso, per avere un po' di eccitazione non resta che ricorrere alla paura dell'impotenza.

In aereo, cercando di terminare la lettura degli ultimi rimasugli di giornali italiani, trovai un articolo sulle teorie di Geoffrey Miller, psicologo evoluzionistico. In un suo libro, *Spent*, sosteneva che gli esseri umani nascano con miscele diverse di sei caratteristiche-base: intelligenza, apertura verso le novità, diligenza, piacevolezza, stabilità emotiva, capacità comunicativa. Chiesi ad Arnaldo quale fosse la sua miscela. "In ordine decrescente," precisai.

"Apertura verso le novità, capacità comunicativa, forse piacevolezza e intelligenza," decretò. "Le altre sono caratteristiche banali, e non mi interessa averle," concluse.

"Ah. Non ti interessa averle o non le hai?" indagai perplessa, dato che tutto sommato stabilità e diligenza non mi sembravano poi così tremende, se combinate alle altre componenti.

"Lasciami un po' di mistero, mon amour. Lo scoprirai restandomi vicino," disse lui in tono amabile, stringendomi il polso. Poi, guardandomi, si ricordò improvvisamente dell'altro mistero, quello di cui avevamo parlato in taxi, il mistero dell'eccitazione sessuale: "Sono tutto un mistero. Indagami."

Più tardi, terminati finalmente i giornali italiani, mentre mi accingevo ad affrontare gli interminabili, logorroici, articoli e racconti del *New Yorker*, Arnaldo mi chiese un autoritratto. "Descriviti in poche parole, per qualcuno che non ti conosca."

Mica facile. Rimasi per quasi un minuto in silenzio, come imbambolata. Dico che sono una persona che non sa quanto può resistere nella recita del mostrarsi docile e risolta? Dico che sono una che ha paura di avere paura e di finire per suicidarsi, come già in famiglia? Dico che sono adattabile e che dove mi metti sto, basta che mi si dia qualcosa da leggere o un computer collegato a internet? Che però se mi dài qualcosa da leggere voglio sceglierlo io, mentre il computer collegato va bene comunque sia? Finii per dire tutt'altro.

"Sono una donna che soffre di *attenzione parziale continuata* – un nuovo morbo di cui ha parlato il *New York Times* qualche mese fa; in pratica sono sempre dove sono ma anche un po' altrove," gli raccontai, confessandogli un mio recente cruccio. "In definitiva, sono un individuo *multitasking* nell'accezione negativa del termine. Come uno che tiene accesi più programmi contemporaneamente e salta da uno all'altro senza riuscire a finir nulla. Poliedrica e versatile ma senza costrutto. È un deficit di attenzione che ha limitato la mia riuscita nel lavoro, e ho iniziato a soffrirne sin dalla quarta ginnasio," continuai, aggiungendo una nota positiva, declamata in tono scherzoso: "Però, forse proprio per questo difetto, sono adatta alla tua componente dominante di apertura verso le novità. Come puoi ben capire, rappresento in pieno la mia epoca, perché questa è una malattia modernissima, molto più dell'anoressia e della bulimia, della codipendenza e della depressione post partum. Sono attuale e figlia del mio tempo, come un malato di tubercolosi in un sanatorio di Davos ai tempi della *Montagna incantata*. Per farti un esempio, posso dirti che ho perennemente lo stato d'animo di quando sei a un party in cerca di un conversatore appetitoso da sostituire a quello appetitoso precedente che ti ha già stufato. Qui, accanto a te, c'è qualcosa di più di una donna in carne e ossa: c'è un segno dei tempi." Lo guardai. Mi guardava. "Naturalmente tu hai operato il miracolo: quando siamo insieme sono concentratissima, non mi distraggo un secondo. Al punto che credo di essere quasi guarita." Lo guardai di nuovo. Mi sorrideva. "La mia vita è una continua guarigione."

"Spettacoli pazzeschi. Leggerai mio articolo. Peccato tu non qui. Caldo tremendo ma secco. Perenne rumore di sottofondo: roulette e slot. Come va? Alessia?"

E, pochi secondi dopo: "Alessia promossa e partita con Maja. Io a Deauville. Puledri e clienti."

Solito Giacomo, così asciutto da non dirmi nemmeno il voto dell'esame di maturità di sua figlia, che era l'elemento di suspense. Ma cosa voglio da lui? Lo tradisco e lui lo sa, sono probabilmente via con un altro e lui lo sospetta, gli mando sms di una falsità così urticante, che quando li digito dovrebbero prendermi fuoco le dita.

Chiamai mia madre: tutto come al solito.

Chiamai Bianchi: come anticipatomi per email, dovevo scrivere urgentemente un trafiletto sugli infimi ascolti di una fiction poliziesca italiana di cui andavano in onda le repliche. Lo scrissi e inviai.

Chiamai Beatrice per dirle: Indovina dove sono? Non lo sapeva e glielo dissi. E poi: Indovina con chi sono? Questo invece lo sapeva o se l'era immaginato. Felicità, bella notizia, come state bene insieme. Siete la coppia dell'estate.

Ascoltai diverse telefonate di Arnaldo: tutte faccende di lavoro, burocratiche. Era gentile, trattava bene le sue impiegate, non raccontava bugie. Non chiamò né venne chiamato da Stella. Controllai il suo cellulare: anche negli sms nessuna traccia della coabitante.

Guardai i siti dei giornali italiani: il presidente del Paraguay in visita ufficiale a Benedetto XVI aveva perso i bagagli, causa sciopero degli aeroporti francesi, quindi non aveva potuto consegnare al papa i regali, tra i quali un poncho in sessanta colori diversi. A Gaza il tasso di crescita della popolazione, ai massimi livelli, lavorava in favore di Hamas. Tutti quei ragazzini, con la loro ormonale natura estremista, consideravano Fatah e Abu Mazen fenomeni di inaudito e pernicioso vecchiume, proprio come Fanfani e Piccoli e Oronzo Reale lo erano per me quando andavo al liceo. La situazione era "esplosiva" e nessuno sapeva come uscirne. Frattanto, in Iraq continuavano gli attentati. E continuavano anche gli sbarchi di "disperati" sulle spiagge italiane. Alcuni venivano salvati in mezzo al mare, alla deriva. Altri morivano e venivano pescati nelle reti, coi pesci. Politici spietati, magari caritatevoli con cani e gatti randagi, proponevano feroci respingimenti come soluzione a un movimento di transumanza umana epocale e inarrestabile.

Ma eravamo a Las Vegas, ormai divenuta capitale americana dello spettacolo dopo esserlo stata del gioco, dei matrimoni, del sesso a pagamento.

Nel nostro albergo cantava, gonfio e però vitale, il vecchio Tom Jones, ed era prevista una serie di concerti di Prince. Shakira imperversava in un altro albergo. Céline Dion, con le sue stucchevoli lagne, ammansiva mandrie di turisti dai gusti zuccherosi. E soprattutto, dilagava il Cirque du Soleil, con cinque show in cinque teatri diversi, ogni giorno, due volte al giorno. Ma non vi starò a raccontare le loro meraviglie, caro anonimo e cara Roberta: basterà che leggiate l'articolo che ne scrissi. Perché la storia di un'estate fa, la storia di Arnaldo con me, ha ancora molti e ben più importanti dettagli da svelare.

Eravamo molto felici. Commentavamo favorevolmente il fatto che gran parte dei turisti fossero "carrozzati", cioè invalidi, e che in quella città trovassero un luogo privo di gradini e pieno di spasso – prostitute, lap dance, poker, slot, roulette. Facevamo il bagno nella piscina con vigorose onde artificiali, tra bambini schiamazzanti e divertiti. E facevamo il bagno nella piscina da cinquanta dollari vietata a minori di ventun anni, dove ragazze in topless, già con le tette finte, celebravano il matrimonio della sera prima sbronzandosi con un velo di tulle in testa. Consideravamo con garbo di far parte di una civiltà della lettura finita e stecchita, inutile e autoreferenziale nelle sue limitate forme di sopravvivenza, perché, tra le centinaia di persone che affollavano le molteplici piscine, al massimo l'uno per mille aveva con sé un libro, nessuno aveva un giornale, alcuni, pochissimi, sfogliavano riviste dozzinali di pettegolezzi o di muscoli e ginnastiche. Andavamo a visitare i miseri, spenti, patetici musei della città, non meno marginali del nostrano museo del cavatappo di Barolo, nelle Langhe, ma con molti più fondi e board di benefattori. Guardavamo le folle obese che bevevano o mangiavano simultaneamente, camminando, come in un rito collettivo o nella coreografia di una Leni Riefenstahl postnazista. Eravamo soddisfatti di fare tutte le code del mondo: per l'ascensore, il taxi, il teatro, il bar, nei corridoi, in piscina, al ristorante – proprio noi che a casa nostra ci spazientivamo per qualsiasi minimo ingorgo. Facevamo l'amore, con gusto, con passione, con divertimento, dopo che improvvisamente, non si sa come, Arnaldo era tornato a un vigore senza lungaggini e tortuosità. I libri che mi ero portata ristagnavano non letti, perché la mia concentrazione già debole era ulteriormente frammentata dal voler tastare, lisciare, assaggiare le attraenti porzioni di carne di Arnaldo. Alla televisione davano repliche di serial che avevo già visto in Italia.

Nella nostra camera, al ventitreesimo piano di un albergo tutto dorato, c'era felicità, armonia, tante cose da dirsi e per il momento nessun annuvolamento, come senza nuvole era il cielo di quella città rovente. Eravamo finti come è finta Las Vegas?

Poi, dopo quattro giorni, gli occhi pieni di acrobati che piovevano dal soffitto volteggiando, di palcoscenici che si aprivano facendo sprofondare puffi e saltimbanchi, di macchine sceniche che salivano ad altezze vertiginose cariche di gente che si contorceva e zompava e ardeva, quando ormai davvero non ci si stupiva più di nulla, arrivò il momento di ripartire. Mi stavo appassionando al carattere di Arnaldo, caustico ma non burbero: quasi bonario anzi, e amante della varietà del mondo. Era contento del suo acquisto, convinto che avrebbe venduto le riprese degli show del circo a un canale generalista ("Sono da prima serata!" si compiaceva. "Non sai che trattativa, per aggiudicarmeli!"). Annacquava le sue zampate sarcastiche con un atteggiamento da invincibile ottimista. Solo un piccolo sospetto mi ronzava saltuariamente tra le orecchie: anche mio padre era un ottimista, non vedeva mai ostacoli e aveva grandi aspettative.

Toccava a San Francisco. Un giorno e mezzo per dormire, mangiare, visitare in macchina una sezione più ampia possibile dei ricordi di Arnaldo, bagnarci nella fredda acqua oceanica smossa dal vento, fare tutti i su e giù visti negli inseguimenti dei film, passare da Berkeley, incontrare un amico di Arnaldo al molo 2, in un dock ristrutturato pieno di negozi e uffici.

Una delle cose più curiose della mente è la selezione che operiamo sui ricordi: per un interesse documentario, quasi da studiosa – ormai non certo per un fatto personale –, mi piacerebbe sapere, cara Roberta e caro mittente, quale sia la selezione dei ricordi di Arnaldo. Di quel giorno e mezzo di un'estate fa cosa avrà trattenuto? Il piccionaccio speziato del ristorante marocchino dove ci portò Harry Sanfilippo, il suo amico avvocato? Lo studio legale, nel Pier 2, arredato a casaccio e disordinato come quelli degli investigatori privati dei telefilm? Le lamentele sulle perdite subite in borsa, con noiosissimo elenco di dettagli sui fondi pensione americani?

Ricorderà che non mi portò a Chinatown ("Hai visto quella di New York? Bene, sono tutte uguali.") e mi fece visitare il museo d'arte moderna progettato da Mario Botta, che avrei potuto dire "Hai visto quello di Rovereto? Bene, sono tutti uguali", e invece me ne restai zitta, perché a caval donato non si guarda in bocca?

Ricorderà le stesse cose che ricordo io, come fossero successe cinque minuti fa, o per lui quelle immagini e quelle parole si sono nel frattempo annuvolate, sfilacciate, dissolte?

I miei, di ricordi, sono anche i suoi? Al Crowne Plaza affacciato su Union Square, il centro commerciale della città, ci diedero una camera all'ultimo piano, il venticinquesimo. La parete esterna della camera era in realtà una grande vetrata accesa di tutti i colori di San Francisco, visione che potevi spegnere tirando un pesante tendaggio broccato – che noi invece lasciammo aperto tutta la notte. Avevamo di fronte un altro albergo, più lussuoso, il Sir Francis Drake, dove Arnaldo mi disse di essere stato con Stella, durante un lungo viaggio americano di qualche anno prima. Il Francis Drake, un palazzone in stile neogotico, terminava un piano sotto la nostra stanza, e noi eravamo allo stesso livello del mastodontico stellone illuminato e rotante installato sulle grossolane smerlature del tetto. Da lì, appena arrivati al calar del sole, oltre al rosso stellone rotante, vedevo la scritta "MACY'S" che pulsava in un angolo della piazza, e spaziavo sulle luci della città che, da basse che erano rispetto a noi, si rialzavano seguendo l'andamento della collina striata di vie e casette, come una chioma di treccine afro ben pettinate.

Sotto lo stellone c'era una scritta al neon, "Exit", pure rossa, e una terrazzetta su cui tutta la notte ci fu un viavai di persone, probabilmente impiegati e camerieri dell'albergo, che ci andavano a fumare. Nel buio si avvertivano appena le sagome, ma si vedeva nettamente la brace ardente delle sigarette. La relatività esistenziale di quei fumatori, riuniti dal loro vizio solitario fuori dall'uscita di sicurezza, marginali nella loro dimensione da bruscolino rispetto alla grandiosità metropolitana, mi diede un senso di compiaciuta malinconia. Lo stesso che ti comunicano i quadri di Hopper, perlomeno finché, a forza di vederli proposti in tutte le salse, il tuo sguardo non comincia a neutralizzarli, cogliendone solo il facile aspetto da poster e non il valore artistico, che celebra le epiche solitudini americane.

Dopo cena, dopo il piccione, e chissà se Arnaldo lo ricorda, chiamai Gerardo.

"Ho perso la testa per la madre di una mamma con cui ho una storiella."

"Come? Spiegati."

"Stavo spiegandotelo, infatti."

"E allora su, parla!"

"Parlo se stai zitta."

"Sto zitta."

"La cosa inizia che ho un affaire con una trentenne che ha una figlia amica di Leo, sua coetanea."

"E la madre?" lo interrogai di nuovo, impaziente, mentre Arnaldo mi guardava curioso di capire quali fossero le novità sensazionali che il mio tono di voce lasciava presagire.

"Ma vuoi lasciarmi parlare, cazzo? Eravamo alla mamma, la mamma della bambina. Silvia, si chiama così, è carina, biondina, e si occupava un po' di noi. Le portavo i bambini a giocare e così, in pochi giorni, ci siamo piaciuti e abbiamo iniziato a stare insieme. Di nascosto, naturalmente: uno stress per non farsi beccare dai bambini, dalla filippina, dal marito che per fortuna viene solo il sabato e la domenica."

"Ah, bene. Ma la madre?"

"Il problema è che quattro giorni fa è arrivata la madre, una donna bellissima – devi vederla – avrà cinquant'anni ma è molto più affascinante della figlia. È esperta, capisci cosa voglio dire?"

"E allora?"

"Allora ho cominciato a vederla."

"Dove?"

"Sempre lì, da loro, mentre la figlia è in spiaggia coi bambini, miei compresi."

"Be', pazzesco! E la madre sa della figlia e la figlia della madre?"

"La figlia no, non sa nulla. Mentre la madre sa della figlia."

"Maria santissima."

Questo era l'attacco della telefonata. Sembrava che ci fosse già sufficiente materiale per renderla interessante e per poterci chiacchierare e ricamare a lungo. Aggiungete, cara Roberta e caro mittente, che Gerardo, due settimane dopo, doveva andare a Cortina, per dire la sua in un dibattito sulle difficoltà di rimpatrio dei figli trafugati da uno dei due genitori. Proprio negli stessi giorni doveva andarci anche Arnaldo, per presentare il suo documentario sulle località turistiche fantasma. Con Gerardo ci saremmo incontrati lì, ne avevamo già parlato.

"In montagna mi terrai i bambini, qualche volta? Li porti a fare delle passeggiate, che a te piace tanto?"

"Se vuoi, se ho tempo," feci, esitante.

"Perché anche le due, la madre e la figlia, vengono a Cortina e ci restano fino a metà agosto. Hanno casa anche lì."

"Ah."

"Poi ti spiego meglio, e dovrai conoscerle, così mi dici quale preferisci. Ma come idea mi terrei tutte e due. Però temo che dovrò scegliere, e allora preferisco la madre. Solo che non so come dirlo alla figlia. È una che magari pianta un casino."

"Non so, non mi preoccuperei. Magari nel frattempo una delle due si stufa di te e ti lascia, e così hai risolto il problema senza fatiche inutili."

Ma c'era dell'altro.

"Senti, è vicino a te Arnaldo?"

"Be', sì."

"Niente. Fai finta di niente. Ma ti volevo chiedere una cosa."

"Dimmi."

"Tu lo sai, vero, che qui a Capalbio, in casa di Arnaldo, c'è la sua ex? E che va dicendo a tutti che è anche casa sua e non ha nessuna intenzione di muoversi da lì?"

"Ah."

"Lui lo saprà che lei gli sta occupando anche la casa al mare?"

"Boh."

"Non ti ha detto niente?"

"No."

"Guarda che qui tutti parlano della vostra storia. Siete un argomento caldo. Due abbastanza noti, lui soprattutto, ma anche tu, e sino a poco tempo fa ognuno per conto suo. Un'accoppiata imprevista che incuriosisce e potrebbe funzionare. È una novità, e siccome la gente non ha nulla da fare, tutto il giorno in spiaggia e a cena da questo o da quello si passano la notizia. La nuova coppia dell'estate in fuga romantica in America. E così, secondo me, la notizia è arrivata anche a Stella, che è venuta a occupare la casa di cui non gliene fregava niente prima che ci venissi tu."

"Ah."

"Senti, ma a tuo marito gli hai detto qualcosa?"

"No, perché?"

"Come perché! Non sei preoccupata che arrivi anche a lui la voce?"

"Mi sembra improbabile. È via. Comunque al ritorno ci penso," dissi, abbassando la voce. Mi scocciava che Arnaldo capisse di cosa stavamo parlando. Non volevo che il modo in cui avrei o non avrei comunicato a Giacomo la bella notizia diventasse un nostro argomento di conversazione. Per di più, con lui sdraiato nel letto accanto a me, non potevo chiedere a Gerry se l'orrida Stella si limitasse a occupare metri quadrati o ritenesse anche di doversi riappropriare del suo ex.

Conclusi in fretta la telefonata, e chiesi direttamente ad Arnaldo cosa stesse succedendo nella sua casa al mare, e perché non me ne avesse ancora parlato.

Fu così che litigammo a morte, tutta la notte, per futili motivi di gelosia retroattiva, nudi nel ring del letto, tirando rabbiosamente le lenzuola ognuno dal proprio lato come a volersi coprire e isolare per sempre dall'altro, e poi subito scoprendoci per tornare all'attacco. Il tutto mentre lo stellone ruotava illuminando la nostra camera buia, mentre sempre nuove sigarette ardevano nell'aria sorrette da sagome ignote, mentre vicini di camera, se ce n'erano, venivano molestati dalle nostre voci aspre, esasperate, fuori controllo.

Il litigio era partito da una base quasi scherzosa, di richiesta di spiegazioni ammantata di acredine sentimentale: una di quelle litigate vagamente strumentali che preludono a rappacificazioni erotiche; e invece ci prendemmo gusto, nell'insultarci e nell'accusarci di doppiezza, di tradimento, di biecaggine, e lo scontro divenne aspro, furibondo, violento al punto che non si sapeva più come uscirne; e forse se avessimo avuto un attizzatoio in mano ce lo saremmo dato reciprocamente in testa, e invece non l'avevamo, e io, in un ulteriore aggravio di rabbia, gli scagliai in faccia un campioncino di shampoo per alberghi, colpendolo a uno zigomo e procurandogli un taglietto che per giorni mi avrebbe costretta a sentirmi disgustosamente in colpa, una povera pazza sopraffatta dal suo oscuro passato di spari e sangue. E mentre gli disinfettavo lo zigomo rosso e gonfio, conscia che anziché scalfirlo avrei potuto colpirlo in un occhio e accecarlo e finire in galera o suicida per manifesta incapacità di controllarmi, iniziammo a baciarci ardentemente, cosa che andò avanti fino al mattino, fino all'arrivo della luce più netta e definita, con promesse di amore eterno e con nuove, sconvolgenti rivelazioni.

Sì, perché quando arrivò il momento di alzarsi, quando era ormai impellente la città da visitare, e tutti i crucci e le gelosie erano risolti, o meglio sciolti, annacquati ("Tu vedi problemi insolubili. Ma quando non esiste soluzione non c'è nemmeno il problema," mi disse, e probabilmente aveva ragione lui), quando stavo per scattare fuori dal letto, successe una cosa che non so se Arnaldo la ricordi, questo proprio non so immaginarlo, ma sarei curiosissima di vedere se frugando nella memoria gli riesca di trovarla, cara Roberta e caro anonimo. E lo dico ancora, cioè lo ripeto, il mio non è coinvolgimento emotivo o sentimentale, ma vero e proprio interesse neurologico: è desiderio di sapere come funziona il cervello umano al di là della banale analisi delle proprie prosaiche vicende personali.

Bene: avevo già compiuto quella torsione del busto che con lieve sforzo addominale ti porta a metterti seduto perpendicolare al letto, quando Arnaldo mi trattenne, anzi, mi spinse di nuovo sul materasso, dritta e sdraiata, e, bello come effettivamente è, col suo ciuffo di capelli ingrigiti spiovente sugli occhi verde palude, mi disse: "Sai, nonostante tutte le cattiverie che ci siamo detti, e i toni raggelanti, e il desiderio di piantarla lì immediatamente perché sembrava che non mi ritenessi adeguato alle tue aspettative, ti ho accarezzato le tette e mi sembravano un po' più formose del solito, e poi ti ho guardato la pancia e mi sembrava vagamente gonfia, e allora ho sperato di averti messo incinta, a Capalbio, impressione che mi ha eccitato terribilmente, e così questa notte alla fine ti ho desiderato più di quanto ti avessi mai desiderata. E poi quando dieci minuti fa mi hai detto che invece ti senti gonfia perché ti devono venire le mestruazioni, ecco, mi sono smosciato, intristito... perché te lo devo dire, non so cosa ne pensi, ma per dare un senso a questa storia mi piacerebbe proprio che facessimo un figlio." Chissà se lo ricorda, Arnaldo, questo suo monologo. Io sì, io me lo ricordo bene. Cara Roberta e caro mittente.

A Los Angeles Paula Wagner non c'era più. Aveva dovuto partire improvvisamente per non si sa dove. Allora andammo a trovare un'altra amica di Arnaldo, una produttrice di videoclip.

Tutti produttori.

Rita Bixbee, capelli rossi inselvatichiti, magrissima, trucco sbavato come capita alle miopi che non sanno né metterlo né toglierlo. La tipica americana *you know you know*. Lo diceva ogni poche parole, ed era la cosa che capivo meglio. Purtroppo è una frase insignificante, ossessivamente interlocutoria. Abitava lungo lo spiaggione di Venice, e sotto la sua casa passava un vialetto pedonale e ciclabile percorso instancabilmente da maniaci del fitness, perlopiù accompagnati da un cane. Era una villa mignon, costruita da un giovane architetto canadese su commissione di Rita. La facciata del piano terra rialzato era una parete di vetro, e si poteva aprirla come una serranda basculante di garage, per poi mettersi seduti con le gambe penzoloni e guardare un metro più sotto lo spettacolo del viavai. Chiusa o aperta che fosse, quella vetrata dava modo a chiunque di guardar dentro e vedere qualsiasi cosa accadesse in casa: liti di Rita con Ralph (il figlio chitarrista scioperato), furiose grattate di pruriti irresistibili, disordini anche emotivi, ubriachezze, meste solitudini involontarie. La grande sala, nonostante la vetrata aperta sulla spiaggia, puzzava furiosamente di gatto, e contai almeno cinque o sei cassettine da escrementi sparse tra le stanze. Un pianoforte a coda bianco, un tavolo tondo Knoll col piano di marmo grigio e le sedie pure bianche di Knoll dominavano scenograficamente la sala bianca della casa bianca e acciaio, tanto che li vedevi sin dalla spiaggia.

Verso l'imbrunire, ormai tutti con lo stato d'animo allentato da un considerevole numero di joint gentilmente passati dalla bocca tumida di Ralph a quella rossastra di Rita e infine alla nostra, madre e figlio improvvisarono per noi, gli innamorati, uno strepitoso concertino piano-voce-chitarra con pezzi memorabili dei Buffalo Springfield, degli Eagles e di James Taylor. Fuori, sulla passeggiata e sulla spiaggia, la gente si fermava ad ascoltare; qualcuno si univa al coro, perlopiù stonando. In cucina, nel caos più inimmaginabile mai visto, c'era una strana pistola trasparente, che supponevo fosse ad acqua, usata magari per colpire i passanti nei momenti di malumore o di euforia. Chiesi a Rita cosa fosse. Lei me lo spiegò, e, nell'esaltazione del momento, mi parve un oggetto straordinario. Rita, con quello che la medesima esaltazione mi spinse a considerare un supremo atto di generosità, me lo regalò, e ancora lo custodisco. È forse l'unica cosa concreta rimasta di tutta quell'estate, cara Roberta e caro anonimo, e questo per dire che mai nulla è perduto, qualcosa ti resta sempre comunque, e, se oggi avessi solo un minimo di iniziativa, quell'oggetto potrei importarlo, visto che qui da noi non lo vendono, e magari farei un sacco di soldi, come nei sogni faciloni di Gerry. Non solo non è una pistola, è l'antitesi di una pistola: un oggetto gentile ed etico. È un risucchia-e-spara-insetti. Se vedi uno scarafaggio o un verme o una massa di formiche o una farfalla della pasta... be', ti avvicini, premi il grilletto e l'insetto viene aspirato; poi vai sul balcone o metti il naso fuori dalla finestra, premi nuovamente il grilletto e l'insetto viene sparato fuori, verso una nuova vita, lontana dalla tua.

Dormivamo a Malibu, in un albergo sulla spiaggia. Arnaldo aveva affittato un'auto e mi portò a vedere tutte le cose che bisogna riconoscere dal vivo dopo averle viste e lette su infiniti metri di pellicola e di carta stampata: Sunset Boulevard,

Beverly Hills, lo Chateau Marmont dov'era morto John Belushi, la colossale scritta "Hollywood" sulle colline a est della città... Durante quel tour dei memorabilia losangelini, volle ripercorrere il racconto del nostro amore: "E dimmi, spiegami: perché noi due insieme siamo così speciali? Dài, raccontamelo." Erano momenti di totale autocompiacimento. Gli altri argomenti, di fatto, ci annoiavano.

Non parlammo più del mio eventuale eccitante futuro di donna incinta, come se affrontare nei dettagli l'argomento gli togliesse poesia. Certo, da quando avevamo iniziato a fare l'amore, lui non aveva mai "preso precauzioni", come si suol dire con linguaggio piatto e spoetizzante. Io, d'altra parte, da almeno quindici anni avevo deciso di fare a meno della contraccezione, come sorda forma di protesta alle prevaricazioni maschili, e se fosse venuto un figlio, chiunque fosse il disattento da cui proveniva, me lo sarei tenuto in barba a tutti. Ma non era venuto. Meglio così, forse: un aspirante suicida in meno, m'ero consolata.

Parlavamo invece di morte, noi due, più che di vita e di futuri bambini comuni.

Ci dilungammo sulla scomparsa improvvisa dei suoi genitori e sui ricordi che purtroppo non aveva – molto peggio che se ne avesse avuti. Mi raccontò del lavorio di anni e anni per tentare di ricostruire il poco tempo che aveva trascorso con loro, quando era troppo piccolo per fissare nella memoria alcunché. Parlammo di sua nonna, quella nonna rocciosa che l'aveva amato di un amore contadinesco, cui Arnaldo non era stato capace di mostrare sufficiente apprezzamento. E della sorella, viva in

Israele ma mezza morta – quanto meno emotivamente. Più che di aspiranti genitori, le nostre erano chiacchiere di chi non riuscisse ad affrancarsi dalla condizione di figlio.

Visitammo il Getty Museum, tra un'esclamazione di piacere e l'altra. Più che per le mirabili opere d'arte esposte, lo stupore era per la magnifica superbia di voler costruire una città ideale delle arti, che col suo incontaminato travertino bianco dominasse dall'alto la metropoli delle gang negre e messicane, della fatuità e della cartapesta. Dopo il millesimo capolavoro che t'è capitato di vedere nella vita, infatti, e dopo aver accumulato un monte sale di museo quanto mai corposo, e un monte Picasso considerevole, e un monte Raffaello di tutto rispetto, e un monte Pollock da non scherzarci sopra, cominci a considerare più il contenitore che il contenuto, ti attraggono i musei in sé (nelle proprie architetture e collocazioni) e non ti infiammi per le opere appese alle pareti.

"Ti amerei anche se mi avessi portato a Porretta Terme," gli dissi mentre salivamo sull'aereo che, dopo nove giorni e mezzo, ci riportava a casa. Lo pensavo davvero.

Più tardi, in volo, ripensai a quella frase. Se a suo tempo fossi stata capace di far capire a mio padre che la sua unica figlia, sangue del suo sangue, lo amava anche senza promesse di vacanze, di scorciatoie, di gioielli e vestiti... Se fossi stata capace di farglielo sapere... E invece a lui quella frase non l'avevo mai detta. E neanche pensata, a dire il vero. Perché solo molti anni più tardi, ben dopo il suicidio, mi ero resa conto che dietro le sue bugie non c'era un bugiardo ma un insicuro, un ansioso, uno che – poveretto – credeva di poter essere amato solo a condizione di continuare a produrre punti esclamativi e fuochi d'artificio.

A volte mi chiedevo: com'è possibile che non esista un club di figli dei suicidi? Ci sono gli Alcolisti Anonimi, con tutte le loro diramazioni specializzate in ogni possibile forma di dipendenza: come mai nessuno ha pensato di riunire i parenti stretti di chi si è tolto la vita, in modo che possano confrontare i propri devastanti sensi di colpa, e magari lenirne il peso? Gerry ne avrebbe fatto addirittura una professione. Ma era innegabile che il suo tema, quello della paternità offesa, fosse più diffuso e anche più ricco di appeal per trasformarlo in dibattiti, articoli, campagne d'opinione.

Appena arrivata a Milano, andai a trovare mia madre. Era d'un bianco verdognolo, come la polpa di una mela, con lo stomaco gonfio e acquoso dei pesci appena pasturati. Non era quasi mai uscita, nemmeno per andare alle sue amate feste rionali. Non stava bene: respirava a fatica, molto lentamente, e diceva sempre le stesse cose – come del resto faceva da anni, ma adesso non si curava nemmeno di alternare i consueti usurati argomenti. Era un problema di calura estiva o stava per venirle un ictus? O le era già venuto? Dopo aver cambiato sacchetto e filtro dell'aspirapolvere, avvitato un'anta scardinata della cucina, grattato via un po' di calcare dal contorno dei rubinetti, il tutto tenendola continuamente d'occhio, decisi di portarla in ospedale.

Per chiedere consiglio di fronte ai vari dubbi che mi si presentavano (serviva davvero una visita urgente? meglio l'ospedale di Melzo o un ospedale di Milano? telefonare invece al suo medico della mutua?) chiamai sempre e solo Arnaldo. È amore, pensai. Ormai il mio uomo è lui, Giacomo ha perso il posto. Mi si strinse il cuore, per Giacomo e per mia madre che invecchiava. Altri due che mi avrebbero lasciato, dopo che già mio padre l'aveva fatto. Le mie radici si sarebbero dissolte in un nonnulla. Sarei diventata come gli americani, che esistono solo qui e ora.

Passai la notte nella poltrona accanto al suo letto, in cardiologia. Restammo lì due giorni, aggrappate l'una all'altra pur nella totale diversità di gusti e di carattere e di vita, perché eravamo l'una l'identità dell'altra, e se fosse venuto a mancare un pezzo del nostro binomio ci saremmo trasformate in futili atomi solitari. La lasciarono andare a casa, con la richiesta di nuovi accertamenti ambulatoriali. Il ritmo dei suoi battiti sfiorava il limite oltre il quale ti mettono il pacemaker. Dopo una vita di tachicardia, era improvvisamente divenuta bradicardica: il suo cuore andava troppo adagio.

Il giorno dopo, verso sera, la accompagnai a un "evento", come lo chiamava insistentemente lei, dell'estate melzese. C'era un gruppo dialettale che si esibiva cantando e sciorinando aneddoti. C'erano bancarelle che vendevano ciarpame equo e solidale, alternate a bancarelle che vendevano ciarpame di Legambiente. Accovacciati per terra, poi, c'erano i soliti venditori di occhiali e borse con marchi falsificati, pronti a scappar via in caso di incursione dei vigili, per tornare subito dopo.

C'era una folla sgraziata per fattezze e abbigliamento, che si aggirava ciondolando con bebè ululanti, leccando gelati enormi dai colori sintetici, mangiando patate fritte puzzolenti, schiamazzando tra un bar e un fast food. Inaudita la quantità di negozi di vestiti e scarpe e mutande, tutta merce incredibilmente brutta e stereotipata. I mariti avevano pantaloni a pinocchietto e ciabattoni e canottiere e ciuffi di peli che spuntavano dalle ascelle, vestiti come se andassero in un campo a raccogliere le angurie. Le mogli arrancavano su assurdi tacchi di sedici centimetri, vestite da entraîneuse e strattonando bambinetti incolpevoli. Ma guardatevi prima d'uscire! Decidetevi! Lui trasandato, lei tirata a lucido, tutta lustrini e scosciature e tacchi. Tornai a casa amareggiata. Volevo solo rifugiarmi in cardiologia, dove tutti, almeno, avevano una bella divisa bianca. Al confronto, quello dell'ospedale era un mondo rassicurante. Con più compassione, più garbo, più grazia.

Solo dopo pensai che quella violenta sensazione di disgusto era la somma di tanti disgusti, non solo quello di Melzo. Il disgusto per gli obesi americani che barcollano per le strade mangiando e soprattutto bevendo, ficcandosi automaticamente qualcosa in bocca a intervalli regolari, in una catena di montaggio del rimpinzarsi. E il disgusto per la cucina fusion-macina-avanzi che avevo ingurgitato nei dieci giorni americani, in versione più o meno lussuosa, e che ancora stentavo a digerire. Ma soprattutto il disgusto di essere tornata a casa; di avere un buon marito e dover decidere cosa farne; di avere una madre con attitudini e desideri molto diversi dai miei e di cui presto avrei dovuto occuparmi assiduamente, magari portandola a vivere con me. Il disgusto di essere lontana da Arnaldo, e aspettare sue notizie, e non poterlo raggiungere finché non avesse a propria volta chiarito che le sue case erano *sue* case e che quella Stella non poteva occuparle a piacimento, come stava facendo. E il disgusto dell'attesa, improduttiva perché unicamente concentrata sul conto alla rovescia del nostro appuntamento di sedici giorni dopo, per raggiungere insieme Cortina, noi due, gli stratosferici, la nuova coppia avvolta nel manto regale di un amore di quelli che non capitano mai. Ecco di che genere erano le cose che rimuginavo, alla fine di luglio di un'estate fa.

Favolosi elefanti bianchi

"Ci vorrebbe una mano gigante, da mago, per fare pelo e contropelo ai boschi tutt'intorno a Cortina." Divertente, no? L'ha scritta un pittore – Ottone... Ottone... Ottone Rosai, ecco! Non mi veniva il cognome. Mangio troppo e poi non ricordo più niente.

In realtà, più che ai boschi, Rosai pensava a quando la neve copre i monti facendoli sembrare elefanti bianchi e Cortina è come una chioccia accoccolata al sole, che viene voglia di accarezzarla con la manona da mago. Ma coi boschi funziona lo stesso, perché si ha proprio voglia di passare le dita sulla cima degli alberi. E così l'ho detto ai ragazzini, sperando di distrarli. Magari facevamo un gioco, salendo verso Cortina, un gioco a *chi accarezza cosa*. Tipo che ognuno finge di avere una manona gigante da usare su e giù per le chiome dei pini, e Feliciano liscia il bosco di destra e Leopoldo quello di sinistra. E invece niente, i bambini volevano solo sapere: "Quanto manca?" Lo chiedevano continuamente all'autista, un animale a sangue freddo che era venuto a prenderci alla stazione di Mestre e, per tutto il viaggio, era rimasto impassibile mentre Leo e Feli, elettrizzati e irrefrenabili, cantilenavano con le loro stridule voci di bambini, alitavano sui finestrini per disegnarci scarabocchi coi polpastrelli, si davano spintarelle e pizzicotti, continuavano a schiaffare i piedi sui sedili. E io a fargli gestacci, perché sgridarli con un "Togliete le scarpe dai sedili!" era come autodenunciarsi. Comunque sia, mi auguro che glieli paghino bene, i viaggi avanti e indietro con gli ospiti della kermesse.

Arrivati finalmente in camera, al Miramonti, ero spossato e riluttante a zompare sulla madre e sulla figlia, una di nascosto all'altra, come loro probabilmente si aspettavano. Vaglielo a spiegare: il viaggio da Capalbio a Roma, e poi in treno fino a Mestre, e di nuovo in macchina fino a lì... Troppo. Troppo, dovendo badare a due bambini poco abituati a farsi dare ordini da un padre che vedono un mese o due all'anno e poi ciccia, bambini educati da madre e nonna brasiliane, coi sistemi di laggiù, che io nemmeno conosco ma sono senz'altro diversi dai nostri.

La camera era minuscola: non avevamo neppure lo spazio per appoggiare non dico le valigie ma nemmeno i tre zainetti; eppure, dato lo sfinimento, avevo preferito non protestare con la reception. Però c'ero rimasto male, quello sì. L'organizzazione doveva aver ritenuto che non valessi niente, o comunque meno degli altri relatori. A quelli chissà che suite avevano assegnato. A me, invece, la cameretta con misure da single. Non sapendo che ho due amanti, d'accordo, però sapendo che ho due figli.

Quando scopri che la tua immagine è così appannata che ti prendono sottogamba, non è mai un bel momento. E poi ti chiedi come bisogna comportarsi: funziona meglio piantare una grana, e così farsi notare, e dandosi importanza da soli finire per costringere gli altri a dartene (il famoso "lei non sa chi sono io!"); oppure stare zitti, scivolare via, non correre il rischio di farsi dare del coglione mitomane, e però così continuare a non esistere?

"Sono un padre inadeguato," dico il giorno dopo a Erica, davanti al banco della reception.

Lei e Fantoni sono appena arrivati e devono registrarsi. Ma lui, Fantoni, sta sgolandosi al telefono con non so chi: le tipiche beghe dei produttori, che cercano di non pagare mai i propri conti.

"Ho tanto rotto i coglioni sui diritti dei padri," le spiego, "e poi vado a scoprire che quando riesco finalmente a esercitarli, questi diritti, mi viene voglia di restituire i figli alla madre e di riprenderli in considerazione solo quando saranno grandi, laureati, con un buon lavoro e la curiosità di scoprire qualcosa di interessante. Mica solo domande cretine o impossibili come quelle che mi fanno tutto il giorno. Tipo perché l'Italia non è in Brasile. La verità è che come padre faccio schifo. Mi sento un mostro."

"Ma dài, di cosa ti preoccupi? Tutti i genitori sono orgogliosi dei propri figli ma anche esasperati." Da quando sta con Fantoni, Erica è meno acida del solito. Il tono però è sempre lo stesso: impaziente se non imperioso. La tipica austroungarica che non sopporta la sincerità. Vorrebbe solo che la gente stringesse i denti e andasse avanti, senza "fare lagne". Nella sua agendina c'è un post it con scritto qualcosa tipo: "Non chiedere, non lamentarsi, sorridere, essere sempre positivi o fingere di esserlo, non essere ansiosi, vivere il giorno, dissimulare." E lei va a leggerselo continuamente, come se temesse di dimenticare le proprie regole morali: sono anni che ogni tanto la becco che apre l'agendina e legge versetti della sua auto-bibbia.

"Fai presto a dire di non preoccuparmi. Intanto tu adesso sei sistemata, mentre io sono nel casino... Con questi due, poi... Li ho tanto voluti e adesso non so come maneggiarli. Capisci cosa voglio dire?"

"Certo che lo capisco," ammette lei. Poi ci ripensa e cerca di consolarmi: "Cosa vuoi, lo sai anche tu che i genitori amano di un amore contorto, pieno di malintesi e di insofferenza, anche se smisurato. I genitori ti vogliono sempre come non sei, ma del resto nessuno è come lo vogliono gli altri. Tutti sognano bambini perfetti secondo un'idea di perfezione che poi è sempre quella di non farsi rompere i coglioni."

Osservo Fantoni, gobbo sul suo telefono, che agita nell'aria la mano libera, un po' defilato, vicino al primo gruppo di divani. Ha un paio di magnifici mocassini marrone, sfoderati. Chissà dove li ha presi. Meglio non saperlo, tanto non ho un euro. "Quando cominciano a chiedermi di Alina, e dicono che gli manca e che la vogliono chiamare, tra l'altro a spese mie, dal mio cellulare... be', mi cascano le braccia. Sono qui che mi faccio un culo così perché stiano bene, e loro niente: pensano alla madre e mi parlano tutto il tempo del Brasile."

"Tra poco saranno adolescenti e attraverseranno quel periodo in cui ci si vergogna dei genitori e si vorrebbe sempre esser figli di qualcun altro, più ricco, più come gli altri, più liberale, più affettuoso...” dice Erica, e in effetti ha ragione: ricordo quanta vergogna ho provato per certe fissazioni di mia madre, e a volte anche per alcuni eccessi – allora mi parevano eccessi, ora invece mi sembrano eroismi – di mio padre. “Capiterà anche ai tuoi figli, e si vergogneranno soprattutto della madre, che è quella con cui vivono undici mesi all'anno. Ce l'avranno sotto il naso tutto il tempo e le vedranno ogni genere di difetti imbarazzanti, mentre tu almeno abiti lontano e sfuggirai alle loro critiche.”

“Cazzo, sai che vantaggio,” ribatto in tono scettico, benché Erica mi abbia convinto. Tutto è nella norma, e stare nella norma fa schifo a parole ma in realtà è quello che chiunque vorrebbe. “Ehi, ma quanto sta al telefono Arnaldo?” le chiedo, per far vedere che anch'io mi interesso a lei.

“Non ha fatto altro da quando siamo partiti. In America no, era tranquillo. Ah, senti: tutta 'sta lagna sui bambini e ancora non mi hai detto di quelle là, madre e figlia.”

“Dopo ti racconto. È una cosa complicata. Ieri comunque sono stato un po' con la madre, ma solo una ventina di minuti, non di più. Appunto, solito problema: io vorrei anche vivere, scopare, corteggiare, lavorare, ma coi bambini addosso non ci riesco.”

“Per forza, dài! E poi non devono tornare in Brasile tra pochi giorni?”

“Sì, certo, inizia la scuola. Senza di loro, però, da un lato sono più libero ma dall'altro perdo elementi di fascino agli occhi di quelle due. La madre e la figlia sono scatenate anche perché l'idea del padre single da soccorrere piace molto.”

"Oddio, quante preoccupazioni! Scusa, ma adesso dove sono i bambini?"

"Sono con Silvia, cioè la figlia, e con Violetta, la sua bambina. Me li tiene per un paio d'ore, così posso prepararmi..."

"Prepararti per cosa? Per l'intervento di domani?"

"Sì, adesso salgo in camera a leggermi un po' di appunti. Tra l'altro, per finire, sono anche senza un soldo, e me la cavo solo perché riesco a imbucarmi ovunque a pranzo e a cena. Fosse per me..."

"Salteresti pure."

"Salterei pure, ma con due bambini come si fa? Questi parlano solo di mangiare, hanno fame ogni venti minuti, vogliono tutto, continuamente, anche nei negozi, e quella stronza della madre me li ha mandati per un mese senza..."

"Senza un soldo in tasca."

"Senza un soldo in tasca, e pretende che io mi occupi di loro agli stessi standard brasiliani, ma capisci che qui è diverso..."

"Qui costa tutto di più."

"Appunto, costa tutto di più. E io non ho mia madre a cui rifilarli, come fa lei. Se non avessi avuto Silvia, sia a Capalbio sia adesso qui..."

"Non sapresti a chi lasciarli."

"Non avrei avuto un solo attimo libero. Anche domani, tra l'altro, vorrei essere libero. Penso che sia meglio che non stiano lì, mentre sono sul palco a parlare, a sorbirsi la noia di chiacchiere che per loro francamente sono anche angoscianti, si parla di..."

"Bambini rapiti."

"Giusto, rapiti da genitori cattivi. Ma la pianti di interrompermi per dire quello che sto per dire? Che cazzo hai, fretta?"

"So già tutto, porca miseria: è da cent'anni che sei senza soldi e non riesci a occuparti dei tuoi figli e ti dedichi a debellare la piaga dei genitori cattivi."

"Ah, ma allora sei proprio stronza. Stando con Fantoni sembravi migliorata, e invece vedo..."

"Che fate, litigate?" si informa Arnaldo, che ha finalmente smesso di telefonare.

"Ma domani i bambini non puoi lasciarli alla figlia, come si chiama, o a sua madre?" chiede Erica, ignorandolo.

"Domani vengono tutt'e due, naturalmente. E comunque si chiama Silvia: Silvia la mamma giovane e Patrizia la mamma agée. Gliel'hai detto?" chiedo, indicando Arnaldo. Erica si volta verso di lui, e gli mette un braccio intorno alla vita.

"Be', sì, non dovevo?"

"Ma no, va bene. Basta che non lo raccontiate in giro. Perché se il marito di Silvia lo viene a sapere – oppure, peggio ancora, se Silvia viene a sapere di me e sua madre – non so più a che santo votarmi!"

Più tardi, io ed Erica parlammo ancora un po', mentre Fantoni faceva due tiri a pallone coi bambini, in un campetto dietro l'albergo. Le chiesi se non potesse insistere con lui, velatamente, perché mi trovasse qualche lavoretto. Se non il documentario sulla paternità negata o sui figli contesi e rapiti – ma lo vedrà, cazzo, che è un argomento che prende, che ci fanno i dibattiti, e con tante stronzate di documentari che produce vorrà pur farne uno su un tema interessante! – che mi desse almeno un incarico di assistente o di persona di fiducia:

non ha bisogno di uno che sa benissimo l'inglese e va in giro al posto suo per festival di documentari?

Erica disse che gliel'aveva già chiesto ma Arnaldo non le aveva risposto. Cosa voleva dire, che ce l'ha con me? Che mi considera un cretino? Un inaffidabile? "Non sentirti sempre perseguitato," si spazientì Erica. "Ci sono anche casi in cui uno non sa che cacchio dire e basta. Vorrebbe avere una risposta e non ce l'ha," aggiunse, cercando di tranquillizzarmi.

Poi mi espose la sua solita teoria, già illustrata cento volte: "Guarda questa gente che è qui in vacanza: chiunque lavori e accumuli denaro, case, domestici, viaggi esclusivi, ha sulle spalle una corte di scioperati, di famigliari estrosi senza costrutto, di amici d'infanzia inconcludenti e bisognosi d'aiuto; e figli con studi e vacanze costosissime, ed ex mogli e nuove mogli, e amanti, e complici da tener buoni. Non riesci a infilarti in uno di questi ruoli e campare bene, a scrocco, come fa un sacco di gente?"

Facile lei, con la sua trovata degli improduttivi come classe sociale necessariamente aggregata a quella dei ricchi. Ma allora trovamelo tu, il ricco giusto, no? Non sei capace di trovarlo nemmeno per te, che passi dal marito veterinario che si fa i cazzi suoi, anche finanziariamente, a Fantoni, che è fico e interessante, per carità, ma non si capisce mai con quali soldi lavori, sul debito del debito del debito, come i bond americani.

Che poi a Erica interessava solo saperne di più del mio triangolo con le mamme. La mancanza di soldi è un tema che le dà angoscia, e posso anche capirla, visto il padre che ha avuto. Invece era eccitata per la mia storia con Silvia e Patrizia, come se fosse sua. Le interessava soprattutto sapere cosa trovassi di meglio nella madre rispetto alla figlia. "Così capisco su cosa puntare tra qualche anno."

"Patrizia si è separata quando Silvia era ancora piccola," iniziai a raccontarle, "e per quasi vent'anni ha avuto una storia con un uomo sposato. Un rapporto da amante, di quelli che si cronicizzano e non vanno né avanti né indietro. Lei era fedele, lui evidentemente no, tant'è vero che due anni fa l'ha lasciata per mettersi con una lettone di vent'anni, e per quella lettone si è anche separato, cosa che per lei non s'era manco sognato di fare."

"Poveretta, che smacco. Ma almeno si è liberata."

"Infatti. A quel punto, siccome lo stronzo era un politico cattolico, e lei per piacergli aveva sempre fatto quella vestita con decoro, che parla bene, che si cura e non è mai eccessiva, ha deciso di riprendersi la vita e fare quello che si era negata fin lì. Cioè, a cinquant'anni si è scatenata."

"Scatenata come?"

"Scatenata in molti modi," la stuzzicai. In effetti di cose da raccontare ce n'erano parecchie. "Tanto per cominciare, siccome a cinquant'anni non può certo essere soda come la figlia, che tra l'altro è una specie di palla da tennis, si è rifatta le tette. E anche Silvia se l'è rifatte, perché si erano danneggiate allattando Violetta."

"Danneggiate?"

"Silvia dice così. Danneggiate."

"Ah."

"Ma la cosa pazzesca è che sono andate dallo stesso chirurgo, che gliele ha fatte uguali, e così, stando con loro, ho sempre la sensazione di palpare le stesse tette. Capisci?"

"Basta che non fai confusione coi nomi. Anzi, a proposito: mi hai detto che la madre sa della figlia. E non è gelosa?"

"Un po', ma non lo ammette. Sostiene che la ecciti la sfida a chi mi eccita di più. Capisci?"

"Capisco. E lei cosa fa di così eccitante?"

"Te lo dico?"

"Dillo, su!"

"Sicura che poi non ti scandalizzi?" esagerai per tenerla sulla corda.

"Dài!" disse lei, pestando i piedi per l'impazienza.

"Be'... Per esempio non si fa quasi mai scopare," le sussurrai all'orecchio, coprendo la bocca con una mano, come i bambini quando rivelano segreti. Poi ripresi, guardandola in faccia: "Mi fa sdraiare nudo e lei resta in piedi, davanti a me, e si fa un ditalino. Poi se ne va. Oppure mi fa un pompino, nuda, ma rifiuta di farsi toccare. Questo ieri, per esempio. Tieni presente, tra l'altro, che sia con lei sia con la figlia è quasi impossibile riuscire a fare l'amore in un posto normale. Siamo sempre in fuga da bambini, mariti, madri o figlie, cameriere..."

"Non è un sollievo per voi uomini che una vi faccia un pompino e basta, alla Clinton? Nessun coinvolgimento, niente di niente. Come i clienti dei trans."

"Stai scherzando? È un sollievo se fai sesso a pagamento, con una di cui non te ne frega niente, ma a me Patrizia piace. Mi interessa, è scostumata ma anche seria, adulta... non so come dirti. Sono mezzo innamorato. E per me se non si fa scopare è una privazione, mi viene l'ansia di non piacerle più."

"Oddio. E la figlia?"

"Silvia è un'altra cosa. È buona, una gran buona ragazza, con la fissa della forma fisica. Corre, va in bici, in palestra, si sfianca. Corpo pazzesco, sodo e sensuale. Il marito non la scopa quasi più. Dice che ormai la vede come madre di Violetta e non come donna. Insomma: Silvia mi è grata, capisci?"

"Capisco. E sei mezzo innamorato anche di lei?"

"Macché. Niente. Anzi, mi fa girare le palle. Crede agli *orbs*, pensa tu!"

"Gli *orbs*?"

"Una stronzata assurda che si è messa in testa. Se guardi certe fotografie, soprattutto notturne, ci vedi dei pallini luminosi. Quelli, secondo lei, anziché sfocature o effetti del flash sono *orbs*. Sta ore a ingrandirli al computer e poi se li scambia con altri scemi come lei. Se vai su internet è pieno di siti che ne parlano. Secondo loro sono entità extraterrestri o roba del genere. Angeli, magari. Capisci che quando Silvia si mette a parlare degli *orbs*, e devi vedere come si infervora, a me cascano le braccia."

"Capisco, sì."

"Mi irrita. Come cazzo faccio a stare con una così, che crede alle assurdità a cui crederebbe mia madre? Non la sento da anni, ma sono sicuro che se la chiamo e le dico mamma tu ci credi agli *orbs*, lei mi dice sì, eccome se ci credo, anzi, partecipo a un gruppo di studio di cretine come me che fanno *messe e happening orbs*."

"Già, a proposito, e tua madre? Non sarebbe il caso che la piantassi di fare il duro e andassi a trovarla? Perdonala, no? Magari ha bisogno di te, è malata e sola in America, e se muore poi ti vengono sensi di colpa e rimpianti pazzeschi."

"Sempre positiva, tu. No, non mi va. Non voglio stare male e il solo pensiero di com'è lei mi devasta. Torniamo a Silvia, che è meglio. A parte gli *orbs*, è tanto carina e appassionata e servizievole. È anche generosa: siccome non ha niente da fare, a parte spendere in vestiti e vestitini, ha comprato un bel po' di cose anche per me. Si diverte ad andare nei negozi e scegliere, capisci? Per uno come me, che è tutta la vita che cerca la famiglia fuori dalla famiglia, con queste due mi sono sistemato."

"Certo. Fin troppo. A proposito, che lavoro fanno Silvia e la madre?"

"Appunto, te l'ho appena detto. Lo vedi che non stai attenta? Silvia fa la mamma, aiutata da cameriera e baby sitter. Patrizia invece fa corsi di yoga."

"Nel senso che li frequenta o li tiene?"

"Tutt'e due le cose. Insegna ma ha anche un maestro. Tipo gli psicanalisti. E vuole sempre spiegarmi qualche posizione yoga, ma poi non abbiamo mai tempo."

"Ah. E il marito di Silvia?"

"Aspetta, dimenticavo un dettaglio importante: Patrizia fa yoga con la vagina!"

"Nooo..."

"Sì, invece. Ha imparato seguendo un corso illustrato, su un libro, e mi ha anche fatto vedere come si fa."

"Be', fantastico. Cosa succede, ti stringe come una tenaglia?"

"Esatto."

"Quindi stringe più la madre che la figlia?"

"Proprio così."

"Poverina, allora la figlia ne esce male. Intendo dal confronto."

"In un certo senso... Diciamo che la figlia stringe meno ma si fa scopare di più," le confessai, vergognandomi un po' per quell'eccesso di dettagli che, in effetti, avrei dovuto tenere per me.

"E il marito? Non mi hai detto che lavoro fa."

"Qualcosa nelle banche. Lavora a Lugano e torna solo il sabato e la domenica, e nemmeno sempre. Poi, va be', viene anche per le vacanze. È arrivato oggi."

"Di questi tempi, avrà poco da stare allegro con quel lavoro..."

"Ma che ne so!" sbottai, innervosito dall'interrogatorio ma soprattutto dalla mia mancanza di riservatezza. Erica mi aveva forse raccontato qualcosa della sua relazione con Fantoni?

"Me le fai vedere, mamma, figlia e nipote?"

"Domani. Domani al dibattito," le promisi frettolosamente mentre ci raggiungeva Fantoni seguito da Leo e Feli. Tutt'e due sporchi, sudati, da cambiare, e così allegri, così unici con le loro belle ossa e i bei denti, magrolini ma vigorosi, con sguardi e modi già seducenti... Mi intenerii. Erano i miei figli, mi appartenevano e gli appartenevo. Dimenticai in un attimo la vagina di Patrizia e mi venne una gran voglia di stringerli, di lisciarli, di averli addosso abbandonati, mentre dormivano.

A Cortina, tutti sono qualcuno di noto, di citato sui giornali o in televisione, nel bene o nel male. E quando non sono qualcuno in sé, sono comunque qualcosa di qualcuno. Il commercialista di, il parrucchiere di, l'ex moglie di. Andammo a passeggiare in corso Italia, strada pedonale che è un susseguirsi di negozi. Il solito luogo di struscio delle località di vacanza, pieno di gente sfaccendata che si cerca per riconoscersi e fare commenti malevoli, sperando di capitare quando passa qualcuno che sia qualcosa in sé, e che magari ti inviti per cena. Erica voleva comprare un regalo per i bambini, e tutti noi, Fantoni compreso, volevamo in fin dei conti comunicare la nostra presenza a gente utile in quanto più importante di noi.

Nel tardo pomeriggio, Arnaldo aveva la proiezione del suo cortometraggio sulle località turistiche fantasma, cioè su quei luoghi di campagna o di terme o di mezza montagna un tempo famosi e pieni di alberghi eleganti per principi e re, e ora disertati, caduti di moda, sempre vuoti o meta di un turismo ciabattone e di mezza tacca. Per la proiezione, erano venuti a Cortina anche l'autore, il regista e una segretaria cessa della Doc4Ever. Fantoni naturalmente sperava che la sala fosse piena, o almeno non vuota, e che accorressero volti noti, e che i giornalisti venuti a Cortina per la kermesse degli incontri sotto il tendone trovassero lo spazio, sui loro giornali, per citare il suo documentario. Si augurava che i fotografi venissero a cercare volti noti anche alla sua proiezione.

Era l'ora di ritorno dalle passeggiate in montagna. Quella in cui è facile incontrare lungo il corso villeggianti addobbati da gita sui monti, con lo zaino, i pantaloni alla zuava, gli scarponcini, l'alpenstock tecnologico, il labrador o il terrier infangato. Sportivi per modo di dire, che, prima di passare da casa o dall'albergo per darsi una ripulita, fanno una puntata tra bar, pasticcerie e negozi per vedere chi c'è e sentire, per cena, chi va da chi.

Ogni due passi incontravamo un conoscente, o eravamo costretti a familiarizzare col padrone di qualche cane importunato dall'entusiasmo di Leo e Feli. Erica, quanto a conoscenze, se la giocava meglio che a Roma, dove bisognava sempre presentarle tutti.

Fantoni la teneva per mano, le stava sempre appiccicato, non diceva una sola frase senza citarla. Giocava a fare l'innamorato, e magari lo era anche – questo non posso negarlo – ma senza dubbio l'esibizione dell'amore gli piaceva almeno quanto l'amore. Quelli che incontravamo sapevano quasi tutti della loro storia e si complimentavano coi soliti convenevoli: "come state bene insieme", "sembrate fatti l'uno per l'altra", "che carini". E li invitavano a cene, passeggiate, picnic e soprattutto a futuri party in città. Invitando di conseguenza anche me, visto che li accompagnavo. Il successo mondano di un fatto così privato come dovrebbe essere l'amore è inconfutabile. I due innamorati lo pubblicizzano al massimo, spesso per gioia ma altrettanto spesso per paura che, se non lo irrobustiscono in società, scompaia senza lasciare traccia. E la loro storia, così reclamizzata, suscita curiosità, invidia, identificazione.

Guardavo Erica e Fantoni e pensavo a me: forse, tra i mille motivi per cui ci si fa un amante, c'è anche quello di rendersi interessanti. Forse era così anche per Silvia: finalmente aveva qualcosa da raccontare al suo personal trainer, alla sua baby sitter, alla sua dermatologa. A quelle due o tre amiche che, probabilmente, stavano già tradendo la sua fiducia e, a colpi di "te lo dico se non lo dici a nessuno", raccontavano a chiunque gli capitasse a tiro la sua storia con me. Del resto, uno che da vent'anni sta con la stessa persona non è assolutamente interessante. Con un uomo fedele alla moglie si può parlare soltanto di lavoro, di affari, di politica; non ha racconti sfiziosi, e ti intristisci al pensiero della sua noiosa vita privata, fatta di sesso letargico e risaputo e di preoccupazioni per i risultati scolastici dei figli. Se invece, all'improvviso, quello stesso individuo grigio e noioso si fa prendere da una storia segreta che racconta solo a pochi confidenti, vorresti far parte di quelli che ascolteranno il racconto della conquista, della clandestinità, dei tormenti: la moglie che scopre gli sms, le bugie pericolanti, le opposte pressioni di moglie e amante. Quell'uomo torna in vita. Letteralmente. Non è solo una questione di sesso e sentimenti riaccesi, è anche una rinascita sociale.

Passava sul corso, tra i tanti, anche Francesco Lazzari, che non conoscevo, in compagnia della moglie, un'architetta di giardini che avevo incontrato più volte a inaugurazioni di vivai, feste nei giardini, fiere botaniche. Quelle tipiche situazioni in cui nessun marito si presta ad accompagnare la moglie, e allora arrivano quelli come me, che possono giocarsela molto bene tra tutte le signore eccitate per le combinazioni di fiori e arbusti, e assatanate di bulbi e sementi di erbe officinali.

Giorgia, la moglie, mi salutò calorosamente mentre lui salutava con altrettanto calore Arnaldo ed Erica. Eravamo davanti al bar dell'hotel Posta, e Fantoni propose di sedersi lì e fare quattro chiacchiere. Iniziò il gioco dei convenevoli.

Lazzari era il direttore del gruppo editoriale da cui dipendeva il giornale di Erica, e questo lo sapevo. Ma appresi anche che Fantoni era suo amico da decenni e che Lazzari gli aveva fatto pubblicare un paio di cofanetti – lezioni di cucina in DVD – prodotti dalla Doc4Ever. Giorgia, intanto, mi aveva presentato con una certa enfasi al marito ("Gerardo Lamperti, un mio amico carissimo! Un tesoro! Guarda che bei bambini!"), e lui aveva dimostrato di conoscermi ("Ho sentito parlare di te, certo. E, non ci crederai, ma ricordo persino le battaglie di tuo padre. Lavoravo già nell'editoria, quando sull'*Espresso* pubblicarono la sua foto. Mi dispiace per come è andata.") Ero lusingato dal suo ricordo e lo invitai a venire al dibattito, l'indomani. Ma lui si scusò, perché stava partendo non si sa per dove: non poteva nemmeno assistere alla proiezione del documentario di Fantoni, due ore dopo.

Mentre i bambini si stufavano e avevano la tipica espressione di quando meditano di fare disastri, tutti parlavamo contemporaneamente – ciarlieri, falsi, interessati. Cercavo uno spiraglio in cui infilarmi per proporre a Lazzari un libro-inchiesta sulla paternità negata, oppure, se preferiva, un libro testimonianza sulla mia storia. Un'idea che avevo da anni, ma, odiando scrivere – preferisco parlare – l'avevo sempre tenuta lì, senza farne niente. Ora invece, al bar dell'hotel Posta, davanti a un bicchiere di prosecco e a una ciotola di patatine frantumate, quella vecchia idea mi sembrava improvvisamente decisiva, urgente, la svolta addirittura – tanto che avevo quasi voglia di tornare in albergo e iniziare subito a scrivere, sulla carta da lettera intestata del Miramonti.

Ma non trovavo uno spazio in cui prendere da parte Lazzari e infilare la mia proposta. Stava parlando solo lui, e da un bel po': si era complimentato con Erica e Arnaldo ("Ho saputo del vostro incontro! E anche del vostro viaggio in America: come vi invidio, tutti vorremmo fare una fuga d'amore in America!"). Poi si era buttato sulla spiegazione di Cortina, per noi che eravamo di passaggio: è un paesone soffocante e pettegolo, loro ci venivano solo perché avevano una casa e piaceva ai figli, però era anche bello per vari motivi, e si stupiva che non avessimo ancora fatto una passeggiata sui monti. Un'elencazione di pro e contro che ti portavano al punto di partenza, senza farti capire se fossimo in un posto che valeva la pena o se stessimo perdendo il nostro tempo. Infine l'aveva buttata sul socio-economico: dalle confidenze raccolte in quei giorni, durante le lunghe camminate, aveva dedotto che gran parte dei frequentatori di Cortina era quasi sul lastrico. Investimenti sbagliati, crollo delle Borse, affitti inesigibili, doppie o triple famiglie costosissime, prospettive funeree. Non bastava: c'erano anche vergogna e incapacità di mostrare la disfatta, e incredulità rabbiosa verso chi invece faceva finta di niente, come se il suo reddito fosse rimasto invariato.

Giorgia raccontò che il presidente del Paraguay, un vescovo con quattro figli avuti da due mogli entrambe incazzate con lui, faceva scrivere sui muri di Asunción, la capitale: "Vuoi combattere la povertà? Uccidi un mendicante". Gliel'aveva detto un botanico che viveva laggiù. Benché non ci fosse niente da ridere, facemmo tutti una faccetta ilare, di cortesia e conclamata superiorità democratica.

A quel punto, sempre mentre cercavo uno spiraglio in cui inserire la mia proposta, quella scema di Erica si mise a raccontare una storia prolissa, interminabile, sulla decadenza occidentale spiegata dal regista Zhang Yimou, quello che aveva coreografato la grandiosa cerimonia d'apertura delle olimpiadi di Pechino nello stadio Nido d'Uccello, un paio di giorni prima. Yimou sosteneva che la nostra spina nel fianco fossero i diritti umani, le norme sindacali, i rigidi orari di lavoro, la settimana lavorativa troppo corta, le pause caffè: corrompevano la forza lavoro, e non permettevano di raggiungere gli elevati standard organizzativi e produttivi di cui erano capaci i cinesi.

Finita la tirata di Erica, sembrava che potessi finalmente approfittarne per parlare con Lazzari, ma Fantoni gli chiese se avesse notizie di Maria Sole Zocchi, una ragazza che conoscevo anch'io, una specie di scaltra jeune fille che voleva fare l'attrice, e per farlo s'era fatta raccomandare dal padre, un potente massone intrufolato in aziende parastatali. Maria Sole l'avevo incontrata da poco, in giugno, davanti a una vetrina di via Condotti, e le avevo chiesto se non fosse troppo dimagrita, "Sono stati gli uomini," mi aveva risposto, "questa primavera ne sono entrati e usciti un sacco, portandosi via tutto il grasso inutile." A me sembrava magra anche prima, ma ora era scheletrica. Zocchi padre e Lazzari erano amici ed erano stati in collegio insieme, dai Gesuiti, come capii mentre parlavano della ragazza. Raccontarono una cosa che non sapevo: si diceva che Maria Sole avesse avuto una storia con Berlusconi. Lei aveva perso la testa per lui, mentre lui non voleva legami asfissianti e dopo un po' l'aveva lasciata. A quel punto, Maria Sole, quasi impazzita per l'infelicità, si era gettata nelle braccia di quanti più uomini possibile, non per piacere ma per autolesionismo. Erica disse: "Che orrore, ma come è possibile? Non è una ragazzotta derelitta di qualche provincia sperduta, è una che ha tutto. Non ci credo!"

Allora Lazzari ci spiegò come, vera o falsa che fosse la storia, Erica non capisse niente. "Berlusconi è come Mussolini: qualcuno si è mai chiesto come mai la Petacci abbia perso la testa per Mussolini? No, perché è ovvio. Tu, Erica, non capisci che Berlusconi è un uomo che affascina già solo per le cose che sa e che dice. 'E il mio amico Putin... e mi ha chiamato Bush... e domani vedo Zapatero...' Con lui, che oltre a essere un chiacchierone è anche imprudente, impari cose che nessuno ti potrebbe insegnare. Poi ti porta sull'aereo privato, e ti fa regali stratosferici – perché, a differenza di tutti i ricchi, non è tirchio. E siccome è megalomane, e vuole piacere a tutti i costi, è anche squisitamente gentile, e per di più si sente in obbligo di darti una mano nel lavoro. Insomma, andare a letto con Berlusconi è un'esperienza unica!" esclamò con una certa esaltazione. "Se una lo rifiuta, ammesso che esista qualcuna che lo rifiuti, è una stupida. Se fossi una ragazza, farei di tutto per andare a letto con lui, e anzi ti dico che sarei persino curiosa di sapere sessualmente com'è. Del resto, non saremo certo noi che abbiamo scopato con tutti a dare valore sacrale a qualche scopatina," concluse mentre la moglie lo guardava conciliante.

Nel frattempo, Feliciano, che da qualche ora aveva individuato Fantoni come sua vittima preferita, lo attaccava al fianco destro, in posa da pugile, strillando: "Fatti sotto!" Era ora di andarsene.

Proprio mentre ci stavamo salutando, riuscii a scambiare due parole con Lazzari: "Che ne dici se ti vengo a trovare a Milano?" Lui rimase imperturbabile, senza muovere un muscolo, in evidente attesa di sapere il motivo per cui volevo andare a trovarlo. "Mi piacerebbe fare un libro in parte autobiografico ma con altre storie come la mia, che racconti le vicende dei figli strappati a uno dei due genitori. E che tratti anche il tema dei padri non sufficientemente protetti dalla..."

"Ottima idea!" mi interruppe. "Ma non è con me che devi parlare: io non mi occupo delle scelte editoriali. Per la tua proposta devi rivolgerti direttamente agli editor delle case editrici del gruppo. Scegli quella che ti sembra più adatta, poi quando hai le idee chiare e ti sei fatto un piano del libro, di come lo vuoi impostare, lo dici a Erica e Arnaldo e io ti procuro un appuntamento," disse, e mi liquidò con un abbraccio, come se fossimo vecchi amici. Cazzo, pensai, benché me l'abbia detto con un sorriso che sprizza fascino e benevolenza, l'insieme sembra parecchio complicato. Ma ho davvero così tanta voglia di mettermi a scrivere? Di mercato ce ne sarebbe, per carità, però è uno sbattimento micidiale. I documentari, almeno, sono un lavoro collettivo, ma un libro ti devi metter lì, da solo, e scriverlo.

"Non potevi chiedermi se fosse o no il caso di parlare con Lazzari della tua idea, così, sui due piedi, al bar?" mi rimproverò poi Erica.

"Se aspettassi te, non dovrei mai fare niente: per te è sempre un momento inopportuno. E comunque ha detto che mi procura un appuntamento."

"Sai che roba. Il mondo è pieno di gente che ha avuto appuntamenti che non portano da nessuna parte," infierì Erica. "E poi non ti ci vedo chiuso a casa a scrivere un libro."

Stronza, certamente. Ma diceva cose che già sospettavo da solo.

Alle sette in punto, la saletta di proiezione dell'albergo era semipiena. Il fotografo, ancora sulla porta, aveva ripreso l'arrivo di qualche personaggio di media notorietà, e aveva immortalato in varie pose e combinazioni Fantoni ed Erica, me e i bambini, il regista e l'autore; poi aveva aggiunto qualche nota di colore – nella fattispecie, quattro o cinque carampane della buona società romana o milanese, addobbate a festa col costume delle montanare locali. Il tutto condito con le foto di alcuni ignoti, di cui però i dettagli di tacchi, o borsette, o rossetto e trucco eccessivo, o abbigliamento strampalato servivano a rendere allettante il servizio fotografico.

La proiezione stava per iniziare. Feliciano e Leopoldo si erano appena messi tranquilli, seduti tra me ed Erica, quando mi arrivò un messaggio di Patrizia: "Ricordi ieri? Ti sto aspettando nello stesso posto." Il giorno prima, Patrizia mi aveva fatto uno strepitoso pompino, in ginocchio in uno sgabuzzino dell'albergo, mentre io, completamente arreso ai suoi poteri, non osavo nemmeno accarezzarle i capelli, l'unico posto dove in quei casi si riesca a far arrivare le mani. Un pompino così sublime e magistrale che avevo pensato: questo non lo dimenticherò mai, diventerà una pietra di paragone, il famoso pompino dell'estate 2008 nello sgabuzzino della biancheria del Miramonti.

Sussurrai ai bambini di stare buoni, uscii quatto quatto dalla saletta, scesi di corsa un piano di scale, percorsi furtivamente un tratto di corridoio deserto, misi la mano sulla maniglia, aprii la porta e me la ritrovai lì, svelata dalla lama di luce che entrava dal corridoio, già nuda, eccitata, con un suo desiderio da soddisfare.

Tornai verso la fine della proiezione, e rimasi in piedi in fondo alla saletta. Non riuscivo a vedere la testa dei bambini, ma tutto sembrava tranquillo. Una voce fuori campo parlava di San Pellegrino Terme, località rinchiusa tra le montagne di una valle bergamasca. Su uno slargo, anzi una spianata, davanti a un fiume, c'era un ormai inservibile grand hotel di sette piani, in stile liberty. L'elefantiaco albergo, svuotato di tutti gli arredi venduti all'asta, era un monumento alla tramontata moda delle località termali e di mezza montagna. Scorrevano immagini in bianco e nero di un passato fastoso, tutto balli e moine di benpensanti a spasso per i saloni, alternate a immagini a colori di un presente devitalizzato e cadente; e tutte quelle immagini, anziché avvilirmi o divertirmi, non mi facevano né caldo né freddo: riuscivo solo a pensare a Patrizia, a Patrizia, a Patrizia... e infatti ero di nuovo eccitato.

Come risultò dai titoli di coda, mi ero perso la parte su Fiuggi, su Ospedaletti, su Gardone Riviera e forse su un altro posto che non ricordo. Tutti applaudirono il regista e l'autore – per pura cortesia, immaginai, visto che non capivo come ci si potesse appassionare a un tema simile. Erica guardava orgogliosa Fantoni, che la guardava come se gli applausi fossero rivolti a lei anziché al documentario.

"Bellissimo! Bravi! Che idea!" ripeteva Erica, con insistenza fastidiosa, tenendo per mano i bambini.

"Perché ti sei alzato?" mi chiese subito.

"Dovevo andare in bagno."

"E non potevi andarci prima?"

"Evidentemente no."

"Ti sei perso solo l'inizio?"

"Be', sì. Poco o niente," mentii, "e comunque la parte che ho preferito è quella su San Pellegrino," aggiunsi, fingendo di avere un'opinione indiscutibile.

"Perché, Ospedaletti con l'Imperatrice di tutte le Russie non ti è piaciuto?"

"Certo, anche Ospedaletti, ma il caso di San Pellegrino è emblematico."

"Bravo, bravo Arnaldo!" ripeté Erica, eccitata, mentre lui stringeva mani e riceveva complimenti a qualche metro da noi. "È così ben fatto che non ti accorgi nemmeno che sono passati cinquanta minuti. E come è montato bene… Molto interessante!"

"Guarda che un documentario sulla paternità negata e su tutti i casi di figli sottratti al padre, visto nelle ripercussioni che questa sottrazione ha sulla loro crescita, sarebbe molto ma molto più interessante," mugugnai per farmi sentire solo da lei.

"Certo, sarebbe interessantissimo!" fece Erica col medesimo tono entusiasta applicato a quella cazzata di storia di grand hotel in disuso. "Ma è un tema che conosco già, e da anni," sospirò.

"Tu lo conoscerai, ma gli altri no."

"Domani sera, se al tuo dibattito viene molta gente, poi vai da Arnaldo e gli riproponi tutta la storia. Magari trovate un accordo, ma devi essere tu a insistere. Lui sostiene che nel campo dei documentari tutto è interessante, persino i canti ruzzarelli di amor villereccio. Quindi vedrai che prima o poi te lo fa fare..."

"I canti cosa?"

"Ah, me l'ha detto lui... io non ne avevo mai sentito parlare. Sono i canti dei pastori che attraversavano l'Appennino con le pecore. Arnaldo dice che tutto è interessante, dipende da come lo imposti... Poi dice anche che, certo, ci sono temi più popolari, tipo sesso, soldi e sport."

"Nel documentario che vorrei fare, sesso e soldi ci sono eccome. Sono i motivi per cui i genitori litigano, si lasciano e mettono di mezzo i figli."

"Giusto," ammise lei. L'avevo convinta. Potevo finalmente tornare a occuparmi di Patrizia, almeno nei pensieri.

"Non ritiene che trattare temi così inconsistenti sia un modo di occuparsi dell'evasione della gente, anziché documentare i problemi reali e concreti?" chiese, rivolta ad Arnaldo, una voce femminile ostile sin nell'intonazione gracchiante. Nella saletta erano rimaste non più di venti persone, noi compresi. Ci voltammo tutti, anche i bambini, verso la donna che aveva parlato. Io non la conoscevo, ma Erica mi disse che era una giornalista di un mensile di cinema. "Dopo il cinema borghese anche il documentario borghese?" insistette la donna. Tutti guardavamo alternativamente Arnaldo e la giornalista, una di quelle rare donne che si lasciano ingrigire i capelli senza tingerli, e perciò finisce che, al di là di tutto, hanno un'immagine indimenticabile.

"Quando facevo il liceo andava molto la dittatura del proletariato," rispose Arnaldo, con calma, scandendo bene le parole. "Ne parlavano moltissimo soprattutto le ragazze più belle della scuola, e allora facevo finta di niente. Anzi, assentivo. Però, dentro di me, mi chiedevo: già la parola 'dittatura' suona male, se proprio dobbiamo farla questa dittatura, perché non può essere della borghesia, che è una classe così tranquilla che mi piace tanto?" Restò in silenzio un secondo. "Questa è la mia risposta. Spero di essere stato chiaro." Tutti, tranne la giornalista, ridacchiarono, non so se per effettivo divertimento – non credo – o per cortesia.

Dopo la proiezione, una signora milanese, proprietaria di una galleria d'arte, aveva organizzato una cena in onore di Fantoni, del regista e dell'autore. La sua villona, nell'ansa di un tornante appena sopra Cortina, era così illuminata che da sola rischiarava una porzione di monte. C'erano una cinquantina di invitati, una dozzina di domestici filippini importati dalla città, varie composizioni di pigne e aghi e spighe d'orzo, e una gran quantità di divani e poltrone. Un tavolone rettangolare era stipato di teglie ricolme di cibo. Patrizia, non so perché, aveva preferito non venire. "Resto con Silvia e Violetta e mio genero," mi aveva detto. Forse per non insospettire la figlia, pensai. Fantoni ed Erica erano raggianti, sempre appiccicati, e per parlare con uno dei due dovevi per forza avere sotto il naso anche l'altro, come fossero un'entità indissolubile e non due persone che fino a quel momento avevano avuto caratteristiche distinte e ben definite. La risposta di Fantoni alla giornalista, che a me era sembrata una gran cazzata, si dimostrò invece ben assestata. Quando mi trovavo accanto a loro, sentivo che invariabilmente l'interlocutore di Fantoni si complimentava per la sua battuta sull'appeal della borghesia. Lì per lì non me n'ero reso conto, ma la sua era stata una fenomenale leccata di culo all'ambiente elitario di Cortina e alle sue velleità culturali. Da generazioni, l'informazione, il cinema, i libri, erano prerogativa della sinistra, cioè di quelli che una volta si chiamavano comunisti, mentre i borghesi non di sinistra erano troppo impegnati nella produzione e nell'acquisto di beni materiali per acculturarsi. Con la sua battuta, l'astuto Fantoni, li aveva nobilitati: era come se avesse dichiarato che tutto il suo lavoro di produzione di documentari, roba che almeno nelle intenzioni mirava a istruire la gente, l'aveva pensato per quella *classe così tranquilla che mi piace tanto*.

Quella sera, la gara – o meglio: la guerra – degli ospiti l'aveva vinta Fernanda Sacchetti, la nostra padrona di casa. I suoi cinquanta e passa invitati erano la miglior combinazione cultural-finanziario-politica che si potesse comporre rastrellando nomi noti tra le case e gli alberghi di Cortina. Quella per accogliere i migliori invitati è una guerra che nelle località di vacanza si combatte senza esclusione di colpi, a botte di vaffanculo non pronunciati, sorrisetti perfidi e sogghigni interiorizzati. Chi ha casa a Cortina – o Capalbio o Forte dei Marmi o Porto Cervo, ecc. – non è un semplice proprietario di casa: di quello è capace qualsiasi ricco. L'identità di chi ha casa a Cortina e compagnia bella è fatta soprattutto dalla gente che riesce a invitare: grand commis, direttori di giornali, ministri, funzionari di partito, amministratori delegati e direttori generali, intellettuali da prima pagina, uomini del marketing, aristocratici con belle giacche e buone maniere, nullafacenti più o meno eccentrici ma noti per frequentare le migliori case e casate del mondo. Avere ospiti di un certo livello è cosa di cui si va avanti a vantarsi all'infinito, e per anni si campa sulle persone cui si è dato da mangiare o da dormire. A patto che siano *certe* persone. Il che implica un'attività semialberghiera sempre efficiente, domestici pronti a ricevere con comodità e discrezione anche all'ultimo momento di giorni strafestivi; implica un proprietario che finge discrezione curiale e sostiene di voler proteggere i suoi ospiti, *percaritàdiddio*, ma poi se li vende biecamente alla prima occasione, alla prima chiacchiera in cui possa lanciare un "non so se verrò il prossimo weekend ma sicuramente tornerò il 15, quando avrò ospite XY". Magari un politico importante, che fa scena e soprattutto ti pianta sotto casa un manipolo di auto della scorta, in maniera che chiunque passa venga a sapere dell'eccellenza dei tuoi ospiti.

La proprietaria del villone aveva inzeppato di trofei di caccia le pareti – teste di cervi e stambecchi in versione impagliata o basic, ovvero teschi cornuti nudi e crudi. Roba macabra, cimiteriale, che infatti colpì i bambini. Cresciuti a forza di film d'animazione con animali umanizzati, non capivano quella forma d'arredamento e si chiedevano dove cazzo li avessi portati. Era forse un cimitero d'animali? Avevano ragione loro. Nella sua vita, la padrona di casa doveva aver ammazzato tutt'al più qualche formica col Raid, e dunque non si poteva nemmeno pensare che quelle teste di cervo o di capriolo o capra di montagna fossero suoi trofei di caccia. Doveva averle comprate un tanto al chilo, e allora, macabro per macabro, tanto valeva fare un mutuo e comprarsi uno squalo in formaldeide di Damien Hirst o una foca spiaggiata di Vanessa Beecroft o una mucca di una delle tante cow parade, un oggetto che perlomeno avesse il crisma della rielaborazione artistica e non quello di una vuota evocazione di attitudini maschili – l'uomo cacciatore! – ormai morte e sepolte.

Mentre Feliciano e Leopoldo erano intrattenuti e vezzeggiati da qualche carampana di gran nome, io ne approfittavo per spazzolare il buffet. Il cibo, a dire il vero, era salato, pesante, stracotto. Ma ero vittima di una delle mie fami nervose, e avevo deciso di sfogarla, per poi, puntualmente, vomitare il tutto in uno dei cessi del villone. Ne approfittai per rubacchiare qualcosa dalle tasche degli invitati. In situazioni simili nessuno sta attento al portafoglio, lasciato nella tasca della giacca, né ai duecento euro nella microborsettina abbandonata nell'incavo di un divano, tra i cuscini. Più tardi, sempre che qualcuno abbia la faccia tosta di denunciare l'ammanco, con ciò procurando grave imbarazzo al padrone di casa e inevitabilmente – checché se ne dica – iniziando a stargli sui coglioni per la grana che gli procura, sarà assolutamente impossibile risalire al ladro. È un buon modo per tirare avanti. In una serata simile – a costo di certi spaventi d'essere scoperto, che poi però dimentico subito – riesco a raggranellare anche un migliaio di euro, più facilmente che se dovessi sbattermi in giro per trovare lavoretti. Il culmine lo si raggiunge a Roma, durante certe feste di ragazze, ognuna con almeno cento euro nella borsetta (come da insegnamento dei bravi e solleciti genitori, per taxi ed emergenze). Sono un po' come una zanzara che pizzica una persona dopo l'altra, un goccio di sangue qui e uno là, senza far veramente male a nessuno. A volte nemmeno se ne accorgono, a volte invece sì, ma è un fastidio che non dura. Si grattano un poco, e poi passa tutto.

"Sai che questa sera ho trovato due lavoretti per i prossimi mesi?" informai trionfante Erica, davanti al buffet dove avevano appena servito i dolci. "Ho chiacchierato con la padrona di casa e con la sua amica Giada Rossi e mi hanno detto che domani vengono al mio dibattito. Io le ho ringraziate e ho fatto un po' il galante e così mi hanno chiesto se per caso non conoscessi qualche ragazza adatta a fargli da ufficio stampa, per un paio di loro cose milanesi che vogliono pubblicizzare anche a Roma. Così gli ho detto: 'Quella ragazza sono io', e le ho fatte ridere e, insomma, mi hanno ingaggiato."

"Ma ti pagano?"

"Che domande! Certo che mi pagano. Gli ho detto chiaramente che ho bisogno di lavorare."

"Quanto?"

"Quanto cosa?"

"Quanto ti pagano."

"Ma che cazzo ne so? Dobbiamo ancora parlarne."

"Già. E sarai capace?"

"Quanto sei odiosa!" Vero: Erica era odiosa, benché addolcita dalla cura Fantoni. Ed era altrettanto vero che era andata proprio come le avevo raccontato: non so se per merito di Arnaldo, che mi aveva introdotto con parole elogiative, o magari per i miei figli, che erano tanto piaciuti alla gallerista, oppure proprio perché ero la persona giusta. Mancava solo che riuscissi a rifilare qualche intervento di chirurgia plastica per conto di Alina e avrei potuto considerare trionfale la tre giorni di Cortina. Per premiarmi, assaggiai almeno quattro torte pannose e cremose e cioccolatose, tutte piuttosto stucchevoli. Mi tirava lo stomaco da tanto l'avevo riempito, e sentivo i pantaloni stringermi fin sulle palle.

"Dopodomani torni a Roma?" chiese Erica.

"No. Accompagno i bambini a prendere l'aereo per Rio e vado subito a Capalbio. Bisogna che mi sposti il più possibile per non stare a Roma a ricevere conti," dissi, dimentico dei soldi spazzolati durante la serata, che bastavano per tappare le falle più urgenti. "E tu cosa fai adesso?" le chiesi. "Torni a Milano in pieno agosto? E tuo marito dov'è?"

"È partito ieri per l'Irlanda con la figlia piccola. La porta in giro per ippodromi e allevamenti."

"Quando ti decidi a dirgli che l'hai lasciato più di un mese fa? Sai che mi sento male per lui, per come lo stai trattando? Non ti ha detto niente?"

"Non ci sono novità. Ed è un tema che al momento non mi interessa," disse Erica, disinnescando bruscamente l'argomento.

Dopo il dolce, tornai al vassoio dei formaggi, prendendone ancora un po'. Era ora di andare a vomitare, se non volevo che mi restasse tutto sullo stomaco. Quando è il momento, conviene essere belli rimpinzati, così sazi che basta appoggiare un dito sulla lingua per riuscire a rigettare tutto il veleno che ci si è cacciati dentro nel corso della serata. Se invece lo stomaco non è straripante, bisogna spingere le dita fino in fondo alla gola, e si fa anche un gran rumore, come se ci si strozzasse nel tentativo di rivoltarsi le interiora: tanta fatica senza grandi risultati. Come già aveva intuito mio padre, bisogna stare attenti alla propria taglia: passare da una 48 a una 60, e da una faccia d'angelo a una da suino sarebbe disastroso. Se non sei ricco e con un ottimo lavoro, nessuno ti perdona d'essere grasso.

Fuori dal palatenda, mezz'ora prima dell'incontro, tenevo compagnia a uno dei due relatori, l'avvocatessa Lalla Lavorelli, fumatrice dalla voce roca e sexy – da telefonata erotica – interrotta da raggelanti scatarrate precancerogene. Eravamo amici da molto tempo, e avevamo anche scopato appassionatamente, tanti anni prima, poco dopo esserci conosciuti. Era insaziabile e doveva esserlo ancora, ma io non avevo più voglia di lei e lei non ne aveva di me, ragion per cui ci volevamo bene e basta, e a volte ci facevamo un sacco di risate confidandoci reciprocamente le nostre storielle. L'anno prima, in verità, mentre nel suo affollatissimo studio le raccontavo i dettagli di una mia storia di sesso e lei me ne confidava una sua, avevamo finito per eccitarci e fare un amore furioso – furioso nel senso che avevamo una fretta indiavolata, temendo che uno degli altri avvocati dello studio entrasse e ci beccasse a pecorina sul parquet. Tra l'altro ci scambiavamo cortesie anche dal punto di vista professionale: io le mandavo spesso padri che si rivolgevano a me, cioè alla segreteria telefonica della Hybris & Nemesis, perché non riuscivano a trovare un accordo con l'ex moglie sulle visite ai figli; e lei ogni tanto mi ingaggiava, pagandomi molto bene, per scovare informazioni su coniugi ed ex coniugi di suoi clienti.

Con Lalla passammo in rassegna i punti da affrontare nella discussione, cui partecipava anche un povero gardesano cui la moglie tedesca aveva sottratto i due figli, facendoli espatriare senza il suo permesso: erano passati quasi due anni e non era ancora riuscito a rivederli, pur avendo le prove che abitavano con la madre e i nonni in un paesino al confine con la Polonia.

In un'ora di dibattito dovevamo riuscire a parlare della macchinosità delle istanze di rimpatrio dei figli trafugati, del trattato dell'Aja del 1980, delle lungaggini del ministero della giustizia, delle sentenze dei tribunali italiani sempre disattese, e delle spaventose spese cui è sottoposto un genitore che voglia rivedere i propri figli: investigatori privati, avvocati italiani e avvocati del paese in cui i figli sono stati trasportati. Dovevamo anche accennare ai casi più comuni, quelli senza figli trafugati: casi di separazione in cui, comunque, al padre è addossata una serie di spese cui non può far fronte, e fatica a incontrare i figli perché le madri pongono sempre degli ostacoli. Le leggi non lo proteggono, e non guadagna abbastanza per mantenere due famiglie di cui una esosa; allora si deprime, si lascia andare, si fa schifo e bla bla bla, le solite cose che vado ripetendo da anni.

Leopoldo e Feliciano sarebbero rimasti con Violetta, suo padre e la baby sitter; ma sempre lì, nel piazzale, aspettavo Silvia e Patrizia, di cui non ero riuscito a tacere nemmeno con Lalla. Pensai: se io l'ho detto a Lalla e a Erica, che a sua volta l'ha detto ad Arnaldo, anche Silvia e Patrizia l'avranno probabilmente confessato a un paio di persone a testa, che a loro volta l'avranno raccontato a qualcun altro... nel giro di un mese, ne ero convinto, la nostra storia l'avrebbero conosciuta in molti. Ma non riuscivo a sentirmi veramente preoccupato. Non avevo nessun matrimonio e nessun onore da salvare, io.

A un certo punto, Lalla e io notammo una ragazza che girava in tondo nel piazzale, abbarbicata al suo telefono. Gridacchiava con un tono astioso e querulo, protestatario. Ce l'aveva col padre: "No, papà, io non ti chiamo. Cazzo! Te l'ho detto che se vuoi mi chiami tu! Non spendo soldi per dirti come sto!" La guardai meglio. Aveva una trentina d'anni. Una brunacciona non brutta ma neppure interessante. Appeso a una spalla, la stessa con cui stringeva contro l'orecchio il telefono, aveva un borsone con marchio eclatante – Vuitton o Prada, non ricordo quale. Si contraeva furiosamente a ogni scarica di parole. La voce era rauca e sgraziata, ricordava quella delle eroinomani. In mano teneva una sigaretta quasi al mozzicone. "Lo sai cosa ti dico papà? Che mi hai rotto i coglioni con le tue ansie. Andate affanculo tu e la mamma se non sapete controllarvi. Affanculo!" esclamò schiacciando la sigaretta sull'asfalto. Ne riaccese subito un'altra. Non mollava. "Cosa credi, che i soldi crescono sulle piante? Certo che me li devi mandare! Subito, cazzo!"

Alcuni passanti si fermavano a guardare la ragazza con ostentata disapprovazione, se non altro per la cafonaggine di quella voce troppo alta. Altri invece, incuriositi dal tono, alla prima parolaccia se la filavano, come quando non vuoi venire coinvolto in una rissa di ubriachi. Stavo male. Non riuscivo ad andarmene. Volevo ascoltare ogni parola sputata da quella ragazza. Come è possibile, mi chiedevo, cosa dev'essere successo perché una bambina coi codini serrati da un fiocchetto, una bambina col vestitino a nido d'ape, l'orgoglio della sua mamma e del suo papà, si sia trasformata in una simile persecutrice? Quando è accaduto che la bambina che si stringeva fra le gambe dei genitori, e più tardi l'adolescente innamorata di qualcuno che non se n'era accorto, e poi la studentessa con l'ansia degli esami, è diventata il carnefice di chi ha fatto tanti sacrifici per crescerla e preservarla? A che punto della sua vita l'odio si è impossessato di lei, un odio così profondo e irrispettoso e spietato? Soffrivo per quei genitori, mi sentivo quasi soffocare. No, non pensavo ai miei figli, all'eventualità che una volta cresciuti diventassero anche loro preda di chissà quali rancori. Ero io il figlio, in quel momento; ed era il mio, il padre offeso. Per un secondo, un solo secondo, pensai anche a mia madre, a quella vecchia infelice e inconsapevole che ora si trascinava tra una mania e l'altra, chissà dove, a New York o in un sobborgo americano, anonima tra gli anonimi, squattrinata tra gli squattrinati, matta tra i matti. Mi venne voglia di chiamarla. Solo per un secondo, però. Ormai avevo imparato che lei non c'era. E cercare di riprenderla avrebbe significato solo perdere ulteriormente me stesso.

Il dibattito fu un successo. Il tendone era pieno, c'era addirittura gente in piedi. Tutti mi fotografavano: non solo i professionisti che erano lì per documentare la manifestazione, anche gli spettatori, coi telefonini. Vidi persino facce commosse, vecchie signore più o meno liftate combattere con lo sgretolamento del trucco minacciato dall'affacciarsi di qualche lacrima. Guardai a lungo, mentre parlavamo, tra il pubblico. Cercavo la ragazza cattiva, ma non riuscii a individuarla. Probabilmente non era entrata ed era andata altrove, a inveire contro qualcun altro. Avevo in serbo delle frasi destinate a lei, al suo animo rabbioso e ingiusto: mi dispiaceva molto che non capisse nulla della propria vita.

La ragazza cattiva non c'era, ma in compenso in prima fila erano schierate le mie due mamme, Silvia e Patrizia, accanto a Erica, Arnaldo e tanti altri amici. Una giornata memorabile. Solo, mi dispiaceva che non ci fossero i miei figli, e non potessero vedermi mentre arringavo tante persone, e soprattutto mentre venivo applaudito a lungo dal pubblico commosso. Mi ritrovai persino a fare qualche autografo, alcuni addirittura sulla copertina di un manuale di divulgazione legale di Lalla, in vendita all'ingresso. Avrei mai avuto un'altra occasione per mostrarmi ai miei figli mentre riscuotevo un simile successo? Ma avevamo tutti convenuto che il tema fosse troppo angosciante per dei ragazzini, soprattutto se figli di genitori separati che abitavano in continenti diversi.

Silvia gongolava. Mi aveva spiegato che la eccitava tradire il marito anche così, come se fosse una forma di vendetta per la sua indifferenza: rifilandogli i miei figli, che tra l'altro sarebbero rimasti a dormire da loro, era come se lo ingannasse due volte. Lo costringeva a fare il baby sitter dei bambini dell'amante.

Mi lusingava essere la causa di tanta perfidia.

Dopo il dibattito, ci trasportarono tutti in una nuova villona, stavolta di un allevatore di galline ovaiole della provincia di Treviso, che aveva imbandito un banchetto per le personalità della giornata. L'organizzatore della kermesse, che proseguiva fino alla fine del mese a colpi di dibattiti più o meno infuocati, mi aveva spiegato che, a turno, tutte le migliori case di Cortina si aprivano per i relatori e i loro amici. I proprietari facevano a gara per ospitare noi che venivamo a portare un po' di chiacchiere e ricreazione a quelle persone annoiate di vedersi sempre tra loro, anno dopo anno. Immaginai che ci avessero destinato un proprietario di casa di seconda categoria, una serie B o addirittura C nel campionato della rilevanza sociale ampezzana, visto che io, i miei relatori e i nostri amici eravamo tra i volti meno noti e potenti dell'intera kermesse. L'allevatore di galline ovaiole – "su scala industriale" tenne a precisare – era un allegrone amichevole e voglioso di chiacchiere, che appena arrivato mi attaccò subito un bottone, mentre miravo solo al buffet dove intravedevo le solite teglie di cibi indigesti: lasagne, cannelloni, timballi, cose che attirano ma poi ingorgano, tuttavia più facili da vomitare di quanto non sia il sushi.

Metà degli ospiti parlava con uno spiccato accento veneto, proprio come il padrone di casa mentre mi raccontava come fosse riuscito a rimettere in sesto l'azienda dopo la tragedia dell'aviaria di due anni prima, con il forzato e ingiusto sterminio delle sue galline invece sanissime. Forse mi aveva scambiato per il solito romano che si spaccia per amico di politici e dunque introdotto nei ministeri: uno capace di occuparsi non solo di figli trafugati ma anche di vessazioni normative, di strade inadeguate ai trasporti industriali, di studi di settore e ingiustizie tributarie che non tenevano conto della crisi. Mentre mi subissava di suoi problemi imprenditoriali, gli fui sottratto dalla moglie, che, ghermendomi il braccio con unghie laccate di viola, mi trascinò fino al buffet. Intanto, con la coda dell'occhio guardavo Erica e Arnaldo, sempre appiccicati l'uno all'altra, che intrattenevano le mie due mamme. Silvia, fingendo di seguire la conversazione, continuava a lisciare e arrotolare i lunghi capelli biondi, molto bella e molto interessata alla propria bellezza.

Lasciai momentaneamente il buffet e andai all'ingresso per pescare in un paio di portafogli. Non porto mai via tutto, perché creerebbe scandalo: prendo solo una parte dei contanti, così alle vittime viene il dubbio di averli spesi, o magari persi, e capita che nemmeno si accorgano di aver subito un furto. I soldi, poi, non li tengo in tasca, perché sarebbe rischioso: li nascondo nei paraggi. C'è sempre un tappeto sotto cui infilarli, o un libro, qualcosa da cui prelevarli prima di uscire. Certo, so di essere un mascalzone. In questa cosa dei portafogli sono senza freno: la mia forza di volontà smette di funzionare. Rubo anche quando lavoro e non ho bisogno di soldi: con gli anni, e con l'impunità, l'impulso si fa sempre più forte. Ma sono un ladro pigro, che fa solo cose facili: ragion per cui, benché sia un avventuriero e uno spostato, non posso nemmeno compiacermi di avere il fascino zingaresco dei grandi truffatori. Anche per i furti ci vogliono passione e motivazione vere. Per me sono solo un diversivo e un'abitudine: sono come un pensionato che mette la pastasciutta avanzata in un piatto di carta fuori dalla porta, per i gatti randagi. Ma non li adotta, i randagi, né si incaponisce a vaccinarli con un gruppo di volontari. Io non ho la capacità di applicarmi che hanno i ladri dei film e dei romanzi, quelli che preparano il colpo, lo organizzano con dei complici e sfidano la polizia. Io sono così pigro che anni fa non ho nemmeno avuto l'energia di seguire i miei figli in Brasile e ricominciare una vita là, con o senza Alina, in un paese ancora primitivo in cui sicuramente avrei avuto migliori possibilità di lavoro. Sono rimasto a Roma, invece, dove non posso nemmeno inventarmi una vita diversa e migliore della mia, perché tutti mi conoscono e quando mi vedono pensano: ah, quello, vabbè.

Nascosti i pochi soldi che ero riuscito a procurarmi nelle falde di un ombrello all'ingresso, pensavo di aver perlomeno dato un senso alla prosecuzione della serata, dopo il successo del dibattito. Mentre mi compativo, per via della mia indole e delle mie attitudini, e mentre le mie donne stavano un po' come pesci fuor d'acqua a chiacchierare tra loro, finii per mangiare molto più del consentito. Divorai persino lo stracotto e la polenta pasticciata. Stavo per andare in bagno a liberarmi di tutto, quando attaccarono la musica. Il padrone di casa alla tastiera di una pianola elettronica e un suo amico al microfono iniziarono a produrre una versione dilettantesca della musica delle feste di capodanno in albergo. Subito, un paio di signore, forse un po' sbronze, si misero a ballare con movenze sguaiate. Fantoni, che era vicino a me, disse seccamente: "No, adesso anche il trenino no," e pretese che la padrona di casa gli chiamasse un taxi, per tornare subito in albergo con Erica. Era disgustato da quella musica, e voleva scappar via come se gli avessero incendiato i capelli.

Li salutai. Perché io invece no, volevo restare lì, con le mie due donne; e soprattutto dovevo vomitare prima che tutto quel cibo dannoso iniziasse ad assimilarsi al mio corpo. Andai in bagno. Aprii la finestra. C'era un'aria ghiacciata che mi fece venire un'istantanea voglia dell'aria tiepida del mare. Una volta fatto tutto, scoprii che l'acqua gocciolava nella cassetta del water con lentezza esasperante e bisognava aspettare a lungo prima che si riempisse. Ma non avevo fretta. Finché sentii bussare. Mi irrigidii: per lasciare un pulito impeccabile dovevo tirare l'acqua una terza volta, ma la cassetta aveva appena iniziato a riempirsi. "Sìì," dissi flebilmente.

"Sono Silvia, mi apri?"

Chiusi l'asse del water e la feci entrare. Scopammo con una passione pazzesca, che mi fece dimenticare persino gli *orbs* e tutte le sue altre scemenze. Fuori doveva esserci Patrizia, che vigilava su di noi. Pensavo anche a lei, naturalmente. Eseguivo i suoi ordini: "Quando fai l'amore con mia figlia, immagina di essere un po' anche con me."

Plancton

Il quinto giorno, rividi sulla spiaggia lo stesso cane del giorno prima e di quello prima ancora. Procedeva ballonzolando verso nord, soffermandosi di tanto in tanto su certi odori interessanti che subito copriva con uno schizzo di pipì. Era proprio brutto: le gambe così corte che lo sterno quasi strisciava sulla sabbia, la coda arricciata, da maiale, il pelo scombussolato e grigiastro, il corpo lungo e tozzo. Pensai che si fosse perso. Era diffidente, non si lasciava avvicinare. Lo seguii per un centinaio di metri finché riuscii a placcarlo. Al collo aveva un pezzo di cinghia di tapparella fermato da una fibbia di fortuna. C'era una medaglietta. Lessi l'incisione, pronta a trovarvi il numero di telefono e avvisare il proprietario. Invece c'era scritto: "Lasciatemi in pace. Torno a casa da solo".

Il cane e il suo padrone dovevano essere gli unici due individui poco socievoli in tutti i venti chilometri di spiaggia. A Sabaudia, dove io e Arnaldo eravamo sfollati in attesa di tempi migliori, non c'era un solo momento per stare soli. Di casa in casa, di porzione di spiaggia in porzione di spiaggia, di pescheria in fruttivendolo in bar del cornetto, era tutto un incontrarsi, uno scambiarsi visite, un fare il bagno o una passeggiata insieme, un invitarsi reciprocamente per cena.

Eravamo ospiti nella casa di un ginecologo amico di Arnaldo, Sebastiano Zama, che però non c'era. Stava veleggiando romanticamente per isole greche in compagnia di un'ignota attrice inglese. In casa non eravamo soli. C'erano Irina e Xenia, gemelle russe di professione acrobate di circo, molto amiche del ginecologo nonché sue pazienti; e c'era Antonio, uno spiantato barone lucano sui sessant'anni, ormai "pulito" dopo decenni di dipendenza da roulette, poker e lotto, anche lui amico di Zama, che l'aveva arruolato come custode della casa e dei cani. C'erano, appunto, anche Citron e Cesar, due levrieri col muso da animale preistorico e il corpo in sovrappeso. Prima delle otto del mattino e dopo le sette di sera – gli orari consentiti ai cani dal regolamento comunale –, Antonio aveva il compito di estenuarli incitandoli a correre lungo la spiaggia, per fargli recuperare un po' di forma. Con lui, con le gemelle, con l'invadente e informatissima cameriera a ore, con gli abitanti delle case vicine, si chiacchierava tutto il santo giorno, e non c'era nemmeno il tempo per leggere approfonditamente i giornali – figuriamoci godersi la lettura di un romanzo.

Capalbio era inutilizzabile: Stella l'aveva eletta a domicilio, mentre nella casa di Roma aveva piazzato la sorella più giovane, un'infelice che cercava di disintossicarsi da svariate dipendenze, proprio nella sezione degli Alcolisti Anonimi di fronte a casa di Arnaldo.

Alle prese con una situazione nuova e imprevista come l'occupazione molesta e scientifica di entrambe le sue case, Arnaldo aveva pensato di reagire fregandosene, godendosi comunque l'estate con me, a costo di passarla altrove – cosa che comunque, come mi disse, gli metteva allegria e alla fine lo costringeva salutarmente a smuoversi dalle proprie abitudini e a cambiare aria.

Ero affascinata dalla sua capacità di scansare i problemi, vedendo solo bicchieri mezzi pieni. Ma lo detestavo per il suo menefreghismo, per il suo modo di amarmi, ostentato come definitivo e inesorabile, eppure sottoposto ai vincenti revanscismi di un'ex fidanzata. Benché gradevole, non era assurdo essere costretti dalle sorelle cospiratrici alla condizione di senzatetto di lusso, sempre con la valigia in mano, pronti a dormire in qualsiasi buen ritiro altrui meno che nel proprio? Ma era pieno agosto, e non s'è mai visto nessuno risolvere le proprie rogne mentre tutti sono in vacanza e odiano il pensiero di avere pensieri. Evitai con cura di manifestare le mie zaffate di malumore.

E poi, obiettivamente, cosa facevo meglio di Arnaldo? Almeno Stella sapeva che lui aveva un'altra e voleva riprendere possesso dei propri spazi per portarla a vivere con sé. Mio marito invece non sapeva ancora nulla, e poteva godersi la visione di centinaia di purosangue irlandesi senza la paura di tornare a casa e trovarla occupata da un altro uomo. Pretendevo da Arnaldo ciò che io per prima non mi sognavo di fare, cara Roberta e caro mittente. Eppure mi sembrava di patire un'ingiustizia: nella felicità del sentirmi amata, dell'avere un uomo affascinante che desiderava un figlio da me, del fare quella bella vita peregrinante di bel posto in bel posto, si insinuava una fastidiosa inquietudine rivendicativa. Era come se fossi tornata una bambina che sa orientarsi solo nel mondo finto che le hanno raccontato e non accetta le complicazioni della vita reale che sta cominciando a conoscere. Volevo che la magia di quell'amore perfetto e inaspettato mi risarcisse della mia non fiabesca esistenza precedente, catapultandomi lì dove tutto va in porto senza sofferenze né proprie né altrui. E come i bambini, mi guastavo il sapore dei regali che stavo ricevendo, con l'ansia egoista e carognesca di volere tutto per me, e subito.

Dopo Cortina ero tornata a Milano, giusto il tempo di fare un paio di lavatrici, infilare in valigia pinne e costumi da bagno, farmi vedere in redazione bersagliando di proposte il sostituto di Bianchi, e così mostrarmi presente e attiva. Passai anche un'intera giornata con mia madre e la trovai come al solito disinteressata alla mia vita – che quindi evitai accuratamente di raccontarle. Era come se temesse che in mezzo a informazioni positive o correnti potessi infilare qualche cattiva notizia. Con lei, per non crearle preoccupazioni, mi attenevo alla norma "niente nuove, buone nuove". Stava meglio e aveva ripreso il suo trantran di anonima frequentatrice di piccoli eventi estivi di paese o del circondario. Sembrava che si potesse renderla contenta limitandosi a farle una spesa completa al supermercato e passando qualche ora a pulirle a fondo la casa, in quei punti dove lei, per mancanza di vista e di agilità, non riusciva più ad arrivare. Melzo era rovente, il suo appartamento sobbolliva, eppure mia madre non voleva che la portassi al mare o in montagna. Stava bene lì dov'era, cioè dove non era, dal momento che da anni riusciva scientificamente a non fare amicizia con nessuno.

In treno, verso Roma e verso Arnaldo, leggevo un reportage da Vitebsk, città bielorussa patria di Chagall. Era un ex shtetl ebraico vicino al confine con la Lettonia; c'era un festival di musica slava, un palazzo del governatore in cui Napoleone aveva festeggiato i suoi quarantatré anni, una disastrata casa-museo di Chagall. Cercavo di concentrarmi e richiamare alla mente certe scene dei romanzi di Isaac Singer, che forse potevano darmi il sapore del passato di Vitebsk, ma ero continuamente distratta dalla voce troppo alta di un uomo fasciato da pantaloni aderenti e camicia attillata, venuto a telefonare proprio vicino a me, sul fondo della carrozza. "Sono a Catania," annunciava, e avevamo appena passato Bologna. "Sono in viaggio per Venezia," sosteneva con un nuovo interlocutore, mentre percorrevamo la Milano-Roma. "Mi spiace, sono appena arrivato a Torino," ed eravamo fermi nella stazione di Firenze. La cosa che mi sbalordiva non era tanto che mentisse, ma che lo facesse così sfacciatamente, con la voce che si spandeva per mezza carrozza e la faccia seria, compresa di sé, senza nemmeno farmi un sorriso o un cenno d'intesa per scusarsi delle gran balle che andava raccontando. Il reportage proseguiva parlando di quello che capitava ai rari maschi italiani arrivati fino a Vitebsk. Businessmen raccogliticci, turisti sparuti, operai specializzati che finivano invariabilmente tra le braccia delle "ragazze di Chernobyl", ossia di quelle ragazze che da piccole, dopo l'esplosione della vicina centrale nucleare ucraina, erano state inserite in programmi di affido temporaneo nelle famiglie italiane: mesi e mesi passati a Sant'Angelo Lodigiano, a Marsala, a Pordenone, a Isernia... Poi, tornate in Bielorussia, si erano trovate come pesci fuor d'acqua, italiane quanto meno elettive. "Sono le ragazze radioattive che parlano un po' di italiano e forse volano sui tetti," concludeva l'autore del reportage. Bravo, pensai, senza però godermi fino in fondo il piacere di quell'immagine di ragazzone bionde svolazzanti à la Chagall, perché m'era preso un senso di sfiducia e allarme verso la razza maschile, bugiarda e arrogante. Chissà sotto quali menzogne i nostri maschi seppellivano i sogni e i dolci ricordi italiani delle ragazze di Vitebsk. E poi: chi me lo diceva che Arnaldo fosse davvero il mio futuro, uno per cui valeva la pena di rivoluzionare un'esistenza equilibrata e tutt'altro che sgradevole, e non invece il solito strumentalizzatore di situazioni, che sperimenta estati d'amore per poi, appena inizia la stagione delle piogge, tornare alla vita di sempre? L'arrogante bugiardo del treno era forse mandato da mio padre, per ricordarmi di non abbassare mai la guardia? Mi crogiolai in quella preoccupazione per una manciata di minuti, cara Roberta e caro anonimo; poi arrivò una telefonata di Arnaldo, e l'unica preoccupazione che mi rimase fu che il treno non accumulasse ritardo.

La casa dove eravamo ospiti era in realtà un insieme di casette di legno, poggiate sulla sabbia di una duna e circondate da una vegetazione mediterranea piuttosto fitta ma bassa, rasata dal vento del mare. Ognuno stava nella propria camera-bungalow, mentre gli spazi comuni – la cucina e il portico – appartenevano al bungalow principale in cui abitavano i due levrieri e, quando c'era, Zama. Le gemelle, che dormivano nella casetta accanto alla nostra, avevano capelli tinti di corvino, con una modesta ricrescita bionda, e pelle lattea percorsa dal reticolo roseo delle vene; parlavano un italiano artificioso e senza inflessioni, imparato lavorando in un circo italiano. Ci raccontarono di essersi prese "un anno sabbatico" per provare a fare carriera in tivù. Il fatto che Arnaldo fosse un produttore – sebbene di documentari – le eccitò molto. Ma lui precisò immediatamente che, benché sapessero ballare e contorcersi a puntino, non poteva aiutarle. Pensai che prima della nostra partenza si sarebbero scaltrite, arrivando a chiedergli di produrre un documentario sul circo. Era proprio un mestiere passepartout quello di Arnaldo, mi dicevo compiaciuta della sua popolarità. Come agli scrittori tutti cercano di raccontare la propria vita "*perché è un romanzo*", e ingenuamente sperano che venga adottata e riproposta in modo letterale, magari consentendogli pure di partecipare agli eventuali introiti, così ad Arnaldo tutti tentavano di rifilare le proprie ossessioni, convinti che lui, coi suoi documentari, potesse renderle universali.

Naturalmente anche Antonio, il barone, aveva racconti e temi da caldeggiare in vista di futuri documentari: gli stava molto a cuore l'associazione internazionale tramite cui Zama aveva adottato Citron e Cesar: volontari che si occupavano di salvare la vita ai levrieri galgo, abbandonati da spietati cacciatori spagnoli di lepri, e ai greyhound, scartati da cinodromi inglesi e irlandesi. Solo la cameriera, che, lavorando anche in altre case, non vedeva l'ora di raccontarci le pecche umane e organizzative degli altri datori di lavoro, non aveva nulla da proporre ad Arnaldo.

Il secondo giorno scoprii che Zama aveva suggerito ad Arnaldo di invitare qualcuno per le due camerette singole rimaste vacanti. E lui, per farmi una sorpresa, aveva scelto due persone che pensava avessi voglia di vedere.

Erano in arrivo Gerry e Yvo, l'amico olandese.

All'arrivo mi ero dedicata a ripulire il nostro bungalow, nel cui lavandino avevo trovato macchie di dentifricio calcificato, e ruggine e calcare intorno ai rubinetti. Avevo passato il materasso con l'aspirapolvere, messo in lavatrice il copriletto, tolto capelli dallo scarico della doccia, il tutto con la minuzia nevrotica di quelle massaie che riescono a rovinare le vacanze alla famiglia applicando alla casa della villeggiatura le rigorose smanie di pulizia dell'appartamento in città. La stessa sindrome di quei manager che in vacanza vivono attaccati al palmare, proprio come durante l'anno in ufficio, e precipitano nello sconforto se la linea va e viene o addirittura non c'è e bisogna andare a cercarsela a cento metri dal patio della camera.

Ma poi mi sciolsi, e accettai tutta la felicità e la novità di quella vita in branco, piena di racconti e di aneddoti, e di divertimento per i commenti che ne facevamo io e Arnaldo durante le passeggiate sulla spiaggia.

Le gemelle, che arrivavano da una sperduta città mineraria del versante siberiano degli Urali, avevano una specie di religione del sole, di quando scotta e abbrustolisce la pelle e scalda le ossa e toglie tutto l'umido genetico di chi ha vissuto tra neve e miniere di carbone, di lignite, di nichel. Erano molto gentili, perfino servizievoli. Coi loro corpi guizzanti erano sempre pronte a preparare tè e caffè shakerati, a prendere lettini dalla cabina e aprirli e poi richiuderli di sera, a portare a passeggio i levrieri – che però, essendo totalmente imprintati al barone, non le volevano. Le interrogavo sulla vita del circo, sulle differenze tra circhi italiani e russi, sulle specialità da acrobata, sugli amori tra gabbie, caravan e tende.

Antonio invece parlava soprattutto di levrieri, continuando ad accarezzarsi la testa calva con gesti rapidi e nervosi, come a schiacciare un riporto che non c'era. Mi segnalò una quantità di siti che si occupavano del triste destino dei cani da corsa. Siti che lui, non uscendo mai di casa, passava il tempo a consultare. Aveva tutto un suo mondo di amicizie specializzate nel recupero dei galgo e dei greyhound, persone che comunque non avrebbe mai incontrato di persona. Sosteneva che la sua vita di *gate keeper* (il custode, in pratica, ma lui lo chiamava così) fosse la migliore del mondo. Si abita in belle case, tenute in perfetto ordine per essere pronte alle visite saltuarie del padrone, non si spende nulla, di tanto in tanto si ricevono, per periodi brevi, ospiti interessanti, amici del padrone di casa. Da lontano, lo sentivo spesso prorompere in borbottii ed esclamazioni. Ce l'aveva con la televisione, con una frase letta sul giornale, con la notizia appresa consultando un sito. Sbottava tra sé e sé, come quelli che stanno troppo a lungo da soli e l'unico modo che hanno di comunicare la propria indignazione è metterla in scena per se stessi.

Se torno a quei giorni, ricordo solo felicità. Mangiavo, facevo l'amore, chiacchieravo con tutti e mi piacevano le storie di ognuno, facevo progetti con Arnaldo, che nelle lunghe passeggiate sulla spiaggia continuava a raccontarmi episodi della sua vita, dettagli del suo lavoro, desideri che era lì lì per realizzare – naturalmente con me accanto.

Parlavamo anche di Stella; mi diceva che lei e la sorella erano due sventurate, in lite perenne con genitori che su di loro avevano avuto aspettative diverse, tradizionali, e che, a furia di incaponirsi per renderle diverse da quello che erano, avevano finito per allontanarle, in modo forse definitivo. Erano due ragazze che a un certo punto avevano perso il controllo della propria vita, e Arnaldo si sentiva responsabile perché forse, avendo fatto capire a Stella quanto desiderasse un figlio, le aveva fatto nascere un desiderio che lei invece non provava, e le aveva causato un'ulteriore frustrazione e un senso di fallimento esistenziale. Inoltre le andava male il lavoro, non si curava abbastanza e in quei pochi anni si era anche imbruttita. Era persino diventata fastidiosa: le era venuta la mania che tutte le sue disgrazie dipendessero da colpe altrui, dai genitori, dai mancati clienti, dai medici, da lui... una smisurata lista di colpevoli che la soffocava, impedendole di reagire. Arnaldo mi raccontava tutte queste cose in maniera pacata, e il suo modo di spiegarmi perché non dovevo prendere male la sua reazione pacifica alle bizze di Stella mi faceva innamorare con sempre maggiore convinzione. Dove avrei mai potuto trovare un altro uomo così saldo (certo, anche Giacomo era saldo), così protettivo (certo, anche Giacomo era protettivo), così affettuoso e presente, così vario e interessante nella conversazione, così aperto al mondo pur mantenendo spirito critico, e – non ultimo – così attraente, con quello sguardo che alternava occhiate taglienti ad altre immensamente affettuose e divertite?

Il mare era calmo, appena increspato, e, parallela alla chilometrica spiaggia, c'era una lunghissima striscia di secca. Quando scoprimmo che dalla secca si poteva guardare agevolmente dentro i giardini delle ville sulle dune, prendemmo l'abitudine di camminare lì, anziché sulla spiaggia. Oltre le siepi e gli incannucciati, si vedevano movimenti che sembravano danze solitarie: seni nudi che ondeggiavano, domestici di colore che guardavano il mare, bambini impegnati a spezzare rametti dalle tamerici... Vite spiate su cui si potevano costruire ghiotte illazioni.

Arrivò anche Gerry, reduce da tre giorni passati a Roma con la sua Patrizia, di nascosto da tutti e soprattutto da Silvia, rimasta in montagna in cattiva compagnia del marito. Non vedeva l'ora di raccontarmi i meandri e i contorcimenti della sua doppia relazione. Mentre era a Roma con Patrizia, infatti, i rapporti con Silvia si erano intensificati, con una pioggia di telefonate erotiche.

Gerry ha una specialità, e la si notava benissimo con quelle due madri ammattite d'amore: tende a insinuarsi nei luoghi oscuri e segreti delle persone – e chi non ne ha? –, perché lo percepiscono come un debole, un innocuo, ma anche un sensibile, e perciò abbassano la guardia e lo lasciano entrare. Poi, da quel luogo oscuro, non in negativo come ricatto ma in positivo come complicità, Gerry si inocula nella vita altrui e fa sì che quella persona sviluppi e incrementi il proprio versante eclissato.

Mi resi conto che adesso, paradossalmente, vedevo Gerry volentieri, dopo tutte le cautele che avevo avuto negli ultimi vent'anni – non farmi mettere in mezzo, non venire identificata come sua ex, non farmi apparentare. Adesso, che in società ero la fidanzata di Fantoni e non più una donna sola allo sbaraglio, potevo permettermi di ostentare simpatia per un dropout, e persino evidenziarne il lato buono. Pensavo addirittura che avesse ragione Gerry: rispetto agli esangui documentari sulle località di villeggiatura, era cento volte più interessante il racconto di un po' di ingiustizie famigliari, con tanto di caccia ai bambini trafugati e di padri ridotti a fare il barbone. Con delicatezza, ne parlai ad Arnaldo.

Mentre facevamo il bagno tutti assieme, senza esibizioni di nuotate ma limitandoci a galleggiare come tante boe una vicina all'altra, Gerry mi parlò di un suo nuovo progetto. Un'amica che stava a Goa gli aveva spedito un sms dicendo che laggiù aveva trovato erbe con principi attivi che si usano nell'industria cosmetica. Chissà, l'importazione di quelle erbe poteva anche rivelarsi un business. Conoscevo qualche dermatologo con cui metterlo in contatto?

In altri tempi mi avrebbe irritato l'evanescenza di quei sogni di successo adolescenziali, ma quel giorno mi limitai a sussurrargli di non farsi sentire da Arnaldo, per non rovinarsi l'immagine di uomo concentrato su cose serie, cioè sul suo famoso documentario.

"Posso tagliare una foglia?" lo sentii chiedere al barone, qualche ora più tardi, all'imbrunire. Mi voltai: Gerry stava indicando un'aggrovigliata pianta grassa, piena di spine, che straripava da un vaso di coccio appena fuori dalla cucina. Era esattamente la pianta dove i levrieri, uscendo di casa la mattina, depositavano il primo schizzo di pipì. Pensai che gli piacesse quella specie vegetale e avesse deciso di trapiantarla a Capalbio, accanto alla roulotte. Un'operazione semplice, dato che le piante grasse non hanno radici.

"Certo, fai pure," rispose il barone.

Quella sera saremmo andati a cena nella villa di un immobiliarista che abitava a cinque o sei case da lì. La moglie, una pittrice specializzata in ritratti di cani, si era appassionata al nostro scombinato drappello e ci aveva invitato in blocco, Citron e Cesar compresi. Andai in cucina per prendere delle bottiglie di vino che volevamo portare ai nostri ospiti. Era quasi buio. Accanto al lavello, posato sul piano di marmo, c'era un coltellaccio giapponese squarta-tonni. Gerry di spalle, davanti al lavello, si strofinava qualcosa sulla faccia. Mi avvicinai. Era il ramo puntuto della pianta grassa. "Sai che non credo sia aloe?" mi disse. E poi: "Dev'essere un parente stretto."

È rincretinito per questa cosa dei principi attivi, pensai. Mi fece tenerezza.

A cena dall'immobiliarista c'erano anche altri vicini, secondo i dettami di quel continuo scambio di inviti per cui ogni sera si mangiava in una casa diversa, fino a chiusura del ciclo, quando tutti fossero stati da tutti. Tra gli ospiti c'era anche una giornalista sui sessant'anni, che dopo un passato da estremista di sinistra era diventata ferocemente filogovernativa, cioè di centrodestra. Era molto nota in quanto ospite fissa in un programma giornalistico della RAI, in prima serata. La chiamavano per fare la parte di quella di destra, bilanciando così il conduttore, che era di sinistra. Aveva labbra che sembravano punte da un'ape, incorniciate da guance grinzose. Finimmo per parlare dei famigerati anni '70, di cui tutti, a seconda dell'età, avevamo una percezione differente. A quell'epoca Gerry era in America, e così pure Arnaldo: per loro quel decennio era stato musica e canne e sesso a volontà – a parte i drammi famigliari di Gerry. Per i padroni di casa, cattolici praticanti, era stato un periodo deprecabile e pericoloso, una china iniziata nel '68 e trasformatasi via via in un precipizio. Per me, che ero una studentessa liceale, erano stati anni di passioni ingannevoli, con ideali assurdi in cui mi ero brevemente sforzata di credere: anni funestati da cattivi maestri che approfittavano della dabbenaggine dei ragazzi. Scoprii che per la giornalista, nonostante le sue attuali posizioni, gli anni '70 erano stati una sorta di periodo catartico, necessario e positivo, con la forza degli ideali portata avanti con energia – e, dunque, necessariamente collusi col terrorismo. Tutti cercavamo di essere convincenti e le nostre voci finivano per sovrapporsi stemperando la forza degli argomenti. L'unica che riuscisse a spiccare e a imporsi era la giornalista, abituata ad andare in televisione e perciò a prevaricare e sgolarsi villanamente – il solo modo per farsi valere davanti alle telecamere.

Le gemelle russe, di solito miti e compiacenti, si seccarono per quella esaltazione da salotto dello spirito ribellistico e rivoluzionario. Non riuscivano a cogliere il gusto della provocazione e del paradosso usato dalla giornalista, e si scagliarono, a parole, contro di lei.

In quell'infervoramento generale, cercai uno spazio per raccontare un episodio che mi sembrava una perfetta rappresentazione della distanza siderale tra i progetti assurdi dei terroristi e la vita delle persone che ritengono di rappresentare. "Ricordate gli attentati nella metropolitana di Londra, nel 2005? Ai tempi avevo letto un'intervista a un impiegato nigeriano che si trovava sulla banchina, mentre un terrorista islamico tentava di farsi esplodere all'arrivo di un treno. L'intervista era tragicamente comica," riuscii a dire. Poi la giornalista ebbe di nuovo il sopravvento. Tentai di inserirmi per riprendere il racconto. Nessuno se ne accorse. Intervennero altri. Stavo per rinunciare – anche perché, bersagliata dalle argomentazioni altrui, cominciavo a non ritenerlo più rilevante, quando Arnaldo mi sollecitò perché finissi il racconto. Cercai di nuovo di inserirmi nella conversazione, rincuorata. Niente. Era impossibile. Allora Arnaldo mi chiese di finirlo per lui. Lo feci, con poca convinzione. "L'impiegato nigeriano," gli raccontai, "aveva notato un ragazzo strano, in attesa del metrò accanto a lui. Portava uno zainetto, si tormentava le mani, si guardava intorno nervosamente e aveva la fronte che gocciolava di sudore. A un certo punto, mentre si aprivano le porte del treno appena arrivato, il ragazzo aveva scostato i lembi della giacca e s'era visto che sotto c'era una camicia coperta di fili. Ne aveva tirato uno, con forza. E non era successo nulla. Il nigeriano, evidentemente poco sospettoso e pieno di fiducia nell'umanità, non si era allarmato. Chissà cosa pensava." Mentre tutti strepitavano, chiesi ad Arnaldo: "Continuo?"

"Certo, continua!" rispose lui.

"Subito dopo, il tipo con lo zainetto aveva tirato di nuovo il filo e s'era sentito nettamente un *puf* e il terrorista era caduto a terra sotto il suo zaino-bomba fumante ma inesploso, mezzo tramortito. 'Sembrava un coleottero e tutt'attorno si sentiva odore d'aceto,' aveva poi dichiarato il nigeriano, che, mentre tutti scappavano, sempre non avendo ancora afferrato la situazione, si era cortesemente piegato sul kamikaze fallito e gli aveva chiesto: 'Come stai?' 'Vai al diavolo!' gli aveva gridato il terrorista, rabbioso, mentre si divincolava dal suo zaino bruciacchiato e scappava tutto pieno di fili che gli pendevano dalla camicia."

La storia era già finita. Mi chiesi perché mai mi fosse venuto in mente di raccontarla. Improvvisamente, dopo essermela tenuta dentro per qualche anno, mi appariva del tutto insignificante. O forse l'avevo depotenziata io, raccontandola male. "Secondo me," cercai di spiegare, e di spiegarmi, "il povero nigeriano gentile e solidale, anche un po' fesso, è l'emblema di quei milioni di persone che nel mondo hanno subito terrorismi brigatisti, alqueidisti, di Stato... senza mai capirci un'acca."

"Tra le tante cose per cui mi piaci, c'è anche la tua capacità di sostenere una conversazione intelligente in pubblico," mi disse Arnaldo, estatico. "Tutti mi chiedono come ho fatto a trovare una donna così, bella e intelligente, perfetta per me," disse prendendomi le mani. "Ecco, ci sono dei versi di un mio amico poeta che dicono: 'Ho amato amarti nelle parole degli altri.' È così, io ti amo di persona ma anche di riflesso!"

Caro anonimo e cara Roberta, vorrei solo che mi capiste: parole d'amore così convincenti, così compiaciute, così elogiative, e pronunciate da un uomo così interessante e così bello (più lo guardavo e più mi piaceva, ormai lo trovavo perfetto), be', ditemi... non vi sareste arresi all'amore? Non avreste pensato a rivoluzionare la vostra vita, come lui desiderava pur di avermi sempre vicino?

Arrivò anche Yvo, per stare con noi gli ultimi due giorni della sua ennesima estate italiana, trascorsa spostandosi tra Capri, Pantelleria e il Salento. Eravamo la sua ultima tappa, prima del Roma-Amsterdam che l'avrebbe riportato a casa. Era vestito benissimo: sollecitato da Arnaldo e dal barone, ci parlò del suo pantalonaio, dei lini che sceglieva, della disposizione orizzontale delle righe nelle camicie. Si faceva confezionare dal sarto persino i boxer da bagno. Passò un intero pomeriggio col barone, spiegandogli l'eleganza italiana, mentre tentava di allontanare il muso dei levrieri, che rischiavano di inumidirgli i preziosi bermuda. La gemella Xenia, che aveva come suoneria del telefono il celebre peana dell'avidità declamato da Gekko in *Wall Street*, lo ricopriva di attenzioni, chiedendogli ogni poco se volesse qualcosa da bere. L'altra, Irina, meno loquace benché altrettanto gentile, era tutta presa dalla lettura di *Come eravamo*, sottotitolo "Ricordando la principessa Diana", memoir del suo maggiordomo Paul Burrell.

Capii perché Arnaldo aveva invitato Yvo. Gli era simpatico, probabilmente, ma soprattutto sentiva l'urgenza di integrare con una puntata olandese il suo documentario sui fallimenti del multiculturalismo. Un pomeriggio, mentre eravamo tutti in acqua a galleggiare, in circolo, iniziarono una discussione serissima sul fondamentalismo islamico, decisamente inconsueta in quel contesto di leggerezza balneare. Man mano che gli altri, annoiati o deconcentrati se la squagliavano, Yvo spiegava ad Arnaldo che Voltaire, nel *Dizionario filosofico*, aveva dato la prima definizione moderna della parola "fanaticus": furibondo assertore di una legge sacra, e superstizioso sgozzatore di suoi simili perché con ciò crede di meritarsi la benevolenza di Dio. Passarono ai guasti della modernità, che, cercando di sconfiggere il fanatismo, liberando l'uomo dalle religioni, ne aveva create di nuove altrettanto aberranti: il nazismo e il comunismo. "Nel Nofecento si è ucciso più contro Dio che in nome di Dio, e nel 2000 infece di smecterla di ammazzarsi l'un l'altro si torna a uccidere in nome di Dio. Nessun progresso sembra possibile," affermò sconsolato Yvo, e la sua affermazione, così corretta sia concettualmente sia nella scelta lessicale straniava: se da un lato corrispondeva esattamente alla precisione del suo taglio di capelli, del suo costume e della sua camicia di lino di sartoria, dall'altro ci si sarebbe aspettati da lui conversazioni più leggere.

Ce l'aveva col culto della tolleranza, che genera relativismo, che a sua volta porta all'indifferenza, all'accettazione di cose intollerabili per la nostra coscienza e per i valori – "falori" – in cui siamo cresciuti. "I fanatici non li stronchi con il permissifismo, così infece li nutri."

Ogni tanto mandavo un sms neutro, informativo e depistante, a mio marito. "Tutto bene, Beatrice gentilissima, mare paradisiaco." Per lui ero a Capri dalla mia amica. E Giacomo: "Piove, vediamo molte cose, Francesca sempre al telefono con amici italiani. Manda 50 sms al giorno." Francesca, la sua secondogenita, era in vacanza con lui. Mi dispiacevo. Poveretto. Come ci siamo allontanati. Anziché essere in vacanza con me, va in giro con la figlia sedicenne che lo snobba e non vede l'ora di tornare a casa a sbaciucchiarsi coi ragazzi, per commentarlo subito dopo con le ragazze.

Non erano passati nemmeno tre mesi da quando avevo cenato con Arnaldo e con tante altre persone, dopo la mostra di Baselitz. Eppure a lui sembrava che avessimo già capito tutto l'uno dell'altra, e che quel tutto, se riassunto, corrispondesse alla formula della felicità sentimentale: bastava mettere in relazione gli elementi, aggiungere un uguale, ed eccoci lì, al sogno di pienezza amorosa coltivato da ogni essere umano. Non restava dunque che proseguire insieme le nostre vite, facendole combaciare quanto più possibile.

Ma c'è un episodio che spiega ancora meglio il grado di coinvolgimento che avevamo raggiunto. Era l'ultimo giorno, prima della partenza, e stavo camminando lentamente con Yvo, Arnaldo e Gerry nell'acqua, lungo la secca. Raccontai una storia che avevo letto quella mattina sul giornale: Jimmy Fontana, cantante melodico molto noto a quelli che avevano una decina d'anni più di me – che invece ne conoscevo solo il nome senza poterlo legare alle note di una canzone – era un collezionista di armi. In un'armeria di Saint-Vincent, all'inizio degli anni '70, quando il suo successo era ormai in fase calante, comprò una mitraglietta Skorpion di fabbricazione cecoslovacca. Poco dopo scoprì che non gli piaceva e la rivendette a un poliziotto, senza fare la denuncia obbligatoria. Qualche anno più tardi, il poliziotto avrebbe negato di averla comprata, ma nel frattempo il reato era caduto in prescrizione, per cui né il cantante né il poliziotto furono condannati. Fatto sta che quella stessa mitraglietta sparò nel '78 ad Acca Larentia, un quartiere periferico di Roma, e uccise due ragazzi di destra, mentre uscivano da una sede dell'MSI. L'omicidio venne rivendicato da uno sconosciuto Nucleo Armato per il Contropotere Territoriale. Poi, della mitraglietta, più nessuna notizia finché sette anni dopo, nell'85, tornò ad ammazzare: stavolta la vittima fu l'economista Ezio Tarantelli, ucciso nel parcheggio della facoltà di Economia e Commercio di Roma. L'omicidio venne rivendicato dalle Brigate Rosse. Qualche anno più tardi, tramite un pentito, si scoprì che durante i sette anni in cui non aveva ucciso nessuno la Skorpion era stata usata per esercitazioni di tiro in un grande parco di Roma, la Caffarella, vicino all'Appia Antica; e in effetti a distanza di anni vennero trovati bossoli sparati dalla Skorpion. In pratica, l'arma aveva segnato la trasformazione del terrorismo di sinistra dalla violenza contro i rivali fascisti alla violenza contro lo Stato e le sue istituzioni. Sempre la stessa mitraglietta ammazzò poi, nell'85 o nell'86 – non ricordavo bene – l'ex sindaco di Firenze Lando Conti, e subito dopo il senatore democristiano Roberto Ruffilli. Infine, nell'88, venne trovata in un covo delle Brigate Rosse, a Milano, con la matricola abrasa. Ma si riuscì ugualmente, attraverso un complicato procedimento chimico a tracciarne il percorso e, risalendo all'indietro, a ricostruire la storia delle sue apparizioni, da quando si era materializzata nelle mani dello stucchevole cantante melodico a quando si era messa ad ammazzare esseri umani.

Siccome la storia della mitraglietta, anziché apparire appassionante solo a me, come spesso capitava, appassionava tutti, finimmo per fermarci in mezzo al mare, in circolo, mentre raccontavo. Dissi che mi aveva molto colpito, anche perché mi aveva ricordato un film del regista georgiano Otar Iosseliani. Si chiamava *I favoriti della luna*, che sarebbero poi i ladri. Era la storia di un quadro ottocentesco con un nudo femminile e di un servizio di piatti di porcellana di Sèvres, attraverso i passaggi di mano di chi li aveva comprati o venduti, e soprattutto chi li aveva di volta in volta rubati. I protagonisti del film erano gli oggetti, cioè l'unica cosa duratura e concreta nel fluire della Storia e delle storie. Tutto era fuggevole, le passioni, le ricchezze, le fortune, gli amori, tutto passava dimostrando che i caratteri degli esseri umani sono dominati sempre dalle stesse ansie di possesso, dalla stessa mania predatoria, dal medesimo istinto di sopraffazione. "In definitiva," conclusi gesticolando nell'acqua che mi arrivava all'ombelico, con tono vagamente eccitato (eccitato dall'essere riuscita a mantenere così a lungo l'attenzione del nostro piccolo gruppo, nonostante la mia insana passione per le digressioni), "in definitiva quella Skorpion è come il servizio di Sèvres e il quadro col nudo femminile. Sono i veri protagonisti di storie che dimostrano la vanità delle passioni, delle azioni e delle ideologie. E questo," aggiunsi, "tanto per riallacciarmi alle nostre chiacchiere dei giorni scorsi, quelle sul terrorismo, sul fanatismo, sulle ideologie."

Tirai il fiato e mi tuffai sott'acqua. Quando riemersi, mentre col palmo della mano cercavo di asciugarmi le palpebre dall'acqua salata, Arnaldo, davanti a quei due, disse: "Erica, tu devi dimetterti dal giornale. È un lavoro che non ha sbocchi, ed è troppo marginale per il tuo talento. Devi lavorare con me. Ti affido il documentario di Gerry, e anche quello sul multiculturalismo in Olanda. E dobbiamo farne uno sulla storia degli anni di piombo in Italia, raccontati attraverso il passaggio di mano della Skorpion."

Lo guardai stringendo gli occhi, che bruciacchiavano per via del sale. "Già," dissi, tanto per dire qualcosa, con l'aria di non prenderlo sul serio. "Andiamo avanti?" aggiunsi riprendendo a camminare lungo la secca.

"Il mio lavoro è un lavoro che ti piace, me lo dici sempre. Non aver paura, ti insegno tutto quello che devi imparare. E non preoccuparti per i soldi: guadagnerai senz'altro molto più di prima."

Guardai Arnaldo: aveva un torace ben disegnato, mi sorrideva, teneva gli occhi aperti senza difficoltà nonostante la luce sconquassante del sole.

Guardai Yvo: taceva e mi guardava, interrogativo, scostandosi i capelli scuri e bagnati che gli cadevano sulla fronte. Guardai Gerry: era tutto un guizzare di piccole rughe intorno agli occhi, gli occhi di un uomo che finalmente, forse, realizza un sogno. Porca miseria, pensai. Sono incastrata. Però bello, sì. Svolta. Ma non sbilanciarsi. Ringraziare. Dire che si è felici. Esserlo effettivamente. Tuttavia pensarci fino a settembre, non mandare a rotoli oltre al matrimonio persino il lavoro. Tentennare. Anzi: temporeggiare.

Era un'accelerazione spaventosa, in senso letterale – cioè, mi spaventava davvero – dei nostri progetti comuni. Non stare mai separati, affittare un appartamento insieme, a Roma – e che fosse bello per non intristirsi – in attesa che le due sorelle rivendicativo-depresse mollassero le case di Arnaldo; dare un senso e uno spessore alla nostra storia e alle nostre vite cercando di fare un figlio; metterci a lavorare insieme, per coronare l'amore famigliare con quello per il lavoro.

Forse era solo ansia di conquistarmi, espugnarmi, mettermi KO promettendo l'intero repertorio che si usa proporre alle signore. Mancavano solo vestiti, mazzi di fiori e zirconi in guisa di diamanti. Ma coi soldi che mi avrebbe fatto guadagnare avrei potuto comprarmeli da sola, se mai l'avessi desiderato. Forse, invece, Arnaldo temeva la routine: non voleva annegare l'eccitazione amorosa nella lentezza burocratica della costruzione di una vita di coppia, con tutte le regoline del prima e del poi, dei convenevoli sentimentali rispettati fino a stramazzare, inevitabilmente, di noia.

Ci penserò, pensai. Intanto godiamoci questa lunga estate di felicità e spensieratezza, in fuga dalle responsabilità lavorative e dalle code sentimentali o matrimoniali che zavorrano le nostre esistenze precedenti.

Notai che, per tutta l'estate, nelle nostre conversazioni il passato recente aveva fatto capolino solo di rado e solo come un legame stantio, cui sostituire immediatamente il futuro radioso che progettavamo insieme.

Ogni tanto ci prendeva un malumore, come fosse un capriccio, ma passava immediatamente, più in fretta dell'irritazione epidermica di una puntura di zanzara.

Quella sera, mentre davanti al nostro bungalow celebravamo da perfetti tramontisti il calar del sole, tentai di fotografarlo mentre era così giallo e così tondo da sembrare un uovo al tegamino. Ma nelle foto non risultò poi altrettanto commestibile.

Più tardi, feci la valigia. Benché, da quando stavo con Arnaldo, ogni fine di vacanzina mi mettesse angoscia, bisognava tornare a Milano.

E poi, tutto sommato, da quella spiaggia, dalle casette del ginecologo Zama – che ancora non avevo conosciuto – dai suoi ospiti e dai nostri avevo attinto tutto il meglio a disposizione, e ora non mi dispiaceva liberarmi di Gerry e delle sue vibranti aspettative, di Yvo l'ayatollah al contrario, delle gemelle uraliane che si prodigavano tanto per sembrare dolci e affettuose e partecipi mentre, secondo me, mancavano di intensità interiore.

La mattina dopo, tornando a Roma con Yvo che aveva il volo verso sera, Arnaldo decise di portarci a visitare il campo da golf dell'Acquasanta. Yvo era appassionato di questo sport, che io, pur senza averlo mai praticato, detestavo con l'intensità con cui si detestano preventivamente mucchi di cose di cui non si sa assolutamente nulla. Arnaldo ci disse che il campo confinava con quello stesso parco della Caffarella in cui i brigatisti andavano a esercitarsi con la Skorpion appartenuta a Jimmy Fontana.

Il paesaggio, visto dalla club house, era spettacolare. Una veduta del Piranesi: rovine romane sparpagliate su dolci declivi, pini marittimi a punteggiarli, appoggiato all'orizzonte il profilo dell'acquedotto Claudio. Peccato che non ci si potesse passeggiare a piedi o a cavallo senza essere soci né affannarsi a tirare palline in buca, pensai.

Vicino al parcheggio, Arnaldo mi aveva indicato una piccola radura fresca all'ombra di alberi molto ramificati. Lì erano seppelliti i cani dei soci del golf. Arnaldo aveva incontrato un'amica nella club house e stavano raccontandosi per sommi capi gli ultimi due anni, Yvo parlava di argomenti golfistici con un signore azzimato, io ne approfittai per visitare il cimitero canino.

Nella radura, ai piedi delle piante che la delimitavano, erano disposte in circolo decine di pietre tombali di formato mignon. Mi accostai alla prima lapide sulla destra. Nel leggere l'iscrizione, cara Roberta e caro anonimo, non so perché ma cominciai a singhiozzare come se mi fosse esploso nel petto un dolore improvviso e irrefrenabile, un dolore che assommava tutti i morti che avevo accumulato in quarantacinque anni di vita: il cane Buck di quand'ero piccola, e poi i nonni, e mio padre, e il cavallo preferito di mio marito, Big Dance, che aveva avuto una colica tre anni prima, e persino il padre di Gerry, e sua madre che era viva ma nel cuore del figlio risultava peggio che morta, e i genitori e la nonna di Arnaldo, che pure non avevo mai conosciuto. Davanti alla lapide di Musetto – "i tuoi occhi dolcissimi saranno sempre nel mio cuore" – ne approfittai per piangere tutti i dispiaceri che avevo provato e anche quelli di cui avevo solo sentito parlare.

Mentre mi soffiavo vigorosamente il naso, sentii calpestare l'erba secca alle mie spalle. Mi voltai: nella radura era entrato un signore piuttosto malmesso che, appoggiandosi a un bastone, andò a fermarsi davanti a una lapide. Vi rimase pochi secondi, carezzò delicatamente con la punta del bastone il bordo del cippo, poi si voltò e, prima di allontanarsi, mi fece un cenno di affettuosa complicità. Andai subito a leggere la lapide davanti a cui s'era fermato: "16.4.84/ Principessa /piccola guardiana / del Campo Pratica / rapita / al nostro amore / da individuo malvagio / chiediamo a Dio di punirlo / addio timida amica." Accidenti!, pensai. Qui ci si appella al Dio vendicativo e feroce dell'Antico Testamento: altro che "porgi l'altra guancia"! E poi: un rapitore? Vuol dire che c'è solo la lapide e non il corpicino di Principessa? E come hanno fatto ad avere la certezza che il cane fosse stato rapito? Non sarà che, come spesso capita, semplicemente s'era distratta, aveva fiutato una pista, l'aveva seguita e poi non era più riuscita a tornare?

Usciti dal golf, sulla via Appia, al primo incrocio guardai la targa stradale. Il solito rettangolo di marmo montato in cima a un palo. "Via dei Cessati Spiriti". *Tout se tient*, pensai.

I buoni a nulla

In quanto testimone dei fatti, potrei dire che una svolta inevitabile nel rapporto tra Erica e Fantoni la notai durante la Mostra del Cinema di Venezia. Erano passati solo pochi giorni da quando ci eravamo salutati, a Sabaudia, e ancora una volta capitava di trovarsi nello stesso luogo e nello stesso periodo. E non solo noi tre, del resto. C'era anche gran parte di quelli che nel corso dell'estate avevamo incontrato a Capalbio, a Cortina, a Sabaudia e che, per un motivo o per l'altro, contiguità intellettuale o gusto sociale di essere sempre dove sono tutti gli altri, non mancavano l'appuntamento della Biennale Cinema. Fantoni doveva presentare, in una sottosezione collaterale, il suo documentario sulle città industriali fantasma, quello da cui derivava l'altro, l'inutile appendice (o "spin off", come lo chiamava lui) sulle località turistiche fantasma, proiettata a Cortina. Io, invece, non avevo nessun impegno, se non quello di esserci e farmi vedere a quante più feste e situazioni socialmente qualificanti possibile, oltre a tenere compagnia al mio ospite, Gianni Viviani, un cinefilo torinese di mezz'età. Uomo dai modi smaglianti e dall'interiorità lugubre, cui la giovane moglie aveva portato via un mucchio di denaro e, soprattutto, i figli piccoli. Poi, cosa ancora peggiore, si era fidanzata con un calciatore del Cosenza ed era andata a vivere con lui. A quel punto, per Gianni era diventato a dir poco spiacevole incontrare i suoi bambini. Notti solitarie in alberghi disagiati, solo per poter accompagnare il giorno dopo i figli a spasso sul corso principale di Cosenza: scomodità, appuntamenti mancati all'ultimo momento, ritardi... tutto il triste catalogo con cui si usa vessare i padri separati. Un aggravio di fastidi e fatiche per poi incontrare bambini ormai plagiati, che considerano il padre un vecchio noioso al confronto con la vita frizzante e beota e i gusti plebei del calciatore. Gianni era arrivato alla Hybris & Nemesis tramite conoscenti comuni. Gli avevo fatto cambiare avvocato e da qualche tempo ero diventato il suo punto di riferimento, soprattutto psicologico. A Venezia mi ospitava sulla sua barca a vela, ancorata davanti all'Arsenale, una strepitosa Perini da 45 metri, con un interminabile albero di 53 metri. Inserita nel computer la solita zoppicante chiavetta, parlavo ai miei figli via Skype, e cercavo di mostrargli, tramite telecamera, tutte le meraviglie della barca. L'albero, certamente. Ma anche la cucina, come quella di un ristorante, e la piccola palestra e la mia sontuosa cabina e la timoneria, con tutti quei computer e quegli schermi che Leo e Feli avrebbero tanto voluto diteggiare, aprire, smantellare... Un po' mi mancavano, un po' mi godevo la libertà di non dover badare a nessuno. Coltivavo grandi speranze, da quando Arnaldo aveva incaricato Erica di occuparsi del mio documentario. Immaginavo che tutto sarebbe iniziato verso ottobre, appena lei – lasciati finalmente il marito e il lavoro – si fosse trasferita a Roma.

Nei tre giorni in cui Erica e Fantoni rimasero a Venezia, avvertii il decrescente successo della coppia, cioè l'inevitabile svolta. Se, presi singolarmente, Erica e Arnaldo erano due figure prive di smalto ed esotismo per chi era solito vederli nelle rispettive città, mettendosi insieme erano riusciti per qualche mese ad ammantarsi di una patina di cambiamento. Ma ormai tutti sapevano che stavano insieme, e man mano tornavano a essere "i soliti", due promesse mancate come tante, due che avevano già espresso tutte le proprie potenzialità mancando quegli obiettivi più alti che li avrebbero tolti dagli sguardi impietosi dei vecchi conoscenti. Non erano più una novità e perciò, com'è naturale, non risultavano più degni di un'attenzione particolare. Restavano certamente belli da vedere, coi loro stili e le loro fisionomie perfettamente congruenti; Erica continuava a essere un esempio virtuoso agli occhi di tutte le post quarantenni divorziate che stentano a trovarsi un nuovo uomo e che, tra depressione ed euforia, si barcamenano scopandosi i mariti delle migliori amiche e qualche inconfessabile ragazzotto usa e getta; Arnaldo metteva allegria a vederlo, innamorato come un ragazzino ma senza far pena come quegli uomini che si rendono ridicoli smaniando per delle ventenni "con le mutande in mano"... Tutto era perfetto e incoraggiante ma non suscitava stupore né era più una notizia da diffondere. Tre mesi, constatai a malincuore, e sei una notizia già data, quindi una noiosa non-notizia.

Non so dire se Erica e Arnaldo fossero consci della propria progressiva perdita di allure: Fantoni, pur tenendosela sempre vicino, magari stretta per mano, era continuamente impegnato nel salutare qualcuno, nel discuterci, o in alternativa rispondeva al telefono. Lei era sorridente, un po' imbambolata come quando pensa cose che poi si sforza di non dire, cercando di attenersi alle sue istruzioni di vita: non chiedere, non lamentarsi, essere sempre positivi... Forse, giunta alla fine dell'estate, cominciava a preoccuparsi di dover realizzare concretamente ciò di cui lei e Fantoni avevano favoleggiato sino a quel momento. E poi le dispiaceva allontanarsi dalla madre, benché Arnaldo – l'avevo sentito con le mie orecchie a Sabaudia – le avesse proposto di farla traslocare a Roma. Solo un uomo innamorato fa simili proposte. Oppure un pazzo. Probabilmente, considerando come si sono poi svolti i fatti, era entrambe le cose.

Cenai con Gianni all'Harry's Bar, invitati da Fantoni assieme ad altri che non conoscevo, ma che avevano l'aria di dovergli essere utili per come si dannava a intrattenerli nel chiasso delle voci euforiche provenienti dagli altri tavoli. Sentii che si lamentava con il tizio alla sua destra, il funzionario di un ente cinematografico parastatale, di "questo nostro lavoro fatto di relazioni e finti splendori". Pensai: "Ma sta' zitto, che ti sente Erica e poi decide di non lasciare il giornale e mi salta il documentario." Guardavo, dal nostro tavolo in fondo alla sala del piano terra, un mucchio di giovanotti veneti della terraferma, accalcati al bancone degli aperitivi. "Debosciati con soldi che perdono tempo," li definì Fantoni, commentando con il funzionario la loro rumorosa presenza. Io, invece, provavo una grande invidia per quei buoni a nulla che se la spassavano, e osservavo con concupiscenza le loro ragazze arrampicate sui tacchi e solo parzialmente coperte di stoffe impalpabili, di veli setosi che lasciavano intravedere provocanti sinuosità. Ci passò sotto il naso, senza salutarci, la giornalista di Cortina, quella che aveva criticato il documentario di Fantoni per via della tematica borghese. Era insieme al direttore del mensile di cinema per cui lavorava e salirono al piano di sopra, per poi scendere poco dopo e uscire dal locale. "Hanno tentato di imbucarsi al tavolo di qualcuno e non c'è stato niente da fare," disse con soddisfazione Arnaldo.

"Oppure ne hanno approfittato per andare alla toilette e sbirciare chi c'è e chi non c'è," infierì Erica.

"Non è mai cresciuta," disse Arnaldo, sempre riferendosi alla giornalista dai capelli bianchi. "Un trentenne può permettersi di essere acido e perennemente sferzante, perché per coltivare il proprio incarognimento ci vuole un po' di presunzione, un credere di saperla più lunga degli altri. Ma poi, con gli anni, questa vena di saccenteria passa. La vita insegna a coltivare qualche dubbio, magari a essere indulgenti o a tenere in considerazione anche le luci e non solo le ombre. Di solito sono acidi i giovani, certi vecchi tirchi troppo soli, e anche i risentiti sociali, quelli che odiano chi ha più di loro."

"Pensa un po', io spesso ti trovo acido e sono convinta che sia un elemento del tuo fascino," esclamò Erica, decisamente fuori luogo.

"La mia non è acidità," ribatté seccamente Arnaldo. "È ironia, bastiancontrarismo, piacere del ribaltamento, persino noia," disse voltandosi verso di lei, con un sorriso posticcio, i capelli che gli coprivano quasi del tutto una palpebra. "Bisogna dire, però," continuò, rivolgendosi di nuovo al suo funzionario, "che anche se gli splendori del nostro lavoro sono finti, aria fritta, sono vere e splendide le ragazze con cui lavoriamo. Lascia perdere quelle," aggiunse voltandosi verso le ragazze appoggiate al bancone, che accompagnavano il gruppo di veneti. "Pensa invece al vivaio delle ragazze degli uffici stampa, delle cinefile, delle aspiranti registe... Anche se le migliori, va detto, non sono quelle del cinema ma le ragazze che si vedono alla Biennale Architettura. Di solito sono belle e molto ben vestite, mentre alla Biennale Arte ci sono tutte quelle art birds conciate in modo artistico e sfigurate da una specie di sovreccitazione isterica. Corrono di party in party con tutte le loro regole di in and out, dai vestiti agli artisti, e non fanno che snocciolare nomi, nomi, nomi, con un sapere che è soprattutto mnemonico. Quasi mai teorico o addirittura filosofico," sembrò concludere, mentre già tutti intervenivano per dire la loro su quali fossero le migliori ragazze, se le artistiche o le prosaiche o le qualsiasi. Era un tema che evidentemente appassionava. Pensai: questo me lo devo ricordare per future tavolate. Parlare di quali siano le migliori ragazze di festival e biennali.

Con quel chiasso, era difficile tenere a lungo il pallino della conversazione. Bisognava scandire le frasi, cercando un volume medio che permettesse di farsi sentire dai commensali, senza far trapelare le proprie parole oltre quei pochi centimetri di distanza che ci separavano dagli altri tavoli. "Le ragazze dell'architettura sono le migliori, credetemi," ribadì però Arnaldo, senza alcuna delicatezza, come se parlasse di mucche, davanti a Erica.

Rimasi male per lei, e – a essere sincero anche per me, dato che se le cose tra quei due si fossero messe male, rischiava di mettersi male pure il mio documentario.

Di solito non bevo molto. Tendo a farmi del male soprattutto mangiando. Invece quella sera, seduto accanto a Fantoni che continuava a versarmi prosecco, lo lasciai fare; poi ci fu addirittura un'evoluzione della faccenda: se non era lui a versare, ci pensavo io. A un certo punto, però, mentre mi sembrava di dire parole concilianti e gentili, che mettevano tutti d'accordo, ebbi la sensazione che intorno a me cominciassero a esserci solo sorrisi tirati e sguardi deviati all'ultimo momento, e finì che poi mi accompagnarono a piedi fino all'Arsenale, alla barca, ed Erica mi teneva e dirigeva come fossi un carrello del supermercato. Mi aiutò persino a togliermi le scarpe, prima che il marinaio issasse in barca me e Gianni sulla passerella elettrica.

Il giorno dopo, la testa ancora confusa, andai con Erica al Lido per vedere un film, di cui Arnaldo ci aveva procurato i biglietti. Lui era rimasto in albergo, al Monaco, perché aveva diversi incontri di lavoro.

La proiezione, presente il regista e gli attori, era in 3D. Ci diedero gli occhiali, che a me facevano male sulle tempie, perché dal risveglio non mi era ancora passato il mal di testa e il mal di collo. "Smetti di lamentarti," furono le ultime parole che sentii pronunciare da Erica, prima dell'inizio della proiezione. Il regista, un taiwanese, aveva immaginato una storia di cui non capii assolutamente la trama, benché i fotogrammi mi si siano scolpiti nella mente come una delle cose più assurde e disgustose che abbia mai visto. All'inizio c'erano un ristorante e una carpa viva, servita in tavola, cui uno chef mozzava fulmineamente la testa, con una sciabolata, sotto gli occhi di una coppia di avventori. Ma la testa continuava a vivere, anche da mozzata, e le intuivi come un pensiero disperato o una richiesta d'aiuto, mentre boccheggiava in piedi sul tronco affettato, col suo broncio da carpa, le labbra sporgenti che sembrava parlassero all'impassibile gourmet del cazzo e alla sua insulsa fidanzata ninfomane. Sì, perché poche scene dopo, la stessa ninfetta dalle gambe arcuate si immergeva, sempre in 3D, in una vasca piena di capitoni. Naturalmente era nuda, accarezzava i capitoni e cercava di infilarseli nella fica, ma le scivolavano dalle mani per via della pelle troppo viscida. Non era finita: a un certo punto si inquadrava la tetta di un'altra ragazza, una tetta talmente grossa con un capezzolo talmente enorme che tutti gli spettatori maschi, e forse anche le donne, avevano l'istinto di protendersi, le bocche in fuori come se potessero succhiarlo. Subito dopo, un muso giallo che si stava masturbando accanto alle ragazze raggiungeva l'orgasmo in favore dell'obiettivo, con l'inquadratura 3D sullo sperma che schizzava come proiettato sul pubblico, il che creò un'onda collettiva di spettatori che si ritraevano, ingobbiti, coprendosi il volto con le mani.

Erano tutte scene schifose: non ci trovai niente di arrapante, né di artistico – ma questo è un altro discorso. Uscendo dal cinema, finalmente all'aria aperta nella penombra del sole tramontato, mentre ci incamminavamo verso il vaporetto per tornare a Venezia, mi venne voglia di raccontare a Erica il mio ultimo incontro con Patrizia, subito prima di partire per la Mostra.

"A Roma sono stato di nuovo da lei: due giorni chiusi in casa, preoccupati che qualcuno, per esempio il portiere, mi vedesse e potesse riferirlo a Silvia, che abita nel palazzo accanto a quello della madre."

"Dove?"

"In via Panama."

"Dov'è?

"Salario. Ma che t'importa, scusa?"

"Boh, così."

"Comunque la cameriera era ancora in vacanza e perciò, una volta chiusi in casa, eravamo completamente liberi. Ricordi la canzone *Quattro giorni insieme a far l'amore come pazzi, a cucinarci gli spaghetti...?*" canticchiai.

"Come no, Loy e Altomare!" disse lei con un gran sorriso, mentre salivamo sul vaporetto. In effetti, per i quattordicenni non ancora scopanti degli anni '70, quella canzoncina gioiosa e ottimista era stata formativa e ingannevole come le fandonie sui principi azzurri di qualche generazione prima.

"Bene: i nostri giorni sono stati due anziché quattro, ma fa lo stesso. Senti come è andato l'inizio," le dissi a voce bassa, per paura che il beccheggio non bastasse a nascondere le mie parole a orecchie estranee. "Ma non dirlo a nessuno."

"Dài, racconta!" mi ordinò lei, raccogliendosi i capelli in una coda.

"Ero arrivato da poco a casa sua, fai conto da dieci minuti. Dieci minuti in cui mi fa spostare un divano da un punto all'altro del salotto per vedere come sta. Io eseguo senza fare storie, e lei allora mi dice: 'Vieni con me, che ti devo dare la tua paghetta,' mi prende per mano e mi porta in camera. Saranno state le quattro del pomeriggio. Luce pazzesca, iperrealistica. Mi fa spogliare – ci tiene che sparpagli i vestiti per terra, non devo appoggiarli sulla sedia come un marito – e mentre mi guarda che mi spoglio si spoglia anche lei. Ci mette un attimo, perché ha solo una specie di sottoveste, e inizia a toccarsi. Poi mi fa sdraiare sul letto, a culo in su. Mi lecca, prima la schiena, poi le natiche..."

"*Le natiche*? Ma come parli! Mica sei un manuale di istruzioni, dài!" mi sgridò Erica.

"Il culo, allora. Mi lecca il culo. No, anzi. Le chiappe, mi lecca le chiappe," precisai perché mi scocciava farmi fraintendere. Poi ci ripensai: "E comunque chiappe non mi piace. È ridicolo, linguaggio da barzelletta di seminarista. E non mi piace neanche glutei, che sa di palestra. Le natiche, mi lecca le natiche," mi imposi. "Poi mi fa girare. A quel punto sono eccitato da morire. Lei mi ordina: 'Adesso guarda il comodino.' Lo guardo. C'è un libro, grande, tipo enciclopedia. *Esercizi per la vagina*, leggo sul dorso. 'Esercizi per la vagina!' esclamo tutto contento. Lei scosta il libro e dietro ci sono due paia di manette. Mi lega i polsi alla testata del letto (e così capisco finalmente a cosa serve una testata con le sbarre di ferro, che se ti appoggi ti massacri la schiena). Poi si mette a cavalcioni sopra di me, con le sue belle tette rifatte che mi sovrastano, mi sfiora l'erezione con la fica, poi me l'appoggia sulla faccia, per un momento, infine – senza fare altro, senza fare *assolutamente* nient'altro – si alza e se ne va in bagno. Ti rendi conto?"

"Mi rendo conto. E poi?"

Il vaporetto era partito e mugghiava a più non posso, attraversando la porzione di laguna tra le isole di San Lazzaro e di San Servolo. Si era fatto quasi buio e, di fronte a noi, Venezia era tutto un vibrare di luci che andavano accendendosi.

"Mentre lei è in bagno io me ne sto lì, ammanettato, e sogno a occhi aperti fiche dentate. A un certo punto la porta del bagno, che è proprio davanti al letto, si apre. Lei è appoggiata al lavandino, e mi guarda. È fatta, penso: verrà qui e mi scoperà come una pazza, decidendo lei il ritmo e tutto, finché non si sarà stancata e allora mi slegherà, e quindi la schiaffo contro un muro e me la faccio prima davanti e poi di dietro."

"Pure!"

"Macché! Niente, non puoi immaginare. Niente, nel senso che non mi permette di fare niente. Mi lascia lì legato e lei si fa l'ennesimo ditalino: si infila le dita dappertutto, geme, si accarezza le tette coi polpastrelli inumiditi e alla fine viene, con un grido strepitoso. Solo che poi si veste, mi apre una manetta, appoggia la chiave dell'altra sul fondo del letto – che spingendola col piede ci ho messo mezz'ora a recuperarla – e se ne va."

"No!"

"E invece sì."

"E poi?"

"E poi esce di casa e torna dopo un'ora buona, con un cartone di pizza schifosa, smollata, che però ho mangiato fino all'ultima briciola."

"Be', altro che far l'amore come pazzi... Ognuno per conto proprio, mi pare."

"Ma no, questo è stato solo l'inizio: non sto a raccontarti l'escalation!" le dissi pieno di soddisfazione. "Guarda, Erica: lei mi piace da morire. Mi piace anche se, a parte le tette rifatte, per il resto è abbastanza molle, e quando ha un vestito un po' stretto e scollato si vede la pelle pieghettata che salta fuori dalle cuciture – non so come spiegarti... una volta mi avrebbe fatto orrore, e invece adesso mi piace e non la vorrei diversa da com'è."

"Sono contenta," mi disse Erica stringendomi un braccio. Un gesto d'affetto inatteso, perché da anni evitava ogni contatto fisico con me. Dovevo raccontarle tutte le mie avventure erotiche, perché finalmente tornasse a sciogliersi un po'.

"Sono contenta ma non ti invidio," precisò mentre il vaporetto si accostava alla fermata dei Giardini. "Arnaldo ha del trasporto, ma è altalenante," aggiunse. Cazzo vorrà dire?, mi chiesi. Che non scopano?

"Voglio dire che non ha sempre voglia di fare l'amore. Però ha sempre voglia di abbracciarmi. Dice che superati i cinquant'anni cambiano molte cose e lui ora più che di sesso ha voglia di famiglia. Progetti comuni, interessi da condividere, amicizie... cose così, più adulte, dice. E, secondo lui io sono la sua famiglia. Certo, se viene un figlio è anche meglio. Lo vorrebbe. Non so se stiamo andando troppo in fretta, ma lui è entusiasta e lo sono anch'io," disse guardando per terra, come se fosse imbarazzata di farmi simili confidenze. "Sai, credo che questa sia l'ultima occasione che la vita mi offre per realizzarmi e fare qualcosa di naturale e costruttivo," disse mentre ci avvicinavamo alla fermata dell'Arsenale, dove avrei dovuto scendere.

"Giacomo mi aveva accolto, Arnaldo invece vuole proprio me. Dice che non riesce nemmeno a rendersi conto di come potrebbe essere la sua vita senza di me. Sono proprio innamorata," mi confessò con un'espressione straordinariamente intenerita. Dovevo scendere, mentre lei proseguiva per raggiungere Arnaldo al Monaco, però mi venne voglia di restarle vicino per le due o tre fermate che le mancavano, e dilatare quello spazio inatteso di inaudita confidenza. Non lo feci e mi pento, perché, prima che succedesse quello che poi è successo, fu l'unica e l'ultima occasione in cui Erica, finalmente, si aprì raccontandomi qualcosa di sé. E c'era ancora così tanto da dire!

Il documentario di Fantoni venne proiettato la mattina del giorno dopo. Lui si dichiarò soddisfatto: la sala era piena, e alla fine della proiezione ci fu un applauso (che a me non parve caloroso). Guardandolo mi chiedevo a chi potessero interessare, queste storie di luoghi perdenti, luoghi già privi di fascino persino quando erano ancora vincenti. Dissi a Erica: "Capisco che ci sia la necessità di documentare, ma è una vicenda da archivio, da cultori di storia industriale. Prova a metterti nei panni di uno spettatore televisivo di Roma, per esempio. Si mette in poltrona, la moglie che riordina, i bambini in camera al computer, e lui sta lì e si sorbisce cinquanta minuti di miniere abbandonate, di petrolchimici chiusi, di fabbriche che hanno cessato ogni attività. I negozi restano senza clienti, i più giovani se la danno a gambe levate, il sindaco diventa matto tra ammortizzatori sociali e corsi di formazione che insegnino un nuovo lavoro ai suoi concittadini – tanto per non mettersi contro tutta la popolazione che lo ha votato." Leffe – ricordo che uno dei paesi del documentario si chiamava Leffe. Dalle parti di Bergamo. Negli anni '50 il reddito pro-capite era il più alto d'Europa: "Eravamo più ricchi che a Londra," biascicava un vecchietto col viso immobile e l'espressività di un tronco squarciato da un fulmine. Coperte, tende, moquette...: questo Leffe era il regno del tessile, e la famiglia più importante si chiamava Radici, che poi erano i genitori di un famosissimo slalomista dei miei tempi, Fausto Radici, che aveva un occhio di vetro. Poi era iniziata la crisi, la moquette era passata di moda, le industrie tessili si spostavano in Romania o in Cina, e a Leffe aveva chiuso l'ottanta per cento delle ditte. Disoccupazione. Depressione. Totale mancanza di alternative. Incertezza. "Che gusto c'è, francamente, a vedere storie così? Secondo me, quello spettatore lo perdi per sempre: quando accende la televisione va dritto ai canali di film o di telefilm, e di quelli di documentari non vuole più saperne," dissi infervorandomi. "Invece, se a quello stesso spettatore di Roma, con la moglie che riordina e recrimina tutto il tempo, e i figli buoni buoni in camera, gli offri un documentario su un tema come le separazioni, i pregiudizi dei giudici, gli alimenti, l'affido dei figli... Be', stai tranquilla che quello drizza le orecchie e non si perde un solo fotogramma della storia."

Poche ore più tardi, dopo un pranzo sulla terrazza del Monaco offerto da Fantoni a un mucchio di parassiti – me compreso –, Erica e Arnaldo ripartirono. Lei doveva tornare a Milano, per il suo lavoro e soprattutto per iniziare a disfare tutto quello che aveva costruito fuori di sé e ricostruito dentro di sé in anni e anni di strenuo lavorio. Poi, di nuovo, avrebbe raggiunto Arnaldo.

Peccato: se a Roma in quei giorni ci fossi stato anch'io, forse avrei intuito qualcosa. Forse qualcuno me l'avrebbe detto prima che lei lo sapesse. Forse avrei potuto suggerirle di darsela a gambe, prima di restare sotto le macerie immaginarie di una casa che ancora non esisteva.

Personal essays: uno più uno fa tre

Quei due, Arnaldo ed Erica, un uomo e una donna che mi è capitato di seguire da vicino, sono utili come paradigma di certe inevitabili riflessioni sull'amore. Ogni storia sentimentale è soprattutto la storia di un'illusione amorosa, al punto che in certi momenti i nostri due protagonisti si sono trovati a confondere l'oggetto del proprio sentimento: erano cioè innamorati dell'essere una coppia ideale più che della persona che avevano accanto. Insieme si sentivano migliori, migliori dell'essere presi uno per volta, come se uno più uno facesse tre.

Ovviamente ci sono stati dubbi e momenti di spaesamento, perché ogni cosa contiene sempre il suo contrario. Ma Arnaldo ed Erica evitavano di raccontarli l'uno all'altra, e anzi evitavano persino di tenerli dentro di sé. Come se camminando lungo una via lastricata di marmo, in un biancore perfetto, si vedesse una cartaccia e ci si premurasse di raccoglierla e buttarla in un cestino, per non rovinare il colpo d'occhio.

L'amore è un'illusione che in certi casi, di solito ritenuti fortunati, si stabilizza. Da un altro punto di vista questa stabilizzazione potrebbe essere ritenuta una questione di pigrizia o di eccessive cautele, dato che il mondo è pieno di persone attraenti, degne del-

le variazioni dei nostri impulsi. Un po' come la teoria di Arnaldo, quando dice che tutto è interessante e può diventare materia da documentario, persino i canti ruzzarelli di amor villereccio. Arnaldo Fantoni, Erica Guarienti: ognuno di loro è degno di altri amori, e anzi dovrebbe approfittarne, per evolvere, per saperne di più sui propri simili – che sono poi la materia più avvincente e inesauribile che esista. Proprio come il nostro intelletto è degno di appassionarsi a documentari che trattino dei temi più svariati: uno su Federico II di Svevia e il Sacro Romano Impero, un altro sui cerchi misteriosi nei campi di grano, uno sull'edilizia newyorchese post 11 settembre, un altro sull'ospedale ortopedico di Alberto Cairo a Kabul. Ogni cosa accende la nostra attenzione, così come ogni uomo potrebbe accendere l'interesse di Erica, facendo sì che lei si innamori, uno dopo l'altro, di un medievista, di un ufologo, di un immobiliarista ebreo di Newark, di un volontario di Médecins Sans Frontières. E invece no, lei non lo fa: crede di doversi fossilizzare per costruire qualcosa.

Ma cosa, poi?

Alcuni dicono che si fa per i figli. A parte che non tutti hanno figli, a me pare che i figli vengano bene o male indipendentemente dai genitori, dalle scuole, dall'ambiente in cui crescono. Altrimenti tutti i figli di sposati e benestanti sarebbero dei geniacci, dei risolutori di problemi, dei fari della società. Non è così, lo sappiamo tutti. Così come tutti dovremmo sapere che l'unico amore duraturo e possibile tra esseri umani è l'amicizia. La pedantissima imperatrice Maria Teresa d'Austria, nelle lettere che avrebbero dovuto insegnare il mestiere di regina alla figlia Ma-

ria Antonietta, scrisse: "Non fatevi prendere dalla curiosità." Ma sbagliava: la testa di sua figlia sarebbe caduta anche se la moglie di Luigi XVI fosse stata una tediosa bacchettona, priva di impulsi vitali, abbarbicata alle sole cose che già conosceva. Nessuno può sostenere che la Rivoluzione francese non ci sarebbe stata se Maria Antonietta fosse stramazzata dalla noia, impegnata solo a non guardarsi intorno, come un minerale. Tanto valeva divertirsi, allora. Chi è curioso ama le novità, le celebra, ed è esposto alle mode, ai cambiamenti, alle montagne russe dell'incostanza. Soprattutto ha passioni mutevoli, che in realtà non sono nemmeno passioni: sono pura e semplice elettricità vitale. Chi è curioso danza sulla cresta dell'onda, sempre in bilico, senza il tempo di approfondire e incaponirsi sulle solite cose. Chi è curioso non è fanatico. Non vi farà del male. Vi libererà, andandosene.

A volte, le persone hanno bisogno di aforismi e dotte citazioni per usarli come pezze giustificative. Per adottare certi comportamenti, per modificarsi e conformarsi alla realtà, non gli basta l'istinto: vogliono anche un puntello teorico. Di sé non si fidano e cercano pareri autorevoli. Ecco a cosa servono gli intellettuali.

A Erica potrebbe non bastare il consiglio di agire liberamente, senza affezionarsi a un amore trasformandolo in condanna. E allora le suggerisco di servirsi degli Escolios *di Nicolás Gómez Dávila, e la incoraggio a essere reazionaria – definizione ingiustamente denigrata dal pensiero comune. Il reazionario è il vero contemporaneo della propria epoca perché detesta lo charme passeggero delle mode.*

Non gli manca la curiosità, come invece suggeriva la tediosa Maria Teresa. Anzi, un reazionario reagisce, cioè è sempre in azione perché vuole sapere tutto per poi poterlo scartare a cuor leggero. È una persona di garbo e non priva di stimoli da salotto, ma non s'infiamma per nessuna cosa passeggera, né crede ad alcuna nuova teoria. Il suo essere reazionario è in definitiva una questione di stile e di buongusto: teme la ridicolaggine dei progressisti, cioè di coloro che si incapricciano di un'idea e poi invecchiando le rimangono appiccicati, e finiscono per trovarsi sposati a un progresso di un paio di decenni prima, ormai sorpassato. Un sano reazionario non sarà mai una macchietta. "Nulla è più grottesco di un progressista alla moda di ieri," ha scritto appunto Gómez Dávila. Ed Erica deve rendersi conto che la moda di ieri è anche soffermarsi su un'ossessione amorosa più a lungo del dovuto. È credere nell'amore eterno, nel famoso uno più uno fa tre.

La verità, cara Erica, è che non esistono verità: possiamo dimostrare tutto e il contrario di tutto, giocando con le parole, con i sentimenti, con gli impulsi. L'importante è affezionarsi solo all'immagine di se stessi.

Il tempo vola, noi no

Con settembre era arrivato il momento di dare forma concreta all'eccitante evanescenza estiva del nostro amore da cartolina. Arnaldo insisteva perché mi trasferissi a Roma entro metà ottobre. "Non dobbiamo perdere tempo, siamo troppo grandi per cincischiare," ribadiva con convinzione ogni volta che parlavamo di cosa avremmo fatto anche solo il giorno seguente.

Così, appena tornata a Milano da Venezia, ricordo che elencai, sul retro di un comunicato del serial *Dirty sexy money*, tutto quello che dovevo fare urgentemente per alimentare il nostro sogno di perfezione.

Ma la lista suonava più minacciosa che eccitante.

Era solo un elenco stringato, però aveva la spiacevole caratteristica di afferrare una vicenda che si librava nel magico mondo delle favole e precipitarla nel pozzo burocratico delle pratiche da sbrigare, quelle che sembrano non avere mai fine perché nell'affrontarle si aprono a fisarmonica, rivelando sempre nuove eccezioni procedurali da affrontare una per volta.

Sulla facciata A del foglio c'era il soggetto del serial, con le pimpanti vicende della straricca famiglia newyorchese dei Darling, cui tutto era possibile in virtù dell'inesauribile disponibilità di denaro, della bramosia simpaticamente viziosa e della loro sfrenata educazione. Sulla facciata B c'era il mio elenco, che prima di ogni altro problema ne evidenziava uno sotteso: non avevo risparmi, tutto quello che guadagnavo finiva nel mutuo della casa, nell'assicurazione sulla salute mia e di mia madre, in quei pochi soldi che le passavo ogni mese e nelle mie piccole spese, comunque superiori a quanto avrei potuto permettermi. Ormai da diversi anni il mio conto corrente oscillava in continuazione tra lo zero e il sotto zero. A rigor di logica, avrei dovuto muovermi con estrema prudenza, non essendo in grado di assorbire le conseguenze non dico di un errore, ma nemmeno di uno sbalzo. No, non ero una Darling.

L'elenco, cara Roberta e caro anonimo, era pressappoco questo:

– parlare con Giacomo e decidere cosa fare della casa e del mutuo cointestati (vendere a terzi e poi dividere il ricavato? fissare un prezzo e venderе a lui? affittargli la mia quota?)

– dirlo anche alle figlie di Giacomo ("Ingiustizia: lui da piccole ci ha lasciato per te, e adesso tu lo lasci?" Giustificarsi)

– andare da un avvocato e dargli mandato per la separazione (spese legali, quanto?)

– dire tutto a mia madre

– rassicurarla (promettere che andrò comunque a trovarla una volta a settimana; oppure proporle di trasferirsi a Roma; oppure pagarle una badante coi soldi guadagnati dalla vendita/affitto casa)

– con Arnaldo trovare una casa provvisoria a Roma

– comunicare al giornale che mi trasferisco, vedere cosa succede (in caso, promettere che andrò in redazione due giorni a settimana; oppure dimettersi e lavorare con Arnaldo)

– comunicare a banche, assicurazioni, uffici stampa il cambio indirizzo (per il momento dare indirizzo ufficio Arnaldo)

– volturare a Giacomo intestazione tel/gas/luce/tassa rifiuti. Sky, se lo vuole, sennò disdirlo

– vedere cosa fare con banca: cambiarla con una di Roma?

– cambiare medico della mutua

– imballare le mie cose e traslocarle in casa provvisoria (preventivo spese)

– cercare a Roma ginecologo-guru per gravid. a 45 anni (preventivo spese).

Caro anonimo e cara Roberta, com'era possibile che da un amore sgargiante, lieto, spensierato, allegro, saltasse fuori un groviglio di incarichi e incombenze così paralizzante? Ma le persone come fanno, mi chiedevo, quando decidono di convivere? Quando lasciano gli ex per mettersi coi nuovi? Si sottopongono a simili corvée senza impaurirsi, senza spoetizzarsi, senza desistere? Evidentemente sì, visto che il mondo è un incessante reticolo di movimenti amorosi di persone che si lasciano e di persone che si prendono. Non infiacchirsi, non autocompatirsi, non lambiccarsi, cominciai a ripetermi ogni volta che mi precipitava l'umore, cioè in continuazione. Agire, sorridere, pensare sempre ai vantaggi del dopo e mai ai fastidi del durante.

Con Arnaldo mi fingevo alacre: "Ho fatto questo, comunicato quello, sentito il traslocatore, prenotato, comunicato, litigato..." Invece non facevo niente. Ci pensavo e basta.

Ricordo che la prima sera a Milano, mentre Giacomo era già letto, guardai in televisione un vecchio film di Vadim, *Et Dieu... créa la femme*: Saint-Tropez, estate, amori, dialoghi rudimentali, recitazione macchiettistica... però, a un certo punto, Brigitte Bardot diceva a Christian Marquand: "Be', il futuro... l'hanno inventato solo per rovinarti il presente." Sembrava che lo dicesse soprattutto a me.

Andai da Bianchi, al giornale.

C'era il palo cui di solito legavo la bicicletta; c'era il negozio di scarpe di cui ogni volta guardavo la vetrina, senza mai trovare – per fortuna – qualcosa che mi spingesse a entrare e spendere; c'era la panetteria dove compravo un ottimo pane di semi, che restava commestibile per almeno tre giorni. In redazione c'era una pila di posta per me: plichi di libri, promo di nuovi serial, inviti ad anteprime. C'era la saletta fumatori, dove le suole dei giornalisti, che si appoggiavano alla parete per fumare la fatidica sigaretta, avevano annerito il muro a mezzo metro da terra, creando una lunga striscia nera dai bordi confusi; c'erano amici con cui mi faceva piacere chiacchierare di cose del giornale. C'era tutto quello che mi ero costruita in vent'anni di accanimento e passione per il mio lavoro.

Più tardi, dopo aver slegato la bici e prima di inforcarla, telefonai ad Arnaldo e, tra le parole d'amore, di mancanza, di desiderio, infilai una serie di puntini sulle "i", cioè di magnificazioni del mio mondo lavorativo, che (questo non lo dissi, era sottinteso) stavo per immolare sull'altare della nostra relazione. Sacrificio che (anche questo non lo dissi) mi ero ben guardata dall'annunciare al mio caporedattore. Del resto, che fretta c'era? Non dovevamo ancora trovare casa a Roma? Inutile precipitare gli eventi, soprattutto quando è in gioco il proprio lavoro, cioè l'identità e la sopravvivenza.

Andai a trovare mia madre. Per tre giorni di seguito. Nel tentativo di risarcirla di quell'estate in cui l'avevo trascurata, o perlomeno in cui ero stata felice mentre lei era come al solito sospesa in un'infelicità cristallizzata. Quando hai un genitore incagliato nel proprio fallimento esistenziale, ti senti in colpa se ti sottrai e la tua vita esce dalle secche del passato. È come se i suoi musi, le sue miserie e le sue tristezze non facessero altro che ripeterti: sono ridotto così anche per te. Se non ti avessi messo al mondo, avrei lasciato tuo padre subito, in tempo per avere una vita felice, e nessuno si sarebbe sparato in un giardino altrui. Ma adesso che tutto questo è successo, per te, per generarti, adesso che sono vecchia e sola, cosa fai? Te ne freghi? Te la spassi? Vai a Roma a fare l'innamorata? E poi: il mio matrimonio, anzi, il *nostro* matrimonio – giacché come figlia sei coinvolta anche tu – non ha funzionato, è stato un fallimento. E ora mi dài questo dolore, fai fallire anche la tua storia con Giacomo, che poi è come se mi puntassi addosso un dito gridando: "Mamma, da una come te non poteva venire che una come me, fallisco perché tu mi hai insegnato a fallire!"

Non che mia madre, per carità, si sognasse di dirmi queste cose. Tuttavia i suoi sguardi arcigni, le sue frasi troncate nel pieno di una recriminazione talmente ripetuta da annoiare persino lei, certi borbottii solitari e certi gesti accennati e subito interrotti a mezz'aria, erano chiari segni di ragionamenti inespressi che da tempo conoscevo a menadito. Del resto, mia madre non mi diceva mai niente; al massimo, un frettoloso "Tutto bene?" lanciato mentre già se ne andava in un'altra stanza senza aspettare risposta, tanto da farlo suonare più assertivo che interrogativo, e da farmi passare la voglia di raccontarle alcunché. "Tutto bene," confermavo invariabilmente. E ogni volta che, cercando scioccamente sostegno emotivo, avevo lasciato affiorare una certa fiducia nella possibilità di migliorare la mia condizione, lei mi aveva frenato e compatito: "Via, non esiste la felicità," diceva, scacciandone la possibilità con un gesto secco della mano, come una sberla inferta all'aria. "Inutile cercarla," mi frenava. "E poi noi due siamo segnate, meglio non muoversi, meglio non farsi notare dal destino prima che gli venga in mente di darci un'altra fregatura."

Tre giorni di visite consecutive: lei sembrava indifferente, ma secondo me era molto contenta che mi dedicassi a metterle in ordine la casa, a riempirle gli armadietti di pelati, carta igienica, detersivi, biscotti...

Il terzo giorno, mentre pulivo le piastrelle del bagno, decisi di dare un'occhiata alle riviste che impilava accanto al water. Gliele portavo io, di solito, e ogni tanto buttavo le più vecchie, che ormai doveva aver sicuramente letto. A metà della pila trovai un numero di *Focus* che non le avevo portato io. Erano anni che non guardavo quella rivista. La sfogliai. C'era un articolo con diverse sottolineature fatte con l'evidenziatore giallo. C'erano anche un paio di ritagli di giornale, sottolineati con righe rosse tremolanti. Il tema degli articoli sottolineati era sempre il medesimo: sintomi della sclerosi. Oddiosanto, mi spaventai. Ecco perché le cadono di mano le cose, ecco perché trascura la casa, ecco perché parla ancor meno del solito. Decisi di non chiederle nulla ma di osservare con più attenzione i suoi gesti e i suoi movimenti.

Più tardi, mentre scendevo lentamente le scale del condominio, telefonai ad Arnaldo e, tra le parole d'amore, di mancanza, di desiderio, infilai un'altra serie di puntini sulle "i", precisando la mia necessità di occuparmi della persona che mi aveva messo al mondo e che ora probabilmente era malata – o credeva di esserlo, il che, in termini di disagio emotivo, era pressappoco la stessa cosa. Trasferirla a Roma? Non avevo ritenuto opportuno parlargliene. I vecchi non si possono infilare in una valigia, sacrificando le loro abitudini alle nostre turbe emotive – benché io stessi per immolare la continuità delle visite a mia madre sull'altare di una relazione amorosa, sacrificando le sue esigenze alle mie (questo non lo dissi, era sottinteso). Sacrificio che (anche questo non lo dissi) mi ero ben guardata dall'annunciare a mia madre. Del resto, che fretta c'era? Non dovevamo ancora trovare casa a Roma? Inutile precipitare gli eventi, soprattutto quando è in gioco il rapporto con l'unico parente che ti resta, cioè con le tue radici e la tua identità.

Nella mia cucina, attrezzata perfettamente, proprio come l'avevo voluta quando tanti anni prima ci eravamo trasferiti in quella casa, preparai una cenetta sfarzosa per Giacomo. Tutto era ordinato, pulito, ben disposto. Lui arrivò poco dopo le dieci, un'ora più tardi del previsto. L'aereo era atterrato con grande ritardo. Poveretto: quella mattina era partito all'alba, per Chantilly, chiamato da un collega per un consulto su una preziosa fattrice.

Pensavo: stasera gli dirò tutto, finalmente; e se non sarà lui a chiedermi cosa diavolo ho fatto per tutta l'estate, allora glielo racconterò io. Invece parlammo della débâcle del sistema ippico. Crollavano le compravendite di purosangue, crollava il numero di spettatori, crollava la raccolta di scommesse, crollavano i prezzi dei puledri alle aste pubbliche. Crollavano anche i suoi introiti, di conseguenza. Parlammo anche – a lungo, infervorandoci in perfetto accordo – dell'indecenza dei palii che si erano svolti per tutta l'estate da un lato all'altro della penisola: oltre cento competizioni finto-medievali, con incidenti che portavano invariabilmente alla morte dei cavalli, e fantini ubriachi che frustavano e speronavano selvaggiamente le povere bestie incolpevoli, e pubblico beota che si infiammava per la crudeltà della gara, e misure di sicurezza (equina) insufficienti.

Poi Giacomo andò a dormire, pregandomi come sempre di far piano quando fossi andata a letto, più tardi. Mi misi al computer nel mio studio – una stanza comodissima, dove tutto era a portata di mano. Una cosa era certa: nell'appartamento in affitto, e più tardi in quello definitivo di Arnaldo, sarei stata sempre ospite di una casa costruita e adattata in base alle esigenze e alle stratificazioni di qualcun altro.

Fuori dalla finestra, a un paio di chilometri in linea d'aria, la Madonnina brillava in cima alla guglia più alta del Duomo. Era così luminosa e così solitaria nel cielo calmo e tiepido di Milano, che si poteva pensare di sporgere la mano per afferrarla e tenersela vicina per un po'. Che potenza evocativa hanno i simboli delle città che amiamo, pensai. La Madonnina è illuminata in maniera così sfarzosa per sembrarmi vicina, perché io sappia che veglia anche su di me – agnostica abitante di questa città che mi ha così ben accolto.

Verso l'una telefonai ad Arnaldo, che era appena tornato da una cena di lavoro, e, tra le parole d'amore, di mancanza, di desiderio, infilai una nuova serie di puntini sulle "i", parlandogli della mia necessità di abitare in una casa comoda e ordinata e di mio gusto, e di continuare a coltivare i rapporti con la mia città e i miei amici e – certo – anche con Giacomo. Perché la vita non è solo feste e festival e socievolezze mondane: è anche contemplazione solitaria, isolamento pur nel guazzabuglio di una città, vecchi affetti da coltivare. La vita precedente di una persona ha un valore, è la sua storia, è il motivo per cui quella persona piace o non piace e non si può buttarla via, benché io stessi per immolare sull'altare della nuova relazione la mia casa e la mia famiglia acquisita, sacrificando le mie esigenze e quelle dei miei cari ai diktat dell'amore (questo non lo dissi, era sottinteso). Sacrificio che (anche questo non lo dissi) mi ero ben guardata dall'annunciare a Giacomo. Del resto, che fretta c'era? Non dovevamo ancora trovare casa a Roma? Inutile precipitare gli eventi, soprattutto quando è in gioco il rapporto con le tue radici e con la tua storia individuale.

Sms, telefonate, email, pensieri: tra me e Arnaldo correva una comunicazione incessante, frenetica, appassionata. Continuamente ci rassicuravamo a vicenda, in attesa di tornare a vederci di lì a pochi giorni.

Ragionavo: si è sempre sentito parlar male di quei maschi che tengono il piede in due scarpe, una della moglie l'altra dell'amante, e non si decidono, anzi non vogliono decidersi. Ma, in fin dei conti, non avranno ragione loro? Cosa c'è di più innaturale del dover scegliere tra due cose che anziché sommarsi si completano? Come si può mettere sullo stesso piano un rapporto consolidato, spento, affettuoso, abitudinario, e uno frizzante, emozionante, eccitante? È come se qualcuno ti chiedesse: stamattina vuoi uscire con le scarpe o col vestito? Con tutti e due, è ovvio! È solo in caso di guerra, terremoti, attacchi terroristici, che ci si può trovare a dover uscire vestiti ma scalzi, o con le scarpe ma in mutande. Qui però non ci sono né guerre né cataclismi, e allora perché non posso andare in strada con tutto quello che serve, perché devo scegliere tra Giacomo e Arnaldo?

La mattina dopo, Giacomo uscì di casa alle sei del mattino. Doveva andare in Toscana: era giornata di visite in un allevamento dalle parti di Castagneto Carducci. Mi alzai anch'io: ero inquieta. Andai in bagno, senza accendere la luce, lavandomi nella penombra che pian piano si rischiarava. Era la luce della città che si svegliava, la luce che più di ogni altra definiva lo spirito di Milano, una città smorta, con una cappa di foschia che gravava costantemente sui suoi edifici sobri, sul suo accalcarsi di auto, sulle sue periferie seriali. La luce della città che amavo nella sua bruttezza, come si ama un cane randagio, scombussolata miscela di razze diverse, e lo si adotta con una dedizione priva di cedimenti, e si finisce per apprezzare in particolar modo proprio la sua specifica bruttezza. Era la luce che dava l'impronta allo stato d'animo soffuso, operoso, formichinesco del luogo dove avevo scelto di vivere venticinque anni prima. E per cui provavo un senso di appartenenza che da anni iniziava ogni mattina, in quel bagno, mentre il lampadario tintinnava per le vibrazioni al passaggio dei primi tram, e continuava mentre accendevo il computer e mettevo la moka sul fuoco, e subito dopo mentre andavo a pescare qualche vestito adatto nell'armadio, e poi mentre tornavo in studio a sorseggiare il caffelatte davanti al computer e scorrevo rapidamente le notizie; e subito dopo infilandomi nell'ascensore, dove spesso annusavo il sentore di portacenere di qualcuno che l'aveva preso prima di me, in seguito sgusciando fuori dal portone, camminando lungo il marciapiede fino all'edicola, nel rombo delle accelerate di autobus e motorini che ripartivano al verde del semaforo, mentre dalle aiole dei giardinetti vedevo emergere qualcuno che aveva dormito sui cartoni e adesso faceva pipì, per poi andare a farsi la barba alla fontanella, tenendo in mano una scheggia di specchio. Salutavo come sempre il giornalaio, che mi allungava il pacco di quotidiani coi suoi guanti di cotone bianco annerito, e ogni mattina pensavo: chissà come si sporcheranno anche le mie, di mani. Infine, prima di tornare a casa, costeggiando quei giardinetti dove alcuni già portavano a spasso il cane, passavo dal mio solito bar dove bevevo un supplemento di caffè ed ero pronta a mettermi al lavoro, a scrivere, a consultare, ad apprendere, a saperne di più.

Tutto questo, che mi piaceva – e mi piaceva molto, benché di solito non me ne rendessi conto o perlomeno non ci badassi – l'avrei avuto anche a Roma? L'avrei avuto se fossi riuscita a dare un figlio a me e Arnaldo? O erano le ultime volte e dovevo degustare ogni passo, ogni gesto, ogni suono, ogni impressione, perché quelle cose stavano per sprofondare nel mondo dei ricordi che man mano si trasformano e si sfaldano?

Tornai a Roma. Arnaldo aveva preso una camera all'hotel Locarno. Disse all'impiegato della reception che mi avrebbe accompagnato in camera ma che non avrebbe dormito con me, e gli raccomandò di intestare la fattura del mio soggiorno alla Doc4Ever. "Sai, mando sempre qui i collaboratori," mi annunciò con aria soddisfatta, senza guardarmi, ancora rivolto verso il bancone.

"Come, non dormi con me?" gli domandai a bassa voce appena si voltò verso di me, pronta non so bene se ad avvilirmi o ad arrabbiarmi.

"Ma no!" disse, stringendomi in un abbraccio gioioso, quasi divertito. "È che per scaricare l'importo della fattura devi risultare solo tu."

"Capisco," constatai senza entusiasmo. Stavo già trasformandomi in una voce nella sua nota spese? E non sapeva di trucco da magliaro quella faccenda di scaricare dalle tasse, facendole figurare come se fossero di lavoro, persino cinque notti passate con la donna che ami, in attesa di poterla sistemare in un appartamento?

Avevamo una ventina di appuntamenti per visitare case in affitto già arredate e sceglierne una adatta ad abitarci per qualche mese, al massimo fino alla primavera. Arnaldo era convinto di riuscire a reimpossessarsi del suo appartamento entro la fine dell'anno. A quel punto, avrebbe approfittato per farci dei lavori e adattarlo ai miei gusti e alle mie esigenze. Apprezzai quel pensiero.

Il primo giorno visitammo cinque appartamenti, tutti in centro e tutti con difetti gravi. Bar chiassosi sotto le finestre, impossibilità di parcheggio nelle vicinanze, pavimenti con piastrelle sbeccate e dondolanti, finestre che non si chiudevano, bagni impraticabili... Comunque non stavo a sottilizzare e mi mostravo molto più accomodante di Arnaldo. Dopo una notte tra le sue braccia, come stordita dai baci e dalle carezze e dalle parole appassionate, avevo già dimenticato le angosce che mi avevano sopraffatto a Milano, e volteggiavo spensierata di appartamentino in appartamentino, di celebre piazza in celebre slargo, di ristorante in ristorante. Scoprivo la vita romana, accanto ad Arnaldo, che me la faceva sembrare un inanellarsi di pranzi al sole, sulla terrazza di qualche ristorante. Conosceva tutti: i camerieri, i proprietari, i clienti abituali; sapeva quali erano i tavoli migliori per godersi un po' di sole senza rischiare di ritrovarsi all'ombra a metà pasto. Non mangiava mai da solo: con lui – e, in quei giorni, con noi – c'era sempre la comitiva dei suoi amici, una pattuglia di varia umanità che puntualmente si materializzava ogni giorno al tavolo assolato prescelto.

Seduti davanti a una bottiglia di vino bianco e a un piatto di mozzarelle e carciofi, Arnaldo e i suoi amici affrontavano senza vigore argomenti che dessero un'idea di discorsività, ma la loro attenzione era concentrata soprattutto nel farsi abbrustolire dai raggi del sole, e, con l'indolente negligenza delle lucertole che girano e rigirano la coda sulle pietre, sporgevano un braccio, una caviglia, qualche porzione di corpo, affinché partecipassero della luce del sole. Sole che era il vero protagonista di quei pranzi che terminavano di botto, senza cerimonie, appena spariva dietro la cupola di una chiesa o la facciata di un palazzo.

Dopo mangiato, riprendevamo la ricerca dell'appartamento. Ogni tanto Arnaldo mi lasciava per tornare in ufficio, ma sempre per poche ore: "Non mi sento bene se ti so vicina ma non accanto a me."

Mi chiedeva come avessero preso la notizia Giacomo e mia madre, voleva che ogni volta glielo raccontassi da capo, e io lo facevo inventando di sana pianta descrizioni frettolose, smozzicate, imprecise. Non volevo infastidirlo con le mie piccole cose di famiglia, gli dicevo. Tanto, ormai, eravamo impegnati col nostro futuro.

Delle case che visitavamo non c'era nulla che gli piacesse. Cominciavo a pensare che fosse impossibile accontentarlo. "Non dobbiamo starci per sempre," gli dicevo.

"Certo, hai ragione," rispondeva lui. Ma puntualmente saltava fuori un nuovo dettaglio che gli metteva tristezza, se non orrore. "Sono assurdamente vulnerabile," mi confessò durante uno di quei sopralluoghi, intenerendomi. "Non dormo se fa troppo freddo o troppo caldo, perciò voglio un buon riscaldamento e l'aria condizionata. Non posso avere a lungo sotto il naso oggetti disgustosi. Tappezzerie sgargianti, bagni con fantasie stucchevoli piastrellate fino al soffitto, lampade abominevoli... miseria e bruttezza mi avviliscono, mi sfiancano, mi deprimono, mi irritano. Tu non le conosci sul serio, tu non hai abitato in una casa popolare al Prenestino. Io ho il terrore di tornare povero e non voglio vivere in case da poveri o da finti ricchi. Il povero prende i mezzi pubblici e puzza, non si lava, suda, conta continuamente i suoi quattro soldi..." Che fastidiose generalizzazioni! Tra l'altro, evidentemente non si rendeva conto di parlare con una persona che per tutta la vita aveva preso mezzi pubblici senza tutte quelle fisime che lui invece amplificava. Ma lo conosco abbastanza?, mi chiesi mentre ci allontanavamo dall'ennesimo appartamento dissestato e comunque costosissimo. E lui mi conoscerà abbastanza? Ero vagamente preoccupata dalla sua fobia per la povertà, soprattutto in virtù del suo mestiere, che difficilmente arricchisce e molto più facilmente sospinge nel mondo degli indebitati cronici.

"Peccato, vorrei tanto sapere com'è la tua casa, per farmi un'idea. Ci passiamo un attimo? Mi piacerebbe almeno vederla da fuori."

Mi accontentò: era sempre così gentile.

Ci fermammo davanti a un edificio d'epoca, dalla facciata délabré, ai piedi del Gianicolo e a pochi metri dal Vaticano. Mi mostrò le finestre del suo appartamento, all'ultimo piano. Si vedeva anche una terrazzetta da cui spuntava qualche ciuffo verde. Mentre facevo quattro passi lì intorno ("Così cominci a prendere le misure e guardi dove sono i negozi"), lui salì in casa. Voleva fare delle fotografie per me. Stella era in cucina, mi disse poi, e di umor nero. Lei e la sorella si erano date il cambio e ora la disintossicanda se ne stava a Capalbio, mentre la sua ex occupava militarmente una stanza, un bagno e buona parte della cucina. La situazione sembrava abbastanza assurda, ma Arnaldo era fiducioso e i suoi amici dell'ora di pranzo, interpellati al sole davanti a me, ritenevano che bastasse un piccolo aiuto e un po' di diplomazia per risolvere la questione. Tutti erano fiduciosi e dunque cercavo di esserlo anch'io, per non dare alla comitiva dei pranzisti l'impressione di essere una rompiscatole che subentrasse a un'altra rompiscatole.

Il quartiere di Arnaldo era strano. C'erano molte botteghe artigiane: restauratori, doratori, tappezzieri. Forse, pensai, si erano concentrati lì, a trecento metri da San Pietro, perché l'enorme quantità di stanze del Vaticano era una fonte inesauribile di lavoro. C'erano anche molti spacci di pizza al taglio, probabilmente mirati sulle torme di pellegrini che, transumando dal parcheggio dei pullman verso San Pietro, passavano su quel tratto di strada. E c'erano moltissimi negozi di paramenti religiosi e corredi per chiese: in giro si vedeva una gran quantità di preti e qualche suora.

Cenammo da Zama, il ginecologo che ci aveva ospitati a Sabaudia. C'erano i levrieri, c'era il barone, c'era il direttore di telegiornale che avevamo incontrato a New York, c'era la comitiva dell'ora di pranzo, c'erano alcuni personaggi visti a Capalbio o a Sabaudia... In definitiva, una trentina di persone che in gran parte conoscevo almeno di vista, più alcune nuove. Dopo un'estate passata a veder gente, mi capitava spesso di chiedermi se certe facce mi fossero note perché appartenevano a persone che conoscevo o perché le avevo viste su giornali e riviste. Mi venne in mente Audrey Hepburn in *Sciarada*, quando, agganciata da Cary Grant in un solarium di Megève, se ne libera con grazia assoluta dicendogli: "Conosco già una spaventosa quantità di persone, e, finché non ne muore qualcuna, non posso far conoscenza con nessun altro."

La verità, cara Roberta e caro anonimo, è che quel continuo e endemico incrocio di persone, quasi sempre le stesse, mi ricordava paradossalmente l'esistenza di provincia da cui ero fuggita tanti anni prima, per riparare nel tenero abbraccio dell'anonimato di Milano. Una città chiusa, segreta, indaffarata, la cui vita non assomigliava minimamente a quella che avevo fatto con Arnaldo girando tra Roma, Capalbio e Sabaudia.

A Verona, invece, funzionava esattamente allo stesso modo. Tutti si conoscevano sin da piccoli o avevano perlomeno notizie e indiscrezioni su chiunque, con parenti e amici a far da collegamento. Tutti andavano in vacanza nelle stesse località, colonizzate da decenni con insediamenti stabili. E se invece andavano in viaggio, lo facevano in comitiva, tanto per non sentirsi spaesati nemmeno nella foresta birmana.

A Verona, tutti erano cordiali con chiunque facesse parte del branco, pur detesticchiandosi e criticandosi l'un l'altro incessantemente: aveva il sopravvento una superiore lealtà di genere, nonostante le differenze spesso acerrime. Uno di destra, l'altro di sinistra; uno arricchito, l'altro impoverito; uno bacchettone, l'altro orgiastico; uno micragnoso, l'altro magnanimo... tutti comunque di Verona! Tutti prima o poi finiti a letto con tutti. Tutti perennemente incrociantisi a cene, aperitivi, passeggi nella zona dello shopping, seggiovie, regate, piscine, code in banca, semafori.

Quella sera mi resi conto che il presente aveva il sapore collaudato della mia gioventù, e durante l'estate avevo avuto una perfetta vacanza veronese, nella variante romana.

Infine, Arnaldo si decise. Scelse un bilocale in un palazzo cinquecentesco a piazza Navona: il classico indirizzo da sogno per chiunque, tranne per i romani veri e propri, che considerano anzitutto l'impossibilità di arrivarci in macchina e di trovare un parcheggio a distanza accettabile, oltre al fastidio dell'assalto incessante dei turisti. L'ingresso era maestoso, e così lo scalone in marmo. Si saliva per due lunghe volute di gradini consunti, tra busti, affreschi e intonaci scrostati, si entrava nell'appartamento da un porticina più bassa delle altre che si affacciavano sullo scalone, e ci si trovava in tre stanzette buie, con bagno e angolo cottura, che davano su un cortile di servizio. L'appartamentino era arredato nello stile pomposo che piace ai parlamentari neofiti e in genere a chi pensa che bellezza ed eleganza coincidano con tende, tappezzerie e fodere di divano come quelli del Senato o di Palazzo Chigi. Chiavi da cui pendono pompon, sedie rivestite di stoffe damascate, tendaggi di broccato con fiorami ton sur ton. Alle pareti, riproduzioni settecentesche con i tipici soggetti da Grand Tour: pastorelli e pecore sperduti nell'agro romano, artistiche rovine con lo sfondo dei tipici pini italici, pergolati di frasche con vista su dimore principesche immerse nel paesaggio dei Castelli.

Nelle stanze aleggiava lo stesso odore di stoffe pregne di polvere che pervade le botteghe dei tappezzieri, tra rocchetti, spilli e lanugine. Mi chiesi come avrei potuto stipare tutte le mie cose in quelle tre stanzette. "Io non mi porto niente, non preoccuparti," mi rassicurò Arnaldo. "Ho sempre pensato con invidia a quelli che abitano in piazza Navona," confessò, e aggiunse, tutto contento: "E adesso per qualche mese sarà il nostro indirizzo. Capisci?" Da lì poteva andare in ufficio a piedi, e la zona pullulava di suoi ristoranti preferiti. "Vedrai che ci divertiremo," disse quando tornammo in strada, stringendosi al mio fianco mentre guardavamo con soddisfazione il grande catino della piazza, la fontana del Bernini sovrastata dall'obelisco di Domiziano, i turisti, i venditori di cianfrusaglie.

Ero felice che finalmente il primo tassello fosse andato al suo posto: era l'inizio del grande cambiamento epocale. Gli chiesi il prezzo dell'affitto, immaginandolo superlativo, ma era simile a quello di tante altre case scombinate che avevamo visto nei giorni precedenti: più o meno quello che io guadagnavo in un mese. L'appartamento era libero da subito, ma Arnaldo voleva farlo pulire da un'impresa di fiducia e voleva far sistemare l'impianto elettrico, che giudicava insoddisfacente. "Entriamo il 5 ottobre," disse soddisfatto. "Hai dieci giorni per prendere le tue cose e tornare a Roma per vivere con me."

"Forse ce ne metterò quindici," dissi a bassa voce, perché mi spiaceva deluderlo ma non potevo illuderlo di riuscirci in così poco tempo.

Mi portò in piazza di Pasquino, a pochi passi dalla nostra nuova casa. Nel '38, mi raccontò, per accogliere Hitler in visita a Roma, avevano costruito archi trionfali e facciate di cartapesta e di gesso lungo le strade che avrebbe percorso; sotto il busto di Pasquino, dove da secoli i romani affiggevano satire politiche in dialetto, qualcuno lasciò un foglio con questi versi: "Povera Roma mia de travertino! / T'hanno vestita tutta de cartone / pe' fatte rimirà da 'n'imbianchino."

Gli piaceva raccontarmi la sua città perfino con aneddoti da guida turistica. Era bello sentirsi circondare da un affetto così pedagogico. Faceva pensare che mai nulla di brutto potesse succedere, perché quell'uomo non voleva solo amarmi d'un amore impulsivo e rapace, da animali, ma voleva fondere le nostre anime, i nostri progetti, i nostri piccoli saperi.

Cara Roberta e caro anonimo.

Camminando per Roma, in mezzo alla folla, cominciavo a notare tutte le donne incinte o con un bebè, e mi parevano straordinariamente moltiplicate. Effetto delle forsennate campagne proembrioni e antiabortiste degli ultimi due anni? O piuttosto ero io, che ormai potevo permettermi di osservare con tenerezza quei cuccioli di essere umano che anni di divieto mi avevano portato a evitare, come eviti di guardare certe case da milionari, sapendo che la concupiscenza genera solo frustrazione?

Faticava a fare l'amore: non più focoso né concentrato, Arnaldo si interrompeva a metà o addirittura non riusciva. Però non rinunciava, e così le notti si consumavano in poco sonno e molte insistenze. Si era fissato che dovessi restare incinta subito, tanto che anch'io lo credevo possibile nonostante fossi ormai da qualche anno nella fascia d'età che i ginecologi definiscono "attempata". Era faticoso: tra ansia di riprodursi e mancate erezioni, mi era passato il desiderio. A letto, quando capivo che stava per iniziare a darsi da fare, gli facevo una carezza cortese, formale, e poi restavo immobile come se fossi stecchita. Cercavo di essere gentile ma non incoraggiante. A quel punto si demoralizzava e si girava dall'altro lato, e io per qualche istante gioivo: Salva! Invece no: un paio di secondi, e tornava a voltarsi verso di me per brancicarmi, incurante del mio atteggiamento esanime, e cominciava ad alitarmi nell'orecchio. Che innaturali corvée impone l'amore... Si muoveva, mi toccava, non stava fermo un attimo. "È tardi," farfugliavo. Ma gli sentivo l'erezione, e lì capivo che non c'era più nulla da fare. Speriamo che almeno faccia in fretta, pensavo, e lanciavo un'occhiata all'ora digitale che pulsava sulla cornice del televisore. Perché non si spiccia?

Faticava così tanto a fare l'amore, che l'ultima mattina, prima che tornassi a Milano per raccogliere le mie cose, decise di farmi una confessione. Durante la notte si era sentito talmente inadeguato, disse, che aveva provato a immaginare come avrebbe comunicato agli amici, tramite sms, il fatto che lo avessi lasciato per colpa delle sue défaillances.

A Gerry, testimone del nostro amore: "Purtroppo con Erica non ce l'ho fatta."

Al ginecologo Zama: "Non mi tirava."

A Pietro e Luisa, gli amici a casa dei quali c'eravamo conosciuti: "Alla lunga non andavamo d'accordo."

A Stella, la beffa: "Resto con te per tenerti compagnia."

Ai figuranti dei suoi pranzi al sole: "Io e lei abbiamo ballato una sola estate ma è stato bello."

Alla gentile agente immobiliare che ci aveva accompagnato a vedere l'appartamento di piazza Navona: "Mi dispiace. Quanto le devo per il disturbo?"

E, tra sé e sé: "'Sta stronza troia che mi mette ansia."

Mi recitò i suoi sms con un'aria così simpatica, con quel ciuffo di traverso sugli occhi a fessura per via del sorriso che glieli stirava, tenendomi stretta con un tale ardore, che partii per Milano più innamorata che mai.

Ero decisa ad affrontare tutto. Tempo due giorni, mi dissi, e la lista paralizzante sarebbe stata in gran parte evasa. Chiamai un paio di ditte di traslochi. Volevano sapere il numero di colli da trasportare. Pensai di fare un elenco, per capire di quanti scatoloni ci sarebbe stato bisogno. Naturalmente si trattava solo di un primo trasloco. Qualche pentola, libri, film, vestiti, oggetti cui ero particolarmente affezionata... anche perché, nella casa in affitto già arredata, ci sarebbe stato spazio per ben poco. Il vero e proprio trasloco potevo rimandarlo a quando Arnaldo avrebbe avuto la sua vera casa a disposizione. A giudicare dalle foto che mi aveva mostrato, era bella, spaziosa, piena di luce.

Nell'aprire tutti i cassetti per decidere cosa avrei dovuto portarmi via, ne trovai uno zeppo di psicofarmaci. Li avevo usati per le mie ricorrenti crisi depressive, quando ancora mi lasciavo sopraffare dai ricordi e dal senso di inadeguatezza. Li buttai: tanto era un bel po' che non ci cascavo. Non volevo che la loro presenza mi portasse sfortuna. E poi non avevo più motivo di essere infelice. Mi aspettava una vita meravigliosa, in una città splendida, allegra, coinvolgente, piena di soluzioni per tutti i casi più spinosi dell'esistenza. Ormai ero innegabilmente una donna risolta.

Come cani che continuano ad abbaiare anche quando chi passa davanti al cancello si è allontanato, Arnaldo e io continuavamo a giurarci incantamento reciproco ed eccitazione per l'imminente coronamento dei nostri progetti comuni. Attori. Attori che recitano a soggetto, come gran parte degli amanti. Poveri amanti condannati alla commedia della passione, della fedeltà eterna, dei propositi magniloquenti. Perché nel frattempo, cara Roberta e caro anonimo, quando restavo sola con me stessa, io – ma certamente anche lui – non facevo altro che precisare, mettere in chiaro, sopravvalutare le mie abitudini e conquiste anteriori al nostro incontro. E soprattutto: le vite precedenti, che entrambi avevamo immaginato risolvibili in un soffio, con un paio di sorrisi e qualche affabulazione, si rivelavano invece vincoli profondi, difficili da sciogliere, densi non solo di vecchi ricordi ma anche di astio recente e di freschissimi inghippi.

Pensando a quei giorni, potrei dire che ero come un uccellino che sente tremare il ramo su cui è appollaiato, ma continua a cantare sapendo di avere le ali.

Però io amavo Arnaldo e lui amava me, sempre che a questo verbo si possa dare un significato complesso, di chiaroscuri, e non solo il sapore giulebboso di tante caramelle. Non avevo mai trovato un uomo con un carattere così avvincente, simpatico, pungente, diretto, veloce, intuitivo, avventuroso, affettuoso, socievole, ben disposto, arguto, spiritoso...

I paradisi sono brevi, gli inferni paiono eterni

Ci sbaciucchiammo a lungo al telefono. Con un suono da cocorite, come quello che si sente entrando nei negozi di animali e mangimi. Era la prima notte di separazione dopo le giornate romane. Ancora poco e ci saremmo riuniti, finalmente in modo definitivo. Ormai si era innescato un processo inesorabile che non potevo più fermare, altrimenti avrei rischiato di fare la figura dell'inaffidabile matta squinternata scema rinunciataria. C'era una casa che ci aspettava, con tanto di caparra e deposito versati, c'era un piccolo trasloco lì lì per essere fissato, c'era la notizia da dare a marito e madre, c'erano le valigie da fare.

Andai a dormire sovreccitata, non so più se per la gioia o lo spavento.

L'indomani, alle sette e ventiquattro, accesi il computer per leggere le notizie e controllare se ci fosse posta di Arnaldo. Spesso, nella notte o all'alba, mi scriveva frasi d'amore, che collezionavo scientificamente pensando che da vecchia, davanti ai nostri nipoti, le avrei lette per mostrargli quanto si erano amati il nonno e la nonna.

Eccola lì, infatti. La aprii con l'emozione di quando si scarta un regalo.

Fantoni, Arnaldo (Doc4Ever)
29 settembre 2008 06:17
Come probabilmente avrai intuito, qui, sulla mia terrazzetta di fronte al Cupolone, mi è passata la fantasia. Tu non hai colpe e tutte le volte che siamo stati insieme sono stato bene. Dopo l'invaghimento nei non luoghi, fuori dal tempo, quel tipo di sentimento non è cresciuto. Per me è difficile mentire a me stesso. Così sono molto a disagio. Sei bella, e tra pochi giorni sarai anche felice, riparata e più consapevole di quello che devi chiedere a un uomo. Sono sicuro che prestissimo ne troverai uno senz'altro migliore di me.
Arnaldo

Tragedia.

Improvvisamente dimentica di tutte le perplessità che avevo finto di non avere e che però avevano fatto sì che a dieci giorni dal trasloco non avessi ancora compiuto alcun passo definitivo – né comunicarlo ai miei, né dirlo al giornale, né imballare nemmeno un mentino –, precipitai nel dramma dell'abbandono, della fine, del precipizio, dell'andare a rotoli, del non sapermi spiegare quali segnali avrebbero dovuto, secondo Arnaldo, farmi intuire l'interrompersi della sua "*fantasia*".

Lessi l'email una, due, tre volte. Non ci capivo niente eppure capivo tutto. "*Come probabilmente avrai capito*"? Capito da cosa? "*Quel tipo di sentimento non è cresciuto*"? "*Invaghimento*"?

Non c'era un sostantivo, un avverbio, una preposizione che riuscissi a spiegarmi. Precipitavo.

Lo chiamai. Una, due, tre volte. Non rispondeva.

Mi mandò un sms, invece: "Non c'è altro da dire. Nessuna spiegazione spiegherebbe quello che non è scattato. Mi dispiace. Fatti forza. Meriti il meglio."

Precipitavo, ma ero anche arrabbiata. Inviperita. Più con me stessa, a dire il vero. Per essermi fatta ingannare. Per avergli creduto. Per i suoi auspici cretini e ipocriti: "*Tra pochi giorni sarai anche felice, riparata e più consapevole di quello che devi chiedere a un uomo.*" E quel "*meriti il meglio*"? L'affermazione più cretina, falsa, bieca, banale, viscida, scontata, penosa, d'accatto che potesse escogitare. Che schifo. Basta anch'io, allora. Eppure provai a pensare che fosse uno scherzo. Ma un uomo che ti fa uno scherzo simile non è migliore di uno che ti lascia sul serio. Arnaldo era una truffa: era il contrario di quello che credevo, era il peggior uomo che avessi mai incontrato; anzi: era l'unico peggiore in cui mi fossi mai imbattuta – perché uno stronzo simile non l'avevo mai visto – e se anche fosse venuto a implorarmi di cancellare l'ultima mezz'ora non avrei più potuto credergli. Ormai l'idolo era infranto senza alcun dubbio, dovevo prenderne atto, non c'era più nessun margine di recupero. Era, in pratica, improvvisamente, inaspettatamente, definitivamente finito tutto.

Non potendo chiedere spiegazioni a lui, telefonai agli amici comuni. Ero incredula. Senza riuscire a darmi una ragione, sprecavo il mio tempo percorrendo e ripercorrendo ogni minimo episodio o non episodio di quell'estate. Leggevo l'email agli amici e ognuno di loro trovava che non fosse nello stile di Arnaldo, che fosse inspiegabile e implausibile ma così netta e carognesca che non c'erano strategie di recupero possibili, e l'unica cosa da fare era togliersi definitivamente dai piedi e non dare più notizia di sé.

Ero così furibonda e annichilita e vittimista che ogni volta dimenticavo di dire a quegli amici – a Beatrice, a Gerry, a Zama (sì, chiamai persino Zama, il ginecologo) – che quando avevo ricevuto la famigerata email non avevo ancora fissato il trasloco, non avevo lasciato il lavoro, non avevo parlato di Arnaldo né a mia madre né a mio marito. Dimenticavo di dire che avevo coltivato grosse riserve sulle sue accelerazioni; e, dimenticando di dirlo, finivo per dimenticarmi di averlo pensato. Dimenticavo cioè di rendermi conto che probabilmente, anziché sconvolgermi, avrei fatto meglio a sentirmi sollevata.

Nessuno, comunque, riusciva a spiegarsi l'atteggiamento di Arnaldo, ma la teoria più comune era che si fosse reso conto di non avere soldi per liquidare e sistemare Stella e affittare la nuova casa, e che i troppi impegni assunti l'avessero fatto precipitare all'improvviso dal mondo dei desideri a quello della realtà.

Ma io non accettavo quell'interpretazione. In fin dei conti non gli avevo chiesto nulla, aveva fatto tutto lui. Se il problema era solo di soldi, non poteva dirmelo e non potevamo continuare a vivere come avevamo fatto sinora? Ognuno a casa sua, con amore?

Se invece la spiegazione degli amici era corretta, be', allora mi ero trovata un uomo tale e quale mio padre, uno che sapeva solo inventarsi scenari favolosi e soprattutto credeva che nessuno potesse amarlo se non faceva promesse sempre più stratosferiche, e alla fine non gli restava che scappare, suicidarsi a pistolettate o sparire dalla vita della donna che amava.

Dovevo andare da uno psicanalista per curarmi, allora? Dovevo essere internata perché cercavo uomini che mi facessero male come me ne aveva fatto mio padre?

Troppo vecchia per curarmi, pensai.

Avevo tentato di spiccare il volo ed ero precipitata quando già volavo così in alto da produrre un bello schianto. E ora vedevo solo immagini di corpi spiaccicati, distrutti, buttati via. Immagini del mio corpo, per la precisione. Non lo volevo più, non mi volevo più. Basta. Morire, farla finita. Meglio buttarsi sotto un treno, sotto il metrò, sotto un camion, giù dal quinto piano, giù dal ponte, giù dalla torre risorgimentale: buttarsi sotto o buttarsi giù – non importa – ma farla finita. Finita. Finita. Tornare da papà. Lassù, se c'è un lassù, si sentirà solo. Fallito e solo. Andare a tenergli compagnia, tirargli su il morale. Fargli capire che non è stata solo colpa sua. Si fallisce: gli esseri umani falliscono, e solo quelli coraggiosi si tolgono di mezzo. Gli altri restano ad aggravare la società, già così aggravata, con la loro malmostosa, piagnucolosa, bisognosa, futile, molesta, deprimente presenza. Sì, ora mi butto, pensavo camminando lungo uno degli spogli e puzzolenti vialoni milanesi, mentre un camion pieno di cassette di frutta mi sfrecciava accanto. E mi sentivo risucchiare da una sorta di corrente fin sotto quelle ruote che mordevano l'asfalto tentando di fregare la prima posizione davanti al semaforo rosso. Sì, buttarsi sotto il prossimo camion gigantesco che ostruisce la visuale; sì, nemmeno buttarsi ma lasciarsi trascinare da questa forza che mi attira sotto le ruote, che mi chiama, che forse è papà ma forse è un puro elemento fisico o divino, questa forza che dice di smettere l'assurda lotta per diventare bravo cittadino bravo contribuente bravo coniuge bravo genitore bravo lavoratore bravo essere umano. Inutile, c'è chi non ci riesce e io non ci riesco, faccio solo perdere tempo a esseri umani più competitivi e ferrati nella gara spasmodica per migliorare e costruirsi e realizzarsi; gara da cui io sono già fuori pur avendo cercato con tutte le mie forze di parteciparvi vittoriosamente, per inutili anni e anni e anni e anni di fatiche. Sì, buttarsi, lanciarsi, fare qualcosa perché finisca questo strazio di esistenza sbagliata. Papà torno da te, papà proteggimi e aiutami perché ho bisogno di una piccola spinta, o forse nemmeno di una spinta, basta che mi slacci questo nastrino che mi tiene ancora in piedi sul marciapiede invaso dalle auto parcheggiate, e mi lasci scivolare giù dal gradino, sotto qualcuna di queste tante ruote che mi sfrecciano accanto, basta veramente poco, e sento già persino il risucchio.

Così tutto il giorno, tutti i giorni. Una grandissima angoscia, nessuna speranza di riscatto, e nemmeno voglia di riscattarmi. Anzi, disgusto per il riscatto. E però il pensiero di mia madre, come ulteriore peso. Posso lasciarla sola? Posso darle questo dispiacere, come se fosse colpa sua? Non è colpa tua mamma, le dicevo camminando sulla circonvallazione interna, in bilico principalmente dentro me stessa; non devi amareggiarti mamma, è che c'è chi riesce e chi non riesce. Io poi devo tornare da papà, capisci che non posso lasciarlo solo così a lungo? Tu ti domandi poi chi ti curerà, se davvero hai la sclerosi, come credi, chi ti aiuterà a finire anche la tua vita silenziosa a cui rimani – lascia che te lo dica – *inspiegabilmente* attaccata, con le tue tartine e le tue perfette solitudini. Perché non muori con me, mamma, e così la smettiamo di stare separati, noi tre, quella bella famiglia che quarant'anni fa coltivava tante speranze, e pensava solo bei pensieri, tutte candeline e abbracci e sorrisi e orgogli di mamma figlia papà, quella bella famiglia di Verona che si amava e credeva che tutto potesse solo progredire nel più radioso dei modi, da respirarlo a pieni polmoni per non perdere nemmeno un refolo delle splendide opportunità di potenziamento che si prospettavano? Mamma, mamma, mamma, non puoi restare senza di me, sei troppo sola, ma anche io sono troppo sola e papà poi non parliamone, mamma ricongiungiamoci che alla fine si fa tanta fatica per perfezionarsi e crescere ma nulla cambia perché io sono rimasta la bambina che si stringe al suo papà e alla sua mamma e voi, noi, tutti abbiamo bisogno di ritrovare quella felicità iniziale che si può ristabilire solo se ricostruiamo la nostra perfezione di tre che si tengono per mano.

Questo, caro anonimo e cara Roberta, erano diventate le mie giornate. Perché il tipo di dolore che si prova quando si viene traditi e abbandonati lo conosciamo tutti, immagino che lo abbiate provato anche voi – a meno che non siate mostri insensibili, programmati sin da piccoli per affezionarvi solo a voi stessi. Ma pur essendo un dolore comune, quasi ancestrale, ognuno di noi lo contiene in modo diverso. Io lo contenevo male; anzi, non lo contenevo affatto. Debordava. Arnaldo mi aveva tradito: e a ferire non è tanto il tradimento fisico quanto la rottura della confidenza. Se prima raccontava tutto soltanto a me, anche le debolezze, anche la volta che era stato con un trans (per curiosità, diceva); se prima commentava soltanto per me certe ridicolaggini dei suoi amici più cari, certe défaillances delle sue ex, certi tormenti passati e certi inghippi del presente, ora la sua confidente non ero più io, che anzi dovevo essere già diventata materia d'aneddoto durante i lunghi pranzi assolati in combutta coi suoi amici di sempre. Ero stata estromessa di colpo, e cominciai a chiedermi se non fosse meglio, quando una persona ti attrae, non saperne niente, non avere chi te ne garantisca la qualità e te ne racconti episodi rassicuranti come mi era successo con Lazzari, quel giorno d'aprile in pizzeria. La sua introduzione incoraggiante mi aveva autorizzato a fidarmi, a non guardare tanto per il sottile, a sentirmi garantita dal fatto che Arnaldo fosse suo amico e anche di Gerry e di tante persone che conoscevo. Come mai nessuno mi aveva avvertito che avevo a che fare con un uomo crudele, capriccioso, inaffidabile? O forse era colpa mia, che l'avevo disamorato con tutte le mie ricattatorie sopravvalutazioni delle cose che avrei dovuto lasciare per lui?

Esaminavo passo passo la nostra estate alla ricerca dell'incrinatura che aveva determinato la catastrofe. Mi accanii ripercorrendo ogni singola ora degli ultimi giorni passati insieme. Perché Arnaldo aveva scritto "Come probabilmente avrai intuito"? Quali erano i dettagli che avrebbero dovuto farmi intuire? Era forse perché non riusciva a fare l'amore? Ma non mi aveva detto fin dall'inizio che sono cose che capitano, che la sessualità maschile è perfino più complessa di quella femminile? Che l'amore e la passione tra persone complicate come noi sviluppano stimoli fisici e intellettuali che si intrecciano producendo risultati molto meno banali del sesso "scopato" dell'uomo di Neanderthal? E se cinque o sei ore prima di piantarmi mi riempiva ancora di tenerezze telefoniche, e faceva il conto alla rovescia dei giorni che mancavano al mio arrivo, che razza di segnali avrei dovuto cogliere?

Beatrice chiamò Arnaldo, tre giorni dopo. "Ieri ho cenato con la tua ex," mentì. Non era vero, io ero a Milano e lei a Roma.

"Ah, sì, quale?" le chiese lui.

"Ma Erica!"

"Ah, sì, Erica. Già, siete amiche," parve ricordare improvvisamente. "Così carina," fece in tono odiosamente mondano, "Abbiamo avuto una bella storia d'amore. Poi si creano degli equivoci, si soffre per un po'. Ma non a lungo. E poi si diventa di nuovo amici. Anzi, più amici di prima," concluse. Beatrice lo trovò incredibilmente spregevole. Non si poteva parlare con un uomo così, e lasciò perdere il suo intento esplorativo. L'indagine per capire come mai Arnaldo m'avesse lasciata così di botto, e se ci fossero margini di recupero, non fu portata a termine.

È un superficiale, uno tutto esteriorità, un uomo da bar, decisi dopo che Beatrice mi aveva riferito la telefonata. D'altra parte, ricordai all'improvviso, non mi aveva detto che accettava di farsi fotografare alle varie feste e vernissage e inaugurazioni solo se si trovava vicino a una persona importante? Mi ero fatta attrarre da un uomo fatuo, vanesio, bugiardo, che sorrideva solo per metodo; un tipo amabile che sembrava sempre dire chissà quali verità acute e invece non diceva nulla. Un buon intrattenitore, uno che non si appiccicava agli argomenti come un insetto, uno che sapeva e diceva un po' di tutto, e in realtà non sapeva e non diceva mai niente. Mi ero fatta lusingare dalla spettacolarizzazione della nostra vita privata, e adesso non mi restava nulla e anzi ne pagavo le conseguenze.

Mi guardavo riflessa nel vetro della porta del metrò, illuminata dalla luce spettrale del vagone – la luce peggiore del mondo, che anche a vent'anni ti rende tubercolotica e livida e verdognola – e pensavo che il branco di semplici conoscenti e amici comuni, tra Roma Milano Venezia Capalbio, quel branco che aveva seguito con partecipazione affettuosa e sincera il nostro amore, per poi annoiarsene, ora aveva finalmente un nuovo argomento. Immaginavo che in una rete di sms e telefonate la notizia si fosse sparsa in un soffio, e tutti si fossero precipitati a commentare e affermare che avevano previsto ogni cosa, che comunque le storie troppo fulminee finiscono sempre male, che lui non era adatto o che io non ero adatta, che lui aveva già un'altra o che io avevo già un altro... tutto un chiasso frenetico che presto si sarebbe spento, ma prima di spegnersi li avrebbe fatti godere della cattiva notizia come avevano goduto della buona, perché ognuno di noi è al contempo benigno e maligno.

Davanti alla vetrina "Tutto a 0,50 cent" di un emporio cinese, facevo illazioni su Arnaldo, paragonando il mio momento disperato al suo che invece immaginavo felice, e mi venivano dei nervi tremendi, e quasi digrignavo i denti come un cane, nell'indifferenza dei passanti che mi scorrevano dietro le spalle. Lo immaginavo aver già ripreso la sua vita di sempre – anzi, forse non averla smessa nemmeno per mezza giornata. La vita dei pranzi al sole, la vita in cui nulla è privato, intimo, ma esistono solo commenti brillanti e racconti e dettagli per intrattenere la propria corte di commensali. Lo immaginavo di nuovo adagiato nel trantran confortevole da separato in casa, come prima di conoscere me; nella seduzione di mogli di amici o di nuove donne di passaggio; nei desideri da nulla che magari non si realizzano ma almeno tengono vivi, per un po'. Cercavo di disprezzarlo, di averne schifo, ed enfatizzavo ogni possibile nequizia potesse aver commesso o stesse per commettere. La rottura definitiva tra noi non era tanto nell'avermi lasciata, ragionavo, ma nella vigliaccheria di non volermi parlare. Nella scelta, che immaginavo, di comunicare ai quattro venti la sua ritrovata *libertà*, nel suo piacere di parlare di noi con chiunque tranne che con me.

Sopraffatta dal vittimismo, incapace di reagire, magnificavo il benessere della sua poco impegnativa vita da separato in casa e dimenticavo che io stessa ne vivevo una simile, forse addirittura migliore, giacché mio marito, che non sapeva nulla della mia storia con Arnaldo, avendomi vista afflitta, illividita, inappetente, e immaginando che avessi problemi di salute o di lavoro, era improvvisamente diventato gentile e quasi premuroso. Da Saratoga, da Baden Baden, da Newmarket, da

Deauville, dove pulsava il clou della stagione delle aste di puledri, mi telefonava due volte al giorno, faceva domande circospette e beneducate sulla mia salute, si informava del mio appetito, dimostrando una sollecitudine francamente imprevedibile.

Ma la constatazione di essere caduta in piedi non serviva a consolarmi. Mi sentivo distrutta, e quand'ero in casa sostituivo ai desideri suicidi, frequenti quando mi trovavo per strada in mezzo alla gente, il malsano piacere del dolore, crogiolandomi in ogni sorta di musiche e canzoni e letture deprimenti.

Ricordo, caro mittente e cara Roberta, che in mezza giornata riuscii addirittura a imparare a memoria dei versi della Szymborska, proprio io che non ricordo mai nulla, e li fissai nella mente al punto che ancora adesso, mesi e mesi più tardi, riesco a recitarli senza alcuno sforzo:

"Si sono incrociati come estranei, / senza un gesto o una parola, lei diretta al negozio, / lui alla sua auto, / Forse smarriti / o distratti / o immemori / di essersi per un breve attimo, / amati per sempre." Infierivano, quei versi, come se fossero stati scritti apposta per me: "Lei è sparita dietro la porta a vetri, / lui si è messo al volante / ed è partito in fretta. / Cioè come se nulla fosse accaduto, / anche se è accaduto."

Ohi ohi ohi, mi lagnavo tra me e me, aggrovigliata in un dolore illanguidito cui m'ero affezionata con la stessa pervicacia con cui in precedenza m'ero affezionata all'amore per Arnaldo.

Dopo una settimana, arrivò Gerry. Voleva consolarmi. Non avevo nessuna voglia di vederlo, perché immaginavo che in realtà sarei stata io a dover consolare lui, visto che la mia rottura con Arnaldo significava anche – anzi, soprattutto – l'essergli sfuggita per un soffio l'occasione della sua vita: la realizzazione del famoso documentario sulla paternità negata.

Gli preparai controvoglia il letto nella camera delle figlie di Giacomo, che non avevano mai dormito neanche una volta da noi.

Mi disse che stava ancora con le due mamme, ma per non affliggermi ulteriormente evitò di diffondersi in particolari sulle solite prodezze erotiche. Però non riuscì a trattenersi dal mostrarmi su YouTube un video in cui un pupazzo-vagina eseguiva l'esercizio di tal Kegel, un ginecologo americano che per primo aveva divulgato l'utilità del fitness vaginale. Sghignazzava e pretendeva che mi divertissi anch'io, che invece vagavo per casa con sguardo funereo, ascoltando a tutto volume la straziante *Creep* dei Radiohead (nella versione live del '94, che fa venire i brividi tanto ti amplifica l'infelicità).

Gerry tornava da Shangai, dove era stato per cinque giorni, scortando l'ennesimo padre depresso per la mancanza dei figli. Pensai che, in fin dei conti, una professione l'aveva trovata: accompagnatore di padri afflitti, confidente, consigliere. Io, col mio dramma in un bicchier d'acqua, confrontato con quelli vissuti da chi teme di perdere i propri figli, gli avrei procurato una giornata di svago.

Non volevo uscire, ma Gerry aveva prenotato al Gold, un ristorante di quelli che attraggono i cacciatori di polvere di stelle altrui. Luoghi atti a lenire la frustrazione degli impiegati o a soddisfare le curiosità dei romani in trasferta, che considerano Milano la città dei trend e delle mode, proprio come per i milanesi Roma è la città dei politici e del Vaticano. Soggiogato dai cliché, Gerry pensava di alleviare la mia tristezza e il mio senso di fallimento nel ristorante di Dolce & Gabbana.

Data l'assoluta mancanza di appetito, non avevo certo voglia di cucinare. Oltretutto l'appartamento era umido e freddo, perché pioveva da due giorni e nei condomini non era ancora possibile accendere il riscaldamento. Mi feci trascinare in un taxi, e, sotto una pioggerellina brumosa, al tetro ritmo dei tergicristalli, raggiungemmo il ristorante.

Seduti nel sinistro scintillio dei finti ori e finti lussi del Gold, restammo nello stesso stato d'animo di prima, a casa: io afflitta, lui premuroso.

Da giorni, ormai, pensavo solo all'amore e alle sue conseguenze, e Gerry, che voleva distrarmi, era convinto che la pacchianeria di quello sfarzo posticcio fosse così assoluta da poter sviare i miei pensieri. Voleva distrarmi e far sì che mi sfogassi su qualcos'altro. "Un posto così lo si odia," mi disse. "Ti dà modo di incazzarti col mondo che ti circonda e non solo e sempre con Arnaldo," aggiunse mentre guardavo le superfici specchiate da paradiso del cocainomane, e pensavo che quel contesto da *Scarface* sprigionava una tale tristezza che mi avrebbe stroncato persino ai bei tempi di Arnaldo.

"Quale dei tuoi telefilm preferiti potrebbe essere ambientato in un posto così?" mi chiese Gerry, dondolando lentamente la testa a destra e a sinistra, e poi in su e in giù, in una specie di ginnastica da collo.

"Forse un paio di fotogrammi di *Dirty sexy money*," risposi senza interesse. "La smetti di fare lo stretching al collo?" chiesi irritata. "Non siamo dal fisioterapista."

"Dato che hai ancora intatta tutta la tua energia da rompiballe, perché non ti butti nel lavoro?"

"Ora no. Mi sento come morta di tutto, dappertutto."

Eravamo costretti a parlare avvicinandoci l'uno all'altra, assordati dalle risate scomposte che provenivano dal tavolo alla nostra destra. Dapprima avevamo preso per ubriachezza quell'euforia molesta. Invece, tendendo le orecchie, gli scoppi di risa si erano rivelati la reazione alla loquacità barzellettara di un signore pingue in doppiopetto bianco e camicia nera, spelacchiato ma col codino, il quale, a macchinetta, con un repertorio sconfinato, inanellava freddure del genere "La più famosa ginnasta rumena...? *Ciò l'anca sbilenca*!", provocando l'ilarità delle due vamp casarecce che l'accompagnavano. Alla nostra sinistra c'erano quattro tizi dall'accento emiliano, con le infradito (in ottobre! con la pioggia!) e giacchette di shantung che sotto le mille luci del Gold barbagliavano come palle stroboscopiche da discoteca. Uno di loro, a cavalcioni della sedia messa al contrario, i gomiti puntati sul tavolo, indossava jeans con margheritoni applicati tra gli strappi e le sfrangiature, e non faceva che tirar su col naso in un continuo andirivieni dal bagno. Bevevano costosissimo Ornellaia. "Il ministro delle poste americane...? *Frank O'Bollo*!" continuava il grassone alla nostra destra. E poi "il più grande nuotatore tedesco, *Otto Vasken*!", e "la più grande cuoca russa... *Galina Cocimelova*!", e "il più grande saltatore d'ostacoli cinese... *Ho In Ciam Pato!*"...

L'allegria altrui mi affliggeva. Riuscivo a vederla solo come dimostrazione dell'insensatezza della vita. Mi venne una mezza lacrimuccia.

"Ma sei ancora depressa?" mi chiese Gerry.

"No, sono scettica."

"La più grande prostituta russa...? *Vagina Seminova!*" continuava imperterrito il tizio vestito alla John Gotti. Era inesauribile, come inesauribili erano gli scoppi di risa delle sue commensali.

Pensavo ad Arnaldo. Improvvisamente, dopo un'intera settimana in cui non gli avevo mai scritto né avevo più cercato di telefonargli, m'era venuto un tremendo senso di mancanza e una voglia irrefrenabile di mandargli un sms. "Non mi hai mai portato a Ponza, non mi hai mai portato in Giappone," volevo scrivergli. Ma davanti a me c'era Gerry e insieme avevamo vituperato Arnaldo con una tale acrimonia che non potevo farmi beccare mentre gli scrivevo recriminazioni nostalgiche.

"Sicura che non vuoi assaggiarla?" mi chiese Gerry, guardando con soddisfazione una cotoletta annegata sotto un'untuosa pira di pomodori cubettati.

"Per carità!" risposi, mentre giravo e rigiravo nel piatto fettine legnose di carciofo, senza mai decidermi a inghiottire un boccone.

"Ricordati che devi ancora portarmi a Ponza e in Giappone." Forse così è più sobrio, pensavo. Riuscirò a memorizzare questa frase perfetta finché arrivo a casa o è meglio andare subito in bagno e mandargli l'sms? La presenza di Gerry mi faceva sentire in qualche modo protetta, e all'improvviso mi sembrava possibile tentare di ristabilire i contatti con Arnaldo, e persino subire una nuova umiliazione. Tanto, peggio di così...

"Non sapevo se dirtelo o no," gridò Gerry per sovrastare le voci sgangherate dei buzzurrissimi clienti del Gold, "ma è meglio che te lo dica io, invece che qualche stronzo malevolo. Mi hanno riferito che Arnaldo si è rimesso con Stella. O perlomeno sono tornati a farsi vedere insieme."

"Lo immaginavo, sai? Ma non lo trovo né meglio né peggio. Cioè: per me è uguale, e per lui invece è molto triste, rinunciatario. Si è rimesso con una donna con cui da anni non aveva più nulla da dirsi e che trovava consunta, sciupata, trascurata. Mi sembra che non abbia senso."

Erano le undici, continuava a piovere, il grasso barzellettista s'era improvvisamente ammutolito e aveva chiesto il conto. Sentii il telefono vibrare nella borsa appoggiata al mio fianco. A quell'ora poteva essere solo Giacomo, che mi chiamava da Newmarket prima di addormentarsi.

Mentre chiedevo il conto mi prese una fitta d'inquietudine, e immediatamente controllai il telefono. C'era una chiamata persa. Di Arnaldo. Mi mancò il fiato. Per fortuna non ho risposto, pensai vittoriosa. Per fortuna c'è Gerry che mi fa vergognare della mia voglia di richiamarlo. Per quanto riuscirò a trattenermi?

"Se anziché di telefilm fossi un critico gastronomico, mi butterei a scrivere una stroncatura di questo Gold," dissi tutta palpitante a Gerry, mentre sotto la pioggia ci infilavamo in un taxi.

A casa, distrutta come se avessi appena corso la maratona di New York, mi addormentai all'istante. Tenevo stretto in mano il telefono, sulla cui segreteria, dopo così tanti giorni che non lo sentivo, c'era la voce di Arnaldo.

Era confusa, impastata, mista a un gran chiasso di bar.

"Erica, sono in un pub, ad ascoltare bluegrass. Il suonatore di dobro è un mio amico. Michele. Si chiama Michele. Bisognerà che te lo presenti, prima o poi. È molto bravo."

Un secondo messaggio, ancora più caotico, su sottofondo di accordature: "Vedi come sono confuso? I pensieri mi si accavallano."

La mattina dopo uscii prestissimo, senza salutare Gerry che doveva raggiungere a Torino il suo amico Gianni, quello che l'aveva lussuosamente ospitato a Venezia sulla barca a vela. "Mi ero dimenticata che devo intervistare un attore sul set. La moka è già riempita, basta accendere il gas. Grazie mille della tua visita. Mi è stata immensamente utile. Ci saranno ancora altre cose da dire, la prossima volta," gli lasciai scritto su un foglio infilzato nella maniglia della sua camera.

Presi il treno delle sette e mezza. Volevo arrivare a Roma prima dell'ora di pranzo, cercare di vedere Arnaldo, e poi tornare subito a Milano.

Era un'altra merdosa giornata di pioggia. A Roma ci sarà il sole, pensai. Meglio vestirsi leggeri per non fare la ridicola figura del nordico intabarrato a sproposito. Era il 7 ottobre. Piovve per tutto il viaggio.

Arnaldo mi richiamò alle dieci. Non risposi. Non volevo dirgli che stavo per raggiungerlo, dandogli modo di sottrarsi all'incontro risolutore, quello in cui avrei sfogato la mia rabbia e gliene avrei dette quattro e gli avrei espresso tutto il mio disprezzo e l'avrei mandato affanculo, affanculo, affanculo.

Ma forse dovevo richiamarlo, invece, per trattenerlo. Chi mi diceva che non stesse prendendo un impegno irrevocabile per l'ora di pranzo? Chi mi diceva che non stesse partendo per qualche viaggio, smaltita la sbornia presa al pub la sera prima?

Mi arrivò l'avviso di un messaggio vocale. Iniziai ad ascoltare la registrazione. Era lui. "Non mi rispondi," diceva. Mentre proseguiva, la carrozza venne invasa da un annuncio molesto, interminabile, diffuso a volume altissimo dagli altoparlanti: "Signore e signori, Trenitalia e Credito Cooperativo vi informano che nella carrozza bar è in atto un'iniziativa per le famiglie in difficoltà. Aderite acquistando un plum cake equo e solidale che andrà a sostenere tale campagna." Porca miseria, speriamo che adesso non attacchino pure in inglese e tedesco, pensai mentre cercavo di riascoltare il messaggio di Arnaldo. "Non mi rispondi," diceva, "e hai ragione. Scusami, sono pieno di contraddizioni."

A Firenze lo chiamai. Non resistevo. "Vediamoci a pranzo," intimai senza dare spiegazioni. "Appuntamento all'una davanti all'Ara Pacis, sul Lungotevere," aggiunsi per non fargli capire che arrivavo da Milano apposta per lui. Così poteva pensare che mi trovassi già a Roma per un altro motivo. Volevo essere misteriosa, allettante.

"Che bella notizia, mi dài! Non vedo l'ora," sospirò Arnaldo, con un tono che pareva sollevato.

Non avevo l'ombrello – nulla di più ridicolo che arrivare a Roma con l'ombrello in una giornata di sole. Ma non era di sole: pioveva. Faceva più freddo che a Milano, ed ero vestita leggerissima. Da giorni e giorni mangiavo poco, e a maggior ragione non avevo mangiato la sera prima in quel ristorante assurdo, e dunque il freddo si faceva sentire ancora di più. Quando scesi dal taxi davanti all'Ara Pacis, Arnaldo era già lì.

Ci scambiammo un bacio imbarazzato, evitando accuratamente le labbra. Mi chiese se volessi andare a mangiare in campagna, fuori Roma.

"Devo prendere il treno delle quattro per Milano. Basta che mi riporti in tempo," dissi con malagrazia, senza sorrisi. Mi sentivo stranissima. Contenta di essere finalmente con lui, eppure distaccata, stronza, distruttiva. Mi vuole portare in campagna perché tutti i ristoranti della città sono infestati di suoi conoscenti, pensai.

"Adesso spiegami, per favore," gli chiesi mentre uscivamo dalla città, incolonnati in un traffico infernale.

"Non c'è molto da dire, penso di aver scritto tutto in quella email," disse lui, soavemente.

"Che cazzo dici," sibilai, perdendo fulmineamente il mio artificioso aplomb.

"Mi sono reso conto che non avevo la forza di trascinarti in una vita nuova. La forza o lo volontà, voglio dire. Durante l'estate tutto mi sembrava possibile, amplificabile, migliorabile. Poi, al momento di realizzare i nostri progetti, mi sono sentito demotivato. Non mi piaceva più niente: non la casa, non le prospettive, nemmeno tu – in un certo senso. Continuavi a mettere ostacoli, a parlare di difficoltà... Non ne avevo più voglia. Preferivo tornare alla mia vita di prima."

"Di prima di me?" Chiedevo conferma di una cosa evidente. Evitavamo di guardarci. Fissavamo punti indefiniti davanti al finestrino.

"Sì," ammise.

Appena usciti dalla città, lungo la strada che iniziava a snodarsi nel verde, cominciarono a pullulare povere prostitute africane. Battevano sotto la pioggia, in piedi con l'ombrello o sedute su sgangherate seggioline di plastica tenendosi un telo di cellophane in testa. Era uno spettacolo da far passare per sempre la voglia di scopare. Lo dissi rabbiosamente, come se fosse colpa di Arnaldo.

"Eppure molte di loro sono carine. Hanno un bel culo, ci sanno fare."

Oddio, dovevo pure scoprire di avere amato un uomo che andava a puttane? "Ma vai a puttane?" chiesi sgomenta, come se avessi appena scoperto di avere a che fare con un malato terminale.

"No, però capisco che in certi momenti un uomo possa divertirsi ad andarci. Che abbia delle curiosità."

Imboccò una stradina di campagna, che attraversava una zona boscosa e poi passava in mezzo a campi incolti, pieni di erbacce. Costeggiammo dei cassonetti e una discarica abusiva. "Da quanto non avevi più voglia di stare con me?" gli chiesi. "Da quanto tempo andava avanti questa finzione?"

"Forse è iniziato tutto quando siamo tornati da Venezia, o forse già a Venezia... non ricordo. Non mi dirai che non te n'eri accorta!"

Non riuscii a trattenere le lacrime, la rabbia e il senso di sconfitta.

"E adesso perché piangi?" mi chiese.

"Perché dicevi continuamente di amarmi, e io non mi ero accorta di nulla," piagnucolai. "Ho sbagliato tutto."

Nel frattempo eravamo arrivati. Scendemmo dall'auto sotto una pioggerellina incerta, che aveva l'aria di essere lì lì per smettere. A parte l'osteria, intorno a noi c'era solo campagna. All'improvviso ci ritrovammo circondati da un branco di innocui cagnoni infangati, che ci scortarono fino alla terrazza dell'osteria.

Arnaldo, sperando che stesse per tornare il sole, volle mangiare sotto il portico, all'aperto. Ero congelata e inumidita e tremavo non so se di freddo o di nervosismo, ma non obiettai.

"Ti sei rimesso con Stella?" gli chiesi mentre ordinava un pasto pesantissimo, a base di melanzane, peperoni, patate fritte e abbacchio arrosto. Come poteva avere così fame? Qualunque cosa facesse o dicesse era una ferita.

"È un discorso complesso, non saprei cosa risponderti," rispose. "Però mi manchi, sto sempre vicino a un computer e a un telefono sperando di ricevere tue notizie, e poiché non arriva nulla resto deluso. Non sai la felicità quando oggi mi hai ordinato di mangiare con te," disse mentre lo scrutavo cercando sfumature di verità o bugia che non riuscivo assolutamente a cogliere.

"A un paio di colline da qui c'è la zona del cimitero di Primaporta dove si possono disperdere le ceneri dei morti," aggiunse, come per vantarmi la suggestività della zona. Di solito, le ceneri si vorrebbe spargerle in paesaggi pittoreschi e incontaminati. Avevo freddo e continuavo a piangere lacrime di impotenza. Di tanto in tanto dovevo scrollare dalla tovaglia o dalla mia giacca qualche cimice tramortita. È proprio autunno, constatai.

Lo guardavo e non mi sembrava bello come durante l'estate, o forse cercavo solo di notarne i difetti. Era comunque il padre del mio figlio mancato, del figlio che non avrei più potuto avere pur desiderandolo, perché lui, che aveva riacceso in me quel desiderio, mi aveva abbandonato. Sembrava sereno e saldo, come qualcuno che abbia risolto tutto dopo un periodo di crisi.

"Sai," riprese, finalmente guardandomi negli occhi, "quando in piazza Navona, appena scesi da quell'appartamento buio e triste, che affittavo solo per farti contenta, hai cominciato a indagare sull'affitto e a pignoleggiare su quanto sono cari a Roma quando invece a Milano se ne trovano di più convenienti... be', scusami se te lo dico ma ho visto in te la futura rompicoglioni che mi avrebbe guastato la vita né più né meno come Stella, e allora tanto valeva restare alla stessa casella di prima. Almeno non sarebbe costata così tanto."

Bastavano quelle motivazioni per giustificare ciò che mi aveva fatto? Sì, purtroppo bastavano. Non volevo accettarle, ma quando ce la facevo a uscire dalla me stessa attuale mettendomi nei panni di un normale essere umano, capivo perfettamente le sue considerazioni. Capivo tutto eccetto il suo modo di sintetizzarle, con un'email di perfidia sovrumana. No, quel sistema continuavo a considerarlo stronzo e ingiusto, anche se lui sosteneva che fosse l'unica forma possibile, l'unica sincera, priva di moine e formalità.

E così, cara Roberta e caro mittente, cominciai a capire cosa mi era successo, senza sapere che invece non avevo ancora capito niente, perché quelle motivazioni così logiche e condivisibili erano solo una parte di ciò che ancora avrei dovuto scoprire. Ma fino a quel momento non sapevo niente, e mi accontentavo della mia visione parziale. Non sopportavo l'imperfezione di Arnaldo, che secondo me si era manifestata soprattutto nell'email brusca, sgraziata, pusillanime. E non sopportavo me stessa. Come avevo potuto cadere così goffamente nel meccanismo infernale della passione amorosa, la cosa più ingannevole che esista, visto che finisce sempre per distruggersi e spegnersi? Un sentimento mortale, che prospera sull'impossibilità di essere coronato, perché quando lo raggiungi, come probabilmente l'avevamo raggiunto noi, vuol dire che sei già entrato nella fase calante e tutto sta per finire...

Di tanto in tanto, mentre diceva cose sgradevoli, Arnaldo mi carezzava il dorso della mano o mi asciugava una lacrima. Ogni volta era un brivido: il suo tocco caldo aveva il potere magico di richiamare tutte le sensazioni di protezione, intimità e benessere che un cucciolo di mammifero riceve dal contatto con la madre. Forse non lo volevo più come amante, ma continuavo a desiderarlo come padre surrogato. Aveva smesso di piovere. Dalla campagna silenziosa si alzava uno strato di vapore.

Mentre Arnaldo raccontava spietatamente i suoi stati d'animo, si era creata una sorta di assurda intimità; e così, una volta in macchina, grazie al cambio automatico, mise la mano sulla mia e ve la lasciò. Scendemmo dalla collina, percorremmo le volute della strada lungo i campi incolti, ed entrammo nel bosco di lecci. Anziché proseguire,

Arnaldo svoltò in una stradina bianca e andò a fermarsi in uno spiazzo di ghiaia, cosparso di fazzolettini di carta. Forse era uno dei luoghi utilizzati dalle puttane che, a pochi metri da lì, cercavano clienti lungo la via Tiberina. Mi baciò, ci baciammo a lungo. Affondò le mani nella scollatura della mia camicetta e iniziò a slacciarla. Mi slacciò anche i pantaloni, che dopo quei giorni di tormenti mi stavano larghissimi, e me li sfilò. Guidò la mia mano sui suoi pantaloni. L'aveva duro. Glieli aprii maldestramente, lottando contro tutti quei bottoni. Con un gesto che mi parve troppo esperto per essere improvvisato, armeggiò coi tasti del mio sedile per abbassarlo, e mi venne sopra, per penetrarmi. Era dentro di me, mi baciava e mi guardava, e provai una fitta di sofferenza celestiale. Di nuovo le lacrime. Irrefrenabili. Appena le vide, Arnaldo si ammosciò. Provò qualche goffo strusciamento per farlo tornare duro. Non c'era più nulla da fare. Ci ricomponemmo in silenzio, entrambi gravati da un senso di fallimento totale.

"E adesso cosa farai senza di me?" gli chiesi, sforzandomi di interrompere il lungo silenzio che aveva avvolto il rovinoso tentativo di erotizzare la fine della nostra storia. "Non ti sembra una rinuncia? Per stare insieme non avevamo bisogno di tutte le cose che ti eri impegnato a costruire: potevamo prendercela più comoda. Non ti fa tristezza distruggere le cose belle che avevamo realizzato?" Ormai posso dire qualsiasi frase sbagliata, pensavo. Peggio di così non può andare: tanto vale tirare fuori tutto quello che ho dentro.

Eravamo quasi arrivati in via Marsala, all'ingresso laterale della stazione.

"C'è un'altra cosa che devi sapere," disse mentre parcheggiava in terza fila, accanto a due file di taxi. "Non volevo dirtelo, preferivo che lo venissi a sapere tra un po', quando ti saresti ripresa. Ma temo che la notizia ti arrivi nei prossimi giorni." Esitava.

"Dimmi."

"Aspetto due gemelli."

"Come?" chiesi, incredula. "Da chi?"

"Da Stella."

"Mi tradivi con lei? Facevate l'amore? E quando la vedevi?"

"Non la vedevo da mesi, quando mi ha dato la notizia. Addirittura da giugno. Ricordi che si è installata a Capalbio, subito dopo che c'eravamo stati noi?"

"Quindi in giugno mi dicevi che tu e lei non stavate insieme da tempo e invece facevate ancora l'amore."

"No, ero sincero."

"Allora in maggio, in aprile, in marzo..."

"No, è una cosa più complicata. Non ti ho tradito," disse mentre accendeva il motore per fare spazio a una macchina che doveva uscire. Mancavano pochi minuti alla partenza del treno. "Ci sono cose di me e di Stella che non mi sembravano importanti e non te ne avevo parlato, anche perché lei non voleva che si sapessero. Ma adesso, l'arrivo di questi figli cambia tutto, e probabilmente ti devo una spiegazione."

"Non mi dirai che aveva conservato il tuo sperma nel freezer!" esclamai. Mi era tornato in mente il caso di Boris Becker, che si era lasciato fare un pompino da una sconosciuta nella toilette di un ristorante e lei era corsa a sputare lo sperma in una provetta, l'aveva congelato e utilizzato per farci una bambina, che poi lui era stato costretto a riconoscere.

"Be', più o meno... Come sai, a un certo punto anche lei era d'accordo che facessimo un figlio, ma non riusciva a restare incinta perché aveva problemi di ovulazione. Allora, su consiglio di Zama, siamo andati in Spagna. Più di una volta. Per la fecondazione eterologa."

"Cioè per trovare una donatrice di ovuli?"

"Esatto. A Barcellona, in una clinica. Un bel posto, molto organizzato e pieno di coppie italiane e francesi, coppie anche lesbiche, che cercavano di avere figli. La nostra prima donatrice aveva prodotto cinque ovuli, che sono stati fecondati col mio sperma. A Stella ne hanno inseriti due, è rimasta incinta per un mese e poi ha avuto un aborto spontaneo. Siamo tornati, ma gli altri tre ovuli, che erano congelati, si sono rovinati nello scongelamento. A quel punto abbiamo cercato una nuova donatrice. Quando l'hanno trovata, ci hanno richiamato. Stavolta avevamo quattro ovuli. Con i primi due embrioni, Stella non è rimasta incinta. Poi, i nostri rapporti sono peggiorati – anzi, erano già peggiorati, e nessuno dei due voleva più fare un figlio con l'altro, e poco dopo abbiamo smesso di stare insieme. Ma c'erano quei due ovuli e il mio sperma congelati a Barcellona. Io me l'ero persino dimenticato. Ma Stella no, evidentemente. Così, a fine giugno, è tornata a Barcellona e si è fatta impiantare questi embrioni."

"Ma poteva? Così, senza la tua autorizzazione?" chiesi, ormai rassegnata a qualsiasi notizia assurda mi venisse data.

"Certo, io avevo dato il consenso all'inizio di tutta l'operazione. Avrei dovuto annullarlo, ma non ci ho pensato."

"E così adesso è incinta? E di quanto?"

"Tre mesi. Me l'ha detto il giorno prima che tu partissi per Milano. È rimasta tutta l'estate a Capalbio per riposarsi e non rischiare di perderli. E io che non capivo cosa ci facesse in quella casa che non le era mai piaciuta..."

"E adesso?" Dovevo scendere per non perdere il treno. E volevo scendere. Cosa potevo farci ancora con un uomo in quella situazione? Avevo già vissuto con Giacomo, che aveva due figli da un'altra, e ora mi dovevo incaponire per riconquistare l'amore di Arnaldo, pure lui con due figli da un'altra? Assurdo. Semplicemente assurdo.

"Fermo restando che le cose che ci siamo detti oggi sono tutte vere, che cioè sentivo una specie di malessere e mi sembrava che la nostra storia stesse come svitandosi – anche se poi mi manchi, e come mi manchi –, adesso devo comunque occuparmi dei miei figli e della loro madre. Non posso abbandonarli a una mezza matta. Quei due hanno bisogno di me. Capisci?"

"Capisco," dissi mentre scendevo dall'auto. "Sì, capisco," ribadii mentre mi allontanavo, con lui ancora lì, nemmeno sceso dall'auto, legato al sedile dalla cintura di sicurezza, sempre più lontano da me.

Tornai a Milano, sconsolata, inebetita. Niente più tragedie, istinti suicidi, lacrime irrefrenabili. Apatia, piuttosto. Disgusto di tutto, mancanza di soluzioni, inerzia.

Con quei due bambini pulsanti in una pancia altrui, con quei due bambini strappati dai miei sogni, dai miei progetti, dal mio futuro, come potevo recuperare la situazione? Era davvero finita, mi dissi per tutto il viaggio, per tutta la notte, e per molti altri giorni. Non c'era davvero più nulla da fare. Come in un suicidio.

Andai a trovare mia madre. Non sapeva niente e non avrebbe mai saputo niente, perché niente era davvero successo.

Una volta il futuro era migliore

Telefonai a Lazzari. “Non c’è,” mi disse la segretaria. Chissà a quante persone lo diceva ogni giorno, chissà quanti scocciatori perseguitavano un uomo nella sua posizione. Mi sentii parte del mondo formicolante di chi si appella ai superpoteri altrui.

Ma Lazzari, anziché scansarmi, mi richiamò pochi minuti dopo. Era appena salito in macchina, o perlomeno così mi disse. Tornava a Milano da Padova, dove era andato per presenziare al funerale di Carlo Boscovich, un vecchio scrittore pubblicato dal nostro gruppo editoriale.

Sapeva già tutto: di me e di Arnaldo, e persino di Stella e dei bambini artificiali – o quanto meno artificiosi.

“Com’è possibile? Te l’ha detto Arnaldo?” chiesi, turbata. Come poteva sapere persino dell’esistenza dei gemelli, notizia che io avevo appreso solo il giorno prima, davanti a un parcheggio di taxi della stazione Termini?

“No, non parlo con Arnaldo da parecchio tempo. Forse addirittura da quando ci siamo incontrati a Cortina. Lo so e basta. Immaginavo che mi avresti chiamato,” disse, misterioso. E subito cominciò a snocciolare consigli, senza che avessi ancora osato chiedergliene. "Intanto non devi criminalizzarlo. Né lui né Stella. Ognuno agisce per sé, anche tu lo fai. Non sei mossa dall'altruismo ma dai tuoi interessi personali. Ricordati: come diceva Gómez Dávila, nessuno che conosca se stesso può assolversi. Nemmeno tu sei senza macchia. Per esempio, avresti dovuto cercare di dargli un figlio immediatamente, senza tirarla in lungo. Era chiaro che lui stava cercando proprio quello." La sua voce era accompagnata da un fruscio di ruote filanti sull'asfalto, mentre fuori dalla mia finestra andava in scena il solito inferno urbano del mattino. C'era un tale chiasso di tram sferraglianti e autolettighe di passaggio, che facevo fatica a sentire la sua voce. Mancava solo che mi passasse sotto le finestre una manifestazione delle quote latte, coi campanacci e la mucca Carolina. A proposito: chissà che fine aveva fatto. Mi ripromisi di parlarne con mio marito.

"È chiaro che ho delle colpe anch'io," ammisi mentre andavo a rinchiudermi nel bagno di servizio, che almeno non aveva finestre. "Ieri ho visto Arnaldo. Sono andata apposta a Roma per farmi spiegare il perché e il percome. Sai anche questo?"

"No, non lo sapevo," disse lui, risollevandomi. Almeno non era Arnaldo che raccontava i fatti nostri a Lazzari e a chissà quanti altri.

"Siamo stati insieme per tre ore, e all'inizio, prima di dirmi dei gemelli, mi ha spiegato perché a un certo punto ha cominciato a stancarsi di me. Ero puntigliosa, mi preoccupavo di lasciare la mia casa e mia madre, dicevo che l'affitto della casa di piazza Navona era troppo alto rispetto ai prezzi di Milano. Ha visto in me una futura rompicoglioni." Confessavo le mie indubbie colpe.

"Più che una rompicoglioni, ha visto una donna che non avrebbe mai fatto interamente parte della sua tribù," sentenziò Lazzari. "Ha sentito in te un'estraneità crescente rispetto alla sua vita. Una vita che – credimi – sembra internazionale ma alla fine è molto locale. Arnaldo è uno che è stato con le mogli dei suoi migliori amici e con le migliori amiche delle sue fidanzate o semimogli. Pesca sempre nei luoghi che già conosce e ha sperimentato. È uno che vede sempre le stesse persone, da anni. Tu, alla fine dei conti, ti sei rivelata un'estranea. Per lui è una passione finita, e l'elaborazione che ne fa – lo so da un amico comune – è già da archivio. Mettici sopra una pietra tombale e non rivederlo prima di tre mesi."

Erano notizie e giudizi molto dolorosi.

"Ma allora, quando ti ho detto che Arnaldo mi piaceva – ricordi quella volta in pizzeria a Milano? – perché hai sostenuto che fosse così adatto a me?" chiesi. Non volevo recriminare, solo cercare di capire.

"Hai avuto un'estate meravigliosa o no? Di cosa ti lamenti? Io poi ho sempre stimato Arnaldo. Mi guardo intorno e vedo che quasi tutti i nostri coetanei si mettono con ragazze troppo giovani. Per me sono ridicoli. Chi sposa una venticinquenne quando ha passato i cinquanta fa una figura da stordito, da uno a cui non credere più. Queste ragazze che vivono coi nostri coetanei diventano subito insoddisfatte, vogliono sempre di più e rompono i coglioni, ti colpevolizzano se lavori e non stai abbastanza con loro, ti asfissiano. E poi ammattiscono, o diventano troie imbarazzanti, e chi le ha sposate finisce per trovarsi in ostaggio di una che lo accusa di averle rubato i migliori anni della vita, e di non scopare abbastanza, e di non metterla incinta – uno che magari non ne ha voglia perché ha già figli da almeno due matrimoni –, e di non tenerle compagnia, e di non essere atletico, di non fare ginnastica, e di non darle abbastanza soldi... Ci cascano quasi tutti, ma Arnaldo no, lui si è sempre tenuto distante da quel cliché. Per questo lo ammiro," mi spiegò mentre la sua auto filava sull'autostrada.

La disponibilità di Lazzari a imbonirmi e placarmi e analizzare il disastro della storia con Arnaldo era chiaramente dovuta alla noïa del viaggio. Avevo già notato che gli uomini, persino i più secchi e sbrigativi, tendono ad attaccarti un bottone quando sono in macchina o quando scendono la sera per portare il cane a far pipì. E io quel bottone su Arnaldo ero ben felice di farmelo attaccare, perché lui e la nostra storia abortita erano l'unico argomento che mi interessasse. Chissà cosa pensava il suo autista, chissà quante chiacchiere private aveva orecchiato e quanti segreti custodiva.

"Tu lo ammiri," dissi, riprendendo il suo discorso, "e io invece passo il tempo a cercare motivi per odiarlo, per trovarlo brutto e cattivo e scemo. Ho bisogno che Arnaldo mi faccia schifo per riprendermi."

"Capisco. Fai bene. Odialo e poi salta fuori da questa palude e torna a essere lucida. Ricordati che la storia tra un uomo e una donna non è fatta solo di lato A, quello orecchiabile dei primi tempi. Sei sicura di avere voglia di una storia vera, intera, fino alla fine? Una storia simile a quella che potresti continuare ad avere con tuo marito e che infatti non ti va più bene? I lati A piacciono a tutti e sono facili come le hit."

"Be', mica tanto."

"Sì, credimi. Io invece ho una grande ammirazione per il lato B di una storia."

"Appunto: lui con me non l'ha voluto."

"Be', lo sta vivendo con Stella."

"Che tristezza, non la ama!"

"Giusto. Ancora più bravo. Dovresti ammirarlo."

"Ma se è uno stronzo! O un perdente, non so, uno che rinuncia all'amore e si fa truffare da una spostata che ordina i figli à la carte."

"Non rinuncia a nulla, per il semplice motivo che l'amore come lo immagini tu non c'è. Arnaldo vive il suo lato B perché è una persona responsabile."

"E ti sembra responsabile il modo in cui mi ha illusa e poi scartata? Forse il tuo informatore non ti ha detto che m'ha piantata con un'email di tre righe! In cui mi comunicava una cosa che, secondo lui, io dovevo aver già percepito. Ma percepito da cosa?" urlai nel telefono, indignata che Arnaldo potesse essere reputato addirittura un eroe dell'amore e dei lati B. "L'ho chiesto a tutti quelli che abbiamo frequentato in questi mesi, se ci fossero stati segnali di un suo disinnamoramento, e nessuno l'aveva neanche lontanamente sospettato! Tutti sono rimasti stupitissimi!"

"Erica, calmati. Se lo accetti, voglio darti un consiglio importantissimo, fondamentale in ogni campo della vita: con gli amici – che poi più che di amici stiamo parlando di conoscenti – devi ascoltare e non dire. Non confidarti, non far vedere che sei spiazzata. Lasciali parlare, e vedrai che salta sempre fuori qualcosa di utile. La tecnica delle persone superiori è il contrario di quella degli smaniosi e degli sgomitanti in cerca di ruolo e identità, di quelli che si affannano a forza di *dico e mostro e comunico.*"

Capii improvvisamente il mio errore. E pensare che in un post it, sulla prima pagina dell'agendina, avevo scritto le mie norme di vita: essere positivi, sorridere, informarsi, essere evasivi su di sé, dissimulare, non parlare dei propri problemi, non lamentarsi. E invece stavo applicando l'esatto contrario di quei precetti, e da giorni! Mi ero lamentata con chiunque, mancavano solo gli sconosciuti... E ora lo stavo facendo persino col capo dei capi, col mio capo! Penserà che non lavoro, che mi ubriaco per dimenticare, che la gente sguscia via quando mi vede.

"Scusa, hai ragione. Davvero ragione. So benissimo che non bisogna mai mostrare il fianco, eppure ci sono cascata. Immagino che tu stia pensando che oltretutto non faccio il mio dovere e me ne frego del lavoro e del giornale..."

"Stai scherzando?" disse lui, ridendo. "A parte che mi risulta che tu abbia solo un contratto di collaborazione, e quindi se non lavori non sei a carico di nessuno, prova a pensare di quanti giornalisti alcolizzati, di quanti scrittori che prendono anticipi senza consegnare nulla, di quanti impiegati depressi e sindacalisti fancazzisti, di quanti manager incapaci che pensano solo ad andare a donne mettendo ristoranti e alberghi in nota spese, di quanti pesi morti si prende cura la nostra azienda... Non ci manderai certo sul lastrico solo perché sei giù di corda!"

Già, che scema. Ero l'ultima ruota del carro, e i miei sbalzi d'umore non potevano chiaramente danneggiare nessun gruppo editoriale. Cara Roberta e caro anonimo, ancora una volta aveva ragione Lazzari. Quell'uomo, il mio capo, era di quelli che hanno la capacità di farti sentire uno sprovveduto, un fesso, una persona dal pensiero troppo banalmente lineare; e, tra l'altro, con tutte le cose che diceva riusciva regolarmente a non raccontare mai nulla di sé, a non fare un solo riferimento alla sua vita privata e al rapporto con la moglie. Com'era il suo lato B?

Uscii dal bagno, mentre riprendeva a parlarmi. Mi mancava il fiato, a forza di starmene in quel pertugio buio. Non avevo nemmeno potuto accendere la luce, perché era collegata a una ventola rumorosissima.

"Ricordati che, come diceva Isaiah Berlin, solo i reazionari sono lucidi e profondi e spietati, perché non sono annebbiati dall'ottimismo dei progressisti. Chi pensa che non esista la possibilità di un riscatto, chi non crede al progresso – e tu invece hai creduto che tramite Arnaldo fosse possibile migliorare la tua condizione – è molto più coraggioso degli altri. E riesce ad andare in profondità mettendo in luce le contraddizioni insanabili di ciò che viene ritenuto consolatorio, buono, migliore." Parlava con voce da aula magna, ispirato. "In pratica, i reazionari sono molto più coraggiosi dei progressisti, ti è chiaro il concetto?"

Chissà cosa diavolo penserà l'autista, mi chiesi ancora una volta. "Certo, chiarissimo," risposi, esitante perché non capivo dove volesse andare a parare.

"Ti dico tutto questo perché voglio aiutarti a volare alto, ad alzarti sulle masse e a diventare una reazionaria, cioè una persona che non ha paura della realtà. Tu devi smettere di avere paura. Anzi: tu *non devi* avere paura. Non devi avere paura del destino di tuo padre riflesso dentro di te."

Mi mancò il fiato, mi sentii ardere. "Sai di mio padre?"

"So di tuo padre."

"E chi te l'ha detto?" chiesi, sgomenta. Pensavo: ma come fa a sapere sempre tutto? Va da un medium? Da un sensitivo? O è lui il sensitivo?

"Non importa. Quello che importa è che ti fidi di me e mi ascolti. Te lo ripeto: smetti di avere paura e smetti di credere che esistano soluzioni."

E subito dopo, cara Roberta e caro mittente, Lazzari aggiunse: "Ricordi che quel giorno, mentre mangiavamo la pizza, ti ho detto quanto sia importante tenere un diario in cui raccogliere le proprie riflessioni? Ecco, nel mio diario ci sono delle considerazioni che ti riguardano, dei *personal essays* su tutta la vostra faccenda. La tua e di Arnaldo. Bisogna proprio che ti faccia avere quelle pagine. Mi sa che possono servirti." Così concluse Lazzari mentre la sua macchina procedeva sull'autostrada Milano-Venezia; mentre l'autista si chiedeva quali segreti e rivelazioni sarebbero saltati fuori dalla prossima telefonata del suo capo; mentre io mi sentivo rasserenata dalla calma e dalle riflessioni di Lazzari e però non vedevo l'ora di leggere quei suoi *personal essays* che parlavano di me e di Arnaldo; mentre sotto casa schioccavano gli scambi dei binari del tram; mentre Arnaldo – forse – mi pensava.

Sotto il vulcano

Quando ci si guarda alle spalle e si riconsiderano vicende accadute da un solo anno – come ho appena fatto io –, sembra che sia passata una vita intera, e tutti i dolori, gli intrighi, le feroci delusioni, gli ardori e i piaceri e le rabbie, si fondono in un unico paesaggio puntolinato, una sorta di foschia che minimizza ogni cosa rendendola materia per nostalgici, pura zavorra del divenire. Ormai si abita un'altra vita, e leggere gli appunti dolenti di un diario di pochi mesi prima genera solo imbarazzo e prese di distanza: chi scriveva quelle cose ridicole? Ero davvero io? Come ho fatto a essere così vanamente palpitante, credulona, insicura, dolente, melodrammatica?

Adesso che non mi immedesimo più, adesso che stento a trovare ragioni e passioni di un'estate fa, mi sono convinta che ogni storia sentimentale sia un incidente, che ogni incidente sia un mero frutto del caso e faccia perdere tempo, e che del tempo perso inseguendo l'amore si sarebbe potuto fare un altro uso. Anche se, probabilmente, quell'uso non sarebbe stato migliore. Perché la vita intera è un perdere tempo, un affannarsi, un mancare obiettivi elevati che spesso, comunque, nemmeno si coltivano.

Stavo lavorando; ero mirabilmente concentrata, quando mi ha interrotto il sibilo petulante di un sms. Ho letto subito il messaggio.

"Non hai il mio numero? Conosci già Lo Turco? Vai a trovarlo. La gita romana ti sarà utile. Francesco."

"Francesco chi?" ho risposto, senza riflettere. Non mi risultava di frequentare franceschi. Erano passate dodici ore da quando avevo ricevuto il messaggio del caro anonimo e della cara Roberta Casati di via del Babuino, e ora l'anonimo aveva un nome, un nome che però non mi diceva nulla.

Conosco un Francesco di Roma che creda alla magia?, mi sono chiesta. Ho dato "Fr" alla rubrica del computer e sono saltati fuori un Franco – l'idraulico incompetente che non chiamavo più –, una Frida e Francesca, la figlia piccola di Giacomo.

Ho aspettato la risposta con lo sguardo fisso sul display del telefono. Ma l'anonimo mittente non si faceva vivo. Insisteva a non spiegare chi fosse.

Mi sono rimessa a lavorare. Dovevo terminare di scrivere un articolo su *Crash*, un serial con Dennis Hopper nel ruolo di un vecchio discografico tossico e pazzoide. Era mezzogiorno. Faceva caldo e il sole batteva da qualche ora sulla finestra del mio studio. Accendere l'aria condizionata? No, non si può cominciare già a fine maggio. È come una droga, quella. Devo allenare il corpo a sopportare un po' di caldo, mi sono detta. Dopo la separazione da Giacomo – che in marzo mi aveva comunicato di avere un'altra, un'allevatrice di purosangue pluridivorziata e di tre anni più vecchia di lui –, avevamo fatto dividere il nostro appartamento da un'impresina di operai bergamasco-rumeni, creando due sconclusionati bilocali. Il mio studio era diventato anche salotto, tinello ed eventuale camera degli ospiti. Non c'era più riscontro di finestre. Non girava l'aria.

Un'ora dopo, sono uscita di casa. Era l'una e un quarto, e l'anonimo Francesco continuava a non farsi vivo. Avevo appuntamento con Goldin, il forforoso caporedattore di un settimanale, un personaggio che ricatta moralmente con la sua tristezza e la sua mediocrità, spingendo chi lo conosce a interessarsi di lui, a dargli retta e a perder tempo in chiacchiere per ascoltare la sua continua catena di semidisgrazie, depressioncine, soprusetti. Subisco la sua compagnia non solo per il solito senso di colpa che spinge a interessarsi degli sventurati, ma perché spesso Goldin mi commissiona articoli facili da scrivere e ben pagati. Soprattutto ora che abito sola, le mie spese sono destinate a crescere. Mia madre invecchia e bisogna continuamente portarla a fare esami che, anziché produrre diagnosi certe, non fanno altro che richiedere ulteriori accertamenti: la sua vita si avvia a diventare una voce di spesa crescente nel mio bilancio. Così devo darmi da fare, scrivere e scrivere, non pensare agli amori perduti né a quelli a venire, devo sorridere, essere positiva, dissimulare, andare avanti, non lamentarmi, vedere solo bicchieri mezzi pieni.

Perché sì, caro anonimo Francesco e cara Roberta: la storia di un'estate fa riesce ancora a deludermi, ma non c'è tempo per compiacersene, indugiare, crogiolarsi. Ripercorrerla per voi non mi ha commosso né riempito di nostalgia. Mi ha fatto rabbia, in realtà. So bene che per andare avanti bisogna perdonare tutti. Ma io Arnaldo ce l'ho tuttora sul gozzo, come si dice a Verona. E dentro di me, in fondo in fondo in fondo, spero ancora che trovi il coraggio di venire a chiedermi scusa. Però la cosa che mi fa più rabbia di tutte, a essere sincera, è che tu, caro anonimo Francesco – tu che evidentemente conosci la mia storia con Arnaldo –, continui a ritenermi ancora oggi, a mesi di distanza, un caso così urgente da permetterti di mandarmi un sms a mezzanotte; un sms con cui mi consigli di precipitarmi a Roma, a casa di Roberta in via del Babuino, dove, come visiting professor, abbiamo nientepopodimeno che un sensitivo dell'Etna! Tu, caro anonimo Francesco, pensi che io non abbia ancora superato lo smacco dell'amore malnato di un'estate fa, e forse anche quello di essere stata lasciata da mio marito, e ritieni che la mia vita sia inceppata nei fallimenti e quindi io abbia bisogno di una scossa, di una consulenza, di un aiuto. Dell'aiuto di un tizio che sostiene di avere capacità medianiche, uno che legge i fondi del caffè o il volo degli uccelli o l'iride o ti impone le mani o guarda nella palla di vetro o ti scrocchia la schiena o qualunque cosa faccia; uno che subito dopo sa formularti in poche frasi il tuo destino, però in modo che tu possa fare qualcosa per modificarlo, quel destino previsto dalle sue celebrate capacità medianiche. Capite, caro mittente Francesco e cara Roberta Casati di via del Babuino, che questo è un controsenso? Che, se venissi a sapere cosa succederà, o non potrò farci nulla (e allora tanto vale non averlo appreso alla modica cifra di 50 euro a seduta) oppure sì, potrò intervenire, ma allora che cacchio mi avrà raccontato questo Lo Turco, un futuro che non ci sarà perché tanto io potrò modificarlo?

Dieci minuti dopo, mentre mi immergevo nel sottosuolo del metrò, ha suonato il telefono. Era il numero di quel Francesco.

"Sì," ho risposto guardinga.

"Lazzari. Francesco Lazzari."

"Francesco...? Ma sei tu?" gli ho chiesto, trasecolando.

"Già. Proprio io."

"Mi dispiace, ma non ho mai avuto il tuo numero," mi sono scusata, come se fosse colpa mia. "Le altre volte ti avevo chiamato in ufficio."

"Credevo che Arnaldo te l'avesse dato."

"Cosa?"

"Il mio numero."

"Macché, non ha fatto in tempo," ho detto mentre risalivo le scale per tornare in superficie. Ormai a Milano si riesce a telefonare anche dagli inferi dei treni sotterranei, ma non volevo correre il rischio incappare in una falla di copertura e perdere anche una sola autorevole parola di Lazzari.

"Come mai mi hai mandato quell'sms? Quello sul sensitivo, voglio dire. C'è qualcosa che non capisco..." ho detto, esitante. Non parlavo con Lazzari da mesi, da quando in ottobre l'avevo interpellato convinta che – lui sì sensitivo, medianico, onnisciente – mi potesse dire parole magiche, consolatorie.

"Non l'ho scritto io quel messaggio," mi ha risposto. "Me l'hanno mandato e te l'ho rigirato. Penso che andarci potrebbe essere un'esperienza interessante. Antropologicamente interessante."

"Tu lo conosci quel tizio?"

"Io no, ma mia moglie sì. E anche altre amiche romane."

"E Roberta Casati?"
"Non la conosci?"
"No."
"Ma dài! È una francesista, un'amica di mia moglie. E anche del sensitivo."
"Ma tu credi ai sensitivi?"
"Cosa c'entra? Io non credo a niente. Credo al movimento, ecco. E a te muoverti e venire a Roma potrebbe far bene."
"Sai che mio marito aveva un'altra e che ci stiamo separando?"
"Sì, lo so."
Sapeva sempre tutto. "E sai anche che in marzo sono nate le gemelle?"
"Certo che lo so! Carine! Tutte nere!"
"Nere?" La donatrice di ovuli era negra?
"Di capelli."
"Ah." Non sapevo più cosa dire, mi era già tornato il malumore pensando alle bambine che quella Stella aveva avuto al posto mio.
"Prima o poi le vedrai anche tu," ha detto lui col tono allegro con cui si dà una buona notizia.
"Non ci tengo."
"Perché?"
"Perché non so ancora applicare quel capitolo dei tuoi *personal essays* in cui sostieni che bisogna essere curiosi e danzare sulla cresta dell'onda."
"Il solo fatto che lo ricordi e lo citi dimostra che l'hai capito. Be', allora fammi sapere com'è andata con Lo Turco. Ora ti lascio perché ho una telefonata. Ciao," ha concluso frettolosamente.

Così ho scoperto di aver ricapitolato tutta la storia di un'estate fa per niente: il caro anonimo mittente Francesco Lazzari la conosceva tanto quanto me, o addirittura meglio, dato che sin dall'inizio si era trovato a osservarla dall'alto delle sue riflessioni, con quel distacco che io non sono ancora riuscita a fare mio. Quanto alla cara Roberta, non me ne fregava niente. Che restasse nel suo brodo, lei e il sensitivo e l'appartamento di via del Babuino.

Quattro giorni più tardi, il 26 maggio, ho improvvisamente deciso di partire.

Si avvicinava il primo anniversario del momento in cui era sbocciato l'amore con Arnaldo, l'amore per un uomo che credevo fosse una soluzione e invece si era rivelato una complicazione. Amore che soprattutto mi aveva lasciato un grande vuoto – ma non affettivo, come si potrebbe credere. O non solo. Il vuoto più grande era quello del tempo. Del tempo che non occupavo ad andare avanti e indietro da Roma, del tempo che non passavo scrivendo lettere e ricevendone, del tempo in cui non parlavo al telefono con Arnaldo. Tempo che era stato riempito non solo dall'amore e dai suoi traffici, ma anche dai postumi.

Dopo che Arnaldo mi aveva lasciata, almeno fino all'arrivo nel nuovo anno, ero stata un caso umano sulla bocca di molti, una notizia bollente e persino elettrizzante. Ricevevo telefonate, inviti, consigli, attenzioni. Persino mazzi di fiori e promesse di corteggiamento appena mi fossi rimessa in sesto. In tanti volevano consigliarmi, consolarmi, condizionarmi, portarmi a cena o in gita, raccontarmi la loro storia così simile o così diversa dalla mia. In tanti, occupandosi delle mie traversie sentimentali così comode e a portata di mano, si sentivano buoni e sintonizzati sul dolore universale. In definitiva, anche il dolore e l'accompagnamento sociale di quel dolore erano stati un modo per restare attaccata ad Arnaldo e alle mie vittimistiche perversioni autolesioniste.

Ma dopo un po', proprio come lo ero stata da fidanzata, anche da lasciata avevo smesso di essere una novità. E il coro si era dissolto. Elucubrazioni, rivisitazioni, analisi: più niente di niente. Solo silenzio e vita quotidiana coi suoi impegni; solo un marito benvoluto ma non amato che gentilmente, senza asperità, mi aveva informato della nostra separazione. Separazione che, tra l'altro, non era stata una notizia, non mi aveva riportato nell'alveo delle novità, perché la storia con Giacomo era ormai talmente usurata che nessuno se n'era dato pena – io per prima.

Negli anni '70 e '80 la psicanalisi ha sostituito la religione. Poi sono arrivate le pillole. Questo a detta di Damien Hirst, uno che è riuscito a trasformare in redditizie opere d'arte non solo gli squali e le mucche, ma anche le vetrinette delle farmacie. Le pillole, sostiene Hirst, sono il nuovo dio. "Una volta pregavamo, oggi prendiamo medicine. L'aspirina e il paracetamolo sublimano l'eucarestia. Hanno una perfezione bianca che evoca il corpo di Cristo. Vai in chiesa, prendi l'ostia e muori in ogni caso. Invece prendi una pillola di una casa farmaceutica e puoi vivere." Cazzate. Ma tutti a riverirlo, a comprarlo, a intervistarlo, a passarsi di bocca in bocca queste frasi così scioccamente assertive, come fossero gran verità anziché la boutade di un prestigiatore.

Meglio, allora, andare in gita dal sensitivo, ai piedi dell'Etna. Meglio della datata psicanalisi, meglio della religione in cui non riesco a credere, meglio delle pillole delle case farmaceutiche e di quelle artistiche di Hirst. Se non altro, è più divertente. Se non altro, si fa un po' di turismo. E se irrazionale deve essere, che lo sia fino in fondo, in Sicilia, alle falde del vulcano. Un appartamento di via del Babuino è tutto fuorché esoterico: come fai a lasciarti andare, a credere alle magie del sensitivo, a sospendere l'incredulità, quando intorno a te ci sono solo elementi del tuo vivere borghese, il salotto, i divani da conversazione colta e consapevole, la libreria con vecchie edizioni di libri di Proust e di Mauriac, lo schermo LCD alla parete? Quando, in un appartamento pochi piani sopra lussuosi negozi di antiquariato, sopra un Tiffany e una libreria Feltrinelli, sopra la fila di taxi e le Smart e lo chasseur dell'Hotel de Russie, il sensitivo dell'Etna può apparirti al massimo come un signore dal forte accento siciliano, con un curioso abbigliamento intonato alla professione magica? E poi: chi ha voglia di incontrare, sul pianerottolo della cara Roberta, altre signore palpitanti, altre sconsiderate che magari rischi di conoscere, tutte in fila tra un appuntamento dal dermatologo e l'inaugurazione di una mostra?

Meglio, allora, andare in cerca di suggestioni inedite e di radiose previsioni fin laggiù, fino a Riposto, dove nel frattempo mi ero accertata che il veggente avesse fatto ritorno.

Meglio, con la scusa della visita al sensitivo, approfittarne per chiudere un vecchio conto col passato, uno spiraglio di destabilizzante astiosità che gravava sulla mia vita da decenni, addirittura dalla morte di mio padre.

Meglio, insomma, intraprendere un viaggio di riconciliazione universale, dopo il quale, forse, mi sarei sentita rinascere azzerando gli inciampi del passato.

Atterrata a Palermo con mezz'ora di ritardo, ho noleggiato una Panda e sono andata subito da mia zia. L'avevo avvisata il giorno prima. E lei aveva accettato di rivedermi. A ottantaquattro anni, la sorella maggiore di mio padre riapriva una vecchia ferita, ricevendomi. Per lei la colpevole di tutto, del suicidio, delle truffe e delle smargiassate, era stata solo mia madre, la pigra, la pretenziosa, l'indolente, la ricattatoria donna cui papà si era legato, rovinandosi. Dal giorno del funerale e di una vergognosa gazzarra tra lei e mia madre di fronte all'autista delle pompe funebri, non ne avevo più saputo nulla. Oltre alla mamma, era la mia unica parente. Viveva a Palermo, vedova da decenni di un marito dirigente del Provveditorato e madre di due figli che non avevo mai conosciuto.

Quando sono arrivata, stava facendo un solitario. L'appartamento, in una brutta palazzina scrostata degli anni l'60, era stipato di qualsiasi oggetto rococò la fantasia potesse concepire. Era la casa di una vecchia aggrappata a ogni singolo ricordo evocato dai ninnoli accumulati in un'intera vita.

Le persiane accostate, le finestre serrate, i tendaggi chiusi, tutto era calibrato su una scienza del difendersi dalla luce e dal caldo, collaudata in decenni di vita siciliana.

Così, in una penombra talmente fitta da mettermi voglia di accendere la luce, abbiamo mangiato insieme, sopra una tovaglia piena di macchie che lei non vedeva. E, anziché parlarmi di mio padre, di com'era da ragazzo, anziché rispolverare ricordi che non avevo ma desideravo tanto, la zia mi ha parlato delle sue amiche, dei suoi figli ben riusciti, dei nipoti incantevoli, dei loro risultati scolastici, delle serate passate giocando a canasta con le amiche, della passione per la cioccolata Venchi *sugar free*.

Intanto, una vecchia cameriera dall'aria disordinata e unta ci serviva melanzane alla parmigiana ("Vedi, le ho fatte fare per te, mangiale tutte, mi raccomando."), seguite da fette di carne grassa cotta nel marsala ("Buona, vero? L'ho fatta preparare per te, perché voi del nord avete sempre fame. Ancora due fettine, su."). Bevevo il vino rosso che la zia continuava a versarmi da una brocca, con gesto tremolante e al contempo imperioso. Anche l'acqua era in una brocca, come quand'ero piccola, prima dell'acqua minerale di massa. Di me, a parte un "Sei sposata?" ("Sì," ho detto senza far cenno alla separazione, "con un veterinario di Milano.") e un "Hai figli?" ("No."), non ha voluto sapere nulla. Probabilmente mi considerava una fallita, dal momento che non mi sono riprodotta, e non voleva indagare ulteriormente sulla mia vita, per una forma di cortesia, come a uno cui siano state amputate le gambe si evita di chiedere in che modo sia successo e grazie a quali espedienti riesca a sopportare una simile disgrazia. Sorvolava. Di mia madre ha chiesto: "È ancora viva?" "Sì," le ho risposto. "Abita da sola a Melzo, vicino a Milano."

"Per forza è ancora viva, quella là non ha mai fatto niente. Si è preservata."

Mentre finiva di ingozzarmi, ho notato che mi fissava con un sorrisetto storto, stretto in un coacervo di rughe labiali. Codice a barre, le chiamano gli americani. Si faceva vento con la mano ossuta ingioiellata.

Al momento di salutarci, ormai sulla porta, le ho falsamente promesso che sarei tornata a farle visita e magari a conoscere i suoi figli e nipoti.

Lei mi ha stretto in un abbraccio sghembo e straordinariamente vigoroso e, guardandomi negli occhi, con un dito alzato a mo' di monito, mi ha detto: "Io ho il culto del passato, e tu ne fai parte."

Avevo promesso a Beppe, un amico di Milano che ora abitava a Palermo perché aveva un incarico alla Facoltà di Lettere, che avremmo preso un caffè insieme. Così, appena libera dalla zia, l'ho chiamato. Mi ha raggiunto subito, in motorino, e mi ha portato a fare due passi digestivi nel parco di Villa Whitaker, vicino a casa di mia zia. Ero ingorgata dal cibo e dal vino e dovevo ancora guidare fino a Catania, e cercare un albergo non lontano da Riposto, se possibile sul mare, davanti ai faraglioni di Aci Trezza. Il sole picchiava come ad agosto e si provava sollievo camminando tra i ficus di dimensioni tropicali, irriconoscibili rispetto a quelli sfibrati custoditi in vaso negli appartamenti di Milano. Erano così imponenti, con radici come stalattiti colate dall'intrico dei rami, da sembrare architetture di Gaudí. Veniva voglia di arrampicarsi, cercando di scalarli da tutte le parti – pur senza essere più ragazzini. Dopo aver fatto il giro del parco, siamo entrati nella villa, un edificio neorinascimentale di fine Ottocento. La frescura del verde esterno contrastava con la cupezza degli arredi da castello di Dracula. Pesanti boiserie nerastre, mobili con zampe ungulate, caminetto con fattezze elefantine. "Mi sento catapultata nei Carpazi," ho bisbigliato a Beppe, come per non disturbare eventuali vampiri. "Qui dentro non c'è proprio nulla della Palermo luminosa e vivace che conosciamo."

"Scherzi?" ha detto lui. "Questo è il luogo più vero di Palermo, l'unico consono allo stato d'animo degli abitanti." Pensavo che alludesse agli ammazzamenti della mafia, e invece ha proseguito: "Questa è la città dei morti suicidi che ti camminano accanto, è la capitale italiana della psicanalisi, qui tutti si amano furiosamente e si tradiscono con altrettanta furia emotiva. I drammi sentimentali sono all'ordine del giorno."

Doveva essere fresco di qualche liaison malriuscita con una studentessa o una docente. Ma, forse per via dello stato d'animo melodrammatico indotto dalla digestione lenta, ho provato anch'io una fitta di tremendo dispiacere, per papà, per mamma, per la zia, e soprattutto per Arnaldo e per i bambini che non avevamo avuto. Una palermitana onoraria.

Tre ore più tardi ero già sulla tangenziale di Catania, di fronte all'Etna, e seguivo le indicazioni per Taormina e Messina. Il cielo era scuro nonostante fossero solo le sei del pomeriggio, e l'asfalto stava riempiendosi di una sorta di neve nera e appiccicosa, che, a contatto con le ruote, frusciava. Per riuscire a vedere la strada ci volevano i tergicristalli, dato che il parabrezza continuava a coprirsi di piccole scaglie color piombo che lo oscuravano.

Quella pioggia di cenere veniva dalla bocca sudest del vulcano, o perlomeno così dicevano alla radio. Secondo i sismologi interpellati, era saltato un tappo lavico, e questo spiegava la violenza dell'esplosione che a Catania e dintorni chiunque aveva avvertito, proprio mentre io, inconsapevole di tutto, mi ingozzavo di cibo grasso e pesante a casa della zia ritrovata. Poco dopo l'esplosione, diceva Radio Catania, una miscela di cenere lavica e lapilli – alcuni addirittura di tre centimetri di diametro – aveva iniziato a cadere sui paesi di Milo, Fornazzo e Sant'Alfio, ma il fenomeno stava amplificandosi e ora la cenere cadeva anche su Catania e sui paesi della riviera jonica, come Giarre e Riposto. L'aeroporto di Catania era stato chiuso, e si prevedevano disagi anche sul tratto autostradale Giarre-Taormina. Sempre secondo quelli che la radio definiva "esperti dell'Osservatorio sismologico di Acireale", si trattava soltanto di una ripresa dell'attività corrente dell'Etna, spettacolare e destinata a esaurirsi in breve tempo; escludevano, data "l'assenza di attività sismica", che fosse in corso un'eruzione. Non ero preoccupata, anzi, ero affascinata. Volevo solo arrivare a Riposto prima che chiudessero anche l'autostrada. Avrei dormito lì, anziché ad Aci Trezza. A quel punto ho pensato di chiamare il sensitivo. Il mio appuntamento era per l'indomani mattina, ma forse poteva consigliarmi un albergo di Riposto. Ho lasciato un messaggio sulla segreteria telefonica del cellulare. Probabilmente stava praticando la radioestesia o qualcun'altra delle baggianate proprie dei veggenti.

Dopo la telefonata con il caro anonimo Lazzari, avevo cercato "Giuseppe Lo Turco" con Google.

In un sito di servizi di Catania e provincia, i suoi consulti erano segnalati tra l'inserzione di Carmen, "onicotecnica specializzata in ricostruzione unghie con tips completa", e il professor Curcuruto, che a Giarre offriva "lezioni private di analisi matematica, algebra, elettronica, sistemi". Poi l'avevo chiamato e avevo preso un appuntamento in Sicilia. Non si era stupito. Ne avevo dedotto che fosse abituato a ricevere casi umani in trasferta da tutta Italia.

Mentre passavo davanti all'uscita di Acireale, Lo Turco mi ha richiamato. "È un fenomeno pre-eruttivo," stavano dicendo alla radio. "Per il momento non c'è fuoriuscita di magma," assicuravano mentre la nube di "materiali piroclastici sia lapidei sia sciolti" gravava sull'autostrada e sulle strade, pioveva sulle auto in corsa, scivolava sui fiori gialli che crescevano nelle crepe dell'asfalto, si infilava tra le pale dei fichi d'India, lambiva i rami delle piante, copriva con una coltre nera la calotta superiore delle arance.

A Riposto, gran parte della gente camminava con l'ombrello aperto o con un cappuccio in testa, e si copriva le narici e la bocca con un fazzoletto. Appena scesa dalla macchina mi sono resa conto di quanto l'aria fosse pesante. Veniva da schiarirsi la gola e da tossire. Il mare, in lontananza, aveva tutti i blu e i verdi delle piume del pavone. L'insieme era inimmaginabile. Nemmeno nei serial americani – da *Lost* a *Pushing Daisies* –, dove a colpi di effetti speciali ne capitano di tutti i colori, sarebbero riusciti a inventarsi qualcosa di simile.

In piedi, sul marciapiede, con la borsa a tracolla, mi sono sentita improvvisamente sperduta. Le parole lugubri di mia zia, quel suo mettermi nel culto del passato anziché in quello del presente; la descrizione di Palermo come città di potenziali suicidi ambulanti, di gente furiosamente innamorata, tradita e traditrice, come fosse una caratteristica della cittadinanza e forse della stessa umanità anziché una condizione individuale; la pioggia vulcanica, lo stato di preallarme, l'aeroporto chiuso, l'atmosfera da trappola per topi di un paesaggio incantato in cui dalla cenere spuntavano i colori accesi degli agrumi, dei mille fiori spontanei di fine maggio, del mare e dei suoi scogli... Ero prigioniera di un incubo? Sola, isolata in me stessa, a Riposto per incontrare un sensitivo, tornavo a sentirmi radicalmente infelice.

Sono entrata nella hall del bed & breakfast Le Giare, dove Lo Turco mi aveva fissato una camera. Era una stanzetta graziosa, con alle pareti fregi di ceramica di Caltagirone, e una ragazza dietro una scrivania ingombra di faldoni e dépliant turistici. In un angolo, una scala piuttosto ripida portava alle camere. Avevo appena consegnato la carta d'identità, quando nella reception è entrata la mamma-figlia fidanzata di Gerry. Ci siamo guardate. "Silvia!" ho esclamato, stupita di trovarla proprio lì.

"Erica!" ha esclamato pure lei, e nel guardarmi le è venuta un'espressione disperata, come una smorfia. Cos'avevo di così mostruoso?

"Come mai qui?" ho balbettato, rendendomi conto della stupidità della domanda. Come mai *io* qui, piuttosto.

"Hai qualche minuto per parlare?" mi ha chiesto lei stringendomi un braccio, con la testa china come se cercasse qualcosa sul pavimento.

Così mi ha accompagnato fino in camera, una stanza scabra col letto dalla testata in ferro battuto, che mi ricordava le evoluzioni erotiche sadomaso e le manette di Gerry e della madre di Silvia. Era appena stata da Lo Turco, mi ha confidato. E lui, grazie alle straordinarie capacità di veggente, le aveva confermato le sue certezze, e cioè che la madre stava col suo stesso uomo, e che lui la preferiva a lei. Era distrutta. Aveva gli occhi lucidi, le occhiaie, il naso rosso e gonfio. Il sensitivo, dopo averle imposto un pendolino, aveva diagnosticato che nella sua vita sarebbe piombato un altro uomo, stavolta positivo, che l'avrebbe portata via al marito dandole quella felicità che Gerry non era capace di darle. Ma lei non voleva l'uomo nuovo, o perlomeno l'avrebbe voluto solo se fosse stato Gerry spurgato dalla slealtà e dall'inconcludenza. Riconoscevo quel modo di farneticare, dolorosamente avvitato su se stesso.

"E come mai sei venuta fin qui? Non sai che l'altro giorno Lo Turco riceveva a Roma?" le ho chiesto.

"Fossi pazza," ha risposto. "Un nido di vipere. Far capire a quella Roberta – tra l'altro è un'amica di mia madre – che soffro e ho problemi? Mai!" ha esclamato, subito scossa da un singhiozzo.

"Ma dimmi la verità: tu lo sapevi di Gerry e mia madre, vero?" E ha cominciato a implorarmi, alla ricerca di rivelazioni che le facessero ulteriore male. Riconoscevo anche quel genere di autolesionismo. No, che non sapevo di Gerry e di sua madre, e continuavo a non saperlo perché non potevo crederci, le ho detto, mentendo spudoratamente.

"Non voglio mai più vederla quella puttana schifosa che mi ha rubato il mio uomo."

"Se la storia fosse vera, non sarebbe solo colpa di tua madre," ho detto. "Per desiderarsi bisogna essere in due, quindi Gerry sarebbe colpevole quanto lei." Non volevo denunciare l'uomo che negli ultimi mesi aveva finito per rivelarsi un grande amico, una specie di fratello succedaneo, però volevo ridimensionare le colpe della madre. Quando ti resta un solo genitore, come era capitato a me, capisci quanto sia prezioso, e inizi a rifiutare l'assurdità della contrapposizione. Scopri da quanti sensi di colpa per non aver capito, compreso, perdonato, aiutato, si viene sopraffatti al momento della loro morte, e poi ancora per anni. A quel punto, ogni litigio tra figli e genitori comincia a sembrarti un errore e senti la missione di spiegare a chiunque quanto sia dannoso disprezzarli, smettere di vederli, cancellarli. Se fossi stata un telepredicatore americano, ne avrei fatto i cardini della mia redditizia religione. Capire i genitori. Non giudicarli. Perdonarli. A patto che non siano serial killer o roba simile. Ma non era il caso di Patrizia, la mamma di Silvia.

Le ho raccontato di Arnaldo, per non farla sentire l'unica che patisse ingiustizie. Ma sapeva tutto. Come Lazzari, anche lei aveva persino incontrato le artificiose gemelle, le figlie dell'orrida Stella, costruite con un po' di sperma congelato e gli ovuli di una spagnola dai capelli corvini.

Silvia era venuta al bed & breakfast per ritirare il bagaglio. Tornava a Roma in vagone letto da Messina, dato che l'aeroporto di Catania era chiuso. Un taxista con la faccia da messicano, amico di

Lo Turco, la stava aspettando per portarla alla stazione. L'ho salutata abbracciandola. Piagnucolava, tirava su col naso. Evidentemente avrebbe preferito restare con me a Riposto, anziché affrontare la lunga nottata in treno, per trovarsi l'indomani a tu per tu con la madre e forse anche con Gerry. È così scossa, ho pensato, che da qui a Messina rischia di confidarsi persino col taxista. "Non raccontare questa storia a nessun altro," le ho raccomandato piegata sul finestrino. "Se vuoi sfogarti chiamami," ho aggiunto, dimenticandomi di darle il mio numero di telefono.

Sono andata a fare due passi per Riposto. Volevo vedere il porto e telefonare a Gerry, per avvisarlo che avevo incontrato Silvia, delusa e furiosa per la scoperta del duplice tradimento. Però mi scocciava dirgli che ero andata fino in Sicilia per incontrare un sensitivo, e ho esitato bighellonando sul lungomare, in attesa del tramonto. Riparata dall'ombrello che mi avevano prestato in albergo, mi trovavo davanti allo spettacolo del sole che stava per sciogliersi nel mare, come ai bei tempi di Arnaldo. Però ero completamente sola. Quanto mi mancava! Perché non era lì con me, a godersi quel paesaggio strabiliante? Tossivo, di tanto in tanto, e non facevo che scattare fotografie alle superfici annerite dalla cenere: le barche, le panchine, le auto. Alle mie spalle, l'Etna luccicava e fumava riempiendomi il cuore di emozione. Mica male Riposto!, ho pensato. A essere persone normali, bisognerebbe tornarci con un innamorato, non certo in gita dal sensitivo. La ragazza alla reception del bed & breakfast, dopo avermi vantato la bellezza del paesino, mi aveva detto che, in siciliano, "riposto" significa cantina. Per secoli, Riposto era stato un porto molto importante, nonché il deposito delle giare di vino dell'Etna, in attesa di essere imbarcate e spedite in giro per il mondo.

Stavo per decidermi a chiamare Gerry, quando, paradossalmente, davanti a un peschereccio mi sono imbattuta in Giorgia, la moglie di Lazzari. L'ho riconosciuta a fatica. L'avevo vista in qualche fotografia sui giornali e, dal vivo, solo una volta, l'estate prima a Cortina.

"Anche tu qui?" mi ha chiesto.

"Tuo marito mi ha parlato di Lo Turco," ho detto, esitante. Non si sa mai cosa sia giusto dire o non dire a una moglie.

Siamo andate a rifugiarci in un bar, visto che era impossibile parlare senza inghiottire cenere. Il proprietario si lamentava della pioggia vulcanica, che riempiva di meravigliato stupore sia me sia Giorgia, e che invece per lui era solo una seccatura che intasava le gronde, gravava sul tetto, sporcava i davanzali. Andava spazzata via e il comune non aveva ancora fatto sapere dove si potesse smaltire la cenere.

"Voglio lasciare mio marito," mi ha detto Giorgia senza esitazione, concedendomi quella confidenza che si dà solo ai grandi amici o agli sconosciuti. Si era innamorata di un giovane vivaista, e la storia, ormai consolidata, non poteva più continuare il suo trantran clandestino.

"E i figli?" le ho chiesto.

"Cosa c'entrano i figli?" ha ribattuto lei, bruscamente. "Stanno con me, ovvio. Francesco non ha mai tempo di occuparsene. Per lui non cambierà quasi niente. Solo che non trovo il coraggio di dirgli che non vivremo il lato B della nostra storia. Già, tu non puoi saperlo: è una sua fissazione, quella dei lati B."

Così le ho chiesto se non fosse possibile gestire entrambe le relazioni, senza arrivare alla rottura. "Non è tanto per mio marito, che è indifferente a tutto, anche alle corna, ma per Luigi, il mio fidanzato, che è geloso e vuole che vada a vivere con lui. Lo Turco mi ha fatto le carte e ha visto che avremo un figlio." Un'altra ovodonazione?, mi sono chiesta. La bella moglie di Lazzari sembrava più vecchia di me. Ma forse tutta quella vita all'aria aperta, tra vivai e giardini, le aveva fatto invecchiare precipitosamente la pelle.

Dopo aver letto non più di due pagine del libro che mi ero portata, ho dormito come un sasso. L'indomani, alle dieci meno cinque, in via Pio La Torre – una strada nella periferia del paese –, mi sono ritrovata davanti alla porta di una bottega senza insegna, con un pendolino disegnato sulla vetrina oscurata da un pesante tendaggio di velluto rosso. Il vento aveva spostato la pioggia di cenere verso Catania, e la coltre caliginosa persisteva accumulata negli angoli e negli avvallamenti. La luce accecava, senza più il filtro della pioggia di lapilli, e il mare era un susseguirsi di scaglie con striature di varie gradazioni del verde e dell'azzurro. Ma se ci si voltava a guardare la cima del vulcano, proprio sopra Riposto, il suo aspetto infernale appariva identico a quello della sera prima. Fumo, luccichii, nuvolette annerite.

Ho suonato e sono entrata in un ingresso cieco. C'erano un tavolino con i biglietti da visita del sensitivo e due vetrinette che custodivano strani oggetti a forma di medaglia. Lo Turco, uno spilungone dinoccolato con una zazzera nerastra, lucida come smalto, notando che li guardavo, ha sussurrato in tono misterioso: "Amuleti." Siamo entrati in una stanza sulle cui pareti una mano maldestra aveva dipinto un cielo stellato, da cameretta dei bambini. Tavolinetti, mensole e nicchie erano zeppi di lumini da cimitero e candele accese. Sulla scrivania del sensitivo c'erano un mazzo di carte, un librone di numerologia e alcuni amuleti come quelli custoditi nella vetrinetta. Un radioregistratore portatile, di quelli che si usavano vent'anni fa ai tempi del rap, diffondeva una sorta di musica orientaleggiante. Lo Turco mi ha chiesto di sdraiarmi al centro della stanza, su un lettino con il rullo di carta, come dall'estetista. Ho eseguito l'ordine, perplessa. Non starò cacciandomi nei guai?, mi sono chiesta con una certa preoccupazione.

"Devi rilassarti," mi ha detto lui, dandomi del tu nonostante io insistessi a dargli del lei.

"Devi rilassarti," ha ripetuto, "perché il mio scopo è aiutare le persone a fare scelte consapevoli, mentre prima di me erano totalmente inconsapevoli della loro vita."

Su un computer portatile, di fronte al lettino su cui ero sdraiata, scorrevano disegni di labirinti. "Lavoro sul labirinto," ha detto Lo Turco in tono ispirato, "perché appena si entra si è costretti a fare una scelta: andare a destra o a sinistra."

Dopo tutta quella cenere, le mie narici erano molto sensibili. L'ho pregato di spegnere le bacchette d'incenso che ardevano su un tavolino. Un odore che mi dava il voltastomaco.

"Devi farti possedere dal linguaggio divino, non da quello della paura. Se usi così la tua lingua è una condanna, non un dono degli dei. Altrimenti la tua lingua sarà una punizione, come infatti lo è stata l'ambizione degli uomini di costruire la torre di Babele. Pensa alla parola terrore… se le togli la *t* suona *errore.*" Erano discorsi insensati di cui non capivo niente. Quando andiamo al sodo?, mi chiedevo. Quando mi predici il mio futuro in modo che io non possa farci niente e non abbia nemmeno la sorpresa di scoprirlo da me?

"Vedo che l'uomo che ti ha fatto soffrire ora soffre," ha detto Lo Turco guardando i labirinti. "Vedo che nella tua famiglia qualcuno avrà bisogno di cure mediche," ha aggiunto. "Cambierai vita e forse anche città, ma devi allargare il tuo cuore e non bloccarti all'ingresso del labirinto." Se Arnaldo sapesse che sono qui… mi sono detta mentre, sdraiata su quel foglio di carta bianca, riuscivo a vedere solo l'assurdità della situazione. Dopo altre frasi ugualmente fumose, che descrivevano le rivelazioni scaturite dalla lettura delle carte, ho pagato i 50 euro di parcella (lo stesso prezzo della camera del bed & breakfast), e mi sono liberata della puzza d'incenso e delle sgrammaticate visioni del sensitivo dell'Etna. Ho comunque promesso al volenteroso Lo Turco che sarei tornata di lì a un mese. Senza nessuna intenzione di mantenere la promessa, solo perché non avevo mai amato i conflitti, e mi piaceva lasciare alle mie spalle un'atmosfera di serenità e soddisfazione. Come quando in un ristorante dove hai mangiato malissimo, il cameriere ti chiede "Tutto bene?" – "Tutto bene," confermi, tanto a cosa serve deluderlo? Tu, lì, non ci tornerai più. Ad altri invece piace, e sei contento per loro.

Uscita finalmente all'aria aperta, sono rimasta qualche minuto davanti alla vetrina del sensitivo, per osservare un ammasso di fichi d'India spettacolarmente fioriti, dietro a un muretto che cingeva la strada.

Ho guardato a sinistra, verso il mare. Era increspato dal vento, che aveva ripreso a soffiare. Ho guardato a destra, verso il vulcano. Dai crateri in cresta sgorgavano lunghe nuvole grigie, come quelle delle ciminiere dei petrolchimici. Dal cielo ricominciava a cadere cenere. Ho guardato davanti a me, prima di attraversare e andare verso la macchina. Da un taxi è scesa una donna addobbata di palandrane etniche (con quel caldo!). Si muoveva a scatti e rastrellava con le dita i lunghi capelli ricci scomposti, cercando di raccoglierli in un nodo. Poi, con un'espressione irosa, ha chiuso quasi con violenza la porta del taxi. Ho immaginato che andasse dal sensitivo. Passandomi accanto, si è fermata a fissarmi.

"Tu sei Erica?" ha chiesto in tono aggressivo.

"Sì, perché?" ho risposto io, perplessa. Chi sarà mai quest'altra? Quanto a segretezza, mi sono detta, mi pare che qui a Riposto siamo messi peggio che in via del Babuino.

Mi fissava in modo indisponente, senza parlare.

"Ci conosciamo?" le ho chiesto con garbo. Non era forse il mio un viaggio di riconciliazione universale? Ero stata gentile con la zia, poi con quel coglione del sensitivo, ora non dovevo esserlo anche con la stronzetta che mi si era piazzata davanti al naso e mi guardava storto?

"Sono Stella," ha risposto lei, continuando a fissarmi con aria da bullo.

"Stella... Stella dei gemelli," ho farfugliato, smarrita.

"Stella *delle gemelle.*"

"E come stanno?" ho chiesto, non so se preoccupata che andasse dal sensitivo per ragguagli sulla loro futura salute o solo perché non mi veniva altro da dire.

"Benissimo! Sono a Roma, con mia sorella e la baby sitter."

"Ottimo," ho risposto.

"Ho fatto cambiare la serratura di casa. Arnaldo non abita più da noi," ha precisato. "Vai a consolarlo, è libero adesso. Ma spicciati, perché ha già messo gli occhi su un'altra," ha aggiunto con fare sprezzante, per poi lasciarmi lì, sbalordita, mentre andava a suonare alla porta del sensitivo.

Un pugno. Come farsi dare un pugno in faccia. Come, c'è un'altra? Stella lo ha lasciato e lui invece di tornare da me in ginocchio, da me che sono libera perché anche mio marito mi ha lasciato, va a piatire amore da un'altra? Mi girava la testa. Volevo tornare dal sensitivo e finalmente sciogliermi e chiedergli cosa sarebbe stato di Arnaldo, di noi, dell'altra; volevo restare sdraiata sul telo di carta del lettino, con le scarpe posate su un tappeto finto-persiano, le stelle sbilenche disegnate sul soffitto scuro, lo schermo che trasmetteva disegni di labirinti, la chincaglieria magica, le baggianate sentenziose di Lo Turco, e restare lì a lungo, finché non mi avesse detto tutto, fino all'ultimo dettaglio insignificante del futuro che era previsto avessi.

Ma come potevo tornarci se adesso, lì dentro, ancora una volta tra i piedi, a occupare il mio posto c'era quella Stella?

E com'era successo che tutte noi, buone a nulla, fossimo finite a Riposto, nel paese delle giare di vino dell'Etna, mentre dal vulcano fioccava cenere sui nostri segreti mal custoditi, sulle nostre regole non osservate, sui nostri principi declamati e non applicati, sulle nostre speranze deludenti?

Pioveva cenere mentre guidavo verso Palermo contribuendo a creare soffici scie di brace accanto alla strada. Pioveva cenere, e oscurava il sole imperioso del mattino, mentre pensavo ad Arnaldo che non mi aveva pensata, mentre altre donne tradivano e si sentivano tradite. Mentre qualcuna di noi magari scopriva che il suo tremendo mal di schiena era dovuto a un mancato vaffanculo al marito, e che la psoriasi sul gomito era il segno del dispiacere di un amore fallito.

Perché, mi chiedevo guidando nel ritmato bisbiglio dei tergicristalli, perché soffriamo per la vita non vissuta, per la frustrazione dei desideri non ancora realizzati o irrealizzabili, perché ci diamo tanta pena anziché comportarci come questo paesaggio che si lascia far tutto, che subisce le scosse, le piogge, i lapilli, i venti, il sole e la neve, e ne approfitta per rinnovarsi e rinverdirsi senza mai perdere nulla della sua pacificante bellezza e del suo mistero?

Pioveva cenere, piovevano lapilli accesi.

E così, sotto il vulcano, ognuna di noi scoprì, con o senza l'aiuto del sensitivo, che avrebbe potuto solo proseguire sulla sua cattiva strada.

Per scrivere questo romanzo mi sono avvalsa di contributi indispensabili e suggerimenti fruttuosi. Perciò ringrazio:

– per l'editing, Sergio Claudio Perroni
– per il titolo, Barbara Palombelli
– per la pioggia di cenere e lapilli, Domenico Bonaccorsi
– per la buona musica, Paolo Giaccio
– per il "mondo bambino", mio fratello
– per svariati motivi (cani, cavalli, capre, pecore, conigli compresi), mio padre
– per le buone letture e altre buone cose, mia nonna.

E, naturalmente, per la fiducia, il sostegno e la gentilezza, Elisabetta Sgarbi, Mario Andreose, Daniela e Luigi Bernabò.

Indice

ANNOTAZIONI

ANNOTAZIONI

ANNOTAZIONI

ANNOTAZIONI

Bompiani ha raccolto l'invito della campagna
"Scrittori per le foreste" promossa da Greenpeace.
Questo libro è stampato su carta riciclata senza cloro
e non ha comportato il taglio di un solo albero.
Per maggiori informazioni: http://www.greenpeace.it/scrittori/

Saggi Tascabili Bompiani
Periodico quindicinale anno XXI numero 1195
Registr. Tribunale di Milano n. 133 del 2/4/1976
Direttore responsabile: Elisabetta Sgarbi
Finito di stampare nel mese di marzo 2012 presso
Grafica Veneta S.p.A. - via Malcanton, 2 - Trebaseleghe (PD)
Printed in Italy

Libri
ISBN 978-88-452-7006-2